COLLECTION FOLIO

D0630939

Rebecca Lighieri

Les garçons
de l'été

P.O.L

Rebecca Lighieri – alias Emmanuelle Bayamack-Tam –
est écrivain. Sous ce pseudonyme, elle est l'auteur de
Husbands (2013) et des *Garçons de l'été* (2016).

Pour Tési

I SEE THE BOYS OF SUMMER

I see the boys of summer in their ruin
Lay the gold tithings barren,
Setting no store by harvest, freeze the soils ;
There in their heat the winter floods
Of frozen loves they fetch their girls,
And drown the cargoed apples in their tides.

These boys of light are curdlers in their folly,
Sour the boiling honey ;
The jacks of frost they finger in the hives ;
There in the sun the frigid threads
Of doubt and dark they feed their nerves ;
The signal moon is zero in their voids. [...]

Dylan Thomas

THADÉE

J'ai embrassé l'aube d'été.

Mieux, je l'ai épousée, je n'ai fait qu'un avec elle, je n'ai fait qu'un avec le ciel virant du rose au bleu, avec la lumière encore fragile mais qui promettait un temps caniculaire, je n'ai fait qu'un avec la houle, avec l'écume, avec l'eau qui clapotait autour de ma planche.

J'étais à la Gravière, de loin mon spot préféré dans les Landes. Septembre, en commençant, avait vidé les plages de tous les estivants, ne laissant au line-up que des locaux, comme moi. Et d'ailleurs ce matin, même les locaux étaient restés au lit : à l'eau, nous étions six, six qui avaient voulu profiter de la marée montante – et je les connaissais tous les six.

J'étais arrivé sur la plage vers cinq heures, avec Swan. La houle était très grosse, et on s'est pris des bombes de tous les côtés, dont des vagues vraiment bizarres, presque mutantes. On a d'abord encaissé pas mal de wipe-out. Et puis ça s'est miraculeusement cleané, les vagues se sont mises à rentrer par séries, creuses, puissantes, super longues à dérouler, de vraies rampes de lancement. Il

13

y en avait pour tout le monde et je prenais autant de plaisir à voler au-dessus de la vague qu'à regarder les autres réussir leurs aerials. Ce jour-là à la Gravière, le cosmos s'était mis en phase pour nous, et tout le monde avait la grâce.

Pour finir, la mousse m'a rattrapé et m'a mis une telle claque que j'ai décidé de faire une pause. Je me suis assis sur le sable et j'ai attendu que Swan sorte de l'eau lui aussi. Le vent de terre charriait l'odeur des pins tout proches, le jour se levait, le sel séchait déjà sur mes épaules, mon excitation refluait mais me laissait irrigué d'une joie mystérieuse et pure.

J'ai embrassé l'aube d'été et j'ai cru que cette sensation-là, cette communion entre moi et les éléments, cette harmonie entre mon corps et mon esprit, ce serait ma vie. J'ai cru que cette session extraordinaire à la Gravière se reproduirait encore et encore, avec toutes les variations qui font que le surf est le surf, c'est-à-dire une surprise toujours renouvelée – l'été se terminait, mais j'ai cru qu'il serait sans fin.

MYLÈNE

J'ai eu trois jours pour être heureuse. Trois jours entre deux coups de téléphone, deux appels passés d'une île tropicale où il ne me serait jamais venu à l'idée d'aller.

Les îles m'angoissent. Les tropiques encore plus.

Il a fallu ce second appel et les vibrations terrifiées que je percevais dans la voix de mon fils cadet pour m'y faire accourir par le premier avion :

— Mi, c'est moi, c'est Zach...

Mais avant cet appel dans la nuit, avant cette panique dans la voix de Zachée, il y avait eu, trois jours plus tôt, celle de Thadée, heureuse et vibrante :

— Mi, c'est moi : tu sais quoi ? Je rentre !

Ils m'ont toujours appelée Mi, tous les deux. Tous les trois, même, avec Ysé. Mi plutôt que maman, Mi pour Mylène – prénom que je n'aime pas, alors pourquoi pas « Mi » ?

Il rentrait, mon fils aîné. Six mois plus tôt que prévu, il mettait fin à son année sabbatique, ses douze mois de sea, sun and surf à La Réunion. J'étais étonnée, bien sûr, vu que c'était son idée et qu'il était parti en dépit de notre opposition farouche

15

et de nos menaces de ne pas lui donner un euro tant que durerait cette lubie. Mais bon, il rentrait : le bonheur l'emportait largement sur l'étonnement.

Quatre à quatre, j'ai grimpé les marches jusqu'à l'étage, le téléphone serré contre mon cœur. Je n'ai même pas frappé à la porte d'Ysé : je me suis ruée dans sa chambre et j'ai claironné :

— Thadée va rentrer ! Il sera là dans dix jours ! Tu te rends compte !

Levant à peine les yeux de la feuille où elle dessinait à grand renfort de feutres japonais, utilisant tantôt leur pointe fine, tantôt leur pointe pinceau, ma fille de dix ans m'a adressé un sourire contraint et s'est remise à chantonner.

— Ben quoi, ça te fait pas plus d'effet que ça ? Moi qui pensais t'annoncer une grande nouvelle… T'es pas contente ?

— Si. C'est super. Dis, tu préfères l'orange powder ou l'orange normal ?

Elle m'a mis sous les yeux une délicate mosaïque abstraite qui faisait voisiner virgules turquoise, spirales roses et mouchetures grises. Des dessins de psychopathe selon ses frères, unanimes à railler l'application silencieuse avec laquelle elle remplit bloc après bloc de feuilles Canson.

— Dessine des trucs qu'on reconnaisse, au moins ! Je sais pas, moi, des visages, des animaux, des paysages !

— T'aimes bien les mangas : pourquoi t'en fais pas ?

On doit reconnaître ça à Ysé, elle ne se laisse par désarçonner facilement. Habituellement mutique, elle a réponse à tout quand il s'agit de défendre l'intégrité de son art :

— Les mangas, j'aime les lire mais je n'ai

16

aucune envie d'en dessiner. Je laisse ça aux Japonais !

— Mais t'as pas envie de changer ? Tu dessines toujours la même chose, des petits machins serrés les uns contre les autres, avec plein de couleurs.

— Je ne dessine pas que des petits machins, je dessine des princesses, des bateaux, des chats... Alors laisse-moi tranquille !

Ils aiment la taquiner, Thadée comme Zachée, mais dans le fond, ils s'entendent très bien tous les trois, et j'aurais vraiment cru qu'Ysé allait sauter de joie en apprenant le retour de son frère.

— Et Zachée, il rentre aussi ?

Car Zachée a suivi. Il est parti rejoindre Thadée à La Réunion – pour quinze jours seulement, cela dit – histoire de surfer un peu lui aussi. Moyennant quoi, il devait nous rejoindre à Biarritz pour les fêtes de fin d'année.

— Oui, ils rentrent ensemble. Thadée a réussi à trouver une place sur le même vol. Mais bon, Zach, c'était prévu qu'il rentre, je te rappelle, pas Thadée ! C'est super, non ?

Elle m'a regardée d'un air accusateur, brandissant de plus belle son inquiétant dessin et détachant les syllabes avec une voix nasillarde qu'elle ne prend qu'en présence d'adultes :

— Tu veux bien me répondre ? Tu préfères l'orange powder ou l'orange normal ?

Si elle ne voulait pas prendre part à ma joie, je préférais encore tourner les talons, quitter la chambre qu'elle avait voulue blanche et nue, presque spartiate : pas de tapis au sol, pas de tableaux aux murs, impénétrable et lisse – comme elle, ma fille que je comprends si bien et que j'aime si mal, à moins que ce ne soit l'inverse.

Non, je suis trop sévère avec moi-même, car d'une certaine façon, j'aime mieux Ysé que ses frères. Avec eux, je tremble, je frémis, je suis dans l'adoration, et ce n'est pas un service à rendre aux enfants que de les adorer. Avec Ysé, je redescends sur terre, je reviens aux sentiments qui sont le lot d'une maternité normale, c'est-à-dire la tendresse et l'exaspération. Mais qu'on ne se méprenne pas : je mourrais pour Ysé s'il le fallait. Simplement, elle me ressemble trop pour m'inspirer la ferveur passionnée que ses frères font courir dans mon sang et que je lui souhaite de connaître un jour.

Mes fils sont ce qui me sauve de l'ordinaire. Ils sont ce qui fait de moi l'exception plutôt que la souris lambda que j'ai été jusqu'à la naissance de Thadée voici vingt ans.

Entendons-nous bien, je suis plutôt mignonne et pas complètement stupide. Jeune fille, je remportais mon petit succès et je n'ai eu aucun mal à plaire à ce pauvre Jérôme, qui n'a jamais su que j'avais jeté mon dévolu sur lui dès notre rencontre en fac de pharmacie. Cela dit, je suscitais peu d'émoi et n'étais jamais la reine de la fête. Et pourtant, ce ne sont pas les fêtes qui ont manqué durant nos années d'études à Jérôme et à moi. Mais voilà, la reine de la fête, c'était toujours une autre : plus belle, bien sûr, mais aussi plus assurée, plus rayonnante ou tout simplement plus singulière. On me remarquait peu et je ne surprenais jamais.

C'est ce qui a plu à Jérôme, je crois. Il s'était déjà cassé les dents avec une ou deux reines de promo, dont une grande haridelle blonde et hennissante prénommée Maud. Spectatrice impuissante, j'ai assisté à la cour empressée et maladroite que lui faisait Jérôme. J'ai ensuite suivi les hauts et les bas de leur idylle tumultueuse, Maud étant une folle authentique doublée d'une nymphomane qui s'ignorait. Je n'ai eu ensuite qu'à ramasser les morceaux épars de mon futur mari. Facile : j'étais aussi brune et menue que Maud était blonde, grande et plantureuse. J'étais aussi discrète et réservée qu'elle était volubile et tapageuse. J'ai dû apparaître à Jérôme comme l'antithèse et l'antidote idéal à ses déboires sentimentaux.

Il m'a épousée un an après sa rupture fracassante avec la jument blonde, qui figurait d'ailleurs au nombre de nos invités. En troisième année de pharma comme nous, elle n'avait aucune raison de se voir exclue d'une fête qui réunissait la promo tout entière. Je revois encore l'expression avec laquelle elle nous lorgnait, entre attendrissement, hébétude avinée et léger ressentiment, comme si Jérôme s'était consolé et recasé trop vite à son goût.

Pour finir, ayant abusé du champagne, elle s'endormit sur une enfilade de tabourets, suante et vermeille dans une robe chichiteuse qui aurait bien voulu éclipser la mienne. Revenant des toilettes, où j'avais vainement essayé de rafraîchir mon maquillage discret, je surpris le regard de Jérôme sur les cuisses de son ex, que la robe découvrait largement. Une robe couleur sperme, au fait. Comme quoi l'inconscient de cette pauvre Maud saisissait toutes les occasions pour s'exprimer.

Qu'ai-je lu, ou qu'ai-je cru lire, dans le regard de Jérôme en ce jour où l'on célébrait triomphalement notre union ? Du désir ? Du regret ? Ses yeux, en tout cas, s'attardaient sur les courbes voluptueuses de la belle endormie, sur les seins qui cherchaient à s'échapper du corsage satiné, sur les mèches blondes qui collaient à son front, sur les longues jambes dorées et les pieds nus où se voyait encore la trace rougie des brides et des lanières de ses sandales.

Au moment où je m'apprêtais à arracher mon tout nouvel époux à sa contemplation, un cousin de Jérôme, gai luron dont je venais de découvrir l'existence pénible, s'approcha de Maud en titubant et déversa facétieusement le contenu de son verre sur le décolleté généreux de la dormeuse, qui se redressa illico avec un cri aigu. Je vis très distinctement, et ne fus sans doute pas la seule, les tétons de Maud se rétracter sous le satin, tandis que des mains complaisantes lui tendaient, qui une serviette, qui un kleenex, qui une coupe de champagne parfaitement superflue. On l'entourait, on la réconfortait, on houspillait le farceur : c'était mon mariage, mais Maud s'arrangeait pour être au centre des attentions et Jérôme n'était pas le dernier à lui donner la sienne.

Aujourd'hui, Maud est une de nos voisines, et si les relations se sont considérablement distendues entre nous, il nous arrive encore de l'inviter à nos soirées estivales, elle, son mari et leur fils unique – qui n'arrive pas à la cheville des nôtres.

La roue tourne. Maud est toujours belle, mais elle s'est fanée comme le font les blondes à la peau claire. Quant à Léo, son fils, il redouble sa terminale, alors que Thadée s'apprête à intégrer Centrale ou Polytechnique, et que Zach vient de terminer sa première année de médecine. Peu m'importe d'être terne et ordinaire : j'ai enfanté des titans quand tant d'autres se contentent de pondre leurs gniards.

THADÉE

Le bois s'est refermé sur nous, noir, opaque, odorant, comme pour mieux nous tenir sous ses maléfices. Mes mains ont resserré leur emprise sur la gorge d'Anouk, dont je sentais la carotide pulser à grands coups sourds. Mon propre cœur battait à m'en ébranler la poitrine, envoyant le sang vrombir à mes oreilles, et me coupant du monde par moments. À d'autres, au contraire, ma conscience prenait une telle acuité que chaque souffle, chaque crépitement, chaque parfum me vrillait le cerveau. Anouk luttait silencieusement, sans me lâcher du regard et sans panique apparente. Les insectes se sont soudain lancés dans une stridulation hystérique, comme atteints de folie, ou frappés de la mienne.

Mon genou droit a cherché la direction de son ventre, et j'ai dû relâcher involontairement la pression que j'exerçais sur son cou car elle en a profité pour me mordre au visage. Ses petites dents aiguës ont ripé sur ma joue et trouvé une prise au niveau de ma propre mâchoire. Malgré la rage qui me secouait, j'ai eu le temps d'éprouver fugitivement le plaisir de la reconnaissance, comme si nous étions deux bêtes sauvages luttant à mort, se démantibulant la gueule de leurs crocs acérés, se déchiquetant mutuellement, faisant gicler le sang sur les arbres inquiétants et sombres de cette forêt tropicale. Au même moment, j'ai su que ce dont j'avais envie, ce n'était plus de baiser Anouk, mais de lui défoncer le crâne et de lui écraser les seins à coups de poing, de pierre, de tout ce qui me tomberait sous la main, histoire d'en finir avec le désir torturant que j'avais d'elle depuis le début ; histoire d'en finir avec la pression insupportable que je sentais dans tout mon corps, la queue, mais aussi le crâne, les tempes, la cage thoracique, le ventre. Elle m'a regardé comme si elle lisait en moi, comme si elle déchiffrait les arcanes de mes pulsions et n'en était ni émue ni effrayée.

Ému, je l'étais à sa place. Les larmes me sont montées aux yeux, parce qu'elle ne méritait pas ce qui allait lui arriver. On pourrait m'objecter que personne ne mérite de mourir à vingt ans dans une forêt obscure, dans l'indifférence des goyaviers et des tamarins. Mais ce serait une objection parfaitement inepte car la plupart des gens méritent ce qui leur arrive, et la mort n'en est pas le pire. D'ailleurs, ils organisent leur propre mort de leur vivant. J'ai toujours pensé que les tueurs psychopathes dont on nous rebat les oreilles étaient les bienfaiteurs d'une humanité dont ils abrègent les souffrances et la vie absurde.

Je l'ai toujours pensé mais je ne suis jamais passé à l'acte. Et alors que l'occasion s'en présentait enfin, j'avais presque des états d'âme. Enfin, je dis ça aujourd'hui, mais en réalité, ma compassion a duré trois secondes, le temps d'être submergée par une deuxième vague, un slab de mousse sanglante qui ne laissait de place qu'à la rage meurtrière. Non, si je veux être tout à fait honnête, je dois dire que j'ai eu le temps d'avoir de la peine pour moi, aussi. Moi non plus, je ne méritais pas ce qui allait arriver, et il aurait suffi de pas grand-chose pour que tout s'arrange et qu'Anouk et moi sortions de ce bois noir.

MYLÈNE

J'ai su. J'ai su dès la naissance de Thadée que j'étais sauvée et que le nourrisson que je serrais contre mon sein était d'une race supérieure. Ne m'avait-il pas, tout juste expulsé de mes entrailles et vaguement débarrassé de son méconium, scrutée d'un œil étonnamment clair et sagace ? Et Zachée, un an plus tard, ne s'était-il pas avéré plus grand et plus gros que la moyenne des nouveau-nés ? À tel point que mon obstétricien, qui était aussi un ami de Jérôme, avait salué sa naissance par un « Bigre ! » enthousiaste et perplexe. Il faut dire que Jérôme et moi sommes d'un gabarit modeste et que rien ne nous prédisposait à avoir des fils aussi impressionnants physiquement.

Mais pour l'heure, ces deux fils sont loin, et l'un d'eux est atteint dans sa chair, mortellement peut-être. La voix de Zachée, en cette nuit de décembre, il me semble que je ne cesserai plus jamais de l'entendre.

— Mi, c'est moi, c'est Zach... C'est Thadée...

— C'est Zach ou c'est Thadée ? Parce que si c'est l'un, c'est pas l'autre.

— Mi, tu m'entends ? C'est Thadée...

— Ah bon, finalement c'est Thadée : faudrait savoir.

J'aurais voulu continuer à converser sur ce mode badin, plaisanter sans fin avec celui de mes fils qui m'appelait dans la nuit, différer le moment d'entendre la nouvelle qui allait me tuer. Mais au silence qui s'est établi soudain entre lui et moi, à la nature particulière de ce silence, j'ai compris qu'il fallait que je me taise à mon tour.

— Thadée, il...

— Zach ? Qu'est-ce qui se passe ?

Ma voix a atteint les aigus, d'emblée, suscitant l'irruption de Jérôme dans le salon. J'ai senti son corps tiède se presser contre le mien, sa joue se coller à la mienne, en une vaine tentative d'entendre ce qui se disait à neuf mille kilomètres de notre villa biarrote.

— Y a eu un accident. Thadée...

— Quoi ? Quel accident ?

— On surfait...

Quelle connerie, le surf. Comment avais-je pu être aussi bête, et aussi vaniteuse, pour laisser mes garçons mettre un pied sur ces planches de polystyrène aussi instables que fragiles ? Combien de fois avais-je tremblé sur la plage, pourtant, en les regardant se faire fracasser par les rouleaux ? Combien de fois m'étais-je dit qu'ils risquaient la noyade dans les baïnes, ou la triple fracture sur les rochers de Lacanau ? Oui, mais voilà, j'avais tremblé, mais j'avais aussi été bêtement fière de leurs exploits, et en admiration devant leur maîtrise de la vague. Mon orgueil de mère avait imposé le silence à ma prudence naturelle.

— On surfait. Moi je suis rentré, et Thadée a voulu prendre encore une vague ou deux. Et puis,

25

je sais pas exactement, mais il s'est fait attaquer par un requin. J'ai pas vu, j'étais loin, mais...

Les requins. C'est la première chose qui m'est venue à l'esprit quand Thadée nous a annoncé qu'il voulait passer un an à La Réunion.

— Mais tu es fou, c'est plein de requins, là-bas !

Thadée, Zachée, ils m'ont ri au nez tous les deux. Même Jérôme a fait chorus :

— Faut pas croire tout ce que tu entends à la télé !

— Des requins qui attaquent des nageurs ou des surfeurs, c'est rarissime !

Pas si rarissime que ça, apparemment. J'ai passé le téléphone à Jérôme, incapable de poursuivre une conversation qui impliquait à la fois la chair tendre de mon fils aîné, et les dents de la mer, aiguës, innombrables, carnassières. J'entendais sa voix blanche répondre brièvement au récit fébrile qu'avait l'air de lui faire Zachée et dont je ne percevais qu'un bourdonnement syncopé :

— Quoi ?

— ...

— Tu es sûr ?

— ...

— C'est pas vrai !

— ...

— Oui.

— ...

— Oui, bien sûr.

— ...

— Ils ont dit ça ?

— ...

— Oui, je te rappelle. Oui, je lui dis.

Jérôme a reposé précautionneusement le portable sur un guéridon puis s'est tourné vers moi et m'a attrapée aux épaules. Sa bouche s'est ouverte, ses mâchoires se sont décrochées, et pendant quelques secondes, il a paru incapable de faire autre chose que d'ouvrir et refermer mécaniquement la bouche. Puis, enfin :

— C'est Thadée ! Il s'est fait bouffer par un requin !

J'ai éclaté d'un rire dément :

— Qu'est-ce que tu racontes ? C'est quoi ces conneries ? Vous me faites une blague, avec Zachée, c'est ça ?

Jérôme s'est assis lourdement sur le premier siège venu, une chaise paillée que je voulais jeter depuis longtemps. J'ai surpris mon reflet dans le miroir vénitien du couloir. J'avais un air étrange, à la fois hagard et espiègle.

— Non, Mylène, c'est vrai, il faut me croire. Il s'est fait attaquer par un requin sur sa planche.

— Il est mort ?

Il a paru surpris que je lui pose la question :

— Mais non, enfin ! Non, il est vivant ! Il s'est fait bouffer la jambe, mais il est vivant !

L'horreur de la situation m'a frappée si vite que je n'ai même pas eu le temps de jouir de mon soulagement. Mon fils, mon beau garçon, il n'avait plus de jambe, la droite, apparemment. Car ça y était, Jérôme m'abreuvait de détails, l'heure de l'accident, le garrot pratiqué à temps, le nom de l'hôpital où Thadée avait été transporté, son état, d'abord critique puis stabilisé.

— J'y vais !

Jérôme a levé sur moi un regard hébété :

— J'ai dit à Zachée qu'on le rappelait. Pour savoir ce qu'on allait faire.

— J'y vais. Je prends le premier avion : pas

question que mon fils reste tout seul là-bas. Et qui sait s'il est bien soigné ? La Réunion, c'est le tiers-monde !

— La Réunion, c'est la France. Et apparemment Félix-Guyon, c'est très bien. Thadée a tout de suite été pris en charge.

— C'est Zachée qui t'a dit ça ?

— Je te rappelle qu'il est en médecine et qu'il est tout à fait capable de juger de la compétence d'une équipe.

— Mais moi, je veux que Thadée rentre et qu'il soit soigné ici. Je veux que ce soit Ribes qui l'opère. Appelle-le tout de suite !

Jérôme a eu un soupir lassé :

— Mylène, ils essaient de lui conserver sa jambe, mais c'est pas dit qu'ils y arrivent. Et il n'est pas transportable dans l'immédiat.

Je l'ai planté là, je me suis ruée dans ma chambre, et j'ai entrepris de faire ma valise, vite, vite, comme si chaque seconde comptait. Pendant ce temps, Jérôme s'occupait de me réserver un billet d'avion. Départ le lendemain. C'était bien la peine que je me dépêche… Pour le retour, on verrait plus tard. Et de toute façon, ça serait avec Thadée ou rien : jamais sans mon fils.

Que dire des heures qui ont suivi, ces tourbillons de larmes et de propos confus, les multiples conversations téléphoniques avec Zachée, mes parents, ceux de Jérôme ? Sans compter l'appel qu'il avait bien fallu que je passe à Jasmine.

Jasmine, la petite amie de Thadée. Elle revenait précisément de La Réunion, où elle avait, à l'entendre, passé dix jours de rêve, entre mer et montagne.

— Incroyable, cette île, Mylène ! On peut passer sans transition de la plage aux pentes du volcan. Et croyez-moi, ce n'est pas du tout le même univers !

Elle pépiait, comme à son habitude, triturant ses doigts fuselés et manucurés d'une façon qui trahissait son angoisse et me l'aurait rendue sympathique si elle n'avait pas été parfaitement exaspérante.

Jasmine, « la Princesse », surnom trouvé par Zachée voici un an, quand Thadée nous a ramené cette beauté franco-iranienne, à la minceur distinguée, aux longs cheveux lisses, aux yeux verts, à la bouche en cul-de-poule, et aux ongles impeccablement faits.

Non contente d'être physiquement sublime, Jasmine est aussi une étudiante brillante, aux dires de Thadée. Fille de médecin, elle suit les traces de son père et est dans la même fac que Zachée, à Bordeaux.

La première fois qu'elle l'a rencontrée, Ysé est restée bouche bée devant tant de splendeur. Suite à cette rencontre, elle est entrée dans l'une de ses phases obsessionnelles, exigeant de voir et de revoir l'*Aladdin* de Disney, puis remplissant ses carnets à dessin de princesses orientales tout en bijoux dorés et voiles arachnéens. Devant Jasmine, elle restait muette, comme médusée, mais en son absence, elle étourdissait Thadée de questions sur le mode de vie de « la Princesse », ses couleurs préférées, son parfum…

— Et est-ce qu'elle mange du poisson ?

— Ben oui, pourquoi elle en mangerait pas ?

— Et les endives, elle aime ça ?

— Mais oui, je crois. Enfin j'en sais rien. Tu me soûles avec tes questions chelous.

En réalité, Jasmine est atrocement difficile sur le plan alimentaire et prend des mines dégoûtées devant à peu près tout ce qu'on peut lui servir. Je crois que ça va de pair avec l'idée qu'elle se fait de son propre raffinement. D'ailleurs, elle doit sa minceur aérienne à un régime drastique. Peut-être a-t-elle peur de ressembler à sa mère, Fériel, qui lutte vaillamment contre le surpoids, avec des hauts triomphants et des bas pathétiques, durant lesquels elle vit recluse et éplorée aux dires de Jasmine elle-même.

Nous avons rencontré les Théron une ou deux fois, et Fériel m'a fait l'effet d'une petite chose insignifiante, mignonne, certes, mais sans rien de la beauté parfaite de sa fille unique. Jasmine a deux frères beaucoup plus âgés qu'elle, Sam et Cyrus, qui sont traders à Londres et dont j'entends parler sans les avoir jamais vus. Et tiens, c'est bizarre, mais alors que je m'apprêtais à appeler Jasmine en cette matinée de décembre aussi glaciale que confuse, alors que je me demandais par quels mots lui annoncer l'atroce nouvelle, il m'est revenu à l'esprit que Thadée surnommait Sam et Cyrus « Requin numéro un » et « Requin numéro deux ».

— Jasmine ? C'est Mylène.

Sitôt prévenue de l'accident, elle a éclaté en sanglots et hurlements si déchirants que Fériel a dû lui prendre le téléphone des mains pour comprendre ce qui se passait. Je n'avais pas besoin, en plus, de l'hystérie de Jasmine, et c'est en substance ce que j'ai dit à sa mère.

— Dites-lui de se calmer. Il est vivant. C'est un lion, mon fils. Je pars demain, madame Théron. Et je ramènerai Thadée dès que possible.

Je tiendrai Jasmine au courant, évidemment. Et puis Zachée est joignable, lui aussi. Mais qu'elle se calme : Thadée aura besoin de gens sereins et positifs autour de lui à son retour.

Plus tard, c'est Olivier Théron lui-même qui a appelé Jérôme. Ils ont parlé entre hommes de l'état de Thadée. Dans la bouche de Jérôme, des mots dont je me refusais à comprendre le sens, tantôt terribles, tantôt anodins : écrasement, artère collabée, lambeaux, vascularisation, muscle coussin, capiton… Moi, je rongeais mon frein, comptant les heures qui me séparaient du départ et du moment où j'allais être à ma place, auprès de mon aîné en ce moment terrible.

Le matin du départ, je n'ai rien pu avaler. Tandis que Jérôme m'abreuvait de recommandations en tout genre, Ysé rongeait ses ongles d'un air préoccupé. À elle aussi, nous avions dû annoncer la nouvelle, à mots choisis, mais elle n'en avait pas paru autrement émue. Sur le coup, du moins. Parce que la nuit d'après, elle était venue se blottir entre nous, cheveux collés au front par la sueur, cœur battant la chamade :

— J'ai fait un cauchemar.
— Tu as rêvé de quoi, ma poulette ?
— Y avait un requin.
— Y a pas de requin ici. Rendors-toi.

C'est ce qu'elle avait fait, tandis que je me tournais et me retournais dans les draps, incapable de trouver le sommeil, hantée moi aussi par des images d'abysses et de squales gigantesques. Au moment du départ, tandis que je m'apprêtais à étreindre distraitement ma benjamine, elle m'a tendu un dessin plié en deux :

— Tiens : tu le donneras à Thadée. C'est de ma part.

— Oui, bien sûr.

Et c'est ce que j'aurais fait, le donner à Thadée, si je n'avais pas eu la bonne idée de déplier la feuille A4 tandis que Jérôme me conduisait à l'aéroport. Avec sa méticulosité habituelle, Ysé avait dessiné un paysage sous-marin : ondulations sablonneuses, algues et coraux tentaculaires, poissons émettant leur filet de bulles, rien n'y manquait. Mais sur ce cadre idyllique et polychrome se profilait un requin à l'aileron menaçant et à la mâchoire carnassière. Circonstance aggravante, cette mâchoire se refermait délicatement sur une jambe rose dont Ysé avait figuré les veines et les tendons tranchés, dans un souci de réalisme proprement insoutenable, et j'ai jeté le dessin dans la première poubelle venue.

Le voyage en avion me paraît interminable. Incapable de dormir ou de lire, je laisse les larmes couler silencieusement sur mes joues, sans que mon voisin de droite, un adolescent plongé dans *Candy Crush*, lève seulement les yeux sur moi et sur mon chagrin.

À l'aéroport de Saint-Denis, je récupère ma valise et me dirige vers la sortie, guettant la silhouette dégingandée de Zachée, ses boucles dorées, le beau sourire qu'il aura pour me réconforter. Raté. En lieu et place de mon lumineux fils cadet, c'est Cindy qui vient à ma rencontre.

Cindy. Je l'avais oubliée, celle-là. Je savais bien, pourtant, qu'elle aussi était à La Réunion. Il est même fort probable que Zachée ait fait allusion à sa présence au cours des multiples coups de fil que nous avons échangés en deux jours. Mais voilà, Cindy n'est ni de celles qu'on remarque ni de celles dont on se souvient. Elle ne marque pas les esprits. C'est étrange. Elle et Zachée sont ensemble depuis le collège, mais je ne pense à elle que lorsque je l'ai sous les yeux, et encore. Il faut dire à ma décharge que Cindy est aussi terne que Jasmine est sensationnelle. Ni grande ni mince, plutôt boulotte, même. Des cheveux qui s'amoncellent en nattes blond cendré, des « dreads », dit Zachée. Très à la mode chez les surfeurs, apparemment. Car comme mes fils, Cindy est une surfeuse. Zachée prétend même qu'elle est la meilleure d'entre eux, suscitant les ricanements et les sarcasmes de son frère :

— Meilleure que toi, peut-être ! C'est pas difficile !

— Elle a un joli surf, tu peux pas dire le contraire !

— Pff ! J'aimerais bien la voir sur un gun, tiens ! Elle ferait moins sa maligne.

— Elle surfe aussi en gun. Et elle fait jamais sa maligne, au cas où tu l'aurais pas remarqué.

Après m'avoir gauchement saluée, Cindy attrape ma valise et nous dirige vers la sortie. Le ciel est d'un bleu vif, mais la chaleur m'a accablée dès le tarmac.

— Vous voulez aller direct à l'hôpital ou on dépose d'abord vos affaires au camp ?

— L'hôpital.

C'est bien de Cindy, qui a les capacités d'empathie d'un batracien, que de suggérer que nous puissions aller faire un tour « au camp », alors que mon fils aîné m'attend sur son lit de souffrances. Ce camp, si j'ai bien compris, regroupe quelques paillotes et n'accueille que des surfeurs. Thadée m'en a parlé avec enthousiasme, au moins dans les premiers temps :

— Tu te rends compte, Mi, y a pas d'électricité, pas d'eau courante, mais on se débrouille comme ça. Et on met tout en commun, la bouffe, les fringues, le matos. À part les planches, rien n'est à personne, tout est à tout le monde !

Sa description m'inspirait une répulsion apitoyée, pour lui, pour eux tous, mais après tout, si ça leur allait comme ça... Zach aussi avait l'air de trouver ça génial. Il faut dire que mes deux garçons ont l'écologie chevillée à l'âme et que jamais la crasse, l'inconfort ou la promiscuité n'ont paru les déranger.

Cindy me désigne sans mot dire une vieille Fiat. La conversation n'est pas son fort. Contrairement à elle, Zach est un moulin à paroles. Le contraste entre eux deux serait cocasse s'il n'était pas affligeant. Car si Cindy ne parle pas, c'est sans doute qu'elle n'a rien à dire, vu que son intellect est à l'image de son physique : médiocre. Ayant obtenu de justesse un bac technologique, elle a intégré une école d'infirmières tandis que Zach réussissait brillamment son concours d'entrée en fac de médecine. Qu'est-ce qu'il lui trouve, qu'est-ce qu'il peut bien lui trouver, voilà une question qui me tarabuste et à laquelle les cinq dernières années n'ont apporté aucune réponse satisfaisante. Plus je vois Cindy, plus j'apprends à la connaître, et moins je comprends mon fils.

Eh oui, cinq ans, déjà. Je ne désespère pas que mon fils ne finisse par trouver une compagne mieux assortie et plus flatteuse pour lui, mais je suis bien forcée de reconnaître que leur couple tient, si tant est qu'on puisse parler de couple à leur sujet.

Comme Cindy conduit sans mot dire, le regard fiché sur la route, je finis par l'interroger :

— Où est Zach ?

— Au camp. Il se repose.

— Ah bon ?

— Ouais. Depuis l'accident, il a pas dormi.

— Tu étais là ?

— Pardon ?

— Quand Thadée s'est fait… Tu sais…

— Oui.

Voilà, c'est tout elle. Elle doit bien se douter que j'ai besoin de savoir, d'imaginer, de comprendre, de me représenter les choses, mais elle ne dit rien ou répond laconiquement à mes questions exaspérées :

— Mais comment ça se fait que vous soyez allés surfer s'il y avait des requins ?

— On savait pas.

— Mais tout le monde sait qu'il y a des requins à La Réunion, et qu'ils attaquent les surfeurs ! Enfin ! même moi, je le savais !

Elle me jette un regard torve mais ne pipe mot. Au bout d'un moment, je finis par jeter l'éponge et me laisser absorber par le paysage, la route qui longe le littoral. D'ailleurs, nous ne tardons pas à arriver et nous voici toutes les deux devant le centre hospitalier Félix-Guyon. Cindy, je dois le reconnaître, se montre très efficace, garant la voiture en un tournemain et me guidant ensuite dans le dédale immaculé des couloirs de l'hosto. Pour finir, elle se volatilise, et c'est précisément ce dont j'avais besoin : retrouver Thadée sans témoin, rien que lui et moi, face à cette épreuve terrible dont je ne doute pas qu'il va la traverser comme le lion qu'il est.

Bizarrement, je n'ai à franchir aucun barrage : ni médecin zélé, ni infirmière inquisitrice, ni formalités administratives, à croire que tout le monde s'en fout. Je toque à la porte indiquée par Cindy, et j'entre : c'est aussi simple que ça. Plongée dans la pénombre par le truchement de stores à lamelles, la chambre est paisible. Thadée ne réagit pas à mon arrivée, mais il a les yeux ouverts, la tête légèrement détournée. Je m'attendais à le retrouver amoindri, pâli, marqué par la souffrance, mais durant les trois secondes qui précèdent le moment où il s'avise d'une présence, j'ai le temps de constater qu'il a à peine changé en sept mois. Il a les cheveux plus longs qu'à son départ et ses yeux paraissent encore plus clairs sur le bronzage qu'il doit à son séjour tropical – ses yeux bleu-vert, les yeux de Jérôme en fait, mais en plus grands, plus effilés aux tempes, et surtout, frangés de cils sombres d'une longueur extravagante.

Qu'il est beau, ce fils inexplicablement né de nous qui le sommes si peu ! Enfin, j'exagère, Jérôme est mignon et je ne suis pas mal : simplement, Thadée est sensationnel. Il l'a toujours été, et l'adulte a tenu les promesses enfantines : le bambin doré aux boucles de chérubin et aux prunelles limpides s'est mué en jeune homme félin, à la musculature déliée, au sourire ravageur et au regard renversant.

Il me voit, sa bouche s'affaisse, ses yeux se remplissent de larmes :

— Maman !

Je me précipite, je me rue et l'enlace tant bien que mal, faisant fi des draps serrés, du plateau-repas auquel il n'a pas touché et de la perfusion qui relie son bras à une potence métallique et lourdement chargée de sacs translucides.

— Mon bébé, mon chéri !

Je pleure, il pleure aussi et finit par me repousser, hurlant presque :

— Regarde, maman, regarde ce qu'ils m'ont fait !

Depuis quand m'appelle-t-il « maman », et qui sont ceux qui lui ont « fait » ça, j'ai à peine le temps de me le demander qu'il fait glisser la couverture pelucheuse le long de sa jambe droite, me révélant sa cuisse emmaillotée de bandes Velpeau, et cette place insupportablement vide sur le drap blanc, là où auraient dû se trouver son mollet, sa cheville, son pied.

Horreur, horreur, horreur : mon bébé, ce premier-né si beau, si grand, si fort, qui me l'a abîmé ? Qui s'est arrogé le droit de lui prendre sa jambe ? Je ne suis pas loin d'en vouloir à la terre entière, et en premier lieu à ces chirurgiens réunionnais aussi incultes qu'incompétents qui ont cru bon d'apporter une solution simpliste à un problème complexe. Car des solutions, je suis sûre qu'il y en avait d'autres que l'amputation : enfin merde, on reconstruit des seins, des nez, des mâchoires, pourquoi pas une jambe ?

Je m'efforce d'avoir l'air calme, gaie, et à la hauteur de la situation, mais à l'horreur et à la colère se mêle un sentiment de répulsion auquel je ne m'attendais pas, moi qui ai toujours paré sans faiblir aux bobos et aux malaises de mes enfants, prête à suturer une arcade sourcilière, désinfecter un abcès, éponger le vomi, la morve, la merde. S'agissant d'eux, rien, jamais, ne m'a rebutée, alors pourquoi aujourd'hui suis-je à peine capable de regarder les compresses auréolées de jaune qui enveloppent le fémur de mon fils ? Pour donner le change, j'émets des bruits apaisants, des phrases absurdes et lénifiantes :

— Je suis là. Tout va bien. Je vais te ramener à la maison. Tu vas voir.

Son visage se convulse, ses lèvres se tordent, ses yeux s'écarquillent, et je comprends qu'il partage mes sentiments, à savoir ma rage et mon dégoût.

— Je ne veux pas rentrer à la maison, putain, je veux, je veux…

Il écume, les mots peinent à sortir mais je pourrais les prononcer à sa place : il veut sa jambe, il veut que tout soit comme avant, il veut redevenir le demi-dieu qui chevauchait les flots, il veut surfer, il veut courir, il veut grimper, s'agenouiller sans effort, ne pas être un objet de pitié mais inspirer l'admiration, l'envie, pour toutes les qualités que la nature lui a généreusement dispensées : sa beauté, sa force, sa grâce. Privé de jambe, il devient un infirme, un éclopé, un faible, lui qui les a toujours secrètement méprisés.

Je remonte la couverture qui dissimule son moignon et m'efforce de le distraire, de détourner son attention de l'insoutenable réalité. Je chantonne, je bavarde, je lui donne des nouvelles, mon voyage, Biarritz, Papa, Ysé, Jasmine… À ce dernier prénom, Thadée se raidit, son regard se détourne vers la fenêtre, mais j'y lis l'amertume, la frustration, l'angoisse, aussi :

— Qu'est-ce que t'en dis ? Tu crois qu'une fille

comme Jasmine elle va vouloir rester avec un gars qui n'a qu'une jambe ?

— Qu'est-ce que tu racontes ? J'ai eu Jasmine au téléphone, hier encore, toi aussi sans doute : tu vois bien qu'elle est effondrée, qu'elle a mal pour toi, mais qu'elle n'envisage pas une seconde de te quitter, enfin ! Elle t'aime !

— Elle est fragile, je sais pas si elle va supporter... ça !

Il a un geste de dépit vers sa jambe droite de nouveau dissimulée par la couverture.

— Eh bien, c'est un bon test, si elle ne supporte pas, c'est qu'elle ne t'aime pas vraiment, et des filles qui t'aimeront avec ou sans ta jambe, crois-moi, ce n'est pas ça qui va manquer !

— Oui, mais moi, c'est Jasmine que je veux !

— Thadée, Jasmine pleure toute la journée, elle voulait venir, partir avec moi. C'est son père qui l'a dissuadée : apparemment ils attendent de la famille pour les fêtes, il fallait que Jaz soit là. Mais elle m'a fait promettre de te ramener très vite, et c'est ce que je vais faire.

Nous sommes interrompus par l'entrée d'une infirmière, puis par celle d'un interne, à qui je m'efforce de parler doctement, comme la femme de pharmacien que je suis, histoire qu'il comprenne qu'on ne peut pas traiter Thadée comme un patient lambda. Peine perdue. Il exulte à la fois d'optimisme, d'autosatisfaction et de profonde indifférence à tout ce qui n'est pas lui. Je ne parviens pas à lui tirer une seule information précise concernant l'état de Thadée et la durée de son hospitalisation. Au bout de dix minutes de badinage creux, on toque à la porte. C'est Cindy :

— Mylène ? Salut, Thadée. J'ai eu Zach au téléphone : il demande si vous voulez venir au camp. Autrement, je vais le chercher et je le ramène ici.

Thadée a un geste d'impatience dans notre direction :

— Vas-y, Mi. J'ai plein de soins, là. Ils vont refaire mon pansement, ça dure des plombes et ils veulent personne dans la chambre. Et puis je suis crevé : faut que je dorme un peu. Tu reviendras avec Zach ce soir, O.K. ?

— Tu es sûr ?

— Oui. Puis comme ça, tu vas voir le camp. Tu vas t'installer un peu. Tu peux prendre ma paillote.

Je m'en vais. Je m'en vais mais je suis là, il peut compter sur moi, sur la diligence indéfectible de mon amour. Je m'en vais mais je reviendrai.

Contrairement à ce que j'imaginais, le *surf camp* n'est pas à proximité immédiate de la mer mais légèrement dans les hauteurs. La route qui y mène est aussi virageuse que mal entretenue et la conduite brusque de Cindy n'arrange rien, ce qui fait que j'arrive aux Margouillats le cœur au bord des lèvres et la tête lourde. Je m'attendais à ce qu'il fasse chaud, après tout c'est l'été ici, mais la température me paraît quand même anormalement élevée. Interrogée à ce sujet, Cindy a levé une épaule évasive :

— Ouais, non, c'est toujours comme ça.

Je fais quelques pas dans la poussière qu'a soulevée notre arrivée sur les chapeaux de roues, tenant ma valise à bout de bras. Une dizaine de paillotes s'égaillent autour d'une cour de terre battue. Des planches de surf s'alignent le long d'une palissade, du linge sèche, quelque chose semble cuire en dégageant une fumée grise et une odeur qui rajoute à mon écœurement. Un homme arrive vers nous à grands pas. À mes côtés, Cindy se fige mais n'a pas un mot pour nous présenter, de sorte que c'est lui qui s'y colle :

— Salut. Je suis Jérémie. Vous devez être la mère de Zach ?

— Et de Thadée, oui.

— Bienvenue.

Il me dévisage sans aménité. D'une certaine façon, il ressemble à Thadée : mêmes boucles dorées, que lui rassemble en une sorte de chignon haut, mêmes yeux clairs, même musculature sèche. Il ressemble à ce que sera Thad dans dix ou quinze ans. Car ce type n'est pas tout jeune, même s'il est bien conservé. Il est beau, mais avec quelque chose d'animal dans la mâchoire et le modelé du nez. Il s'apprête à tourner les talons, je le sens, mais il se ravise et finit par jeter :

— On est tous désolés. Pour ce qui est arrivé à votre fils.

— Pas tant que moi.

Je n'aurais pas dû lui répondre avec cette agressivité, mais c'est sorti tout seul. Peut-être parce qu'il s'en est tenu au minimum syndical en fait de chaleur humaine ; peut-être parce qu'il a ce nez imperceptiblement épaté, ce très léger strabisme, cette mâchoire carnassière ; ou tout simplement parce que je suis épuisée par onze heures de vol, éprouvée par ma visite à l'hôpital, sans compter que je n'ai quasi pas mangé depuis deux jours. Jérémie nous laisse après un dernier regard énigmatique, et Cindy m'indique une paillote :

— C'est la nôtre. Zach est là.

Il est là. Il dort tout habillé sur ce qui mérite

à peine le nom de lit : une toile sanglée sur un cadre métallique. Par terre, deux matelas crasseux. Pas d'évier, pas de sanitaires en vue. Cindy secoue doucement l'épaule de Zach, s'agenouille à sa hauteur et enfouit son visage dans son cou, comme si je n'étais pas là :

— Zachée, réveille-toi : ta mère est arrivée.

Lentement, péniblement, il s'assied au bord du lit, fourrage dans sa chevelure emmêlée, se frotte les yeux, me sourit enfin :

— Mi !

Nous nous étreignons, échangeons les premières nouvelles, le voyage, l'hôpital…

— Alors tu l'as vu…

— Oui.

— Ils l'ont opéré pendant que t'étais dans l'avion. La jambe était trop esquintée.

— Écoute, compte tenu de ce qu'il vient de traverser, je l'ai trouvé plutôt… bien.

Non, c'est faux. Je l'ai trouvé affreux. À la fois inchangé et différent. Le regard égaré. La voix geignarde. Mais je n'avais pas envie de communiquer à Zach cette impression pénible. D'autant que lui-même m'en fournissait une explication :

— Ils lui filent plein de trucs, tu sais. Dont pas mal de morphine. Il dort la moitié du temps. Et des fois, il part en *live*, il disjoncte. Mais ça va lui faire du bien que tu sois là. Tu veux boire un truc ? On t'a installé un coin à toi. Y a une paillote de libre, tu vas voir.

À la seule idée de rester ici, de dormir comme eux à même le sol, d'aller faire pipi dans la forêt et de manger ce qui continue d'empuantir l'atmosphère – du gibier faisandé ? Un poisson plus très frais ? – des frissons me parcourent.

— Non, Zach, non. N'y pense même pas. Tu vas me ramener à Saint-Denis, on va chercher un hôtel. À moins que je puisse dormir dans la chambre de Thadée ? Qu'est-ce que tu en penses ?

— Mais Mimi, on t'a préparé une case pour toi toute seule. Et Jéré a dit qu'il te ferait pas payer ! Cindy a bien nettoyé, elle t'a mis des fleurs, c'est nickel ! Tu peux rester, au moins cette nuit !

Il fait déjà très sombre et la fatigue de ces derniers jours et celle du voyage me tombent dessus aussi soudainement que cette nuit tropicale.

— Mais Thadée ? Je lui ai dit que j'allais repasser...

— Appelle l'hosto, si tu veux : mais ils vont te dire qu'il dort déjà : il se rendra pas compte si tu es là ou pas. On ira tôt demain, si tu veux : je te conduirai.

Je proteste de plus en plus mollement et finis par céder parce que je suis épuisée et que je ne me sens pas capable de reprendre illico cette route abominable, avec Cindy qui conduit vite ou Zach qui conduit mal. Je les laisse me guider jusqu'à une paillote tout aussi sommaire que la leur mais nettement plus propre. Et effectivement, Cindy a gentiment fleuri le cageot renversé qui me sert de table de chevet. Je la remercie pour la forme, mais je n'ai pas l'intention de dormir à côté de ces anthuriums agressivement vernissés de rouge et dardant vers moi leur langue obscène.

— Si tu veux prendre une douche, c'est dehors. Et on va pas tarder à manger.

Pas de douche, non merci. Quant à manger... Après avoir déballé quelques affaires, je me traîne jusqu'au feu autour duquel ont déjà pris place Zachée, Cindy, Jérémie et six ou sept autres jeunes. Zachée fait les présentations avec une précipitation fébrile. Je retiens un prénom sur deux et m'embrouille un peu dans les nationalités : Sandro est belge mais Ali est italien tandis que Paul et Julia sont allemands. Une fille brune et plantureuse se tient aux côtés de Jérémie. Sa copine, si j'en crois les attentions qu'il a pour elle et elle pour lui. Et à ce que je comprends, ils sont les seuls natifs de l'île – « des petits Blancs des Hauts », m'apprend Zachée, sans que je comprenne très bien de quoi il retourne. On me sert une masse brune et gélatineuse dans un bol de terre aussi peu engageant que son contenu.

— Du lièvre, m'informe brièvement Jérémie.

— Ah bon ? Vous mangez de la viande ?

Je ne sais pas pourquoi je pose la question. Histoire de faire la conversation, j'imagine. Beaucoup de surfeurs sont végétariens et je m'étais imaginé qu'à La Réunion plus qu'ailleurs, ils devaient vivre de mangues et de manioc. Eh bien, je me trompais sur toute la ligne. Jérémie et ses acolytes sont des chasseurs. L'ordinaire, au camp, ce sont le lièvre et le pangolin, agrémentés, il est vrai, de riz, de haricots et d'herbes diverses, qu'ici on appelle les brèdes. Du poisson, aussi, que Jérémie pêche au harpon. Je mange le riz et laisse les tronçons de lièvre figer dans leur sauce brune. Il ferait beau voir que j'y touche. D'ailleurs, je prends congé dès que possible, les laissant à leurs échanges incompréhensibles, leurs histoires de « pads », de « shortboards », de « dérives », de « carve »... Depuis le temps, je devrais y comprendre quelque chose, mais à vrai dire j'ai toujours décroché dès que mes fils et leurs copains se mettaient à parler surf. Et Dieu sait qu'ils pouvaient le faire pendant des heures, gloser à l'infini sur telle ou telle figure, telle ou telle vague, telle ou telle session, tel ou tel spot…

Une fois dans ma paillote, je me roule en boule et m'endors illico malgré la chaleur mourante. Des murmures véhéments ne tardent pas à me tirer du sommeil. Au début, ils s'incorporent au rêve incohérent que je suis en train de faire, Thadée me haranguant pour que je mange un steak d'espadon, Jérôme m'offrant un bouquet d'anthuriums avant d'éclater en sanglots… Au bout d'un moment, je finis par émerger, tête lourde et bouche amère. À ma montre, il est déjà trois heures du matin, mais de l'autre côté du mur de terre me parviennent des éclats de voix, dont celle de Jérémie, me semble-t-il. Je ne comprends pas ce qu'ils se disent, mais l'échange est véhément. Comme il n'est plus question que je dorme, je sors faire quelques pas, espérant échapper à la touffeur de ma chambre. Un rire sarcastique fuse depuis un massif de fougères dont je me rapproche machinalement, notant avec dégoût la façon dont les feuilles s'enroulent sur elles-mêmes en crosses velues, comme de grosses chenilles prêtes à exsuder leur venin si on les effleure, ce dont je me garde bien. Entre les palmes à l'exubérance forcenée, j'aperçois effectivement Jérémie, adossé à la cloison d'un abri en tôle, et flanqué de Zach et Cindy. Le rire que j'ai entendu et que j'entends encore tant il se prolonge interminablement, c'est celui de Cindy. À bien y réfléchir, je crois que c'est la première fois que je la vois rire, mais c'est d'un rire sans joie, d'un rire mauvais, aussi maléfique et vénéneux que les fougères arborescentes dont les enroulements me frôlent. Gorge renversée, épaules secouées, Cindy rit dans la nuit réunionnaise tandis que Jérémie serre les poings et que Zachée contemple la scène d'un air inquiet. Le rire cesse brusquement, et Cindy s'avance d'un pas vers Jérémie :

— Maintenant, tu la boucles, O.K. ? Tu la fermes, ta sale gueule de petit Blanc !

— Parce que tu te prends pour une caffre ?

— C'est toi qui te prends pour un caffre, espèce de baltringue ! Mais c'est pas le problème, le problème c'est que t'ouvres trop ta bouche !

— C'est ma faute si ton beauf est un gros connard ?

— Mon beauf, comme tu dis, il s'est fait bouffer par un requin parce que c'est toi le gros connard ! Si t'étais pas un gros connard, Thadée y serait pas à l'hosto, et ça on le sait tous, ici !

Jérémie écume, les yeux lui sortent de la tête, et c'est à son tour de s'avancer vers Cindy d'un air menaçant :

— Calme ta schneck, d'accord ! Zachée, dis à ta meuf de calmer sa schneck !

Zachée a l'air éberlué par la violence de l'échange mais il pose une main apaisante sur l'épaule de *sa meuf*.

— J'crois pas qu'elle ait besoin de calmer quoi que ce soit. C'est plutôt toi qui devrais te calmer.

Jérémie émet quelques grommellements inaudibles, puis hausse les épaules et les plante là. Zach et Cindy restent un instant immobiles, chuchotent un peu entre eux, puis s'engagent de concert sur le chemin de terre qui descend vers la mer. Sans savoir pourquoi, je leur emboîte le pas et nous cheminons une quinzaine de minutes sous ces étoiles inconnues qui me paraissent légèrement plus grosses et plus nettes que celles de l'hémisphère Nord, mais il faut dire aussi que je n'ai pas tellement l'habitude d'accorder plus d'un regard à la Grande Ourse ou à Cassiopée, malgré les efforts déployés par Jérôme pour m'initier à l'astronomie. Arrivés sur la plage, Cindy et Zachée se déshabillent en un tournemain et je m'avance jusqu'au rideau frémissant d'une haie de roseaux, espérant vaguement qu'ils me dissimuleront aux yeux de mon fils et de sa copine.

Cindy a pris la main de Zach et voici que son rire s'élève de nouveau – mais un rire heureux, cette fois, un rire triomphant et communicatif. Si je n'avais pas, depuis trois jours, le cœur et le ventre constamment étreints, constamment serrés par la tristesse et par l'angoisse, je rirais bien moi aussi. Zachée, lui, ne s'en prive pas, il rit en écho, se laisse entraîner vers la mer écumeuse et y plonge à la suite de Cindy. Ils nagent un moment vers le large et je les perds de vue tandis que mon angoisse monte encore d'un cran à l'idée de tous les dangers qui les guettent, les requins carnivores, mais aussi les courants, les rochers, que sais-je. Heureusement, ils ne tardent pas à revenir, à sortir de l'eau en trottinant et s'ébrouant. Cindy secoue ses dreads d'avant en arrière, projetant sur Zach un faisceau de gouttelettes. Nue, elle semble plus déliée, moins trapue et moins grassouillette que quand elle porte ses éternels sarouels délavés et ses tee-shirts informes. En fait, elle est même plutôt athlétique. C'est peut-être sa carrure développée qui a pu me donner longtemps cette impression d'embonpoint. Mais en réalité, elle a les hanches étroites, le ventre plat et comme martelé. Ses seins, il est vrai, sont impressionnants, et la lune argentée en accentue encore la blancheur crémeuse et les volumes sensationnels.

Zach se jette sur eux avec un gémissement de convoitise qui me parvient depuis mon abri de feuilles bruissantes. Je devrais partir, rebrousser chemin avant d'assister aux ébats de mon fils cadet avec sa compagne, mais voilà, je reste là, comme pétrifiée par l'étrange spectacle qui s'offre à moi. À croire que Cindy dispose des pouvoirs de Gorgone – dont elle a la chevelure serpentine. Tandis que Zachée s'agenouille à ses pieds et enfouit le visage entre ses cuisses, Cindy reste étrangement impavide, se contentant de ratisser d'une main dans ses boucles trempées. L'attrapant brutalement par la taille, Zach la force à descendre d'un cran puis l'allonge sur le sable.

Ils baisent. Sous mes yeux. Mon fils et sa nana. Alors même que Thadée gît sur son lit d'hôpital à quelques kilomètres seulement ! Comment Zachée peut-il avoir le cœur de prendre du plaisir en ce moment terrible ? Comment peut-il seulement avoir envie de faire l'amour trois jours après qu'un requin a arraché et dévoré la jambe de son frère ? De nouveau ce rire. Le rire de Cindy qui se redresse et inverse brusquement les rôles, enserrant mon fils cadet dans l'étau de ses cuisses dorées et ployant vers lui la masse magnifique de ses seins blancs dont elle lui caresse languissamment le torse. À chaque caresse savante, Zachée frémit, se cabre, tente de la repousser et de la plaquer au sol. Elle résiste et leur étreinte se mue en un simulacre de bagarre qui semble les amuser follement à en juger par leurs rires et leurs ahanements. Après quelques minutes de lutte, Cindy prend définitivement le dessus et pousse un insupportable cri de victoire.

Que cette fille n'ait aucune sensibilité, je le savais déjà, mais ce que je découvre en cette horrible nuit, c'est à quel point elle a contaminé mon fils. Or, de nous tous, c'est Zachée qui a toujours été le plus tendre, le plus compatissant, le plus attentif aux autres. J'adore Thadée, mais je dois reconnaître que l'empathie n'est pas sa qualité première. Ni celle d'Ysé, qui est capable de sangloter sur la mort d'une cigale, mais qui a appris l'accident de son frère sans manifester de tristesse ou d'horreur.

Tâchant de garder mon calme, je m'accroupis derrière le rideau de joncs toujours agités par le vent, méditant sur la transformation cruelle qui a fait de mon petit garçon cet homme dur, égoïste, assoiffé de plaisir au point d'en oublier son frère. Car c'est de plaisir qu'il s'agit maintenant. Le simulacre de bagarre, les cris de protestation et les exclamations de triomphe ont laissé place à des gémissements de volupté tout à fait identifiables et parfaitement intolérables. Je ne sais pas ce qui m'insupporte le plus, d'ailleurs, entre ce plaisir volé, indu, et l'attitude de Zach, gisant sur le sable mouillé comme si Cindy l'avait terrassé, comme s'il s'offrait complaisamment à sa Messaline. Car Cindy s'avère être une vraie salope, ce qui constitue une autre découverte et une autre surprise. Elle chevauche mon fils sans se départir d'une étrange expression lointaine, le visage argenté par cette lune si pleine et si basse sur l'horizon. De temps en temps, elle interrompt ses coups d'échine frénétiques pour se pencher vers mon fils et lui susurrer à l'oreille des propos inaudibles mais qui ont l'air de le galvaniser. Tout ça est parfaitement répugnant. Et qu'on ne vienne pas me dire qu'il ne tient qu'à moi de tourner les talons si le spectacle me dégoûte. Ma place est là, sur cette plage : vu ce qui nous arrive, il importe que je sois dessillée, que je sache sur quelles ressources je peux compter dans le combat qui nous attend. Or, de toute évidence, mon fils cadet est entièrement sous le joug de cette Cindy aux tresses de gorgone. S'il faut soutenir Thadée, se dévouer corps et âme à sa guérison, ajouter ses forces aux siennes, je ne suis plus du tout sûre de pouvoir compter sur Zachée.

Tandis que la Croix du Sud clignote avec malveillance au-dessus de la mer noire, la Messaline de Castagnède – son bled d'origine – entreprend d'achever sa proie. J'ai beau être secouée de fureur et de désapprobation, je ne peux pas m'empêcher de noter l'impression d'énergie sauvage qui se dégage de leurs corps enchevêtrés. S'il ne s'agissait pas de mon fils et si la situation n'était pas ce qu'elle est, je pourrais même en goûter la sensualité. D'ailleurs, si je veux être honnête avec moi-même, je dois reconnaître qu'à ma colère et à mon dégoût se mêle un sentiment de frustration et presque de convoitise. Sans le savoir, Zachée et Cindy me renvoient brutalement à la réalité de mes cinquante ans, à mon corps qui s'empâte et se fripe inexorablement, à mes membres raidis, à mes cheveux ternis par les brushings et les colorations, si éloignés des tresses ondoyantes de Cindy. Je ne suis plus capable de ces ébats fougueux : si d'aventure Jérôme m'entreprenait, de nuit, sur une plage réunionnaise, s'il me faisait rouler dans le sable, je ne serais pas capable de le chevaucher avec cette assurance triomphante, pas capable de lui prodiguer ces caresses lascives : la peur du ridicule figerait mon élan et sans doute le sien. Oui, par quelque bout que je la prenne, cette scène est insupportable.

Je me décide à quitter mon poste de guet et à remonter, trébuchant sur d'innombrables souches noueuses que je n'avais pas remarquées à l'aller, mais qui semblent se liguer pour rendre interminable mon retour au camp. Je me suis rarement sentie aussi misérable, aussi vieille, aussi impuissante. Le ciel blanchit déjà lorsque je regagne ma paillote. Pas étonnant que Zachée dorme toute la journée et ne trouve pas le temps d'aller voir son frère si ses nuits sont aussi agitées.

Lorsqu'il vient me chercher deux ou trois heures plus tard, il a son air habituel et son regard limpide :

— Ça va ? Tu as réussi à dormir ?

— Je n'ai pas pu fermer l'œil.

Je m'efforce de faire passer dans ma voix un peu de ma rancœur pour ses ébats nocturnes, mais c'est peine perdue avec Zachée, qui ne comprend les choses que quand elles lui sont clairement signifiées. Il doit s'imaginer que seules l'angoisse et la tristesse m'ont empêchée de dormir et il compatit affectueusement.

— Pauvre Mi ! Tu dois être complètement crevée…

Comme il s'agit que je garde mes forces pour la journée qui m'attend, je le laisse croire ce qu'il veut et je subis le bavardage inoffensif et gai auquel il se pense tenu. Ce qui compte, c'est Thadée, que je fasse bonne figure devant lui ; que j'arrive aussi à extorquer au corps médical des informations concernant l'amputation, les suites opératoires, la date à laquelle Thadée pourra prendre l'avion, rentrer chez nous, enfin.

51

À notre arrivée il est dans la même position que la veille et la chambre baigne dans la même pénombre étrange. Nous échangeons quelques phrases contraintes. Je sens qu'il s'est repris, qu'il a décidé de ne plus rien laisser paraître de sa colère et de sa peur, qu'il fait tout pour avoir l'air normal, pour nous faire oublier la réalité effroyable que le drap dissimule et sur laquelle nos pensées butent inexorablement. Nous avons beau parler de tout et de rien, Biarritz, Saint-Denis, le coup de fil que Jérôme lui a passé juste avant notre arrivée, Jasmine, le temps, la chaleur accablante, la cuisine réunionnaise, la seule chose qui nous intéresse, c'est ce moignon aussi inadmissible que grotesque. Heureusement, Thadée est happé, et nous avec, par la vie de l'hôpital, sa routine, les irruptions de l'infirmière venue vérifier ses constantes ou de l'aide-soignante venue changer les draps, le repas insipide, servi dès onze heures mais auquel Thadée ne touche pas, ce qui me désole.

— Il faut que tu manges, non ?

— J'ai pas faim.

— Tu veux autre chose ? Zachée peut aller te chercher quelque chose de plus appétissant.

— Non, c'est bon.

J'ai toujours aimé nourrir mes enfants et je me suis toujours félicitée de leur appétit. Quand tant d'autres enfants chipotaient et s'étiolaient, les miens dévoraient et devenaient de jour en jour plus grands, plus drus, plus vermeils, à l'image des fruits que je leur choisissais amoureusement sur l'étal du marché. J'ai cuisiné et je cuisine encore pour eux avec une dévotion inspirée et presque féroce. Rien ne me comble davantage que de les voir se resservir de mes tajines, de mes gratins ou de mes tartes. Quand ils étaient bébés, il fallait parfois que je me raisonne pour ne pas les gaver littéralement de compotes, de gâteaux ou de purées maison. Heureusement qu'ils n'avaient pas tendance à grossir, car je n'ai jamais pu me résoudre à les restreindre, m'attirant parfois les remarques réprobatrices de Jérôme ou de sa mère – pour qui on n'est jamais assez frugal ni assez maigre. J'ai beau savoir que sur le chapitre de la nourriture, je suis complètement irrationnelle, rien ne me bouleverse plus chez mes enfants que le refus de s'alimenter.

— C'est normal qu'il n'ait pas faim.

Derrière moi, un homme a parlé d'une voix douce. Il est entré sans qu'on l'entende et se tient entre la porte et la salle de bains attenante à la chambre. Si son badge ne l'identifiait pas sans équivoque comme R. Chandrialimana, chirurgien, je l'aurais pris pour un ambulancier ou un agent d'entretien. Cette façon d'attendre dans l'ombre, ces intonations feutrées, cette posture déférente : il ne ressemble en rien aux médecins que je fréquente, et Dieu sait qu'ils sont nombreux dans notre entourage. Avant de bifurquer en pharma, Jérôme a commencé médecine et s'y est fait pas mal d'amis, dont beaucoup sont aujourd'hui des praticiens hospitaliers réputés. Ce n'est pas Fabien ou Gilles, respectivement cardiologue et gastro-entérologue – et par ailleurs amis très proches –, qui seraient entrés en catimini dans la chambre d'un patient, attendant l'occasion d'en placer une. Eux sont plutôt du genre à faire leur tournée au pas de course, assenant diagnostics et prescriptions d'une voix de stentor. Ni la douceur ni l'humilité

ne sont dans leur nature. Le docteur Chandrialimana m'a l'air fait d'un autre bois que les médecins de chez nous, mais je crois que je préfère
encore les carabins cassants et péremptoires auxquels je suis habituée. Il s'assied de guingois sur
le lit de Thadée et lui prend le pouls, geste qui me
paraît bizarrement déplacé, archaïque, à l'ère où
la médecine a tant d'autres moyens d'investiga-
tion. Il poursuit, sans hausser le ton :

— D'une part les médicaments qu'on lui admi-
nistre perturbent sa flore intestinale, et d'autre
part la digestion occasionne trop de dépenses
énergétiques. L'énergie, son organisme en a
besoin pour lutter contre les infections et accé-
lérer la cicatrisation, entre autres. Idéalement, il
faudrait qu'il jeûne.

Je ne me prive pas de manifester mon opposition à ces recettes d'un autre siècle :

— Écoutez, docteur Chan...

— Chandrialimana.

— Ça fait un bout de temps qu'on ne met plus
les malades à la diète ! Et pourquoi pas la saignée,
tant que vous y êtes ?

— Détrompez-vous : on y revient. Enfin pas la
saignée, mais le jeûne.

Il jette un regard entendu à Thadée avant de
revenir à moi :

— De toute façon, il n'a pas faim : vous n'allez
pas le forcer, hein ?

C'est là où il me connaît mal, et je m'avise d'ailleurs que nous n'avons pas été présentés :

— Je suis Mylène Chastaing, la mère de Thadée.

Il sourit de toutes ses dents :

— Je sais : l'infirmière m'a dit. Vous avez fait
bon voyage ?

S'il croit que nous allons échanger des mondanités tout le temps de sa visite, il se trompe lourdement. J'attaque :

— Comment se fait-il que mon fils ait été amputé ?

— Vous n'avez pas été prévenue ?

Zachée intervient :

— Mi, je t'ai dit : quand l'équipe a pris la décision, t'étais dans l'avion.

Chandrialimana accentue son sourire obséquieux :

— Vous vous imaginez bien que tout a été fait pour lui conserver sa jambe. Nous avons opéré parce que nous n'avions pas le choix. Nous avons mis les os et les lambeaux bout à bout...

Les lambeaux, ce vilain mot. Comme si la jambe de mon fils était de la charpie. Or, à en croire Zachée, son frère est arrivé à l'hôpital avec sa jambe. Gravement endommagée par la morsure du requin, certes, mais entière, le tibia tenant encore au fémur. Chandrialimana m'écoute déblatérer sans paraître affecté.

— Mais nous nous sommes aperçus que les tissus étaient nécrosés, hélas...

Zachée intervient avec précipitation, parlant d'artère collabée, d'ischémie, que sais-je encore. Chandrialimana l'écoute avec une expression de profond ravissement, comme s'il était reconnaissant à Zach de traduire ses propos en termes spécialisés. C'est à se demander où il a obtenu son diplôme. Gilles et Fabien ne décolèrent pas contre ces médecins étrangers, des charlatans doublés de mercenaires, selon eux. Et c'est vrai qu'il a plutôt des airs de fakir que de chirurgien, ce Dr Chandrialimana, avec ses petites mains brunes et sa barbe argentée. Cela dit, il répond à toutes mes questions avec empressement. Selon lui, la cicatrisation va prendre environ trois semaines et Thadée sera transportable d'ici quinze jours, voire avant, une fois que tout risque de thrombose sera écarté.

— Quinze jours ! Mais ce n'est pas possible ! Thadée ne peut pas rester là encore deux semaines, voyons !

Il accueille mes manifestations de mécontentement sans se départir de son bon sourire, à croire qu'il comprend parfaitement que je veuille fuir son hôpital, arracher mon garçon à ses philtres et à ses passes de marabout – car il y a de cela chez lui, dans sa désinvolture vis-à-vis du protocole, son indifférence aux usages, toute une façon de proclamer sa différence et son exotisme. Il demande à Thadée de tirer la langue, soulève sa conjonctive et palpe longuement son abdomen avant de se résoudre à examiner ce qui reste de sa jambe droite. Ses petits doigts sombres démaillotent le moignon avec dextérité. J'aimerais détourner le regard, mais c'est plus fort que moi, et je me retrouve à regarder la chair tendue et luisante de mon fils, dont émergent çà et là des touffes de fils noirs, comme de petits insectes malfaisants. Sans aucun égard pour notre sensibilité, voici Chandrialimana qui se lance dans un quasi-soliloque dont chaque mot me frappe douloureusement :

— Avec l'équipe, on a longuement discuté du niveau d'amputation, et on a vraiment tout fait pour conserver le genou, croyez-moi. Mais il n'en restait presque plus rien : le requin a dû s'acharner à cet endroit-là, je ne vois pas d'autre explication. Cela dit, en termes de levier osseux, ce qui lui reste n'est pas négligeable. On a dû un peu raboter le fémur, évidemment, pas beaucoup, hein, juste pour l'émousser. Ensuite, je vous passe les détails, mais on a suturé les muscles bout à bout, pour capitonner. Et vous voyez, on a bien postériorisé la cicatrice, en décalage avec l'appui terminal. Mais bon, il faut que vous sachiez qu'un moignon, c'est toujours instable en volume, ça s'atrophie. Et puis là, de toute façon, il est encore en phase de drainage. Mais dès que le drainage cessera de donner, Thadée va pouvoir se lever. On pourra faire un premier appareillage d'ici deux ou trois semaines en principe, mais ça sera du provisoire. Il faudra adapter l'emboîture plusieurs fois avant que les choses soient définitivement stabilisées. À ce moment-là seulement on pourra faire une emboîture sur mesure. Un peu de rééducation par-dessus, et Thadée sera prêt à rentrer chez lui. Comme neuf !

Il rit de satisfaction, comme si tout cela n'était que broutilles. Mais je sais, moi, que Thadée ne sera jamais comme neuf, qu'on me l'a abîmé, le requin d'abord, ce chirurgien des îles ensuite. Si l'accident s'était produit à Lacanau, nul doute que mon fils aurait encore sa jambe. Je sais aussi que la cicatrisation, l'appareillage, la rééducation ne seront pas la sinécure dont Chandrialimana me fait complaisamment l'exposé. Nous avons tous bien assez de courage pour supporter les souf-frances des autres, a dit je ne sais quel moraliste. C'est facile, quand on est solidement campé sur ses deux jambes, de bavasser sur les moignons, les prothèses, la rééduc. Le vivre, l'éprouver dans sa chair, comme le fait Thadée, c'est autrement difficile. Surtout que rien ne l'a préparé à être aussi brutalement amoindri : il a vingt et un ans et jusqu'ici son corps ne lui a donné que des satisfactions, répondant à tous ses désirs, récupérant de toutes les épreuves. Combien de fois ai-je vu mes fils aller en cours après une nuit blanche et finir leur journée sur leur planche, comme si de rien n'était !

Je les morigénais pour la forme, mais j'étais secrètement fière de leur endurance hors du commun. Pour l'heure Thadée rabat mélancoliquement le drap sur ce qu'il lui reste de jambe et entreprend de sonder Chandrialimana à propos des différents types de prothèses. Bizarrement, le chirurgien, jusqu'ici si prolixe, élude la question avec un geste sinueux de la main :

— On a le temps d'y penser.

Le visage de Thadée se crispe :

— Je veux ce qu'il y a de mieux. Je veux pouvoir nager, grimper, courir, comme Pistorius.

Chandrialimana regarde mon fils avec un air de perplexité amusée :

— Ah, Pistorius, bien sûr. Mais vous n'êtes pas du tout dans le même cas que Pistorius, vous savez : Pistorius est un amputé bilatéral.

— Ben à plus forte raison. Moi, il me reste une jambe : pourquoi je pourrais pas courir ?

— Hmmm... J'imagine que vous pourrez...

Il poursuit, avec un enthousiasme croissant :

— Un cas très bizarre, ce Pistorius : né sans fibulas, figurez-vous, ce qui arrive très rarement. Il a été amputé des deux tibias quand il était bébé, et...

— Ben je veux les mêmes prothèses que lui. On peut surfer, avec ?

Mon cœur loupe au moins deux battements : quoi ? Il vient de se faire bouffer la jambe par un

58

requin et il parle de remonter sur sa planche ? Chandrialimana a l'air aussi estomaqué que moi :

— On sort de mon domaine de compétences, là. Il y a de plus en plus d'électrodes dans les prothèses qu'on fait actuellement : je ne suis pas sûr que ça fasse bon ménage avec l'eau et le sel. Mais bon, vous poserez la question au prothésiste en temps utile. Et puis vous pouvez avoir une prothèse pour la vie de tous les jours et une autre pour pratiquer... votre sport.

Je sens bien à son ton qu'il partage mon effarement et mon mépris pour ce sport qui mutile chaque année des cohortes de jeunes gens sains et athlétiques. Car pour spectaculaire qu'il soit, l'accident de Thadée n'a rien d'exceptionnel, et les risques encourus par les surfeurs sont multiples. Ceux qui ne se font pas attaquer par les requins se voient précipités sur des rochers, entraînés au large par les baïnes, assommés par la vague, voire scalpés ou énucléés par le nose de leur planche. C'est arrivé à une amie de mes fils. Ils se sont bien gardés de m'en informer, mais, la presse ayant donné pas mal de publicité à l'accident, je les ai obligés à se munir d'un casque, qui limite les dommages sans les prévenir complètement, hélas. Et je ne parle pas des doigts sectionnés par le leash ni des tympans perforés ou des côtes enfoncées. Inspiré par le sujet, Chandrialimana entreprend illico de nous raconter ce qui est arrivé à l'un de ses confrères, par ailleurs surfeur confirmé :

— Il a vu une baleine. C'était en Australie. Et au lieu de faire ce que les autres ont fait, c'est-à-dire se rabattre prudemment vers la plage, il est resté là, sidéré, tétanisé même.

Le ton du bon docteur se fait rêveur, presque

halluciné, comme s'il subissait à son tour l'enchantement qui a paralysé son confrère :

— Il regardait les évolutions de la baleine, il avait même commencé à lui parler, à lui demander comment elle allait, ce qu'elle faisait là, si près des côtes, quand elle l'a assommé, bam, d'un coup de queue. Il a repris connaissance à l'hôpital. Il s'en est tiré à bon compte, juste un traumatisme crânien, mais il a eu de la chance que les autres surfeurs viennent le tirer de là et lui évitent la noyade.

Voilà, merci, docteur Chandri, pour cette anecdote terrifiante. Cela dit, vu l'état de Thadée, il y a peu de chances qu'il remonte un jour sur quelque planche que ce soit, ce qui fait que je me contente de ronger mon frein tandis qu'il continue à s'enquérir des différents types de prothèses et de celles qui seraient les plus adaptées à sa condition de jeune sportif.

Chandrialimana finit par sortir de la chambre après lui avoir assuré qu'il allait se renseigner. Nous restons seuls Thadée, Zachée et moi. La journée s'éternise, rythmée par les soins que reçoit Thadée et nos allers et retours entre la chambre et la cafétéria, un endroit déprimant où je passe des coups de fil mélancoliques à Jérôme ou à mes parents, tout en grignotant un croque-monsieur racorni.

THADÉE

À mon premier réveil à l'hosto, alors que Chandri pensait encore pouvoir me conserver ma jambe, j'étais euphorique. Non seulement je n'avais mal nulle part, mais à chaque inspiration, à chaque mouvement que je parvenais à faire, un sentiment de jubilation m'envahissait. Les souvenirs de l'accident étaient étonnamment nets, depuis ma décision de me faire encore une vague ou deux, jusqu'à mon arrivée à Félix-Guyon dans un assourdissant bruit de sirènes.

D'abord il y avait eu cette super conversation avec Sandro, dans l'eau, alors qu'on attendait les vagues. Puis cette tortue, au line-up. Ce n'était pas la première fois que j'en voyais, mais j'adore ça, quand elles viennent avec nous, comme si elles recherchaient notre compagnie. Ça arrive également avec les dauphins, et c'est toujours un moment magique, d'autant qu'ils ont l'air de s'éclater dans la mousse, eux aussi. Avec Zach, on a beau se foutre de la gueule de ceux qui kiffent les dauphins, on connaît même une fille qui s'en est fait tatouer un sur l'épaule, n'empêche qu'on aime ça nous aussi et que ce n'est pas à Seignosse ou à Lacanau qu'il nous arriverait d'en voir.

Une tortue au line-up en tout début de session, j'ai pris ça comme un bon présage. Pourtant la première heure n'a pas été franchement excitante. Le swell était haché et mal orienté. Et puis, de façon inespérée, des vagues plus creuses, plus glassy et plus consistantes se sont mises à rentrer, et là, on s'est mis trois heures de vrai bon surf dans la tronche.

J'aurais pu, j'aurais dû sortir de l'eau en même temps que Zach, que j'apercevais sur le bord en train d'enchaîner les asanas avec Cindy. Le yoga, c'est un truc à elle. Je n'ai rien contre, mais de là à faire ça sur la plage, devant tout le monde, il y a une limite que je ne suis pas près de franchir. Bref, on ridait depuis presque quatre heures et je m'étais fait une trentaine de vagues, dont trois gauches vraiment exceptionnelles, que j'avais partagées avec Zach et Cindy. Je me sentais bien, je la sentais bien, cette session, j'avais envie qu'elle s'éternise, et en moins d'une seconde j'ai basculé d'un sentiment de plénitude et d'éternité à l'horreur et à la terreur pures. Et tandis que le sable buvait les gros bouillons de sang qui s'échappaient de ma plaie béante et que Cindy me posait un garrot avec un calme et une précision surnaturels, je me suis entendu hurler cette horreur et cette terreur. Ce que j'ai gardé pour moi, mais qui me taraudait déjà, c'était ma colère et ma haine pour tous ceux qui m'entouraient et que le requin avait épargnés. Et encore, j'étais loin d'imaginer qu'on allait m'amputer. Depuis, mon sentiment d'injustice n'a fait que croître, et tous ceux qui vont et viennent dans ma chambre, tous ces gens qui me narguent sur leurs deux jambes, mériteraient vraiment que je le leur crache à la gueule.

MYLÈNE

Au bout d'une semaine, les choses n'ont guère avancé, même si Thadée se rétablit à vue d'œil et commence même à se déplacer de-ci de-là avec ses béquilles. Zachée et Cindy s'apprêtent quant à eux à rentrer en France, comme si de rien n'était. J'ai bien essayé de suggérer à Zachée une prolongation de son séjour, mais il semble considérer que ma présence à Saint-Denis suffit amplement et que des choses autrement importantes que la santé de son frère l'attendent à Biarritz.

Tant qu'il était là, je me suis résignée à séjourner au camp, à dormir à la dure, à manger de l'espadon ou du pangolin, mais c'était histoire de passer plus de temps avec mon cadet. Maintenant qu'il s'en va, il n'en est plus question. Il m'a trouvé un petit hôtel près de l'hôpital et s'estime visiblement quitte de ses obligations familiales. Je le sens soulagé d'échapper à l'atmosphère pesante qui règne au camp et aux conversations contraintes que nous avons avec Thadée. Et en même temps, n'ai-je pas toujours su que mes fils adorés pouvaient s'avérer d'affreux égoïstes et n'est-ce pas mon rôle que de me dévouer corps et âme sans

63

attendre la moindre reconnaissance de qui que ce soit ? De toute façon, l'état de Thad inspirant de moins en moins d'inquiétude, j'ai réservé notre propre voyage de retour à tous les deux. Dans une semaine, j'aurai ramené mon fils aîné en lieu sûr, loin de cet hôpital du tiers-monde, où règnent les pratiques obscurantistes du Dr Chandrialimana.

Pour notre dernière soirée au camp à Zachée, Cindy et moi, l'affreux Jérémie a décidé de marquer le coup et d'organiser un semblant de fête. Je suis d'autant plus étonnée qu'il est incapable de m'adresser la parole et me regarde toujours comme si j'avais un brin de salade coincé entre les incisives. Interrogé à ce sujet, Zachée répond par un sourire aussi rapide qu'énigmatique puis finit par me dire que Jérémie est un « bon gars » sous ses dehors farouches.

Ce soir, le bon gars a mis les petits plats dans les grands et nous sert un rougail saucisse qui m'emporte la bouche mais ne m'inspire pas de répulsion particulière. Suit, en revanche, une mixture verdâtre qui est paraît-il une spécialité malgache et à laquelle je me garde bien de toucher. Une tourista carabinée est si vite arrivée.

Les autres convives sont les mêmes que le premier soir, tous ces jeunes gens interchangeables, Birke, Sandro, Paul, Ali, Julia, Ethan, Robin, Emmeline, Jérémie et sa copine Anouk. Pour faire la conversation, j'évoque l'état de Thadée et surtout son projet ahurissant de remonter un jour sur une planche de surf. Jérémie tchipe avec un mépris ostentatoire, mais les autres font des efforts louables pour épuiser le sujet, et pendant un temps nous devisons aimablement de tous ces handicapés qui peuplent le monde du sport. Chacun y va de son anecdote, Pistorius bien sûr, mais aussi tel aveugle qui fait des marathons, tel manchot qui grimpe avec son seul bras, *ad nauseam*.

La copine de Jérémie ayant fini par mettre de la musique, des ombres émergent une à une depuis les tamarins et les calumets qui bordent le camp. En moins de temps qu'il n'en faut pour le dire, l'esplanade de terre battue grouille de monde. Du beau monde d'ailleurs. Tous bâtis sur le même modèle, celui qui prédomine ici : des jeunes gens athlétiques aux cheveux blondis par le sel. C'est moins blanc que d'habitude, cela dit : je note la présence de quelques Noirs – Jérémie a dû convier des autochtones à sa petite sauterie.

Bien qu'ayant décidé de ne pas m'attarder et de regagner ma case – où dépérissent les anthuriums – je note que Zachée a déjà l'air un peu ivre, et qu'il lance en direction de Jérémie de fréquents regards aussi belliqueux que vitreux, ce qui me décide à rester. À douze heures de monter dans son avion pour la métropole, pas question qu'il lui arrive quoi que ce soit, qu'il en vienne aux mains avec l'un ou l'autre – à moins qu'il ne fasse un coma éthylique. D'autorité, je lui arrache la bouteille dont il s'apprête à se resservir, un rhum charrette qui doit bien faire cinquante degrés. Je m'avise que non content d'avoir bu comme un trou, il tient à la main un énorme joint, que je lui arrache aussi.

— C'est bon, Zachée, tu as assez bu ! Et assez fumé, aussi !

Lui si docile et conciliant d'habitude, le voilà qui résiste, me reprend la bouteille et remplit son verre à ras bord :

— C'est bon, Mi ! Tu vas pas jouer la brigade des stups !

— Je vais me gêner !

Je n'ai jamais eu le moindre scrupule à fouiller dans les affaires de mes fils et à confisquer enveloppes d'herbe et barrettes de shit ; pas le moindre scrupule non plus à leur faire des scènes mémorables quand ils rentraient en empestant l'alcool. Il va sans dire que je leur interdis de boire devant nous : tout juste une coupe de champagne lors d'occasions particulières. Thadée m'appelle Eliot Ness : je m'en fous. Je me doute bien que hors de ma vue ils fument et boivent, mais j'ai toujours compté sur leur bon sens pour ne pas sombrer comme tant d'autres enfants de mes amis, à commencer par ce pauvre Léo, le fils de Maud, qui commence toutes ses journées en fumant un énorme spliff – au dire de mes fils, qui continuent à le fréquenter tout en l'abreuvant de sarcasmes. Mais ce soir, j'ai beau rouler des yeux furibonds et piétiner théâtralement le joint, Zachée me rit au nez et entreprend d'en rouler un autre, arguant que « c'est la fête ».

— On fête quoi, au juste ? L'amputation de ton frère ou ta fuite piteuse ?

Il s'étrangle presque avec sa lampée de rhum et en laisse tomber son herbe sur la terre battue. Cindy se rapproche de nous, visage fermé, comme si Zach avait besoin de son renfort. Moi aussi j'ai bu, deux verres seulement, mais comme je n'ai pas l'habitude, l'alcool me monte vite à la tête et me pousse à cracher ce que j'ai sur le cœur, ce qui fait que j'embraye illico :

— Tu crois vraiment que c'est le moment de partir ? D'abandonner ton frère ? T'as pas l'impression qu'il a besoin de toi ?

66

— Mais t'es là, toi ! T'es venue pour ça, non ? Pour qu'il soit pas tout seul !

— On serait pas trop de deux.

— Mais, c'est bientôt Noël, merde ! C'était prévu, que je rentre ! Et en plus, nos billets, ils sont ni échangeables ni remboursables.

— Ton père et moi, on t'en aurait payé un autre, si c'est que ça !

Je suis peut-être irrationnelle, injuste, mais je m'en moque. Il n'en reste pas moins qu'il se casse, qu'il se dépêche de rentrer dare-dare, de regagner notre villa biarrote, de retrouver son confort, ses potes, sa vie, nous laissant Thad et moi sur cette île affreuse, dont je n'aime rien, ni les paysages, ni le climat, ni la bouffe, ni les gens. À l'hôpital, infirmiers et aides-soignantes m'ont paru particulièrement incompétents, et les rues moites de Saint-Denis ne m'ont pas réconciliée avec sa population. Partout, je n'ai eu affaire qu'à des gens indolents et maussades. Et qu'on n'aille pas me taxer de racisme sous prétexte que je n'apprécie pas la mentalité réunionnaise. D'ailleurs, c'est eux qui sont racistes et qui ne peuvent pas blairer les zoreilles. Finalement, le seul avec qui j'ai pu avoir une conversation intelligible, c'est encore Chandrialimana. Mais voilà, je n'aime pas ses manières et je ne lui fais pas confiance pour soigner mon fils.

Cindy pose une main apaisante sur l'épaule de Zachée, qui se dégage avec une exclamation d'impatience. Autour de nous, ça s'est mis à danser. La basse pulse et me chatouille désagréablement l'épigastre. Zachée me défie du regard et bredouille je ne sais quoi au sujet de l'hôpital Félix-Guyon, et des médecins qui s'occupent de son frère.

— Parlons-en, de l'hôpital Félix-Guyon et de ses médecins : ne me dis pas que tu trouves Chandria-limana à la hauteur !

— Ben si, justement. Et Thadée l'apprécie beaucoup, si tu veux savoir !

— Je ne suis pas sûre que Thadée ait toutes ses facultés de jugement en ce moment !

— Bon, tu veux que je te dise quoi ? Que l'hôpital est nul, que les médecins sont nuls, que Thad est mal soigné et que je suis vraiment un beau salaud de l'abandonner ?

Anouk s'approche de nous, frémissante de bonne volonté. Visiblement, l'idée que tout le monde ne partage pas sa liesse insane lui est insupportable :

— Ben alors ? Il se passe quoi, là ? Vous dansez pas ?

Zachée et Cindy arborent des sourires gênés. Il s'avère qu'Anouk a décidé de jouer le rôle de la jeune fille de la maison, ce qui fait qu'elle me met sous le nez un verre de ce rhum qui embrume tous les esprits ce soir.

— Tiens, Mylène. Ça va te détendre. C'est du rhum arrangé bibasse vanille. C'est ma mère qui le fait. Tu vas voir, c'est trop bon.

Je me fous de sa mère alcoolique, et puis d'où tient-elle qu'elle peut me tutoyer et que j'ai besoin de me détendre ? Mystère, mais elle n'en continue pas moins de m'agiter avec insistance son gobelet de polystyrène juste sous le nez. À bien la regarder, elle est effectivement très jolie, mais elle est passée à deux doigts de la laideur, avec ses yeux dorés à fleur de tête, ses lèvres surdimensionnées et comme tendues.

— Non, merci. Contrairement à vous tous, je n'ai rien à fêter.

Ses yeux s'exorbitent encore plus :

— Non mais c'est quoi le problème ?

— Y a pas de problème, Anouk : c'est juste que je n'ai pas envie de boire.

— Ben viens danser, alors.

— Et j'ai encore moins envie de danser. Mon fils aîné est à l'hôpital avec une jambe en moins, alors si vous voulez bien, je vais aller dormir. Ou essayer. Quant à Zachée, il ferait mieux d'aller se coucher lui aussi : il a un avion à prendre demain à onze heures.

Les beaux yeux dorés expriment une incompréhension totale. Peut-être Anouk est-elle légèrement demeurée ? J'ai entendu dire qu'il y avait pas mal de consanguinité parmi les petits Blancs des Hauts. Elle hausse légèrement ses épaules fragiles. Elle et moi sommes les seules ici à ne pas surfer et à ne pas avoir développé une carrure de camionneur. Entre elle et Cindy, le contraste est comique : autant Anouk est brune, sculpturale, et d'une pâleur olivâtre ; autant Cindy est blonde, dorée, râblée. Cindy est là, d'ailleurs, un peu en retrait mais avec un air de vigilance que je ne lui ai jamais vu. Zachée est tendu, lui aussi. Une tension qui ne s'explique pas seulement par l'altercation que lui et moi venons d'avoir.

Jérémie s'approche, attiré par l'odeur du sang, j'imagine, comme le requin qu'il est et dont il a la mâchoire proéminente et agressive. Un frisson de dégoût me secoue des pieds à la tête. Heureusement que je m'en vais bientôt et que je n'aurai plus à supporter tous ces dégénérés réunionnais. Vivement Biarritz, la civilisation, l'urbanité. Sans coup férir, j'attrape le verre tendu par Anouk et le bois cul sec : hop ! À la santé de mon fils aîné et de tous ceux qui ont été mutilés par des requins, énucléés par leur planche, assommés par des baleines, lacérés par des récifs coralliens ! Il semblerait que j'aie parlé à voix haute car le quatuor me regarde avec dégoût et commisération. Zachée tente d'intervenir :

— Mi, arrête de boire : tu dis des conneries.

Avisant la bouteille de rhum qu'il m'a arrachée tout à l'heure, je la lui reprends et me sers un quatrième verre :

— Mais non, pourquoi ? C'est la fête : tu l'as dit toi-même. Et en plus il faut que je me détende : n'est-ce pas, Anouk ?

Visiblement dépassée, cette pauvre Anouk peine à articuler quoi que ce soit d'intelligible. Elle entreprend fébrilement de refaire son chignon, lissant et torsadant ses mèches brunes. Elle est vraiment très belle, avec ses jambes interminables et ses seins lourds, que son débardeur peine à contenir. Elle ressemble un peu à Jasmine, en moins racée peut-être mais en beaucoup plus sexy. Cette fille dégage quelque chose d'irrésistible avec ses boucles brunes, sa grosse bouche mouillée et l'éclat fauve de son regard, toujours un peu cerné. Quelque chose me dit que Thadée n'a pas été insensible à tous ces charmes exotiques et que ceci explique peut-être cela, à savoir l'hostilité de Jérémie envers mon fils aîné. Il me semble d'ailleurs que la seule personne du camp dont Thad ait demandé des nouvelles soit précisément cette même Anouk. Sur le moment, je n'y avais pas prêté attention, et surtout, je n'avais pas compris de qui il s'agissait, mais ça me revient maintenant.

Nous sommes ivres, mais de nous tous, Jérémie est visiblement le plus éméché. Sans compter qu'il a dû se rouler joint sur joint de leur zamal local. Il nous tourne autour, chaloupant et marmonnant je ne sais quoi à propos de Thadée, de Zachée, et… de moi. Je l'entends très distinctement me traiter de « petite bourge racornie », ce qui me ferait rire si j'étais d'humeur à rire, mais justement je ne le suis pas et mon humeur est au moins aussi sombre que la sienne. Hop, un nouveau verre de rhum – de rhum arrangé, cette fois-ci, le rhum-bibasse-vanille de la mère d'Anouk. Si Jérémie me cherche, il va me trouver. J'attaque, sur un ton de courtoisie pontifiante propre à l'exaspérer :

— Il y a un problème, Jérémie ? Vous avez du mal à supporter les effets de l'alcool, peut-être ? Dans ce cas, je vous conseille fortement de passer au Perrier ou d'aller vous allonger un petit moment.

Jérémie roule des yeux fous et grommelle de plus belle. Dans l'intention louable de lui changer les idées et de l'attirer loin du front, Anouk le prend par la main et commence à danser devant lui avec un sourire engageant :

— Allez, viens ! On danse !

Pauvre fille… Se rend-elle seulement compte de ce qu'elle dégage ? Anouk sur une piste de danse, c'est de la dynamite. En cinquante ans d'existence, je n'ai jamais vu personne danser comme elle, avec cet abandon et cette lascivité suggestive. Sans compter que ses veines doivent charrier pas mal de sang créole et qu'on a beau dire, en matière de danse, les Noirs l'emporteront toujours sur les Blancs. Anouk danse, un léger sourire aux lèvres, et de tous les gars qui sont là ce soir, je n'en vois pas un qui reste de marbre. Un « cric à bites », comme aurait dit mon père. Jérémie a effectivement du souci à se faire.

Sans coup férir, Anouk commence à agiter ses fesses sublimes en un mouvement de rotation frénétique qui me laisse pantoise, et je ne suis pas la seule. Mon pauvre Zachée est littéralement fasciné. Mais au lieu de rester prudemment à distance, le voilà qui s'approche d'Anouk et entreprend de danser lui aussi. Pour autant que je sache, mes fils dansent très bien. En tout cas, c'est ce qui m'est revenu aux oreilles, car ils se gardent bien de faire la démonstration de leurs talents devant leurs vieux parents. Anouk, pas si bête finalement, s'empresse de lui tourner le dos et de s'éloigner un peu, mais Zachée la suit, accentuant vers elle son roulement de hanches, ouvrant grands les bras, comme pour l'y attirer. À côté de moi, Jérémie grommelle de plus belle :

— Mais qu'est-ce qu'il croit, ce fils de pute ?

La pute, c'est moi sans doute, et si Zachée n'était pas déjà en fâcheuse posture, je m'empresserais de relever le gant. Sous la brassière qui moule ses jolis seins, le nombril d'Anouk, luisant de sueur, brille comme un phare dans la nuit tropicale, attirant à lui de plus en plus de garçons avinés. Si elle voulait faire diversion, c'est réussi – à moins que ce ne soit complètement raté, vu que Jérémie est à deux doigts d'exploser. Et Cindy, au fait ? Comment réagit-elle à cette nouvelle circulation des désirs, et à l'attirance que Zachée manifeste sans vergogne pour cette brune aux yeux d'or et aux fesses sensationnelles ? Eh bien, contre toute attente, Cindy se tient très bien. Elle se contente d'observer la scène, les bras croisés sous son opulente poitrine. Pour les seins, elle n'a rien à craindre d'Anouk, mais sur le plan des fesses, elle pèche un peu : les siennes sont musclées mais manquent de chair. Et c'est à croire que l'alcool me rend lubrique, car mon regard est irrésistiblement attiré par tous ces fessiers, féminins et masculins, qui s'agitent voluptueusement dans la pénombre. Certes, Anouk est la championne incontestée du twerk, mais je dois dire qu'Emmeline fait bonne figure elle aussi, et que parmi les garçons, certains ont de beaux petits culs. Sous l'œil courroucé de Jérémie, je me mets à pouffer bêtement dans mon gobelet.

Non loin de moi, Zachée continue ses manœuvres d'approche et d'encerclement d'une Anouk qui joue les belles indifférentes. Les images du premier soir me reviennent, Zach et Cindy roulant dans le sable, Cindy chevauchant triomphalement mon fils, ses gros seins ballottant sous la lune. Oh mon Dieu, il faut que j'arrête ça tout de suite, ce feu roulant d'images et de pensées libidineuses ! Mais mon Dieu doit être fort occupé, car je sens mes joues flamber et une inquiétante moiteur monter entre mes cuisses, ce qui ne m'est pas arrivé depuis longtemps. Il faut dire aussi que la chaleur est infernale ; que la musique continue à faire vibrer quelque chose, là, entre mes seins, et que tous ces jeunes gens, sans être beaux à proprement parler, sont insupportablement sexy. Je pleure. C'est venu comme ça, après les gloussements nerveux et les bouffées d'excitation. Je pleure parce que l'excitation, le désir, la danse, la beauté, ce n'est plus pour moi si tant est que ça l'ait jamais été.

Bizarrement, le seul à s'apercevoir de mon émotion, c'est l'affreux Jérémie, qui me dévisage avec une expression inhabituelle mais indéchiffrable : impossible de dire s'il s'apprête à se jeter sur moi ou à me dire trois mots de réconfort. Au même moment, Zachée pose une main conquérante sur la taille d'Anouk et l'attire à lui. Elle a beau résister un peu, elle n'en danse pas moins, avec une sorte de bonne grâce réticente qui la rend encore plus irrésistible. Dénouant subitement sa lourde chevelure noire, elle la fait tournoyer par des mouvements circulaires de la tête qui ont pour effet de méduser complètement mon pauvre Zachée. Décidément, entre Anouk et Cindy, mon fils a le don de tomber sur des gorgones. Tout en essuyant furtivement mes larmes amères, je glousse de plus belle, enchantée de mes associations d'idées et de mes références mythologiques. L'affreux Jérémie s'approche de moi et me retire mon gobelet des mains avec une douceur inattendue. Il me parle de si près que je sens son souffle brûlant et empesté d'éthanol chatouiller mes narines.

— Ils ont le feu au cul, tes fils, ou quoi ?

Comme il n'est pas question que je discute de la libido de mes fils avec cet odieux personnage, j'émets un nouveau rire nerveux et m'apprête à tourner les talons dans cette nuit bien trop noire et bien trop torride. Jérémie me retient, abattant lourdement sa main d'ivrogne sur mon épaule :

— T'en va pas ! On commence à peine à discuter !

— Je n'ai pas la moindre envie de discuter avec vous !

— Ben t'as tort. Parce que je pourrais t'en apprendre beaucoup sur tes garçons chéris.

Il ricane en fronçant son petit nez rougi par l'abus de soleil. Le rire de Zachée s'élève et celui d'Anouk lui fait écho. Jérémie leur jette à peine un regard mais il a bien noté la direction que prenait le mien :

— T'en fais pas, il pourra jamais pécho Anouk.
Anouk, elle a l'habitude des baltringues dans le
genre de ton fils : elle sait comment les tèj en
douceur. Elle est trop forte. Zachée, il a aucune
chance. Et Thadée, il en avait pas plus.

Son regard s'embue de l'admiration que lui ins-
pirent les qualités insolites de sa nana. À moins
qu'il ne soit en train d'essayer de se persuader de
sa fidélité. En tout cas, si j'étais lui, je ne parie-
rais pas dessus, car les choses ont l'air d'aller bon
train entre Anouk et mon fils. Cindy a disparu,
ce qui témoigne de sa sagesse : Zach et elle s'en
vont demain, à quoi bon se mettre la rate au
court-bouillon pour ce petit moment d'égarement
insulaire ? Après une bonne nuit de sommeil, elle
n'aura qu'à fourrer son Zachée dans l'avion : il
y cuvera sa cuite de la veille, et à leur arrivée à
Biarritz, tout sera oublié, pour lui comme pour
elle ; tout se sera dissipé comme les dernières
fumerolles d'un mauvais rêve.

L'affreux Jérémie s'appuie encore plus pesam-
ment sur moi. Ses yeux clairs et injectés se fichent
dans les miens. Tout avinée que je sois, j'espère
que j'offre un spectacle moins affligeant que ce
pauvre garçon, avec sa démarche titubante et son
élocution empâtée par l'alcool.

— Tu sais quoi ? Je sais que t'as pas envie d'entendre ce que j'ai à te dire…

— Alors ne dites rien : merci.

— Ouais, mais faut que tu saches. Tu vois, Thadée, ben il l'a pas volé, son accident.

Je me dégage de l'intolérable étreinte de ce
dégénéré et je siffle, comme un serpent :

— Tais-toi !

Dans la fureur qui m'anime, je suis passée au

tutoiement, moi qui ne tutoie quasi personne. Il ne sera pas dit que j'aurai laissé l'affreux Jérémie déblatérer impunément sur mon fils aîné, et ce, alors même que ce fils aîné affronte l'une des pertes les plus insupportables qui puissent être infligées à un garçon de vingt ans.

— Mais c'est vrai ! Je dis pas de conneries ! Au camp personne pouvait l'encadrer, Thadée ! Je compte plus le nombre de mecs à qui il a piqué la vague !

Aussi étrange que cela paraisse, le surf possède son manuel de savoir-vivre. Thadée, qui surfe depuis l'âge de dix ans, sait parfaitement comment se comporter sur l'eau, et il est le premier à pourfendre ces surfeurs du dimanche qui grillent les règles de priorité sur leur stand-up-paddle, quand ils ne provoquent pas de collisions par leur imprudence coupable. C'est en substance ce que je déballe à l'affreux Jérémie. Mais loin de se laisser désarçonner, celui-ci continue à énumérer tous les griefs qu'il nourrit contre Thadée. Paresseux, égoïste, irrespectueux, vantard : à en croire Jérémie, mon fils cumule les tares.

— Ici, y a des trucs qu'on fait à tour de rôle : les courses, la vaisselle, le lave-linge, les sanitaires... Normalement, ça tourne. On n'a même pas besoin de faire un tableau ou un truc comme ça, tu vois, c'est pas l'esprit. Chacun sait ce qu'il a à faire. Mais Thadée, c'était pas pour lui. Il a jamais lavé une tasse. Et je te parle même pas des chiottes. Il s'occupait de sa planche et de sa combi, point barre.

Sandro nous a rejoints. Un petit gars trapu. Une bonne bouille. Il se marre et renchérit :

— Thadée ? Ah ouais, pas moyen de le coincer

pour les corvées : trop fort, le keum ! Et pareil pour les tournées : il a jamais payé un verre !

Face à tant de mauvaise foi, que dire ? Je connais mes fils et leurs défauts. Paresseux et bordéliques ? Tant qu'on voudra. Mais pingres, jamais ! Au contraire, ce sont de vrais paniers percés. Jetant un coup d'œil à Zachée, je m'aperçois qu'il a désormais jeté son dévolu sur Emmeline, ce qui me soulage grandement car elle, au moins, m'a tout l'air d'être célibataire.

Immobiles au milieu des danseurs, Jérémie, Sandro et moi sommes le noyau sombre et potentiellement explosif de cette fête, par ailleurs plutôt bon enfant. Je décide de passer à l'eau minérale et de ne pas aller me coucher tout de suite, histoire de veiller un peu au grain. L'affreux Jérémie est insupportablement proche, violant sans vergogne mon périmètre de sécurité individuel et poursuivant sa diatribe fielleuse :

— Et lui aussi, il aurait bien aimé me piquer Anouk ! Il a continué à la draguer même quand Jasmine était là.

— Comme c'est vraisemblable !

— Tu me crois pas ?

— Pas une seconde. Déjà, excuse-moi, mais entre Jasmine et Anouk, y a pas photo. Attention, je ne dis pas qu'Anouk n'est pas une jolie fille, mais elle n'est pas le genre de Thadée. Il aime les filles plus classe.

L'affreux Jérémie me dévisage d'un air mauvais :

— Quoi ? Tu veux dire qu'Anouk est une taspé ?

— Je ne sais pas ce que c'est, une taspé.

— Une tepu.

Tout ce verlan... Ce serait comique si ce n'était

pas fatigant. Le fou rire me gagne de nouveau et ce n'est pas du tout une bonne idée de glousser devant ce dingue aviné. Il va croire que je me moque de lui et d'ailleurs il n'aura pas tort. Je m'efforce de me faire apaisante, et surjouant les grandes dames, je repasse au vouvoiement :

— Mais non, voyons : ne me faites pas dire ce que je n'ai pas dit.

— N'empêche que ton fils, il a chauffé ma meuf dès qu'il est arrivé. Il arrêtait pas. Même qu'Anouk, elle s'est barrée. Elle est retournée à Bras-Panon, chez ses parents. Elle en pouvait plus. Il la suivait partout, il lui mettait la pression. Et quand Jasmine était là, c'était pire. À croire qu'il voulait un plan à trois.

Son regard se fait égrillard :

— Note que j'aurais pas dit non. Jasmine, elle est super bonne. Mais bon, tout ça pour te dire que ton fils, pour sa jambe, bon c'est dommage et tout, mais au fond je m'en fous et je suis pas le seul. Putain, avec n'importe quel autre keum on aurait été super tristes, mais là, on s'est tous dit la même chose : ce connard de Thad, il a eu ce qu'il méritait.

Zachée fait irruption entre nous et me hèle joyeusement :

— Mi, je vais dormir ! On a l'avion demain matin et je veux pas être complètement défoncé. On doit se lever hyper tôt.

— Où est Cindy ?

— Dans la case. Elle range nos trucs.

— Tu pourrais lui filer un coup de main.

— Mais j'y vais, je te dis juste bonsoir.

Sans un regard pour l'affreux Jérémie, il m'embrasse avec sa démonstrativité coutumière. Petit, il était toujours pendu à mes jupes, toujours en train de se lover dans mes bras et de me couvrir de baisers. Avec son père, on l'appelait l'arapède. Il a changé, mais il reste le plus affectueux de nos trois enfants. Je lui rends ses baisers.

— Moi aussi, je vais me coucher. On se voit demain, hein ? Qui vous amène à l'aéroport ?

— Julia ou Sandro.

Poussée par je ne sais quel démon, je ne peux pas m'empêcher de lui demander s'il a dit au revoir à Anouk. Son sourire se fait encore plus large :

— Mi, je te connais par cœur et je sais très bien ce que tu sous-entends. Mais rassure-toi, Anouk ne m'intéresse pas plus que ça.

D'un regard oblique, il vérifie que Jérémie s'est éloigné et il me glisse à l'oreille :

— Je l'ai un peu chauffée, c'est vrai, mais c'était pour faire chier Jéré.

— Ah bon ? Mais je croyais que tu l'aimais bien ? Que c'était pas un mauvais bougre, finalement ?

— Je confirme. Mais les gars dans le genre de Jéré, ils ont besoin qu'on leur apprenne un peu la vie, de temps en temps.

J'accueille sa déclaration avec un sourire sceptique, mais il m'enlace de plus belle et me souffle à l'oreille :

— Bon, Mimi, on se voit demain, hein ? Ça me fait mal de te laisser toute seule, va pas croire le contraire. Mais bon, on est là depuis presque trois semaines, j'ai déjà loupé plein de cours et Cindy aussi. Il a fallu que je deale avec mes profs avant de partir : si je reviens pas, ça va pas le faire. Et puis d'un côté, heureusement qu'on était là quand Thadée a eu son accident, non ? On a assuré, non ? Mais bon, te laisse pas abattre, Thadée, il va aussi bien qu'il peut aller, et puis vous aussi vous rentrez bientôt, hein ?

Tout en me serrant contre lui, il me noie sous un flot de paroles affectueuses et rassurantes, ponctuées de grands éclats de rire. Comme Jérémie s'est de nouveau rapproché, il le hèle :

— Jéré, je te laisse ma mère. Tu t'en occupes, hein ? Tu prends bien soin d'elle. Autrement je reviens te casser la gueule.

La psychologie des garçons de vingt ans m'échappera toujours. Comment Zachée peut-il fraterniser avec un type qui répète à qui veut l'entendre que Thadée n'a pas volé son accident ? D'ailleurs, n'ont-ils pas failli se battre le soir même de mon arrivée ? Sans compter que moi aussi je quitte le camp demain et n'ai pas la moindre envie de conserver des relations avec Jérémie, Anouk et consorts. Contre toute attente, Jérémie opine gravement du chef et assure solennellement à mon fils qu'il ne me laissera pas tomber et s'occupera de moi. Je proteste :

— Je n'ai pas besoin qu'on s'occupe de moi ! Et puis de toute façon, à partir de demain je suis à Saint-Denis, à l'Hôtel des Ravenales.

— Bah, c'est pas loin. Je viendrai te chercher.

Prononcée sur un ton fervent, cette réplique me fait froid dans le dos. D'autant que Jérémie se lance dans un grand discours sur les charmes de l'île, et sur tous les coins qu'il faut absolument que je visite avant de rentrer en métropole. Il faut croire que je ne comprends pas plus la psychologie des hommes de trente ans que celle des garçons de vingt. J'ai beau arguer de la nécessité pour

moi de passer le plus de temps possible à l'hôpital
et rappeler que je ne suis pas venue à La Réunion
pour faire du tourisme, Jérémie n'en démord pas,
et Zachée, goguenard, abonde dans son sens :

— Jéré organise des tours de l'île. Et des randonnées. Il faut absolument qu'il t'emmène voir
les cascades, ou le Maïdo, ou même que tu montes
au volcan. On l'a fait à moto avec Cindy. Et y avait
Thad et Jasmine, aussi. C'était génial.

Sur ce, il va se coucher, me laissant aux mains
de Jérémie, dont je ne parviens à me débarrasser que sur la promesse de le recontacter bientôt.
Compte là-dessus.

Le lendemain, après des adieux hâtifs à Zachée
et Cindy, je me retrouve à l'hôpital, avec un Thadée plus morose que jamais :

— Alors, ils sont partis ?

— Oui. À moins qu'il y ait un problème avec
l'avion, ils devraient décoller d'ici une heure.

— Putain, j'aimerais trop être à leur place. J'en
ai marre d'être ici.

— Plus qu'une semaine à tenir. Ça va passer
très vite.

Mon portable sonne. C'est l'affreux Jérémie, à qui
Zachée a dû donner mon numéro et qui me rappelle que nous sommes convenus qu'il serait mon
guide pour une journée d'excursion insulaire. Que
cherche-t-il à faire exactement ? Se racheter des
propos inqualifiables qu'il m'a tenus ? À moins qu'il
ne poursuive de sombres desseins ? Me jeter dans
le cratère du volcan ? M'abandonner dans la Plaine
des Caffres ? Face à son insistance, je perds pied :

— Écoutez, Jérémie, je suis à l'hôpital, là : je
vous rappelle en sortant. Oui, oui, j'ai bien compris. Oui, c'est gentil.

À Thadée qui a suivi nos échanges, l'œil torve, j'expose la situation :

— Je ne comprends vraiment pas ce type. Il ne m'est absolument pas sympathique et c'est réciproque. Il s'est montré à peine poli avec moi. Presque grossier, même. Et c'est tout juste s'il a pris de tes nouvelles. Pour tout te dire, je ne l'aime pas, je m'en méfie même : alors pourquoi veut-il absolument jouer les tour operators avec moi ?

Thadée pousse un grognement ininterprétable.

— Écoute, Jéré est un pauvre con, et en plus il se la raconte question surf alors qu'il est pas si bon que ça. O.K., il a fait de la compète, mais c'était y a dix ans et depuis, y a des tas de gars qui ont fait évoluer le truc. Bon, comme prof pour les gamins, il est pas mauvais, mais autrement, même Cindy surfe mieux que lui. Par contre, il connaît super bien l'île. Il peut te montrer des endroits incroyables. La seule fois où je l'ai trouvé supportable, c'est quand il nous a emmenés à Mafate, avec Jasmine. Il nous a fait traverser une forêt, puis on s'est retrouvés dans la montagne, on avait une vue incroyable sur tout le cirque, y avait un belvédère, une chapelle, Jasmine était croc. Et la forêt, Mi, j'ai jamais vu ça ! Y avait une sorte de brume, des oiseaux partout, c'était féerique. Et les arbres ! Je connais rien aux arbres, mais Jéré nous a montré au moins cent espèces différentes, enfin cent j'exagère, mais je suis pas loin ! Et tu sais quoi ? On a vu des arums noirs ! Je savais même pas que ça existait ! Incroyable... Et y a pas que Mafate, y a les gorges du bras de la Plaine, y a Bras Rouge, des espèces de vasques d'eau chaude, y a Cilaos...

Il s'anime en parlant. C'est la première fois

depuis mon arrivée que je lui vois un air détendu, presque heureux. Thadée aime la nature. Zachée et Ysé aussi. On a réussi à leur inculquer ça, à nos enfants. Quand ils étaient petits, l'été, on les emmenait à la montagne. On prenait des jumelles, pour observer les chamois et les marmottes. Ils étaient ravis. Mais en grandissant ils n'ont plus voulu quitter l'océan. Le surf était devenu une obsession et leur prenait tout leur temps libre. Seule Ysé aimait bien qu'on retourne à Annecy ou à Luchon de temps en temps.

— Tu devrais vraiment y aller, Mi ! Il connaît des tas de coins où personne ne va jamais. En plus, il te prévoira une balade pas trop difficile.

— Je ne suis pas venue à La Réunion pour faire du tourisme.

— Je sais. Et en plus t'aimes pas les îles. Mais ce serait trop con d'être là et de pas en profiter. T'as vu que la plage, mais La Réunion, c'est la montagne, pas la plage ! Tu sais qu'il y a des vieux, dans les Hauts, qui n'ont jamais vu la mer ?

— Ça me paraît difficile à croire.

— C'est ce qu'on dit, en tout cas. Mais c'est peut-être de moins en moins vrai. N'empêche, faut que tu ailles dans les Hauts. Faut que tu voies le volcan. On a fait ça, aussi, avec Jéré.

— Je sais, Zachée m'a dit que c'était super. Mais ça m'embête de te laisser.

— Je suis dans de bonnes mains, tu sais. Et en plus, je vois bien que tu t'ennuies quand t'es là.

— Mais non.

— Mais ce serait juste pour une journée : à la limite, tu passeras me dire bonsoir. Maintenant que t'es à l'hôtel, c'est tout près.

Je proteste, mais il n'a pas tort. Lui est accaparé

par les soins que sa jambe requiert, et je me sens parfois de trop dans cette chambre minuscule. Il nous reste une semaine à tirer, je peux bien passer quelques heures dans les hauteurs de l'île. Je cède :

— Bon, d'accord.

— Rappelle Jérémie tout de suite : lui laisse pas le temps de changer d'avis.

— C'est plutôt moi qui risque de changer d'avis.

— Ouais, je sais : je te connais. C'est pour ça aussi que je veux que tu le rappelles devant moi. Comme ça, je suis sûr que tu vas la faire, cette rando.

Deux jours plus tard, je me retrouve dans le camping-car de Jérémie, avec une Anouk plus pimpante que jamais. Elle aussi est de la partie : elle a beau être native de l'île, elle ne se lasse pas de la parcourir et d'en redécouvrir les charmes polychromes. Nous faisons un crochet pour récupérer deux touristes bruxellois pour qui il semblerait que l'excursion soit payante. Finalement, j'ai de la chance que Jéré m'ait à la bonne. À moins que ? Histoire de ne pas être entendue des Belges, je chuchote à l'oreille d'Anouk :

— Je ne connais pas les tarifs. Pour la randonnée.

Elle me répond sur le même ton qu'il n'est absolument pas question que je paie quoi que ce soit et que c'est un plaisir pour elle et pour Jérémie de me montrer le piton des Neiges, puisqu'il s'avère que telle est notre destination.

— Mais avant, faut que tu voies Hell-Bourg !

Le jour ne s'est pas encore levé que nous voici filant sur la route du littoral. Laissant Saint-André derrière nous, le camping-car prend la direction du cirque de Salazie, apparemment l'un des musts de l'île avec Mafate et le piton de la Fournaise – sans compter je ne sais plus quelles cascades. Anouk et Jérémie pérorent sans discontinuer sur l'incroyable variété des paysages réunionnais et sur la difficulté qu'ils ont eue à trancher entre les multiples randonnées possibles et imaginables.

— On a d'abord pensé à Maniquet. C'est une super cascade, tout près de Saint-Denis. Après on s'est dit que l'îlet à Guillaume, ce serait pas mal. T'aurais vu des vieilles cases. En plus y a plein de goyaviers. Faut pas avoir le vertige, mais t'as vraiment une super vue. Mais Zachée nous a dit que t'étais bonne marcheuse, alors on s'est dit qu'on n'allait pas se foutre de ta gueule et qu'on allait t'emmener plus loin. Bon, on en a pour huit heures aller et retour, hein : faudra pas pleurer que t'as mal aux jambes. Ça grimpe, hein ! Mais bon, si t'es fatiguée on peut aussi s'arrêter au Cap Anglais et pas aller jusqu'au gîte. C'est toi qui vois.

Je marmonne qu'effectivement on verra bien et qu'il faudrait peut-être demander leur avis à nos amis les Belges, qui soit dit en passant ont l'air de randonneurs aguerris. Heureusement qu'Anouk a tout un stock de chaussures de marche dans le coffre du camping-car : avec mes tennis, je n'étais pas vraiment équipée pour un dénivelé de 1 400 mètres. Et si l'objectif de Jérémie était de m'humilier ? Voire de m'abandonner dans un îlet, confirmant ainsi mes craintes initiales ?

Tous mes griefs à l'égard de Jérémie s'évaporent une heure plus tard, tandis que je découvre pour la première fois le cirque de Salazie depuis un petit kiosque à lambrequin de bois blanc. Il faut dire aussi qu'avant Salazie, il y a eu Hell-Bourg. Bien que pressé d'entamer la randonnée proprement dite, Jérémie nous a généreusement laissé le temps d'avaler une boisson chaude sur une placette spectaculairement cernée par les flamboyants.

— Notre arbre de Noël, commente Anouk.

Il apparaît en effet que le flamboyant fleurit opportunément pendant l'été austral, et j'ai beau ne pas aimer les tropiques, je ne peux que me rendre devant tant de beauté. D'autant que le café choisi par Jérémie bénéficie aussi de l'ombrage profus d'un frangipanier, en fleur également, ce qui fait qu'au bout de quelques secondes, je lève le nez de ma tasse fumante :

— C'est mon thé qui sent bon comme ça ?

Jérémie m'indique malicieusement l'arbre sous lequel nous avons pris place, lequel regorge de fleurs jaunes et blanches. Le parfum en est tout bonnement stupéfiant, entêtant, capiteux.

— Si tu aimes les fleurs, tu vas pas être déçue.

Je n'aime pas spécialement les fleurs et on a bien vu le peu de cas que je faisais des anthuriums, mais avec le frangipanier, on est au-delà de la fleur. Inclinant jusqu'à moi l'un de ses lourds rameaux, Jérémie m'en fait admirer les pétales crémeux, presque cireux. Les fleurs les moins ouvertes ressemblent à des spirales de chantilly tout juste sorties de la poche à douille, les autres évoquant plutôt de petits moulins à vent.

— Allez hop !

Sautant sur ses pieds, Jérémie m'arrache à mon extase. Il nous fait traverser rapidement le village, non sans nous indiquer au passage d'élégantes maisons créoles tout en toitures colorées et varangues ouvragées. Très vite, le sentier s'élève au-dessus du village, et au bout d'une demi-heure, j'ai un premier aperçu du cirque.

— Dans une heure, la brume aura sans doute tout envahi : c'est pour ça que je vous ai dit de vous magner.

Le spectacle est à couper le souffle. Non seulement celui des pitons majestueux émergeant çà et là sur un ciel bleu tendre, mais aussi et surtout celui de la végétation envahissante, les ravenales fièrement déployés, les fougères, les palmiers, les jamrosats envahis de plumets blancs dont Anouk me fait remarquer le surprenant parfum de rose.

— L'idéal, ce serait de survoler le cirque en ULM. Mais bon, comme ça, tu peux déjà te faire une idée… T'as vu la cascade, là-bas ?

J'ai vu, je vois, je n'en perds pas une miette et emboîte docilement le pas à l'affreux Jérémie désormais commué en guide diligent et attentionné. Très vite, nous nous enfonçons dans la forêt, et là, c'est un nouvel enchantement. Le sentier serpente entre les cryptomerias aux troncs rectilignes, et je trébuche à chaque pas sur un dallage de pierres et de racines serpentiformes, m'accrochant parfois au bras secourable de Jérémie. J'ai du mal, mais je découvre à chaque instant des motifs d'émerveillement : des arums sauvages, des parterres de mousses, des mahots – en pleine floraison eux aussi, à croire que sur l'île, toutes les espèces fleurissent et fructifient en permanence. Ce que me confirme Anouk :

— Euh, tu sais, y a pas vraiment de saisons ici. Enfin, pas comme en métropole. Des fois on aimerait bien qu'il y ait des changements plus marqués, je sais pas moi, des feuilles qui tombent en automne, de la neige...

— Vous avez des cyclones, non ?

Elle fait une moue désabusée qui accentue son air animal :

— Ouais, on a les cyclones, mais au bout d'un moment, t'en as marre des cyclones. Enfin, moi, j'ai jamais aimé. Bon d'accord, y avait pas école et tout, mais moi, je préférais aller à l'école que rester coincée à la maison toute la journée. En plus j'avais peur.

Dans ses beaux yeux clairs passe une ombre fugitive, peut-être le souvenir de son enfance cyclonique – dont je préfère ne rien savoir vu toutes les horreurs qu'on m'a racontées sur les petits Blancs des Hauts. Elle aussi préfère visiblement ne pas s'appesantir et elle me désigne avec enthousiasme de petites orchidées blanches qui semblent littéralement jaillir des troncs moussus. Je m'avise que la forêt baigne désormais dans le brouillard. Thadée m'en avait parlé mais une chose est de s'y attendre et une autre de déambuler dans cette brume dorée, entre les rayons de soleil obliquement filtrés par les arbres dont Jérémie semble connaître chaque espèce :

— Regardez celui-là : c'est le change-écorce. On l'appelle comme ça parce qu'il pèle en permanence.

Il arrache un grand lambeau d'écorce et l'agite sous le nez des Belges, qui n'ont pas décroché un mot depuis le début de la randonnée mais qui semblent prendre très au sérieux les leçons de botanique délivrées par Jérémie. D'autant que celui-ci est intarissable. Après le change-écorce, nous avons droit au goyavier, qui lui ressemble comme un frère à mon avis – mais on ne me le demande pas –, puis au Tan-rouge, lui aussi chargé de fleurs odoriférantes, au bibassier, très rare à cette altitude selon Jérémie, et bien sûr aux tamarins. Au moment même où j'allais me lasser de cet inventaire, Anouk me tend trois cosses sèches dégorgeant une mystérieuse fibre bleue. La couleur en est si vive et pour tout dire si artificielle que si Anouk ne les avait pas cueillies devant moi j'aurais cru à une production artisanale, un fétiche grossièrement confectionné pour éloigner le mauvais sort. Hé non ! Il s'avère que cette cosse étrange est le fruit du ravenale.

— Ça se mange ?

— Les oiseaux adorent, mais ça se mange pas.

Assez brutalement, nous débouchons hors de cette forêt enchantée. Place aux bruyères et aux fleurs jaunes entre lesquelles le sentier de terre grimpe de façon un peu trop abrupte pour mon goût. Les Belges, eux, sont dans leur élément et marchent d'un bon pas : tout juste s'ils ne sifflotent pas. Cela dit, Zachée a raison : je suis une bonne marcheuse et j'ai de l'entraînement puisque avec Jérôme nous partons randonner chaque fois que le temps le permet.

Après plus de quatre heures de marche, nous atteignons la destination fixée par Jérémie : le gîte du piton des Neiges. Ledit piton émerge de sa couronne de nuages, pas enneigé pour deux sous :

— Y a jamais de neige sur le piton des Neiges. Mais c'est quand même un trois mille. Tu trouveras pas plus haut dans l'océan Indien.

Les Belges font tourner leur gourde isotherme et de petits « quarts » de métal bosselé. À chaque gorgée d'eau glacée, je sens quelque chose se desserrer en moi tandis que je contemple les arêtes de roches grises, et surtout la végétation exubérante et verdoyante qui couvre les pentes avoisinantes. Sans nous laisser le temps de nous arrêter au gîte, Jérémie nous a guidés jusqu'à un promontoire herbu sur lequel je me laisse tomber, savourant la délicieuse impression de lassitude qui m'envahit. L'air est vif. Rien à voir avec la chaleur torpide de Saint-Denis ni avec la touffeur du littoral en général. Et cette lumière... Les Hauts sont en train de me convertir aux charmes de La Réunion. Dommage, finalement, que ma rencontre avec l'île se soit déroulée sous de si terribles auspices. Car La Réunion, comme tout le monde s'emploie à me le seriner, c'est la montagne, pas la plage. Jérémie renchérit :

— C'est vrai. Moi aussi je suis né dans les Hauts, au Tampon, mais mon grand-père avait une maison à Saint-Leu. C'est comme ça que je me suis mis au surf et que j'ai tout de suite adoré ça. N'empêche, La Réunion, si tu veux la comprendre, faut grimper. Moi, c'est ici que je me ressource, pas en bas.

J'ai bonne envie de lui demander pourquoi, dans ce cas, il enseigne aux gens comment monter sur une planche et se faire attaquer par un requin, au lieu de les guider dans des lieux aussi enchanteurs et aussi inoffensifs que la forêt de Terre Plate ou les crêtes du Cap Anglais. Mais je suis trop bien, là, à ce moment précis, pour agresser qui que ce soit. L'herbe est douce sous mes paumes, le soleil me réchauffe sans me brûler, et le panorama se prête à la contemplation : là des cascades de géraniums, là une minuscule chapelle blanche, blottie sous un jaillissement de palmes ; là encore, un vallon presque alpestre, quelques vaches éparses.

Pour la première fois depuis dix jours, depuis le coup de fil que Zachée nous a passé dans la nuit, le poids qui oppresse ma poitrine et l'angoisse qui m'étreint à chaque fois que je pense à Thadée s'allègent un peu. Est-ce le fait des endorphines qui doivent irriguer mon cerveau après ces quatre heures de marche voire de franche grimpette ? En tout cas, l'avenir m'apparaît moins sombre et moins bouché. Thadée va aussi bien que possible compte tenu de ce qu'il a subi ; nous allons rentrer, il sera appareillé et reprendra le cours de sa vie : Biarritz, les études, Jasmine, le sport, le surf s'il y tient vraiment – mais j'ose croire qu'il y renoncera. L'amputation ne l'empêchera pas d'être lui, c'est-à-dire magnifiquement beau et magnifiquement doué pour tout ce qu'il entreprend.

Je m'étire voluptueusement sur l'herbe tendre, savourant chaque bouchée des abricots secs que m'a tendus Anouk. Il me semble sentir la terre vibrer sous mes reins, mais ce n'est apparemment qu'une impression car un coup d'œil jeté à mes compagnons me permet de vérifier qu'ils n'ont rien senti de tel : les Belges mâchonnent paisiblement, eux aussi perdus dans la contemplation du panorama, et Jérémie lutine son Anouk. Pauvre vieux Jéré, lui aussi je l'ai mal jugé, comme son île. Il est juste très con. Et comme il est très con, il commet des erreurs, que dans mon euphorie je décide de lui pardonner.

Sous le ciel d'un bleu à peine effrangé par les rares nuages, sous le tournoiement et le pépiement d'oiseaux survoltés, dans cette lumière que je n'ai vue qu'ici, dans le parfum des géraniums et celui qui monte de l'herbe insolée, mon cœur se dilate et s'ouvre à l'espoir que tout va s'arranger.

JÉRÔME

Je regarde Mylène s'éloigner avec sa grosse valise, celle qui nous suit dans tous nos voyages depuis au moins douze ans. Nous l'avons achetée avant de nous envoler pour New York. Les enfants étaient encore des enfants. Ysé, d'ailleurs, n'était même pas née. Nous avions arpenté Manhattan, Thad et Zach pendus à nos basques. Ils avaient adoré. Nous aussi. À notre suite, la valise – une Delsey 117 litres – a successivement « fait » les lacs italiens, l'Andalousie, le Péloponnèse, le Vietnam, la Thaïlande, Istanbul, les Canaries, et j'en passe.

Mais ce matin, Mylène ne part pas pour son plaisir, loin s'en faut, et j'ai le cœur serré en la voyant s'avancer vers les comptoirs d'enregistrement d'Air France. Elle se retourne vers moi et nous échangeons un dernier regard navré avant que je ne fonce au pas de course récupérer la voiture. Aujourd'hui comme hier, j'ai ouvert la pharmacie à l'heure dite, et je suis sur le point d'y retourner pour la fermeture. Sauf qu'aujourd'hui, ma femme s'envole pour La Réunion et que ce qui l'y attend n'a rien d'un séjour touristique. De

92

toute façon, Mylène a peur des îles. Elle a détesté les Canaries, n'a pas voulu que nous fassions les Cyclades, et ne veut pas entendre parler des Seychelles alors que j'en rêve.

Thadée. Depuis deux jours, je pense à lui constamment. Une fois au volant, j'appelle Zachée. Il me répond tout de suite.

— Ta mère est bien partie. Mais bon, elle a une escale à Orly. Quoi de neuf ?

— Papa...

Sa voix s'est brisée et mon cœur a sauté plusieurs battements avant de se mettre à cogner comme un fou dans ma cage thoracique. Non, par pitié. Je ne suis pas prêt. Je veux bien mourir, moi. Je m'en fous, j'ai bien vécu. Mais pas Thadée, pas la chair de ma chair, il est trop jeune, mon Dieu, tellement jeune.

— Ils ont pas pu sauver sa jambe.

La nouvelle m'horrifie, évidemment, mais par comparaison avec ce qui vient de me traverser l'esprit, je suis presque soulagé.

— Mais comment ça se fait ? Hier tu disais...

— Papa, c'est arrivé cette nuit. J'étais pas là. Et apparemment ils ont pas eu le choix...

— Qu'est-ce que je dis à ta mère ? Elle va sûrement m'appeler quand elle sera à Orly.

— Lui dis pas. Pas tout de suite, c'est pas la peine. Elle va se ronger dans l'avion, penser qu'à ça.

— Bah, tu sais, de toute façon, elle se ronge déjà. Elle se doute que c'est une possibilité : on en a parlé.

— Je lui dirai moi. Ou les médecins lui diront. O.K. ?

— Et Thadée ? Il prend ça comment ?

— Il est en réa. On m'a pas laissé le voir. J'y retourne tout à l'heure.

Nous échangeons encore quelques banalités avant que je n'arrive à la pharmacie. Mais jusqu'à l'heure de la fermeture, j'ai beau bavarder avec les clients, répondre au téléphone, vérifier des commandes, j'ai constamment en tête l'image de mon fils aîné : mon fils aîné sur sa planche de surf, mon fils aîné happé par un requin-bouledogue, mon fils aîné privé de sa jambe droite et clopinant, dans la maison, dans les rues de Biarritz, sur la plage... Toutes ces images me sont également intolérables : le souvenir d'un Thadée chevauchant glorieusement les flots, comme la vision anticipée du jeune homme diminué qu'il va être. Certes, il a de la ressource, physiquement et moralement, mais il n'empêche que le voilà bien esquinté.

J'ai assisté à la naissance de chacun de mes trois enfants, et à chaque fois, j'ai minutieusement inspecté mes nourrissons, comptant chaque phalange et vérifiant la conformation du crâne. En dépit des échographies prénatales, j'avais la hantise d'un enfant malformé. Sans compter que certaines difformités physiques augurent mal du développement psychomoteur à venir. Pour mes enfants, je n'aurais pas supporté le handicap, la maladie, la disgrâce. Je dois dire que j'ai été servi puisque tous trois sont aussi beaux qu'intelligents. Sans être comme Mylène, qui gâtifie complètement devant sa progéniture en général et Thadée en particulier, j'ai toujours été très fier d'eux, secrètement comblé au-delà de mes attentes.

Toutes ces années pourtant, tandis qu'ils grandissaient, je me suis préparé au pire, je me suis blindé à l'avance à l'idée de toutes les maladies et de tous les accidents qui les guettaient. J'ai toujours eu conscience qu'ils étaient vulnérables, et peut-être d'autant plus vulnérables qu'ils avaient été si richement dotés par la nature.

Il faut croire que j'ai baissé ma garde, que j'ai cessé d'être vigilant. Si je n'avais pas cessé de l'être et de conjurer le sort, Thadée aurait ses deux jambes aujourd'hui au lieu d'être cet éclopé dont je me figure trop bien le moignon et les sautillements ineptes. Suffit, basta. Je veux penser à autre chose, rentrer à la maison retrouver Ysé. Elle se sera sans doute fait à manger sans m'attendre, et je la trouverai devant la télé, son petit plateau sagement posé sur la table basse. Elle me saluera sans effusion, peut-être même sans détourner les yeux de l'écran, ne me demandera pas de nouvelles de Thadée, ne voudra pas savoir si sa mère a fait bon voyage, mais je m'apaiserai en la regardant manger posément ses nuggets de poulet et ses coquillettes.

Au menu près, c'est très exactement ce qu'il se passe. Ysé a réchauffé des crêpes aux champignons et en est déjà au dessert quand j'arrive. Elle me salue d'un « Bonsoir papa » laconique et entreprend de débarrasser ses couverts. De toute façon, je n'ai pas envie de parler avec Ysé de l'amputation de Thadée. Je la laisse bourdonner et chantonner dans la cuisine, puis monter dans sa chambre sans presque m'avoir parlé. Ysé est une étrange petite créature, mais elle me ravit au moins autant que ses frères, si ce n'est plus, alors qu'elle agace Mylène par ses bizarreries, son indépendance, son mutisme.

Une fois seul, j'attrape mon portable pour appeler Maud, qui a dû me laisser au moins dix messages depuis ce matin. Elle décroche tout de suite, voix essoufflée, empressée, heureuse. Maud est ma maîtresse depuis toujours. Ou presque. Elle a d'abord été ma petite amie attitrée. Nous nous sommes rencontrés en première année de pharmacie et elle m'a tout de suite conquis, avec sa beauté blonde, son corps de Junon, sa gentillesse, sa gaieté, et ce mélange de fougue et de bonnes manières qui n'appartient qu'à elle. Mais elle m'a rendu très malheureux presque aussi vite qu'elle avait fait ma conquête. Et « malheureux » est un faible mot. J'ai cru devenir fou. Car tout le temps qu'a duré notre relation elle a multiplié les trahisons, les mensonges, les tromperies. Pour Mylène, qui connaît notre histoire et qui a eu l'occasion de fréquenter Maud, celle-ci est une nymphomane. Je serais moins catégorique. Maud aime les hommes et est incapable de leur résister. Elle est moins sollicitée aujourd'hui, mais je suis bien placé pour savoir que pendant les trente dernières années toutes sortes d'hommes lui ont couru après et qu'elle les a rarement éconduits.

C'est l'un des effets de sa gentillesse, cette incapacité à dire « non » à celui qui lui fait une cour un peu insistante. Ça ne l'empêche pas d'être fidèle à sa manière. La preuve : sa liaison avec moi, qui dure depuis plus de vingt ans. Elle est mariée de son côté, a un fils de l'âge de Zachée, et probablement encore quelques amants occasionnels, mais nous nous retrouvons au moins une fois par semaine pour faire l'amour, généralement à l'hôtel – même s'il nous arrive de baiser dans des lieux plus incongrus, l'imagination et l'audace de Maud ayant peu de limites dans ce domaine. Et maintenant qu'elle est ma maîtresse et non plus ma petite amie officielle, j'ai cessé d'être jaloux et de prétendre à une quelconque exclusivité : je ne veux rien savoir de sa vie sexuelle avec Grégory, son mari ; rien savoir de ses probables incartades avec d'autres hommes.

Pourquoi cette liaison alors que je suis parfaitement heureux avec Mylène ? Pour une raison très simple : Maud m'est indispensable.

Je l'aime. Je n'ai jamais cessé de l'aimer, même quand elle m'a amené au bord du suicide par ses infidélités répétées et ce que je prenais pour une absence de loyauté. J'aime Mylène aussi, profondément et indéfectiblement. Mais finalement, depuis vingt ans je prends des risques insensés pour coucher avec une autre femme. Et pas seulement coucher. Maud et moi nous entendons bien. Nous avons ensemble des conversations qui m'éclairent et parfois m'apaisent. Il m'arrive de démêler avec elle des conflits que j'ai avec Mylène. Ensemble aussi, nous parlons de l'éducation de nos enfants et j'ai l'impression de connaître son Léo presque aussi bien que mes propres fils.

Mylène n'a pas de mots assez durs pour railler ce pauvre garçon, un « branleur » selon elle. Et de fait, Léo n'a jamais réussi à l'école, passe beaucoup de temps à fumer des joints, ne fait pas de sport et a peu de succès avec les filles. En somme, tout le contraire de nos fils – encore que pour les joints j'aurais tendance à être moins affirmatif que Mylène, qui jure ses grands dieux que ni Thad ni Zach ne consomment de drogues et qu'ils sont sains comme l'œil, pour reprendre son expression. En fait, j'aime bien Léo. Ça a beau être effectivement un branleur, il est sympa. Il tient de sa mère une gaieté, une sociabilité et une capacité d'attention aux autres qui manque un peu à nos enfants et à Thadée en particulier. Maud s'inquiète pour son fils, et c'est normal, mais moi, je lui trouve de la ressource et suis certain qu'il fera son chemin dans la vie s'il parvient à passer ce cap un peu critique de la sortie de l'adolescence.

Bref, il est onze heures du soir, ma femme est en route pour La Réunion, ma fille dort, et j'ai avec ma maîtresse l'une de nos conversations habituelles et presque conjugales. Elle aussi s'inquiète pour Thadée, pour moi, et même pour Mylène !

— Tu ne répondais pas ! Je me suis demandé ce qui se passait !

— J'ai été très pris. Et puis je t'avoue qu'avec la nouvelle qui est tombée ce matin, je n'avais pas trop envie de parler.

— Mon chéri…

Dans ces deux mots et le silence qui leur succède, Maud parvient à faire passer tout un monde de tendresse, de compassion, de désir aussi. Maud est capable de désir aux moments les plus inopportuns, alors même qu'elle voit bien que j'ai la tête ailleurs – sans parler du reste.

— Tu veux que je vienne ?

— Qu'est-ce que tu vas dire à Grégory ?

— Il dort déjà. Il ne saura même pas que je suis sortie.

C'est bien ce que je pensais. On vient d'amputer mon fils aîné et j'en ai le cœur complètement retourné, mais ma maîtresse est toute prête à sauter dans sa voiture pour m'offrir une partie de jambes en l'air. Et croyez-le ou pas, j'en ai envie aussi. Nous n'avons jamais fait l'amour chez moi, mais je n'ai pas le genre de scrupule imbécile qui consiste à penser qu'il y a des circonstances aggravantes à l'adultère. Si Mylène apprend que je couche avec Maud, elle en sera dévastée quel que soit le cadre de ces coucheries. Certes, elle ne se privera pas de me reprocher de l'avoir fait dans le lit conjugal, mais nous saurons tous les deux que l'essentiel n'est pas là.

Je laisse donc Maud venir me retrouver, m'assurant juste qu'Ysé dort paisiblement dans sa petite chambre sous les toits. Cela dit, depuis ce qui est arrivé à Thadée, elle fait pas mal de cauchemars et il n'est pas exclu qu'elle se réveille, ce qui fait que j'entraîne Maud dans la buanderie du sous-sol, une pièce obscure et chaude dans laquelle la femme de ménage fait son repassage et qui nous sert aussi à entreposer des réserves de produits ménagers et ustensiles divers. Je tire le verrou derrière nous. Au pire, Ysé me cherchera dans ma chambre ou au salon et je l'entendrai m'appeler.

Je perçois de l'excitation dans le rire nerveux de Maud, blottie contre moi. Il en faut peu à Maud pour être excitée. Je n'ai pas allumé et la pièce est plongée dans le noir complet. Sans dire un mot, Maud m'embrasse fébrilement et agrippe déjà ma ceinture avec cet enthousiasme d'adolescente qui la caractérise. Je n'ai pas besoin de discerner ses traits pour savoir que son visage a pris cette expression extatique et bouleversée qui me bouleverse moi-même à chaque fois. Je remonte sa jupe sur ses hanches un peu larges, caresse ses seins à travers son pull léger. Son mamelon gauche est le plus sensible et je ne me prive pas de le titiller, sachant que si j'insiste un peu, j'amènerai Maud au bord de l'orgasme. Elle rit de nouveau tout contre mon cou, et je perçois son haleine chaude, encore mentholée de la clope qu'elle a dû fumer dans la voiture. Je déteste les fumeurs ou fumeuses et l'odeur de cendrier froid qu'exhalent la plupart, mais avec Maud rien ne me dégoûte, ni son haleine du matin, ni le sang de ses règles, ni le vomi qu'il m'est arrivé d'éponger quand elle avait trop bu. Rien ne me dégoûte avec elle parce qu'elle m'entraîne dans son tourbillon personnel, me prend sur sa vague heureuse.

Avec Maud, je suis comme mes fils sur leur planche : je m'affranchis des lois de la pesanteur, je fais corps avec les éléments, je glisse sur la crête de la vague, je décolle, je m'envole, sachant bien que je n'ai qu'un contrôle très partiel de la situation et que je suis à la merci d'une baïne, d'un imprudent sur son SUT, ou d'un requin-tigre assoiffé de sang. Elle seule me donne cette impression grisante, elle seule me fait m'oublier et m'abandonner à ce point.

La baise avec Mylène, c'est complètement différent : je reste aux manettes, c'est moi qui dirige et c'est très bien comme ça. Elle et moi accepterions difficilement que l'amour physique prenne ce tour à la fois exaltant et inquiétant. Car il y a des moments avec Maud où je ne me reconnais pas. Et je n'ai pas forcément envie que ma compagne, la mère de mes enfants, me voie sous ce jour-là. Je sais, c'est con, c'est petit, c'est bourgeois, mais il y a des choses que je fais avec ma maîtresse et que je ne ferais pas avec ma femme. Ce cloisonnement et cette répartition des rôles sont la condition de mon épanouissement sexuel.

J'ai regardé un jour un documentaire sur la prostitution dans lequel une pute expliquait qu'elle avait des clients réguliers, mariés et heureux en amour, qui ne venaient la voir que pour certaines pratiques qu'ils ne pouvaient ni ne voulaient avoir avec leur femme. Ils auraient eu l'impression de la souiller. La fellation, en particulier, leur paraissait incompatible avec une vie de famille : « Tu te rends compte, c'est avec la même bouche qu'elle embrasse nos enfants ! », lui aurait confié un client avec une indignation vertueuse. Rien de tel avec Mylène, que je n'ai jamais eu peur de souiller ni même de choquer. C'est juste que notre vie sexuelle a très vite pris une configuration relativement sage, qui nous convient à tous les deux. Je donne du plaisir à Mylène, elle m'en donne, aucun de nous n'a envie de s'aventurer sur des territoires érotiques non défrichés.

C'est donc Maud qui a droit aux déchaînements de la bête qui sommeille en moi. Car j'ai toujours eu le sentiment d'être un animal, et ce sentiment, bon nombre d'hommes l'éprouvent, à ma connaissance. Simplement, ils n'ont pas forcément la chance de trouver des partenaires prêts à accepter cette part d'animalité. J'ai l'air d'un homme bien sous tous rapports, petit pharmacien propret aux manières policées et à la conversation courtoise, mais sous ces dehors inoffensifs, je suis une bête aux abois, tantôt prédateur rusé à la recherche de sa proie, tantôt gibier succombant, vaincu par ses propres désirs et ses obsessions forcenées.

Qu'on se le dise, tout mon temps de cerveau disponible, je le réserve au sexe. Sans compter tous ces moments où je ferais mieux de penser à autre chose – les enfants, leurs études, l'organisation des vacances, le travail, etc. – et où mon esprit est parasité par des visions très précises : le regard brouillé de Maud quand elle jouit, les cris qu'elle est obligée de réprimer, son cul, ses seins, ses hanches que j'empoigne d'autant plus facilement qu'elles se sont empâtées et que j'adore ça, cette ampleur, cette largeur, là où Mylène ne m'offre que l'étroitesse osseuse de son bassin. Cela dit, mes fantasmes incluent aussi Mylène, mais en un diaporama plus sagement ordonné : Mylène et ses petites culottes de dentelle, ses baisers tendres, ses exigences au lit, sa jouissance discrète mais quasi systématique.

Et puis, il y a toutes les autres. Celles que je ne baise pas mais que j'aimerais bien baiser. Des clientes, des stagiaires, des passantes. Même les copines de mes fils suscitent ma concupiscence. Mais s'il y a bien une chose dont je suis sûr c'est que jamais au grand jamais je ne tenterai quoi que ce soit avec Jasmine ou Cindy. Devant elles je m'interdis tout geste, tout regard, tout propos équivoques. Personne ne peut se douter que les croisant dans la maison ou le jardin, j'ai parfois des flashs érotiques d'une insupportable intensité : Jasmine ployant vers l'arrière sous mes coups de reins tandis que d'une main je soutiens sa taille frêle, ou Cindy frottant ses gros seins sur mon entrejambe. Parce qu'il ne m'a pas échappé que Cindy avait une poitrine magnifique, même si elle la camoufle assez efficacement sous ses fringues informes. Parfois, face à ce carrousel d'images excitantes, j'ai envie de crier grâce : stop, arrêtez, pitié ! Car qui aurait envie d'être excité en permanence ? Pas moi en tout cas.

Je suis une bête mais j'ai envie d'être un homme, un homme avec des pensées et des désirs raisonnables, un homme avec une vie intérieure avouable, au lieu de ce maelström répugnant où voisinent ma femme, ma maîtresse – sans compter des filles tout juste majeures. Oui, mais voilà, je n'ai jamais trouvé le bouton sur lequel appuyer pour mettre fin au film. J'ai honte de ce qui me traverse l'esprit, mais ça ne m'empêche pas d'être traversé, parfois même transpercé de part en part, secoué, retourné, bouleversé, par mes petits scénarios intimes. Je n'ai pas seulement envie d'être un homme, j'ai envie d'être un homme bien.

Quand j'étais petit, je voulais être un saint et c'est ce que je répondais en toute bonne foi aux adultes qui m'interrogeaient sur mes projets d'avenir, au grand étonnement de mes parents, qui ne m'avaient pas donné d'éducation religieuse. Je ne sais pas où j'étais allé prendre cette information, à savoir qu'il existait une catégorie d'individus vierges de tout péché, mais en tout cas, j'aspirais très sérieusement à en être un moi-même. Par la suite, bien sûr, j'ai renoncé à la sainteté, mais pas à mon ambition d'être aussi honnête et bon que possible. Oh, en tant que citoyen je suis irréprochable : je ne fraude pas le fisc, je vote à chaque élection, je ne commets pas d'excès de vitesse, je ne consomme pas de stupéfiants. Et il me semble faire preuve de la même intégrité dans mon métier : en tout cas, je m'efforce de ne pas être un de ces pharmaciens boutiquiers qui vous font acheter des huiles essentielles et des crèmes anticellulite à tour de bras.

Comme père, il me semble aussi être à peu près à la hauteur. Encore qu'avec les enfants, on ne sache jamais vraiment ce qu'on a réussi et ce qu'on a raté. Les miens sont gentils, polis et ont toujours réussi à l'école. Cerise sur le gâteau, ils sont spectaculairement beaux et athlétiques. À se demander si Mylène et moi les avons vraiment engendrés, et nous en plaisantons souvent elle et moi, car c'est l'un des bons côtés de Mylène que de pouvoir parler d'elle-même avec dérision. Mylène est mignonne et j'ai été considéré en mon temps comme un joli garçon, mais nos trois enfants nous battent à plates coutures sur ce chapitre. Quand les garçons étaient petits, il arrivait fréquemment que les passants se retournent sur le spectacle qu'ils offraient avec leurs boucles blondes et leurs yeux clairs. Ysé est très belle elle aussi, mais dans un genre moins sensationnel et plus éthéré. Ce qu'il y a surtout avec Thad et Zach, c'est qu'ils sont immenses, au moins en comparaison de leurs pauvres parents. Un mètre quatre-vingt-sept pour Zachée, et deux centimètres de moins pour Thadée. À les croire, c'est plutôt un handicap pour un surfeur que d'être grand, mais ça n'a pas l'air de les avoir gênés tant que ça. D'autant que l'un et l'autre sont remarquablement musclés, et là aussi, leurs gènes n'y sont pour rien, vu que dans ma famille comme dans celle de Mylène on est plutôt gaulés comme des favouilles.

Mais je vois bien que j'ai dérivé loin de la buanderie où je m'efforce de donner du plaisir à Maud sans réveiller ma benjamine. Et Maud n'est pas Mylène. Elle a beau adorer le cul, elle ne jouit pas si facilement. Et j'aime ça, en fait. J'aime qu'elle ait besoin de temps, d'efforts, d'inventivité, pour parvenir à l'orgasme – alors que Mylène part au quart de tour, ce qui peut être assez gratifiant aussi, c'est vrai. Le plaisir de Maud, c'est une récompense, un Graal qu'il faut mériter et aller chercher parfois très loin. Mais rien ne me rend plus heureux et plus fier que de lire sur son visage les signes annonciateurs de la jouissance. Rien que ça, parfois, suffit à me faire venir moi-même, emporté par ce que je sens monter du plus profond de ses entrailles. Sous mes yeux, son visage se défait, ses yeux se mouillent, sa bouche s'ouvre sur un cri heureux et je sens distinctement les parois de son vagin pulser, fondre et s'ouvrir autour de mon propre sexe. Banco ! C'est gagné jusqu'à la prochaine fois.

Maud se sépare de moi, essuie son front, ses joues, sa nuque où adhèrent de petites mèches de cheveux humides.

— Ouvre un peu : on manque d'air.

— Il ne faut pas qu'Ysé nous voie.

— Je m'en vais, t'en fais pas. Ça ira ? Tu as mangé, au moins ?

Elle est comme ça, Maud. Deux secondes après avoir été secouée par un orgasme sismique, elle se fait du souci, elle se préoccupe de vous et de votre bien-être physique ou psychique. Nymphomane ? Mylène se trompe sur toute la ligne. Maud est juste une amoureuse. Simplement, son besoin de donner et de recevoir de l'amour est tel qu'un seul mec ne saurait suffire. Il lui en faut plusieurs pour répondre à des besoins aussi insatiables. C'est pourquoi mieux vaut être son amant que son mari. J'ignore ce que Grégory connaît et comprend du comportement de sa femme, mais je ne l'envie pas. J'ai été à sa place ou presque et ça a failli me rendre dingue. Ce qui aurait été complètement con, car Maud est tout sauf une femme fatale, et la dernière chose qu'elle souhaite, c'est de faire du mal aux hommes qu'elle aime.

Elle me caresse les tempes, m'embrasse fougueusement et entreprend de rajuster les vêtements que nous n'avons même pas pris la peine d'enlever. J'entrouvre la porte, faisant entrer un rai de lumière dans la buanderie. Aucun bruit ne me parvient de la maison désertée par trois de ses habitants. Ysé doit dormir paisiblement à l'étage. Je peux prendre le temps de contempler ma maîtresse tandis qu'elle tire sur sa jupe, défroisse son pull, remet ses escarpins. Elle est belle. Et le dire aussi simplement ne rend pas justice à ses charmes singuliers. Maud a cinquante ans, comme moi, comme Mylène. Elle les fait. Avec la cruauté dont elle est capable quand il s'agit de conspuer Maud, Mylène dit qu'elle fait même plus. Et c'est vrai que contrairement à Mylène, qui n'a pas pris un gramme en trente ans et dont la peau mate n'a pas encore commencé à se rider vraiment, Maud s'est empâtée, avachie, fanée. De part et d'autre de sa belle bouche, des bajoues tremblotent un peu, la couperose a envahi ses pommettes danoises – sa mère est de Copenhague –, les pattes-d'oie griffent ses yeux, la ride du lion est venue estampiller son front haut. Du côté du corps, ce n'est pas plus glorieux : mais justement, j'aime que les lignes en soient moins nettes, que l'intérieur de ses cuisses plisse un peu, que sa poitrine perde de sa superbe, qu'elle ait un gros cul, un gros ventre.

Quand je l'ai connue, c'était presque trop. Elle était trop grande, trop bien foutue, trop blonde, trop radieuse. Elle foutait les jetons à tous les mecs, dont moi. En plus, elle se perchait toujours sur des talons vertigineux, ce qui fait qu'elle nous dépassait tous d'une tête. Fallait assumer. Aujourd'hui, elle est juste… sexy. Enfin, à mes yeux. Elle a beau se plaindre de ce que les mecs ne la regardent plus, ne la draguent plus, ne sifflent plus sur son passage, je la trouve encore plus désirable qu'avant. Certes, elle ne peut plus s'aligner avec les Jasmine et les Cindy, mais je la baise depuis près de vingt ans et ça ne me dérange pas qu'elle ait les seins moins fermes et un cul de jument.

Maud s'en va, en me faisant promettre de la « tenir au courant ». Mais comme d'habitude, je reste avec elle en pensée, un moment. Elle a cette faculté : me rasséréner, me remplir, faire en sorte que je ne me sente ni seul, ni triste, ni incompris.

Voilà. Avant que Thadée ne se fasse bouffer la jambe par un requin, j'étais un homme heureux. Ma vie professionnelle était une réussite – après tout, je suis le fils d'un facteur et d'une coiffeuse –, ma vie familiale me comblait, et ma maîtresse parvenait à me donner le sentiment que j'étais un surhomme. Je me sentais parfois minable de tromper Mylène, mais ce sentiment ne survivait pas à une heure de baise avec Maud. Parce qu'en rentrant à la maison, alors même que je sentais encore dans mon cou et sur mes doigts les odeurs intimes de « l'autre femme », je débordais de tendresse et de reconnaissance pour mon épouse légitime. Il m'arrivait même de lui faire l'amour dans la foulée, encore porté par l'élan que Maud avait soulevé en moi. À moins que ce ne soit un des effets de la culpabilité. Peu importe, car le résultat, c'est que j'étais un mari plus attentionné, plus empressé à la satisfaire, plus disponible pour l'écouter. Ça ne m'empêchait pas d'envoyer à Maud des SMS coquins auxquels elle répondait illico par des salves de mots brûlants. À la suite de quoi j'éteignais soigneusement mon portable, jugulais mon excitation et retournais au salon ou à la cuisine, seconder Mylène dans une tâche quelconque, ou lui masser affectueusement la nuque et le dos. L'adultère m'avait introduit dans un cercle vertueux de désir, de plaisir et de gratitude. Profondément heureux et parfaitement épanoui entre les deux femmes de ma vie, je faisais bénéficier l'une et l'autre de ce bonheur, je le redistribuais à la ronde, tout le monde en profitait.

Je sens bien que l'accident de Thadée a bouleversé la donne, a introduit une faille dans mon beau système. Pour un temps au moins, il me sera très difficile d'être heureux et de croire aux vertus de mon mode de vie. Or j'ai besoin d'y croire, j'ai besoin de penser que je suis la clé de voûte de cette harmonie familiale.

Ce soir-là, dans le lit que je partage ordinairement avec Mylène, je me rends compte qu'en vingt-six ans de mariage, nous ne nous sommes séparés que lors des rares congrès auxquels j'ai pu me rendre. Elle me manque. À elle aussi, j'envoie souvent des SMS. Ils sont nettement moins torrides que ceux que j'échange avec Maud, mais ils me permettent de garder le contact avec elle tout au long de la journée.

Je l'avais eue au téléphone quelques heures plus tôt. Elle était bien arrivée à Saint-Denis, n'avait pas encore vu Thadée et trouvait sordide cette espèce de camp de surfeurs où elle devait loger. Nous n'avons pas parlé longtemps parce qu'elle était fatiguée, et je lui envoie un message pour lui dire qu'elle me manque, qu'elle est trop loin et que je pense à elle.

Les jours suivants, le temps défile à toute allure. Mine de rien, Mylène assume beaucoup de choses tenant à l'intendance de la maison, au suivi scolaire d'Ysé, à ses activités sportives et musicales, ses cours de piano et de karaté, son atelier de peinture... Je me charge de tout ça en plus du boulot, et ce n'est pas une mince affaire. D'autant que l'absence de Mylène me permet de voir Maud beaucoup plus souvent. Elle vient tous les soirs à la maison et nous avons ritualisé la séance de baise dans la buanderie. Finalement, je suis un homme d'habitudes. Elle me quitte vers une ou deux heures du matin, et comme je me réveille à six, je me traîne toute la journée comme un zombie, ne retrouvant un peu de présence d'esprit que pour passer des coups de fil à La Réunion. Seul Zach paraît heureux de m'entendre et de me parler. Mylène est clairement déprimée par l'état de Thadée et son séjour sur l'île. Quant à Thadée, il me répond par monosyllabes réticents. Tantôt il est trop fatigué, tantôt il est requis par tel ou tel soin, tel ou tel examen, mais au final il ne me dit rien. Mylène me confirme qu'il est effectivement très taciturne, même avec elle ou son frère. Cela dit, autant Zachée a toujours été un moulin à paroles, autant Thadée a toujours alterné phases volubiles et périodes de mutisme. Et puis j'imagine qu'il est encore sous le choc. Entre l'accident et l'amputation, quarante-huit heures se sont écoulées : c'est peu quand il s'agit d'accepter une perte aussi terrible, un changement de statut aussi radical. Il y a une semaine, mon fils était un jeune demi-dieu à qui tout réussissait. Aujourd'hui, il va devoir réapprendre à marcher, à courir, à nager, à tolérer le regard des autres. Encore que les prothèses d'aujourd'hui ne soient pas celles d'hier : en pantalon, Thad aura l'air d'un garçon comme les autres.

Je compte évidemment des amputés parmi ma clientèle. Ils viennent m'acheter du Dehydral ou de l'Akilortho. La plupart sont des diabétiques ou des artéritiques, des gens âgés que l'on s'est résolu à amputer après qu'ils eurent traîné leur membre infecté pendant des années. Les seules exceptions sont une jeune fille née avec une agénésie du péroné, et un quadragénaire qui s'est littéralement et stupidement sectionné la jambe avec sa scie circulaire. Contrairement à ce que l'on pourrait croire, les amputés traumatiques sont rares. Mon fils en fait désormais partie, et si je veux être un bon père il faut que je surmonte l'horreur et la répulsion que cela m'inspire.

THADÉE

Je viens d'avoir Jasmine au téléphone. Pour-quoi faut-il qu'elle prenne cette voix insupportable pour me parler ? Tantôt elle geint sur mon sort et le sien, tantôt elle minaude sur notre amour. Je sens bien que ça la grise, ce nouveau rôle. La petite amie dévouée, limite sacrifiée, qui accepte l'amoindrissement de son mec par grandeur d'âme et alors qu'elle pourrait prétendre à bien mieux qu'un unijambiste. D'un côté, elle n'a pas tort. Jas-mine peut se faire tous les mecs qu'elle veut. Elle n'a qu'à battre des cils ou faire ses petites moues, et ils accourent ventre à terre. Je le sais. J'en suis passé par là.

Et j'en suis revenu. J'aime Jasmine, O.K., mais elle ne m'excite plus comme au début, quand j'avais tout le temps envie de la baiser. J'ai même cru qu'avec elle, tout serait différent, que le désir se maintiendrait avec la même intensité. Et puis non. Il s'est passé avec Jasmine ce qui se passe avec toutes les autres : au bout d'un moment, j'ai du mal à bander pour elles. Même quand elles sont supra bonnes. Et en la matière, Jasmine bat toutes mes ex à plates coutures vu qu'elle est juste parfaite. À nous deux, on forme le couple idéal, et je ne dis pas ça pour me vanter. Il suffit que nous arrivions quelque part pour que les conversations restent suspendues, pour que les mâchoires se décrochent, et pour que tous les regards se tournent vers nous. Seul, je ne produis pas le même effet. Et Jasmine non plus, en dépit de sa beauté sensationnelle.

Tout ça pour dire que même avec ses yeux verts, ses longs cheveux bruns, sa bouche incroyable, sa minceur aérienne et son allure de reine, Jasmine n'arrive pas toujours à me filer la gaule. La dernière fois que je l'ai star-star, c'était à La Réunion, la veille de son départ. Je sentais qu'elle en avait envie, mais bien sûr elle se serait laissé tronçonner sur place plutôt que de le reconnaître. À la place, elle me tournait autour, elle multipliait les allusions et prenait des poses imperceptiblement suggestives. Pour ça aussi, elle est bonne. On a fini par aller dans ma paillote, et là elle m'a sorti le grand jeu, en y mettant à la fois de la solennité et de l'intensité. Après tout, on n'allait pas se revoir avant six mois.

Tout se passait bien, j'étais même assez émoustillé par la vision de son corps sous le mien, son ventre plat, ses seins ronds, ses cheveux sombres, déployés sur le matelas. Et puis soudain, je nous ai vus, je nous ai vus vraiment, et entendus aussi. Comme si mon esprit se dissociait brutalement de la scène pour en percevoir tout le ridicule : ces halètements d'effort, ces va-et-vient mécaniques et vains Une vague de découragement a eu raison de mon érection. Hop, j'ai fondu entre les cuisses pâles de ma bien-aimée. Et ensuite, bien sûr, plus moyen de quiller. Comme j'avais quand même tenu une dizaine de minutes, j'ai tout simplement fait comme si j'avais joui, me retirant d'elle après quelques soubresauts, et m'abattant tout essoufflé à ses côtés. L'avantage avec Jasmine, c'est qu'elle n'y connaît rien. Elle a paru un peu perplexe, et je l'ai surprise qui envoyait deux doigts dans sa chatte pour vérifier s'il y avait du sperme. Mais bon, elle est tellement conne qu'elle est capable de ne pas faire la différence entre mon foutre et sa propre mouille.

Ce qui est bizarre, c'est que quand je suis seul, je bande comme un âne. Peut-être parce que je sais ce qu'il me faut et que j'y vais directement. Évidemment, c'est plus compliqué avec les meufs et avec Jasmine en particulier, qui réclame son lot d'encouragements explicites et de stimulations en tout genre. Sans compter qu'elle a besoin d'être propre de partout, de se sentir fraîche des orteils au sommet du crâne, en passant évidemment par le cul et la schneck. Depuis un an qu'on est ensemble, il n'y a pas eu moyen de l'amener à se relâcher un peu sur le plan de l'hygiène.

Je peux moi-même être assez incohérent sur ce chapitre : par exemple, je déteste les odeurs de transpiration au moins autant que d'autres odeurs m'excitent. Les poils aussi, ça me dérange. Mais voilà, on ne se refait pas, ou plutôt, on passe des années à se *faire*, à se fabriquer ses désirs et dégoûts sur mesure, à savoir ce qui marche ou pas pour nous, et je n'ai pas envie de m'aligner sur la sexualité conformiste des autres ou sur les inhibitions de ma petite copine. C'est pour ça que les meilleures baises, finalement, c'est encore devant un écran qu'on les a. Ça vaut pour moi, en tout cas.

Avant mon départ pour La Réunion, j'étais même carrément accro. Il me fallait ma dose matin, midi et soir. Et je ne parle pas de Bat-Porno ou TuKif, non, ça fait longtemps que je suis passé à autre chose, et ce qui m'excitait le plus, avant ma cure de désintox insulaire, c'était encore les vidéos de désincarcération d'accidentés de la route.

C'est pour ça que je peux affirmer que je n'ai de problème ni pour bander ni pour jouir. Simplement, il me faut mes petits rituels, qui ne sont pas ceux de tout le monde. Mais à mon avis, sur le plan du cul, on est tous pareils. La différence, c'est la lucidité et l'honnêteté dont certains, dont moi, font preuve. Les autres préfèrent bander pour ce qu'on leur désigne comme bandant. Tant pis pour eux.

Cela dit, je n'ai rien contre le porno, bien au contraire. Montrez-moi une bonne Dirty Sanchez, ou deux filles barbouillées de merde en train de se faire des cunni, j'ai la gaule dans la seconde et j'éjacule dans la minute.

JÉRÔME

Aujourd'hui, une ambulance a ramené Thadée à la maison. Zachée l'avait précédé d'une semaine, ce qui m'avait permis de reprendre pied, après huit jours de fièvre et de rêverie hallucinée. Huit jours à travailler comme un forcené pour ne pas penser à Thad, huit nuits à baiser Maud comme si ma vie en dépendait. Avec le retour de Zach, j'ai retrouvé un rythme plus normal, avec des repas et des soirées en famille. Concernant Thadée, Zachée n'a pas pu me dire grand-chose. Selon lui, il va très mal, prend très mal les choses, et refuse d'en parler et de se projeter dans un quelconque avenir sentimental ou professionnel.

— Pour lui, c'est *die*.

— Pardon ?

— C'est mort, quoi. Il se voit pas reprendre les études, il se voit pas continuer avec Jasmine, il veut tout arrêter.

— Mais c'est débile !

— Tu lui diras. Peut-être que toi, il t'écoutera.

— Oui, laissons-lui le temps. Faut qu'il encaisse tout ça d'abord.

Mon cadet a hoché la tête, mais sans conviction.

Je l'ai regardé : il venait de se resservir une assiette pleine de pommes de terre sautées et lorgnait sur la dernière côtelette, qu'Ysé et moi lui avons abandonnée de bon cœur. Voir manger Zachée est une expérience. Il est capable d'engloutir n'importe quoi et dans des quantités faramineuses, vu qu'il n'est jamais rassasié. Mylène adore. Mais elle est complètement barge en ce qui concerne la bouffe. D'un côté, elle se restreint depuis des années, mange comme un oiseau et se prive de tout ; de l'autre, elle a toujours littéralement gavé ses enfants, enfournant cuiller après cuiller de purée dans leurs bouches ouvertes ; puis, au fur et à mesure qu'ils grandissaient, leur préparant les plats les plus roboratifs et les desserts les plus caloriques.

Bizarrement, je déteste la cuisine de Mylène. Je n'ai jamais osé le lui dire, évidemment, et je la félicite régulièrement pour ses tartes à l'oignon, ses gnocchis à la romaine, ses gratins dauphinois, ses chili con carne, ses quiches lorraines, ses fondants au chocolat, ses tiramisus, ses charlottes aux framboises... Stop. Cette seule évocation m'amène au bord de la nausée. En réalité, je n'aime rien tant que l'absence de cuisine. Un avocat, une salade de tomates, du fromage, une grillade, des fruits, voilà qui me suffit et me ravit. Mais il faut que je fasse bonne figure en voyant arriver à notre table toute cette gastronomie éclectique, les spécialités italiennes se combinant à la cuisine pied-noir – les parents de Mylène le sont – ou aux plats du terroir.

Bref, Thadée est rentré, Mylène aussi, et d'une certaine façon, je ne m'en remets pas. Ces quinze jours passés sans eux, et surtout ceux durant lesquels Ysé et moi étions seuls à la maison, ont compté parmi les plus étranges et les plus beaux de ma vie. Est-ce à dire que je n'aime pas ma famille ? Au contraire, j'aime passionnément ma femme et mes enfants. Mais tout compte fait, je n'ai pas besoin de vivre avec eux pour les aimer. Je pense même qu'une séparation nous ferait le plus grand bien. J'ai bonne envie de proposer ça à Mylène : elle prendrait les garçons et je garderais Ysé. Je lui laisserais la maison et je me trouverais un joli trois-pièces dans le centre-ville de Biarritz.

Sauf que Mylène n'acceptera jamais. Elle serait même horrifiée que je lui fasse une proposition pareille. De toute façon, le moment est mal choisi pour lui en parler ou pour introduire un quelconque changement dans notre vie. Celui que constitue un Thadée handicapé est suffisamment radical et déstabilisant pour que je n'y ajoute pas mes velléités d'indépendance et mes fantasmes de célibat.

Il est rentré. Je l'ai trouvé changé. Mais tous nos visiteurs s'exclament que rien n'y paraît, qu'il est égal à lui-même, et que c'est vraiment étonnant compte tenu de ce qu'il a traversé et de ce qu'il lui reste à affronter en fait d'épreuves. Il faut croire qu'il fait à peu près bonne figure avec ses grands-parents, ses oncles, tantes, cousins, copains, et qu'il nous réserve ses propos cyniques ou défaitistes.

Il est prévu que Thadée passe le réveillon du nouvel an à la maison avant d'entamer sa rééducation à la clinique Saint-Cyriaque dès le lendemain. Ça me paraît un peu tôt, mais nous avons pris tous les renseignements et avis possibles, et il semblerait qu'une rééducation commencée tôt prévienne les troubles orthopédiques. Thadée pourrait même être appareillé dès la semaine prochaine. Une prothèse provisoire et évolutive, qu'il va falloir modifier et adapter à l'amaigrissement du moignon. Autour de Thadée, chirurgiens, kinés et orthopédistes préfèrent parler de « membre résiduel », mais ça m'agace.

À chaque fois que j'entre dans sa chambre, il est adossé à ses oreillers, en position assise, comme on le lui a conseillé, le visage tourné vers la fenêtre. Il ne lit pas, n'écoute pas de musique, n'utilise pas son vieil ordinateur portable. Mylène est généralement là, à lui parler, à retaper son lit, à lui demander s'il veut se lever, s'il a faim, s'il a eu Jasmine au téléphone, etc. Elle fait ce qu'elle peut pour lui être utile, mais il lui répond à peine, n'a envie ni de se lever, ni de manger, ni de répondre au téléphone. Il n'en dit pas plus, mais le message est clair : foutez-moi la paix. Je sais que Mylène peut être exaspérante, mais là, elle me fait de la peine, et amputation ou pas, je trouve que Thadée pourrait faire un effort. Je profite d'une des rares absences de ma femme pour m'asseoir sur le bord du lit.

— Ça va, fils ?
— Ouais. Comme tu vois.

Il me dévisage avec arrogance.

— Tu me montres ta jambe ?
— Laquelle ?
— Thadée… Je veux juste voir comment ça évolue. Tu as mal ?
— Oui. Par moments.
— Tu prends ton Tramadol ?
— Oui.

Moi aussi, je l'exaspère. Il ne me parle que sur un ton maussade et lassé. Je fais glisser le drap et entreprends d'examiner sa cuisse emmaillotée de Velpeau. Quand Zach m'a annoncé que son frère avait été amputé, il n'a pas su me dire de quel niveau d'amputation il s'agissait. Il ne l'a appris que plusieurs heures après l'opération, et j'ai eu tout le temps d'espérer que mon fils aîné conserverait son genou. Entre une amputation tibiale et une amputation fémorale, il y a une grande différence : pas besoin d'être chirurgien pour le savoir. Par chance, Thadée est un amputé transfémoral. Le chirurgien lui a conservé le levier osseux le plus long possible, mais hélas ce levier n'inclut pas le genou, ce qui va rendre la rééducation et la réadaptation à la marche beaucoup plus problématiques. Thadée doit s'en douter, car tout le temps que dure mon examen de son moignon, il ricane ou profère de petites phrases ironiques :

— Qu'est-ce que t'en penses ? C'est joli, hein ? Il a fait du bon taf, Chandri, hein ? Avec ça je vais pouvoir courir comme un lapin, c'est sûr.

Le dénommé Chandri est apparemment le chirurgien qui l'a opéré à La Réunion, et dont Mylène m'a d'abord dit le plus grand mal avant de tourner casaque et de lui reconnaître une certaine compétence. De fait, le *membre résiduel* a l'air de bien cicatriser et de ne plus être œdémateux, ce qui est un préalable indispensable à l'appareillage. Je choisis de prendre au pied de la lettre ce que me dit Thadée :

— Bien sûr que tu vas pouvoir courir. Y a même des amputés qui font de la randonnée ou de l'escalade.

— Ouais, c'est ça : dans deux secondes tu vas

me parler des Jeux paralympiques. Ou de Pistorius.

— Mais c'est ta mère qui me disait que tu voulais refaire du surf...

— J'ai changé d'avis : je veux pas refaire du surf, ni rien.

— Mais, Thadée, il y a des prothèses de plus en plus performantes, je me suis renseigné, tu sais...

— T'es gentil, papa, mais j'aime autant des béquilles. Les prothèses, c'est juste pour faire semblant que t'as encore ta jambe, mais bon, moi, je l'ai plus, c'est comme ça.

— Tu te trompes, Thad : la prothèse, ça te facilitera vachement la vie.

— Quelle vie ? C'est une vie, ce qui m'attend ?

— Mais oui, bien sûr !

Il me regarde sans me répondre, et dans ce regard, je lis un tel désespoir que les larmes me montent aux yeux et que je suis obligé de me détourner. Mon petit garçon... Je donnerais ma jambe pour qu'il garde la sienne. Mais à quoi bon ce genre de marchandage inepte, et avec qui marchander d'ailleurs ? Je réajuste la bande Velpeau, remonte le drap jusqu'à sa hanche. Au même moment, Mylène fait irruption avec son enjouement factice et ses petites attentions superflues. Je me suis repris et j'invoque un coup de fil à passer pour sortir de la chambre du fils.

La Chambre du fils... J'ai vu ce film avec Mylène à sa sortie. Il nous avait évidemment bouleversés tous les deux. Nos garçons étaient encore petits, contrairement au fils disparu du film de Moretti, mais nous n'avions pas pu nous empêcher d'évoquer à mots prudents cette perspective insupportable : la mort d'un enfant. Mylène m'avait dit farouchement qu'elle n'y survivrait pas. Pour toute réaction, j'avais serré sa main très fort, ce qu'elle avait dû prendre pour un assentiment, un signe de compréhension et d'empathie. Or, j'étais très loin de la comprendre, et encore plus loin de partager ses vues mortifères. L'idée de perdre un enfant me terrifiait, mais il me semblait que notre amour aurait dû nous permettre de surmonter un deuil aussi terrible. « Et moi ? » avais-je envie de demander à ma femme. Et moi ? Si je disparaissais ? Tu survivrais ? Je savais bien que oui. Je savais bien que le pire, pour Mylène, ça aurait été la mort de Thadée ou de Zachée, pas la mienne.

Du jour où elle est devenue mère, Mylène a changé. Nous avons connu huit ans d'amour exclusif et fou, huit ans d'un bonheur que je ne croyais pas possible. En venant parachever ce bonheur, la naissance de Thadée nous a comblés l'un et l'autre. Mais progressivement, j'ai dû accepter l'idée que je n'étais plus le centre des préoccupations ni des attentions de ma femme. Mon fils aîné m'avait supplanté. Bien sûr, j'étais moi-même transi de tendresse devant ce superbe poupon, qui s'avérait par ailleurs un bébé souriant et paisible. J'ai été pour Thadée un père aussi présent et aimant que possible, mais de fait, je quittais la maison à huit, voire sept heures du matin, pour n'y revenir que vers vingt heures, une fois Thadée profondément endormi. Beaucoup de choses m'ont échappé de sa croissance et de son éveil. Mylène me rapportait avec fierté les moindres faits et gestes de notre fils, mais il n'empêche qu'elle passait beaucoup plus de temps avec lui qu'avec moi et qu'elle paraissait très satisfaite de ce tête-à-tête exclusif avec son petit garçon. La même chose s'est reproduite avec Zachée, et dans une moindre mesure avec Ysé.

Avec moi, Mylène était invariablement tendre et scrupuleusement attentive à ce que je pouvais dire ou faire, mais je la sentais ailleurs, absorbée par cet amour nouveau, exigeant et passionnel, qui la métamorphosait. La petite souris effacée que j'avais épousée était capable de se muer en une pasionaria inquiétante dès qu'il s'agissait de ses fils. Je ne l'aimais pas moins, mais je ne la reconnaissais plus. Elle si rationnelle et si foncièrement droite pouvait se montrer délirante voire malhonnête, mesquine, injuste, pour peu qu'il soit question de son Thad ou de son Zach.

J'ai encore en mémoire le souvenir de cette rencontre parents-profs où nous nous étions rendus de concert alors que Thadée était en quatrième. Les uns après les autres, les enseignants s'étaient plaints auprès de nous du comportement pénible de notre enfant. Tandis que je rongeais mon frein, opinais du chef à leurs observations et tâchais plutôt de faire profil bas, Mylène souriait, attendant que le prof ait terminé sa diatribe. Ensuite, plantant dans le leur son regard méprisant, elle entamait la sienne :

— Monsieur (ou Madame), je vous ai écouté très attentivement, et croyez bien que je n'ai pas l'intention de chercher des excuses à mon fils, mais il se trouve qu'il me parle beaucoup, et qu'il me raconte ce qui se passe en cours. Si j'ai bien compris, vous l'avez pris en grippe dès le début, non ? Ce qui fait que maintenant, alors même qu'il fait beaucoup d'efforts dans votre matière, il a l'impression, et j'ai l'impression aussi, que c'est trop tard, que votre idée est faite et que vous n'en démordrez pas. Il se trouve que j'ai un ami professeur de maths, et que je lui ai demandé de jeter un œil sur le dernier devoir de Thadée : selon lui, ça valait largement quinze ou seize, mais bon...

Sur ma chaise, je me recroquevillais de honte, car nous n'avions absolument pas d'ami prof de maths. Au prof suivant, elle recommençait avec de subtiles variantes :

— Madame (ou Monsieur), je sais que Thadée n'est pas un ange, mais il faudrait peut-être que vous vous remettiez vous aussi un peu en question. D'après ce que j'ai compris, vous avez beaucoup de mal à faire régner le silence dans vos classes, non ? Mon fils me dit qu'il lui est très difficile de se concentrer en anglais vu le volume sonore que vous tolérez...

Tétanisé, je pétrissais la cuisse de mon épouse, en essayant de lui transmettre mon signal de détresse : « Arrête, tu débloques complètement, arrête ça tout de suite ! » Mais elle continuait, imperturbable, souriante, maléfique. À la sortie, j'étais anéanti :

— Mais qu'est-ce qui t'a pris de raconter ces conneries ?

— Ce n'était pas des conneries : j'ai eu une longue conversation avec Thadée hier, et il m'a prévenue que les enseignants allaient se plaindre de lui. Et il m'a aussi expliqué pourquoi. Je peux te dire qu'il m'a fait un petit topo sur chacun et que ce n'est pas toujours joli joli.

— Mais enfin, il ne t'est pas venu à l'esprit que les profs pouvaient avoir de bonnes raisons de se plaindre ?

— Tu veux dire que notre fils est un menteur ?

— C'est un enfant, Mylène ! Il a treize ans ! Il

123

sait qu'il a foiré son premier trimestre et il essaie de sauver sa peau ! Alors oui, il t'a menti, sans doute ! Et toi, tu as tout gobé ! Non mais j'y crois pas !

Elle a ri et secoué la tête comme si c'était moi qui étais bête et crédule. Puis, tandis que nous reprenions la voiture pour rentrer et que je ne lâchais pas le morceau, essayant de l'amener à plus d'objectivité, essayant aussi de lui faire comprendre qu'elle avait dû se mettre les profs à dos et que ça retomberait forcément sur Thadée, elle ne m'a plus présenté que son profil mutin, arborant le même sourire supérieur qu'avec les profs de Thadée : elle, elle savait.

Thadée guettait notre retour, et je me suis retenu pour ne pas lui balancer une bonne paire de gifles, à la fois pour son comportement de petit con en cours et pour les alibis foireux qu'il avait fournis à sa mère, mais je me suis retenu et j'ai opté pour un long sermon qu'il a écouté d'un air piteux. Étrangement, ça s'est arrangé. Par la suite, Thad ne nous a plus rapporté que d'excellents bulletins, ce qui a permis à Mylène de pavoiser.

Maud n'est pas comme ça. La maternité ne l'a pas changée le moins du monde. Et concernant Léo, elle s'est toujours montrée à la fois plus laxiste que Mylène et moins indulgente, moins facilement dupe quant à ses mensonges et à ses coups tordus. Elle aime son Léo, mais il n'est pas au centre de son existence, et elle le considère avec une lucidité tendre et amusée.

— Il est comme moi, Léo. Il aime les gens et il ne sait pas dire non. Ce qui fait qu'il est toujours prêt à faire une connerie. Comme moi !

— La différence, c'est que tu as fait des études. Tu étais une brillante étudiante de pharma, je te rappelle.

— Oh brillante, brillante, c'est vite dit. J'étais surtout une besogneuse. Ce que mon fils n'est pas, effectivement.

De nouveau, elle rit largement. Je vois sa luette frémissante au fond de sa gorge et je ne peux pas m'empêcher de m'imaginer en train d'enfourner ma bite dans cette bouche offerte dont je connais si bien les replis voluptueux et la capacité d'absorption. Nous sommes le 23 décembre et nous savons tous les deux que les fêtes de fin d'année avec leur cortège d'obligations familiales vont nous empêcher de nous voir pendant une bonne quinzaine. D'autant que Grégory a posé des jours, et qu'après les agapes rituelles, il est prévu que les Desmoulin aillent passer huit jours à Courchevel.

Pas de ski pour nous cette année, à cause de Thadée. Dommage. J'adore. J'aime ça au moins autant que mes fils. Enfin eux, c'est plutôt le snowboard. Bref, c'est notre dernier rendez-vous avant un long moment. Elle m'a rejoint sur la plage Miramar, moins fréquentée que la Grande Plage en cette saison. Nous marchons côte à côte, mais sans nous toucher ni donner de signes de notre intimité. Biarritz est une petite ville, et nous avons déjà été à deux doigts de nous faire griller en flagrant délit d'adultère : la copine de Zachée entrant dans le café où nous nous étions retrouvés, un collègue de Grégory nous croisant au moment où nous sortions de l'hôtel. Je n'ai jamais su si l'un ou l'autre nous avait vus, mais en tout cas ces rencontres n'ont pas eu de suite. Il m'est arrivé aussi d'oublier mon portable sur l'îlot central de la cuisine ou sur une étagère de notre chambre. Là aussi, ces oublis n'ont pas eu de suite, soit que Mylène n'ait pas vu mon portable, soit qu'elle n'ait eu ni l'idée ni l'envie d'y jeter un œil.

Maud me dévisage, cherchant mon regard, la pommette avivée par le vent et les embruns.

— Ça va ? Tu tiens le coup ?

— C'est pas moi qui ai perdu ma jambe.

— Arrête, je te connais par cœur. Je sais par quoi tu passes.

— Maud, on peut parler d'autre chose ? C'est déjà suffisamment dur à la maison.

— Tu vois ! Tout à l'heure tu me disais que tout allait bien.

— Mais tout va bien ! Tout va aussi bien que possible ! C'est juste que…

— C'est juste que tu ne supportes pas que ton garçon souffre et que tu aurais bien donné ta jambe pour qu'il garde la sienne.

— C'est vraiment le genre de considérations débiles qui m'horripile.

— Bon, O.K., j'arrête. De toute façon, il faut que je rentre.

— On prend un thé chez Dodin ?

— Non, j'aimerais bien, mais j'ai une tonne de trucs à faire.

— Léo est passé voir Thad, hier.

— Ah bon ? Il me l'a même pas dit.

— Je crois que Thadée l'a jeté au bout de cinq minutes.

— Mais qu'est-ce qu'il a fait ? Il a dit un truc qu'il fallait pas ?

— Non, non. Enfin, pour autant que je sache. C'est juste que Thadée ne veut voir personne. Même Jasmine, c'est limite. L'autre jour, elle est partie en chialant, à ce que m'a dit Mylène. Et pas moyen de lui tirer un mot.

— À Jasmine ?

— Oui. Note que Thadée ne dit rien non plus.

Si, en fait, il parle. Rarement, mais à chaque fois, c'est terrible – avec moi, en tout cas. Je ne sais pas ce qu'il peut raconter aux autres, mais rien ne m'est revenu aux oreilles. Mylène et Zachée ont l'air d'avoir avec lui des échanges décevants, mais anodins. L'autre jour, pourtant, alors que je venais lui dire bonsoir après ma journée à la pharmacie, je l'ai trouvé debout sur ses béquilles – son chirurgien réunionnais lui a conseillé de se « verticaliser » dès que possible et aussi souvent que possible. Je l'ai rejoint devant la fenêtre, essayant de voir où se portait son regard absent. Entre les toits des villas alentour et sous le ciel bas de décembre, moutonnait un pan de mer grise. J'ai tenté une ouverture météo-rologique :

— Vivement l'été, hein ?

— Tu crois que ma jambe aura repoussé, cet été ?

— Thadée…

— Quoi, Thadée ?

— Tu sais très bien ce que je voulais dire : il fait gris, froid, c'est mauvais pour le moral.

— Tu penses que je fais une dépression saison-nière ?

— Non, mais…

— Tu penses que les choses vont s'arranger avec les beaux jours ?

— Mais…

— Papa, je m'en fous de l'hiver, du printemps, de l'été : je suis mort.

Mon cœur s'est serré et les larmes me sont montées aux yeux alors que je ne pleure jamais.

— Arrête tes conneries. Tu as survécu à un terrible accident, tu as perdu ta jambe, c'est normal que tu sois démoralisé...

— Je ne suis pas démoralisé : je suis mort, je te dis.

Abandonnant théâtralement ses béquilles, qui sont tombées au sol dans un fracas assourdissant, il a sautillé jusqu'à son lit et s'y est affalé.

— Thad, c'est normal que tu passes par cette phase de découragement, mais tu n'as pas le droit de te laisser aller comme ça. Reprends-toi. Si tu ne le fais pas pour toi, fais-le pour nous, pour tous les gens qui t'aiment : ta famille, Jasmine...

— Jasmine va me quitter.

— Si tu es aussi défaitiste...

— Elle va pas me quitter parce que je suis défaitiste, elle va me quitter parce que j'ai qu'une jambe.

— Mais qu'est-ce que ça peut bien foutre, que tu n'aies qu'une jambe ? Elle t'aime ! Que tu aies une jambe, ou deux, ou trois, elle s'en fout !

— Qu'est-ce que t'en sais ? Tu la connais pas comme je la connais, Jasmine ! C'est pas le genre de fille à aimer un handicapé.

— C'est ça le problème ? Elle t'a dit qu'elle voulait te quitter ?

— Non, c'est moi qui lui ai dit. De me quitter.

— Mais laisse-la t'aimer si elle a envie de t'aimer, bon sang !

Il m'a regardé avec un air de mépris :

— Tu m'écoutes pas ! Ou alors tu veux pas comprendre !

— Je comprends que tu vas très mal et que c'est

parfaitement normal vu ce que tu traverses, mais tu ferais mieux d'attendre avant de prendre des décisions définitives, comme celle de rompre avec Jasmine.

— Je ferais mieux d'attendre quoi ? Qu'est-ce que j'ai à espérer de la vie, maintenant ? Tu vois, si tu veux vraiment m'aider, file-moi des médocs, que j'en finisse une fois pour toutes. Après tout, t'es pharmacien.

Qu'est-ce qu'un père peut bien répondre à son fils de vingt ans quand il lui dit qu'il veut mourir ? J'ai regardé Thadée, ses yeux injectés, les cheveux qu'il n'avait pas lavés depuis des jours, la cuisse mutilée qu'il pétrissait avec amertume, et j'ai opté pour la dureté. Avec mon fils aîné, ça a toujours payé :

— Ta gueule, Thadée ! Je ne t'ai pas élevé pour que tu sois une sombre merde ! Finalement, tu flanches au premier obstacle, c'est ça ? C'est facile d'aller bien quand tout va bien, tu sais : tout le monde y arrive ! C'est beaucoup plus méritoire et beaucoup plus glorieux de faire bonne figure face aux épreuves. Mais apparemment, c'est au-dessus de tes forces. C'est à se demander si tu en as, des forces ! Tu veux en finir ? Démerde-toi. Tu ne crois quand même pas que je vais t'aider à te suicider ?

Il ne dit rien mais rabat le drap sur son moignon et détourne le regard. Je continue sur ma lancée :

— T'as rien dans le bide, en fait ! T'as perdu ta jambe ? O.K., c'est dur, mais estime-toi heureux : le requin aurait pu te bouffer les deux ! Ou te bouffer un bras. Et crois-moi, c'est beaucoup plus facile d'être un amputé des membres inférieurs que des membres supérieurs.

Il ricane :

— T'es trop fort ! T'es en train de me dire que finalement, j'ai eu de la chance !

— Oui, c'est exactement ce que je te dis : dans ton malheur, tu as eu de la chance ! Et maintenant, tu arrêtes de pleurnicher et tu réagis. Lundi, on va te poser une prothèse, tu vas commencer la rééduc : fixe-toi des objectifs et fais en sorte de les atteindre. Et si ce que tu veux, c'est remonter sur ta planche, eh bien dès cet été tu remonteras sur ta planche. C'est une question de volonté, Thad. Je pensais t'en avoir inculqué. Vous en avoir inculqué à tous les deux ; tous les trois, même.

C'est vrai, ça. Quand ils étaient petits son frère et lui, je les entraînais à toujours se dépasser. Le week-end et en vacances, je leur mitonnais des programmes sportifs, des marches, des escalades, des kilomètres à vélo. On partait crapahuter à la dure, et je leur interdisais la moindre jérémiade. Pas de « j'ai faim », « j'ai soif » ou « je suis fatigué ». J'inventais des épreuves : c'était à celui qui faisait le plus de longueurs à la piscine, celui qui retenait son souffle le plus longtemps, celui qui sautait le plus loin, grimpait le plus haut... Mylène poussait des cris d'orfraie quand en rentrant ils lui racontaient leurs prouesses et les risques encourus, mais au fond, elle me faisait confiance et était d'accord avec moi pour ne pas élever nos enfants dans du coton. Je la laissais jouer son rôle de mère comme elle l'entendait, et de son côté elle me déléguait volontiers celui de coach et de mentor. Car je ne me suis pas contenté d'être leur entraîneur sportif, et j'ai toujours beaucoup parlé avec mes garçons. Enfin, au moins jusqu'à leur adolescence. Ensuite, j'ai eu évidemment moins de prise sur eux et d'autres influences se sont exercées : leurs moniteurs de surf, leurs potes… C'était dans l'ordre des choses et je m'y suis résigné de bonne grâce. Mais je peux dire que durant leurs douze ou treize premières années, j'ai été leur idole. Rien ne comptait plus pour eux que de briller à mes yeux.

Pour obtenir le meilleur de mes fils, j'ai beaucoup joué sur l'émulation entre eux, trop peut-être. J'ai arrêté quand je me suis rendu compte que Thadée supportait très mal d'être dépassé par son cadet, ce qui arrivait quelquefois, vu qu'ils n'avaient qu'un an de différence et faisaient la même taille.

Je me souviens d'une scène horrible lors de vacances dans les Alpes. Nous avions loué un chalet sur les hauteurs d'Annecy, et j'entraînais souvent les garçons en excursion dans les montagnes avoisinantes. Ysé venait de naître et Mylène ne nous accompagnait pas, préférant les bords de la piscine et la fraîcheur ombragée du jardin pour y rester avec le bébé.

Ce jour-là, nous avions prévu de faire le Parmelan, soit une randonnée de quelques heures, avec des passages un peu vertigineux mais sans réelle difficulté pour des garçons de neuf et dix ans. J'avais réservé pour une nuit au refuge, et Thad comme Zach se réjouissaient beaucoup à cette perspective. Ils avaient fait leurs sacs eux-mêmes et les ont portés sans renâcler. À midi, nous étions au pied de la falaise et tandis qu'ils mâchonnaient leurs sandwichs, je leur ai demandé :

— Alors ? Grand ou Petit Montoir ?

— C'est lequel le plus court ?

— Le plus court, c'est le Grand. Mais c'est le plus difficile, aussi.

— Pourquoi c'est difficile ?

— Y a des passages vraiment à pic. Le Petit Montoir, c'est plus cool. Mais moins beau. La vue n'est pas la même. Alors ?

Comme je m'y attendais, ils ont opté avec enthousiasme pour la difficulté et le danger. Je n'en attendais pas moins d'eux, et une fois le pique-nique fini, nous nous sommes engagés tous les trois sur le sentier longeant la falaise. Je marchais derrière eux, observant avec fierté leurs petits mollets musclés et brunis par cet été haut-savoyard. Je veillais à ce qu'ils s'aident des chaînes et des rampes et tout s'est bien passé jusqu'à ce que Thadée s'immobilise brutalement au milieu du chemin étroit. Nous en étions précisément au passage que j'appréhendais un peu, avec un à-pic vraiment saisissant.

— Thad ? Qu'est-ce qui se passe ?

C'est Zachée qui m'a répondu :

— Papa, viens ! Il a peur !

Dépassant précautionneusement mon cadet, je suis arrivé à la hauteur de Thadée. Blême, les yeux fermés, les deux mains cramponnées aux maillons de la lourde chaîne qui longeait la roche, il était incapable de faire un pas de plus. J'ai eu beau le raisonner, lui dire d'ouvrir les yeux, que j'étais là et que nous allions franchir ensemble ce passage difficile, j'ai compris qu'il avait le vertige et que sa terreur était insurmontable. Le problème, c'est qu'avant de s'engager sur le plateau, le sentier continuait un bon moment entre roche et vide. La vue était grandiose, mais Thadée n'était pas en mesure d'en profiter. À ce stade, mieux valait faire demi-tour et passer par le Petit Montoir. C'est ce que nous avons fait, Zachée en tête, et moi portant Thadée, qui avait enfoui sa tête dans mon cou.

Dès que nous avons retrouvé un itinéraire moins vertigineux, Thadée a évidemment repris du poil de la bête, mais je le sentais très mortifié par sa mésaventure. Les choses auraient pu en rester là, et après tout le Petit Montoir a lui aussi ses charmes et ses difficultés, mais Zachée s'est mis en tête de narguer son frère aîné.

— Moi, j'ai pas eu peur ! Pas vrai, papa, que moi, j'ai pas eu peur ? Tu le diras à maman, hein, que j'ai pas eu peur ? Tu le diras à maman que je suis pas un bébé, moi ?

— J'ai pas eu peur, idiot, j'ai eu le vertige !

Zachée s'est lancé dans une imitation de Thadée agrippé à sa chaîne :

— Ah, ah, t'étais trop marrant ! Tu t'es pas vu ! T'étais comme ça !

Sans que j'aie pu prévenir l'assaut, Thadée s'est jeté sur Zachée, l'a allongé par terre et a commencé à le bourrer de coups de poing d'une violence telle que du sang a giclé du nez de ce pauvre Zachée. J'ai bondi, mais trop tard, Thadée avait littéralement réduit en bouillie le visage de son frère sous les yeux médusés d'un groupe de randonneurs qui s'apprêtaient à nous croiser sur ce sentier très fréquenté. J'ai séparé mes fils, Thadée écumant d'un côté, et Zach complètement sonné de l'autre. Il était si mal en point que l'un des randonneurs s'est arrêté et a sorti sa trousse à pharmacie. J'étais moi-même totalement hébété par ce qui venait de se passer, mes mains tremblaient et je ne pouvais que répéter à mon aîné :

133

— Mais qu'est-ce qui t'a pris, mais qu'est-ce que tu as fait ?

Tandis que le randonneur et moi prodiguions les premiers soins à Zach, Thadée s'est éloigné, nous tournant ostensiblement le dos. Badigeonné d'arnica et d'éosine, Zachée reprenait ses esprits mais je le sentais extrêmement choqué lui aussi. Dès qu'il m'a semblé en état de se lever, j'ai pris ma décision :

— Demi-tour, on rentre.

Ni l'un ni l'autre n'a émis de protestation et nous avons pris le chemin du retour, en file piteuse. Je tenais la main de Zachée, mais au bout d'un moment, il s'est détaché de moi et j'ai vu qu'il pleurait. M'agenouillant à sa hauteur, je l'ai pris dans mes bras, balbutiant de tendresse et de pitié :

— Ne pleure pas, mon garçon, ne pleure pas. Tu es grand, hein ? Tu es courageux, ne pleure pas !

Mais il sanglotait si éperdument que j'en avais le cœur brisé et que j'étais impuissant à le consoler. Je répétais bêtement :

— Ne pleure pas, Zach, ne pleure pas, s'il te plaît, ne pleure pas !

Mais sa tristesse, au fond, c'était la mienne, face à ce déferlement de violence et de haine si imprévisible et si inhabituel chez un Thadée plutôt pacifique en temps normal. Je regardais le visage tuméfié de mon petit garçon, ses larmes et ses hoquets de désespoir, et j'étais bien près de pleurer moi-même. Tandis que je le câlinais et le mouchais, j'ai soudain entendu la voix triomphante de mon aîné :

— Hein, c'est qui le bébé ?

Je crois que j'aurais pu lui arracher la tête, là,

dans ce site enchanteur, ces alpages que j'aimais tant et qui avaient été le cadre de tant de vacances en famille depuis qu'ils étaient nés. J'ai toujours préféré les Alpes aux Pyrénées pourtant plus proches de Biarritz. Il faut dire que si mon père est un pur Biarrot, la famille de ma mère est d'Annecy. Aujourd'hui, je n'y ai plus guère qu'un oncle et deux cousins, mais lorsque j'étais enfant, nous allions toujours passer le mois de juillet en Haute-Savoie. Sans compter que j'ai appris à skier à La Clusaz et que c'est là que j'ai initié mes garçons aux joies des sports d'hiver. Mais là, j'étais très loin de penser ski, luge et snowboard : je regardais mon fils aîné et j'avais envie de le défoncer. Ce qui m'a retenu, c'est le regard de Zachée, se posant tantôt sur moi tantôt sur son frère, mais avec la même lueur d'effroi dans les deux cas, comme s'il sentait monter en moi une violence similaire à celle qui s'était déchaînée sur lui une heure auparavant.

Je suis violent. Ou du moins, je pourrais l'être. Mais j'ai toujours sévèrement jugulé mes pulsions, dans ce domaine comme en bien d'autres. Je serrais les poings, mon cœur cognait, j'y voyais littéralement rouge, mais une petite voix sage me soufflait de ne rien faire et de ne rien dire. Thadée n'a jamais su qu'il avait failli se prendre la branlée de sa vie au chalet du Chapuis. Je me suis contenté de remettre mon sac sur mes épaules et de décharger Zach du sien. Puis, sans plus un regard à Thadée, j'ai commencé à redescendre, me retournant de temps en temps pour voir si les garçons suivaient. Lorsque nous sommes arrivés en vue du chalet, j'ai laissé Zachée se dissimuler derrière la haie de buis, j'ai pris Thad par le bras et je me suis avancé vers Mylène, paisiblement assise sur un transat dans le jardin. Ysé babillait sur une couverture jetée à même l'herbe tendre.

— Tiens, amène-le dans sa chambre : je ne veux plus le voir jusqu'à demain.

— Quoi ? Qu'est-ce qu'il a fait ?

— Il a cogné son frère. Je te préviens qu'il est salement amoché.

Elle a porté la main à sa poitrine :

— Mais il est où, Zachée ? Il est blessé ?

Tandis que Thadée regagnait sa chambre, j'ai fait sortir Zachée de sa cachette et l'ai poussé au-devant de sa mère, qui lui a ouvert les bras et l'a longuement câliné tandis qu'il éclatait de nouveau en sanglots. Puis elle s'est levée sans un mot et a rejoint Thadée. Je ne sais pas ce qu'ils se sont dit, mais quand elle est revenue elle m'a regardé droit dans les yeux :

— Ça ne se reproduira jamais, Jérôme, tu peux en être sûr.

De fait, si par la suite mes fils se sont parfois chamaillés voire battus, leurs bagarres n'ont plus jamais atteint ce degré de brutalité. Mais la nuit qui a suivi la randonnée avortée au Parmelan, je n'ai quasi pas fermé l'œil. Les images de Thadée rouant son frère de coups de poing me revenaient, s'intégrant à mes rêves ou à mes insomnies hallucinées. Au réveil, la colère et l'angoisse ne m'avaient pas quitté et j'ai mis beaucoup de temps à digérer cet incident. Et sans qu'il faille y voir un lien de cause à effet, nous ne sommes plus jamais revenus à Annecy, préférant désormais skier à Peyragudes et randonner dans le Luchonnais. Les garçons n'auront jamais dormi au refuge du

Parmelan. Il se peut même qu'ils aient complète-ment oublié cette journée. Pas moi.

En tout cas, leur complicité n'a fait que se ren-forcer tandis qu'ils grandissaient. Le surf a beau-coup fait pour les souder, car ils l'ont découvert et appris en même temps, vers neuf, dix ans, précisément. Jusque-là, ils s'étaient contentés de bader devant les évolutions des surfeurs depuis la Grande Plage. Puis un jour, ils ont voulu essayer, et à partir de là, ils ont pensé surf, parlé surf, rêvé surf.

J'avoue avoir été très fier de les voir pratiquer ce sport, l'un des rares auxquels je ne me sois jamais essayé. D'autant qu'ils étaient bons. Qu'ils sont bons. Je préfère parler comme si Thad devait remonter un jour sur une planche car l'idée qu'il ne soit plus jamais ce jeune demi-dieu triomphant, ivre de vent, d'écume et de soleil, dont j'admirais les rollers, les cut-backs ou les front flips air, cette seule idée me rend malade. Mais pour l'heure, mon jeune demi-dieu ne quitte plus sa chambre, voire son lit, et observe d'un œil goguenard les visiteurs qui y défilent, membres de la famille et copains de lycée ou de surf. Pas tant de copains que ça, d'ailleurs, comme si le malheur les tenait éloignés.

Je dois dire tout de même que mon coup de semonce de l'autre jour a porté ses fruits. Non seulement il se garde bien de réitérer ses menaces de suicide, mais il fait visiblement des efforts pour se projeter dans l'avenir et tenir des discours rai-sonnables sur la rééducation, les différents types de prothèses, la reprise de ses études, etc. Mylène rayonne et dès que nous sommes seuls m'assure que tout va bien, que notre fils est vraiment for-midable, et que la vie va reprendre comme avant.

C'est mon souhait le plus cher. Car maintenant que je ne le suis plus, je mesure à quel point j'étais heureux avant l'accident de Thadée. J'exerçais la profession de mes rêves, nous vivions dans une aisance matérielle enviable, les enfants nous donnaient toute satisfaction, et j'aimais profondément ma femme qui me le rendait bien.

À la limite, j'étais la seule ombre à ce tableau idyllique. Car tout en aimant Mylène, je la trompais avec Maud depuis des années, et si cette liaison était l'une des conditions de mon bonheur, elle ne manquait pas de me bourreler de remords. J'étais le ver dans le fruit, le serpent au Paradis. Mais les remords, la honte, le sentiment de mon indignité, je les prenais comme le prix à payer pour cette exaltation dont j'ai déjà parlé, cette fierté que j'éprouvais à satisfaire deux femmes, émotionnellement et sexuellement.

Tout a changé. Je pourrais continuer comme si de rien n'était : bosser à la pharmacie, rentrer le soir retrouver femme et enfants, bavarder paisiblement avec eux tout en ayant en tête les images de mon cinq à sept avec Maud, un cinq à six plutôt, un brûlant intermède dans un Formule 1 de la zone commerciale, endroit où nous sommes à peu près sûrs de ne croiser personne. Mais je n'y arrive plus. Non que j'aie cessé de voir Maud, au contraire. Simplement je ne peux plus rentrer chez moi porté par l'euphorie et modérément titillé par le sentiment de ma trahison.

Avec l'amputation de mon fils aîné, quelque chose s'est déglingué. Je me rends compte que mes petits remords, mon vague sentiment de culpabilité, finalement, ce n'était rien par rapport à ce que j'éprouve aujourd'hui. Même si ce qui arrive à Thadée n'a rien à voir avec les frasques et les turpitudes de son père, je ne peux pas m'empêcher d'établir des liens. C'est comme si en trompant Mylène j'avais introduit un ferment de malheur dans la famille. Certes, le ferment a mis du temps, des années même, à répandre la putréfaction, mais désormais la putréfaction est là et je dois faire en sorte qu'elle ne gagne pas plus avant.

Nous sommes le 31 décembre. Après-demain Thadée entrera en centre de rééducation pour six semaines. Mylène s'affaire à des préparatifs encore plus grandioses que d'habitude, comme s'il s'agissait de compenser la terrible perte par une orgie de victuailles et une avalanche de cadeaux, ceux prévus pour Noël n'ayant finalement pas été ouverts : nous n'avions pas le cœur à célébrer quoi que ce soit alors que Thad et Mylène étaient loin de nous et pour les raisons qu'on sait.

Thadée s'est enfin décidé à quitter sa chambre. Certes, il ne s'est pas habillé pour l'occasion, mais il a fait l'effort de nouer mollement son bas de jogging sous son *membre résiduel*. Ça n'a peut-être l'air de rien, mais depuis son retour, il prend un malin plaisir à exhiber son moignon à tout bout de champ, guettant chez ses visiteurs la moindre réaction de dégoût, de frayeur ou de surprise, pour mieux la souligner et la pourfendre. Même ses grands-parents y ont eu droit, et mon père est redescendu au salon la mine chavirée :

— Tu devrais dire à ton fils de faire attention, quand même ! Tout le monde n'a pas forcément envie de voir sa, son...

— Il le fait exprès, papa. Pour nous provoquer.

Si personne n'y prête attention, il arrêtera son petit jeu très vite.

Les parents de Mylène ne m'ont rien dit, mais j'ai su par ma femme qu'eux aussi avaient été choqués par l'attitude et les propos de Thadée. Mais après tout, trois jours seulement se sont écoulés depuis son retour, quinze depuis l'amputation, dix-sept depuis l'accident. C'est peu. Laissons-lui du temps. *Laissons-lui du temps*, c'est devenu mon mantra, la phrase que je dégaine machinalement à tous ceux qui s'étonnent ou s'inquiètent à propos de mon fils aîné.

Ce soir, au lieu de la fiesta habituelle, celle que nous faisons entre quinquagénaires, tantôt chez les uns, tantôt chez les autres, nous n'avons convié que quelques intimes – la garde rapprochée : Gilles, Fabien, Valérie, Édith, Marie-Laure, Carlos.

Jasmine, Zach et Cindy sont là aussi. Cette dernière s'est bien gardée de faire des frais de toilette mais je note avec amusement la façon dont ses seins distendent son tee-shirt, avec le relief grenu de son téton bien visible sous le coton trop fin. Elle n'a encore rien bu, mais ses grosses joues sont déjà empourprées çà et là, en une surprenante floraison parme. À quarante ans, surf, mer et soleil aidant, elle sera probablement boucanée et couperosée, mais pour l'heure, elle est juste bandante et d'autant plus bandante qu'elle l'ignore complètement. Contrairement à elle, Jasmine a mis le paquet, et a une conscience aiguë des charmes qu'elle déploie dans notre salon. Sublime dans sa petite robe moirée, elle s'est blottie aux pieds de Thadée qui lui caresse les cheveux d'une façon un peu machinale.

Mylène et Ysé ont entièrement décoré la maison de guirlandes et d'objets en origami confectionnés par Ysé, dont c'est la dernière marotte. Sur la table basse, elles ont disposé des verrines multicolores et des amuse-gueules inédits. Dès qu'un plateau est vide, Mylène en rapporte précipitamment un de la cuisine : ce n'est pas parce que nous avons opté pour un buffet que nos invités doivent mourir de faim et on peut compter sur ma femme pour qu'ils repartent rassasiés voire gavés. Sans compter qu'elle est allée prendre ses pâtisseries chez Miremont, dont elle trouve incomparables le gâteau basque et les macarons. De mon côté, j'ai garni le congélo de sorbets divers et de plusieurs bacs de glace aux marrons glacés, la préférée de Thadée.

Nous lançons les festivités par une distribution de cadeaux. Prévenus que Noël aurait lieu ce soir, nos invités ne sont pas venus les mains vides, et de notre côté, nous avons entassé les paquets sous le sapin, comme lorsque les enfants étaient petits.

Cette année, Thadée est outrageusement gâté : un iPhone dernier cri, une enceinte portable top niveau, des flopées de DVD et de jeux vidéo, et un MacBook pour remplacer son vieil Asus. Il semblerait que tout le monde ait prévu de quoi l'occuper depuis son lit de souffrances. À Noël dernier, il avait reçu un poncho pour se changer après ses sessions de surf, une caméra go-pro et un skateboard que j'avais trouvé ridiculement petit – mais il s'avère que je n'y connaissais rien, que ça s'appelle un penny et que Thad s'en sert pour ses déplacements en ville. Enfin, il s'en servait : le penny n'est pas près de ressortir de sa housse.

Ysé a tenu à faire ses propres cadeaux : des

aquarelles ou des pastels semi-abstraits encadrés par ses soins et sur lesquels chacun s'extasie
convenablement, après un temps de surprise, parfois. Car entre deux volutes brumeuses ou deux
semis de pois, on distingue ce qui ressemble à
de petites femmes nues dans diverses postures.
Gilles ne s'y trompe pas et hèle Ysé d'une voix
goguenarde :

— Viens ici, petite sorcière : qu'est-ce que c'est,
ça ?

Son gros doigt pointe l'angle droit du dessin et
Ysé se penche poliment sur son œuvre :

— Une dame.

— Mais qu'est-ce qu'elle fait ?

— Rien. Elle est juste là.

— Mais pourquoi elle est à poil ? On voit ses
fesses !

Ysé se penche de plus belle et plisse les yeux
comme pour s'assurer que Gilles n'a pas la ber-
lue :

— On voit ses fesses parce qu'elle est de dos.

Gilles, qui n'est pas toujours d'une grande
finesse et qui a déjà forcé sur le vin blanc, se met
illico à brailler :

— Tu veux dire que si tu l'avais dessinée de face
on aurait vu sa...

Mylène l'interrompt diplomatiquement en lui
proposant du foie gras, mais Zachée renchérit :

— Non mais c'est vrai ça, Ysé, moi aussi j'ai
une femme nue sur le mien !

Ysé répond avec son sérieux habituel :

— Ben oui, ce sont des nus. Je me suis inspirée d'Odilon Redon. Pour cette série. Ma série de
Noël.

Sa réponse est suivie d'un tollé de rires et d'exclamations à la fois moqueuses et affectueuses, chacun y allant de son commentaire sur la fibre artistique de ma fille. Gilles se montre évidemment plus graveleux, mais il est à chaque fois neutralisé par Mylène ou par sa femme, cette pauvre Valérie, qui a l'habitude des débordements de son mari. Au bout d'un moment, l'excitation retombe et je m'apprête à aller mettre un peu de musique quand la voix de Thadée s'élève, vibrante de malice :

— Et moi, Ysé, j'ai pas de cadeau ?

Elle se tourne vers lui avec une grâce et une dignité d'infante, mais sans lui répondre.

— Ben oui, pourquoi tout le monde a un dessin sauf moi ? Même Jasmine, elle en a un.

Ysé le fixe avec une intensité presque gênante, puis finit par lâcher :

— Je t'ai oublié.

— Ouais, c'est ça !

Tandis que Mylène tance vertement sa fille, Thadée se désintéresse brusquement de l'échange. Dans l'espace que nous avons dégagé pour l'occasion, Édith et Valérie commencent à danser avec une gaucherie que je juge émouvante. On sent qu'elles ont envie de donner un tour plus festif à la soirée et qu'elles sont décidées à payer de leur personne.

Ma playlist est presque la même que celle de l'an dernier. Je l'ai juste un peu réactualisée et agrémentée de tubes récents. Mais de toute façon, à nos âges, on se trémousse plus volontiers sur du James Brown ou du Niagara que sur Drake ou Rihanna. Hop, j'attrape la main d'Édith, la femme de Fabien, et je lui fais faire quelques passes de rock sous le regard moqueur de mes fils. Ysé enfouit carrément son visage dans un coussin, histoire de ne pas voir son père se ridiculiser. Or, il se trouve que j'aime danser et que j'ai la prétention d'être un bon cavalier. C'est juste que la fête de ce soir est une hérésie : ça fait bien cinq ou six ans que les garçons ne passent plus le réveillon avec nous, préférant la compagnie d'autres loustics plutôt que celle de darons et daronnes avinés.

Minuit arrive enfin et je fais ce que je fais toujours en pareil cas : je sabre un magnum de Bollinger, je remplis toutes les coupes à la ronde, et j'enlace solennellement ma femme tout en lui soufflant à l'oreille : « Bonne année, ma chérie. » Partout dans le salon, les téléphones vibrent, et chacun s'active à envoyer et à recevoir des SMS.

Je déteste ça. Je déteste cette façon que nous avons de basculer dans la nouvelle année : penchés sur nos écrans, physiquement ici, mais mentalement ailleurs. En ce qui me concerne, je préfère préserver à l'instant toute sa solennité et sa charge symbolique ; je préfère regarder les miens, leur souhaiter le meilleur pour l'année à venir, les entourer d'ondes aimantes et positives. Thadée, surtout. Thadée qui comme moi ignore son iPhone et dont je croise soudain le regard désolé au-dessus de la tête brune et lustrée de Jasmine. Nous nous dévisageons, et, entrouvrant les lèvres, il articule à mon intention, silencieusement mais sans équivoque possible : « Je veux mourir. »

Je reçois au cœur comme un coup de poignard. Pourquoi, mais pourquoi, me réserve-t-il ses projets et ses propos mortifères ? Car visiblement, ni Mylène ni Jasmine ne sont au courant. Elles m'en auraient parlé. Les mains tremblantes, je m'active, débarrasse la table basse, vide les cendriers, échange un mot ou deux avec Zachée ou Gilles, m'efforçant de donner le change et de faire bonne figure alors que je suis intérieurement dévasté.

Mon enfant, le fruit de mes entrailles, la chair de ma chair, je t'ai donné la vie, joyeusement, fougueusement, en un acte d'amour pour ta mère, évidemment, mais aussi pour toi qui n'existais pas encore. Oui, avant même que tu ne viennes au monde, je t'ai voulu, aimé, attendu. Seuls la joie et l'amour ont présidé à ta conception. Et là, ce soir, en trois mots, tu as introduit le désespoir et la mort entre nous.

Une fois sonnés les douze coups de minuit, la fête se fait poussive, un brin désenchantée. Les femmes ont beau se dandiner sur le dance-floor, la motivation n'y est pas. Subrepticement, Cindy et Zachée se glissent vers la porte d'entrée, et je devine qu'ils filent rejoindre leurs amis, pour une autre fête, un réveillon entre jeunes, hors de la présence de tous ces adultes tristes et coincés, mais aussi hors de l'orbe ténébreux de ce frère mutilé et malveillant. Comment leur en vouloir ?

Une fois de plus, je croise le regard de Thadée, avant qu'il ne ferme brusquement les yeux, comme accablé, terrassé. Si je m'écoutais, je le prendrais dans mes bras, le serrerais fort contre moi, je le bercerais, comme quand il était petit et que j'avais le pouvoir de le consoler de tous ses gros chagrins. Mais ce pouvoir-là, je ne l'ai plus. Le chagrin est trop grand, la perte est trop irrémédiable, pour lui comme pour moi. Nous sommes dépassés, vaincus, Chastaing père et fils défaits par K.-O.

Car je devine ce qui lui passe par l'esprit tandis que son frère cadet s'éloigne sur ses deux jambes bien valides, ses deux jambes qui lui obéissent et sur lesquelles il va danser une bonne partie de la nuit tandis que Thadée se morfondra sur son canapé. La danse, c'est fini pour lui. On a beau faire des miracles avec les prothèses, il pourra tout au plus tressauter en rythme, lui qui était un danseur émérite.

Il se lève, échange quelques mots avec Jasmine, et entreprend de remonter jusqu'à sa chambre à cloche-pied, la plantant là. Mylène, à qui rien n'échappe, le rejoint dans l'escalier et je l'entends lui dire qu'il est fatigué, que tout va bien mais qu'il veut dormir.

Jasmine s'attarde un peu pour la forme et par politesse, puis elle rassemble ses affaires, prend son manteau et s'apprête à sortir.

Elle n'habite pas très loin, mais pas assez près toutefois pour que je la laisse rentrer à pied, ce qui fait que je propose de la raccompagner. Une fois dans la voiture, je jette un œil à son profil parfait, puis je me lance :

— Ça va, tu as passé une bonne soirée ?

— Oui, merci : c'était très réussi.

— Comment tu trouves Thadée ?

Elle marque un temps d'hésitation, et je la sens sur le point de me dire quelque chose, puis sa bonne éducation prend le dessus et elle répond, sobrement mais avec une imperceptible fêlure dans la voix.

— Bien...

— Tu es sûre ? Moi, je ne le trouve pas si bien que ça. Enfin, physiquement, oui, mais sur le plan du moral, c'est la cata, non ?

Je ne sais pas ce que Thadée lui a dit ou pas. Suis-je le seul à qui il s'est ouvert de ses projets de suicide ? C'est bien possible. Jasmine me lance un regard énigmatique mais botte en touche :

— Bah, il est un peu déprimé par moments, c'est normal. Il sait qu'il va en baver pour sa rééducation.

— J'ai l'impression que c'est un peu plus grave que ça.

À ce moment-là, et sans que rien ne l'ait laissé prévoir, elle éclate en sanglots tout en s'escrimant sur sa ceinture, comme si elle voulait descendre de la voiture toutes affaires cessantes, alors que nous sommes à un bon kilomètre de chez elle.

— Mais qu'est-ce que tu fais ? Attends ! Je te ramène jusque devant chez toi !

Jasmine se tourne vers moi, les joues sillonnées de larmes noires. Elle hurle :

— J'en peux plus, j'en peux plus, moi ! C'est trop dur !

Nous sommes arrivés en vue du pavillon de ses parents et elle se rue hors de la voiture. J'ai tout juste le temps de la rattraper par un pan de son petit caban de laine camel :

— Attends, attends, Jasmine ! Il faut que tu me dises ce qui se passe ! Qu'est-ce qui est si dur ?

Elle se rassoit et tourne vers moi son beau visage ravagé par le chagrin. Je ne peux pas m'empêcher de noter que malgré les larmes et les coulures d'eye-liner, elle est sublime. Il y a des gens qui peuvent pleurer comme ça, sans rougeurs ni bouffissures…

— Il est horrible avec moi, monsieur Chastaing, si vous saviez… Il me torture !

— Il va mal, Jasmine, très mal.

— Je sais, je le sais qu'il est mal ! Je ne sais pas comment je serais, moi, si j'avais… perdu ma

147

jambe, c'est affreux ! Mais je suis là, je lui ai dit qu'il pouvait... compter sur moi... Enfin, maintenant, je ne sais plus... Je ne sais plus si j'ai envie d'être là. Je ne le reconnais plus. Il me dit... toutes ces horreurs...

Elle pleure toujours, mais de plus en plus calmement, comme si le fait de parler l'aidait à clarifier des pensées inavouables et affermir des décisions.

— Il me dit que je ne suis pas à la hauteur, que je ne suis qu'une petite fille gâtée, que je n'ai rien dans le ventre, que je ne pense qu'à moi, que je suis comme ma mère, une bourgeoise névrosée et obsédée par sa ligne. Et en plus il est devenu super jaloux, il ne supporte pas que je sorte sans lui, mais lui, il peut pas sortir, alors on fait comment ? Et puis moi, j'ai mes cours, et en plus on a beaucoup de travail, enfin quoi, je suis quand même en deuxième année de médecine, est-ce qu'il se rend compte ? Mais même ça, il me dit que je vais échouer, que de toute façon, je n'ai pas le niveau, que je suis nulle... Et, et j'en passe, hein, je ne peux pas tout vous dire, mais il y a des trucs encore bien pires, je ne sais même pas où il va les chercher. Mais moi, si c'est comme ça, ben j'aime autant qu'on se sépare. Et ça sera pas à cause de sa jambe, quoi qu'il en dise. Non, ça sera à cause de lui !

Elle a cessé de pleurer, se mouche, s'essuie les yeux, s'excuse. Elle s'apprête de nouveau à sortir de la voiture et de nouveau je la retiens :

— Ne fais pas ça, Jasmine, ça l'achèverait : laisse-lui le temps de se reprendre. Là, il est encore sous le choc. Si tu le quittais, ça serait la catastrophe. Il est, il a... il a des pensées suicidaires, tu sais.

Je ne sais pas si je fais bien d'aborder ce sujet avec elle, mais tant pis, je mets le paquet. Il n'est pas question que Jasmine quitte Thadée en ce moment. Elle me regarde avec sérieux :

— En tout cas, je vais faire un break. J'ai des exams la semaine prochaine : j'ai besoin de temps et de calme pour réviser. Et puis lui, il part en rééduc demain, alors de toute façon on se serait moins vus.

— Fais un break si tu veux, mais ne lui dis pas que tu en fais un : téléphone-lui, sois tendre, qu'il te sente avec lui, même si tu ne peux pas venir le voir.

Elle secoue la tête avec détermination :

— Je crois que vous n'imaginez même pas ce qu'il me fait vivre depuis qu'il est rentré. Et même avant, au téléphone, toutes les horreurs qu'il m'a sorties... Je vous dis que je ne le reconnais plus, ce n'est plus Thadée. Et en même temps, peut-être que c'est le vrai Thadée, en fait... C'est juste que je ne l'avais pas vu avant. Que je n'avais pas *voulu* le voir avant...

Après un dernier regard, indéchiffrable, elle s'interrompt, attrape sa petite pochette, et cette fois-ci, elle est partie. Je suis catastrophé, mais une fois revenu à la maison, je fais comme si de rien n'était. Nous dansons encore un peu, puis les invités s'en vont un à un, et il n'est pas encore deux heures que nous nous retrouvons seuls avec Mylène dans le salon qui sent le cendrier froid, au milieu des reliefs du buffet, des papiers cadeaux déchirés et des spirales de bolduc. Mylène a l'air sereine, c'est tout juste si elle me demande ce que j'ai pensé de la soirée : pour elle, visiblement, tout s'est bien passé, et je me garde bien de la détromper.

Une fois tout nettoyé et tout rangé nous montons nous coucher et Mylène s'endort déjà quand je me rappelle que j'ai laissé mon portable dans la poche de ma veste où il a dû vibrer toute la soirée. Je redescends à pas de loup et file m'enfermer dans la buanderie. Une fois accroupi dans la pénombre, je fais défiler mes messages, des formules affectueuses et convenues me souhaitant une bonne année. Celui de Maud est évidemment d'une nature un peu différente et je me blottis contre la panière de linge à repasser pour en savourer chaque terme, jouissant de l'odeur des draps propres et de la chaleur dispensée par la chaudière.

Je suis bien dans cette pièce. Et pas seulement parce qu'elle me rappelle Maud. Je m'y sens à l'abri du malheur, ce malheur que j'ai déclenché en étant trop heureux. Il me semble avoir appris quelque chose de ce genre au cours de mes études secondaires, à savoir que pour les Anciens, mieux valait ne pas attirer l'attention des dieux ni susciter leur ire par un excès de chance, de gloire, de bonheur. J'ai commis une faute et Thadée l'expie dans sa chair. Mais je vais me racheter, être désormais un homme irréprochable – et modérément heureux.

Demain, pour inaugurer cette nouvelle année, je vais rompre avec ma maîtresse. Elle souffrira sans doute. Mais pas tant que moi, qui serai à la fois bourreau et victime. Car j'aime cette femme et m'en séparer sera un crève-cœur. Mais si c'est à ce prix que j'achète la fin des remords et la paix de l'âme, ce n'est pas cher payé. Sans compter que nous ne sommes pas à l'abri d'autres accidents, d'autres coups du sort venant frapper les membres indemnes de ma petite famille. Si quelque chose d'affreux devait de nouveau se produire, je veux pouvoir me dire que cette fois-ci, je n'y suis pour rien.

Avec l'année nouvelle, débutent aussi pour Thadée des semaines voire des mois de rééducation. Sur les conseils de Gilles, nous avons choisi pour lui un centre de médecine physique et de réadaptation situé dans l'agglomération bordelaise, soit à plus de deux heures de voiture de Biarritz. Gilles s'est montré convaincant :

— O.K., Saint-Cyriaque, c'est un peu loin, mais ils sont au top sur tous les plans, et ils ont un atelier intégré d'orthoprothèse : capital, ça, si tu veux que Thadée soit appareillé au mieux. Je connais très bien la directrice des soins, Laure : si tu te décides, je lui parlerai de ton gamin.

Consulté, Thadée s'est montré complètement indifférent à la question :

— Biarritz, Bordeaux, c'est pareil. Si Gilles te dit que la clinique est bien...

— Il me dit qu'il n'y a pas mieux en région Aquitaine.

— Ben alors c'est réglé.

— Tu as ton mot à dire, Thadée : si tu as envie d'être plus près de chez toi, de nous, de tes potes, de Jasmine...

Nous avons eu cette conversation juste avant la soirée du 31, à un moment où j'ignorais que ça allait si mal entre Jasmine et lui, mais il a haussé les épaules et grommelé que Saint-Cyriaque, c'était bon pour lui. Mais on sentait qu'il n'en avait rien à foutre, ou du moins qu'il voulait nous donner cette impression.

Ce matin, alors que nous l'aidons à s'installer à

l'avant de la voiture, il n'a pas l'air plus motivé ni plus positif qu'il y a trois jours, et le trajet s'accomplit dans un silence contraint, ponctuellement rompu par le bavardage enjoué de cette pauvre Mylène, qui est loin d'imaginer que son fils aîné a l'intention de mettre fin à ses jours, comme il me le serine à chaque fois que nous nous retrouvons lui et moi en tête-à-tête. J'ai hâte qu'il se barre, hâte qu'il soit à deux cents bornes de chez nous, pris en charge par des adultes professionnellement préparés à gérer la situation. Moi, je n'y arrive plus. J'ai trop mal.

Dans la poche de ma veste, mon portable vibre de tous les messages et de tous les appels manqués de Maud, à qui je n'ai plus donné signe de vie depuis l'année dernière. Je m'occuperai de Maud plus tard. Pour l'instant, l'essentiel, c'est d'installer Thad au mieux dans ce qui va être son cadre de vie pour un bon bout de temps.

Nous arrivons. Le centre est pimpant, tout en bois sombre et verre étincelant. Nous sommes accueillis par la copine de Gilles, la dénommée Laure Guérini, à laquelle je n'ai qu'à jeter un regard pour savoir qu'il se l'est faite. Elle est tellement… son genre.

Le genre de Gilles ? C'est la bourge avec un fond de vulgarité jugulé tant bien que mal. La petite quarantaine, cheveux auburn brushés à mort, collier de perles, sourire qui distend ses lèvres glossées de framboise, sourcils trop épilés, intonations suaves, Laure Guérini coche tous les items. Sans compter qu'elle a cette lueur d'inquiétude au fond des prunelles, que ce bourrin de Gilles n'a pas dû détecter, mais à laquelle je suis, moi, extrêmement sensible, ce qui fait que tout le temps que dure son boniment, je la mate discrètement, imaginant ce que je pourrais bien lui infliger dans l'un des recoins rutilants de sa clinique dernier cri.

Il faut dire à ma décharge qu'elle est d'un enthousiasme pénible, un enthousiasme qui donne envie de la punir toutes affaires cessantes. Mais bon, je viens de prendre la décision d'être irréprochable, ce n'est pas pour pécher par intention. Je m'efforce donc d'écouter Laure nous vanter les charmes de son Centre de médecine physique et de réadaptation, sans donner de signes d'exaspération ni de lubricité. J'ai dû louper le début, car elle en est désormais à la balnéothérapie.

— Nous avons un grand bassin, avec un couloir de marche de huit mètres, deux niveaux de profondeur, douze buses d'hydromassage et possibilité de nage à contre-courant. Et bien sûr, un kiné est présent en permanence : Thadée pourra travailler en toute sécurité et bénéficier de ses conseils pour optimiser sa rééducation.

Tandis qu'elle se rengorge de nous livrer cette information, je jette un regard à mon fils, histoire de voir s'il partage mon agacement – mais depuis que nous avons franchi les vantaux azurés et étincelants de Saint-Cyriaque, il arbore le même air lointain et impénétrable. Seule Mylène semble suivre attentivement le discours de Laure Guérini, hochant la tête de temps à autre pour marquer son intérêt et son approbation.

Laure embraye sur la question cruciale de l'appareillage prothétique. À l'entendre, une prothèse provisoire aurait dû être posée dès les premiers jours suivant l'amputation, et sa voix se fait légèrement stridente tandis qu'elle nous détaille tous les bienfaits d'un appareillage très précoce :

— On sait depuis longtemps que ça permet la diminution de l'œdème, que ça prévient les complications, je pense notamment au risque de thrombose veineuse, sans compter que ça limite les troubles orthopédiques et que ça réduit de façon non négligeable les délais de cicatrisation. Bref, je ne comprends pas très bien pourquoi ça n'a pas été fait dès Félix-Guyon...

Thadée lève un sourcil dédaigneux :

— Mais j'ai même pas fini de cicatriser ! Vous avez vu mon moignon ? Il ressemble à un cheese-burger !

Je pouffe nerveusement à cette comparaison insolite : mais de fait, avec le renflement des chairs de part et d'autre d'une suture médiane un peu béante, le moignon de Thadée n'est pas sans évoquer l'empilement de deux pains ronds autour d'une garniture indéfinie.

Sans se laisser démonter, Laure Guérini renchérit avec de nouveaux arguments :

— Mais on n'a pas besoin d'attendre la cicatrisation ! Tu as juste besoin d'une bonne contention, et pour ça il suffit d'un bonnet élasto-compressif, puis d'un manchon compressif avec l'appareillage provisoire ! Tu cicatriseras d'autant mieux ! Et on adaptera la prothèse au fur et à mesure de l'évolution de ton membre résiduel, bien sûr. Notre service appareillage est un pôle d'excellence connu dans la France entière ! La conception et la fabrication de nos prothèses sont entièrement assistées par ordinateur : nous pouvons les ajuster au millimètre près !

Emportée par son élan elle ne peut s'empêcher d'ajouter, après un regard de regret en direction de Thadée :

— Et encore tu n'es pas un amputé du membre supérieur ! Si c'était le cas, tu aurais pu bénéficier d'une prothèse myoélectrique !

Ce mot semble la galvaniser et elle repart pour un tour, sans le moindre égard pour notre ennui et notre indifférence. Même Mylène a renoncé à faire semblant d'écouter. Enfin, Laure finit par nous conduire jusqu'à la chambre où Thadée va passer les semaines à venir. Elle est spacieuse et claire, mais enfin ce n'est jamais qu'une chambre d'hôpital, avec un lit médicalisé, une potence, un déambulateur appuyé contre un mur, et une table à roulettes qui peut venir opportunément surplomber le lit.

Un peu pour la forme, Mylène inspecte la salle de bains attenante, et a un murmure appréciateur concernant la vue que l'on a depuis la fenêtre : un parc majestueusement arboré où je note la présence de patients en fauteuil qui ont l'air de s'ennuyer ferme. Il faut croire qu'entre deux soins haut de gamme, on a du temps à tuer à Saint-Cyriaque.

Je dépose la valise de Thadée sur un porte-bagages en chrome, et Mylène entreprend illico d'en extraire ses vêtements pour les placer sur les quelques cintres qui pendouillent dans le placard. Thadée proteste qu'il va le faire lui-même, qu'il aura tout le temps pour ça, que nous ferions mieux de rentrer sur Biarritz, et qu'il nous appellera ce soir.

Visiblement, il est temps que nous partions. Mylène serre son fils dans ses bras sans qu'il réponde à son étreinte. Je me contente de lui ébouriffer vaguement les cheveux et nous sortons à reculons, avec un dernier sourire, un dernier geste de la main. Tandis que nous nous dirigeons vers le service administratif pour finaliser le dossier d'admission de Thad, un souvenir me revient : celui de sa première rentrée en maternelle.

Comme il est de novembre, il n'avait pas encore trois ans, et il nous paraissait bien petit pour étrenner son cartable et passer la journée loin de la maison. J'avais tenu à l'accompagner avec Mylène, et nous nous étions mis solennellement en route pour la maternelle toute proche. Je portais Zachée, et Mylène tenait la main de Thad, qu'elle avait évidemment habillé de neuf et qu'elle couvait d'un œil fier et ravi.

Nous avions eu le droit d'entrer avec lui dans la salle de classe, histoire de lui faciliter la transition. Autour de nous, c'était l'antichambre de l'enfer : des enfants sanglotant et hurlant s'accrochaient à des parents eux-mêmes en larmes, tandis que la maîtresse s'égosillait pour se présenter et donner quelques consignes concernant les cartables, le goûter, les vêtements de rechange ou que sais-je encore...

Quelques enfants, dont Thadée, faisaient exception à la règle du désespoir absolu : une petite fille qui s'était emparée avec ravissement d'une boîte de Lego, et un petit garçon qui avait découvert la cage du lapin. Quant à Thadée, il s'agrippait fermement à ma jambe mais regardait autour de lui sans manifester d'angoisse particulière. Au moment où nous nous apprêtions à partir, toutefois, il a levé les yeux, nous a rejoints à la porte et nous a demandé sur un ton plein d'espoir :

— On va à la maison ?

Je me suis agenouillé à sa hauteur, et j'ai adopté un ton déterminé et raisonnable :

— Non, Thadée. Papa et maman t'ont expliqué : tu restes avec la maîtresse et les autres enfants. C'est l'école, aujourd'hui.

— Non.

— Mais si.

J'ai détaché un à un ses doigts de la manche de ma veste, et Mylène y est allée elle aussi de son petit couplet :

— Et tout à l'heure, maman vient te chercher avec Zachée. Tu vas voir, tu vas bien t'amuser. Il y a plein de jeux ici. Et regarde, il y a même un lapin.

— Zachée, il va à la maison avec maman ?

— Oui, parce que Zachée il est petit. Mais toi, tu es grand.

Tout d'un coup, il a paru se désintéresser de la question et est allé s'asseoir sur un petit banc. Nous sommes revenus vers lui pour le câliner et réitérer notre laïus rassurant, mais il s'est muré dans un silence obstiné. Autour de nous, les enfants hurlaient de plus belle et je sentais que Mylène aurait bien aimé que Thadée manifeste un peu plus d'émotion, à l'instar de Jonas, le fils de nos voisins et amis, les Letheil. Inconsolable, Jojo s'accrochait désespérément à la robe de sa mère, qui s'efforçait de le ramener à la raison mais que je sentais secrètement fière de ce désespoir. Par comparaison, le mutisme et l'impassibilité de Thadée paraissaient suspects, presque infamants : comment se faisait-il qu'il n'ait aucun mal à nous quitter ? Nous aimait-il si peu ? Se sentait-il si mal à la maison, pour que l'école lui apparaisse comme un endroit somme toute accueillant ?

J'ai fini par entraîner Mylène hors de la salle de classe, mais nous avions tous les deux le cœur serré d'abandonner notre petit garçon. Comme aujourd'hui. Car aujourd'hui aussi nous le laissons tout seul dans un univers inconnu et potentiellement hostile. Et d'ailleurs, il arbore exactement la même expression qu'il y a dix-huit ans, le même visage indifférent et légèrement lointain. « Ah c'est comme ça ? » semble-t-il nous dire. « Eh bien, O.K., c'est comme ça. Mais à ce petit jeu-là, vous allez perdre. »

Et c'est vrai qu'il a toujours été très fort pour nous faire payer ce qu'il considérait comme des manquements à son égard. Sa première rentrée à l'école, mais aussi la fois où nous l'avons traîné à Annecy alors qu'il rêvait d'un été entre Hossegor et Seignosse. Sur ce coup-là, lui et Zachée ont eu gain de cause : nous avons fini par leur offrir stage de surf sur stage de surf, tandis qu'Ysé nous suivait docilement sur les pentes de la Tournette ou sur la Dent du Cruet. J'aurais dû être plus ferme et, tant qu'ils étaient petits, exiger que nous passions toutes nos vacances en famille, mais j'ai dû me contenter de deux semaines de ski avec eux, et leur accorder l'été sans fin qu'ils me réclamaient.

Il faut dire que comme Mylène, j'étais fier de les voir évoluer sur les vagues avec cette maestria inimaginable. S'ils n'ont jamais fait de compétition, c'est d'une part qu'ils ont commencé relativement tard, et d'autre part qu'ils ont très vite été très grands, dans un sport qui réussit plutôt aux petits gabarits, même s'il y a des exceptions notoires, comme Owen Wright. Cette fierté-là aussi, on ne m'enlèvera pas de la tête que je la paye, que nous la payons.

Dans la voiture qui nous ramène à Biarritz, tandis que Mylène conduit, beaucoup trop vite à mon goût, mais je devine que ça lui fait du bien, j'ai une énième pensée pour Maud, la maîtresse que j'ai répudiée pour éloigner le malheur. Je donnerais cher pour pouvoir lui raconter cette visite à Saint-Cyriaque, pour partager avec elle à la fois mon exaspération et mon chagrin. Je sais que je l'aurais fait rire avec mon imitation de Laure Guérini, et qu'elle aurait posé une main compatissante sur ma cuisse quand j'en serais venu à mes états d'âme concernant Thadée. Je sais aussi que sa main n'aurait pas tardé à s'aventurer plus loin, pas tardé à chercher mon sexe immanquablement dardé vers elle. Elle, son beau sourire, ses bras amples, son ventre chaud… Mais stop, fini tout ça : back to life, back to reality.

ZACHÉE

Qu'est-ce que j'ai aimé être jeune... J'ai adoré ça. Et surtout, j'ai eu conscience de l'être, à chaque seconde. Il faut dire que ma jeunesse à moi a duré six ans, ce qui est somme toute très peu.

J'ai commencé à être jeune à quatorze ans. Avant, c'était l'enfance, et l'enfance c'était bien aussi, mais c'est une autre histoire et je ne la raconterai pas. Non, j'ai commencé à me sentir jeune au début de la troisième, au moment où j'ai rencontré Cindy et où mes parents ont accepté de me laisser un peu la bride sur le cou. Comme beaucoup de cadets, j'ai bénéficié des libertés que mon aîné avait dû arracher à coups de dents. Et on peut compter sur Thad pour mordre et ne pas lâcher prise. Là où il avait dû batailler, je suis passé crème, dans sa foulée, voire dans son ombre. Ça ne m'a jamais dérangé, d'être dans son ombre. J'ai toujours su qu'il était plus beau, plus doué, plus solaire.

Bref, à quatorze ans, j'ai commencé à vivre intensément ma vie d'ado. À savourer ma nouvelle autonomie, la permission que j'avais de sortir, de manger à l'extérieur, d'aller au ciné ou au café avec mes potes, de rentrer tard, d'aller surfer sans être sous la surveillance d'un adulte... Bien sûr, mes parents, ma mère surtout, surpervisaient ça de très près, et mes sorties étaient conditionnées à mes bons résultats scolaires et à l'obligation de toujours leur faire savoir où j'allais et avec qui. Il n'empêche que le monde s'ouvrait à moi avec des possibilités de découvertes et de rencontres qui me paraissaient infinies. Du matin au réveil jusqu'au moment où je finissais par m'abattre sur un lit ou sur un autre, j'exultais, je vibrais. D'ailleurs, j'aurais voulu ne jamais dormir. Et pourtant, je suis un gros dormeur. Enfin, je l'étais. Ça aussi, c'est fini. Comme ma jeunesse, finie alors que j'ai vingt ans.

Bien sûr, d'une certaine façon je suis jeune encore. Mon corps est endurant, souple, puissant, et je sais qu'il me donnera encore des joies qui sont celles de sentir ses muscles répondre, ses mouvements se coordonner et s'enchaîner sans fatigue. Mon corps a encore faim de dépassements et de sensations fortes. Il les aura. Mon énergie est intacte.

J'ai également conscience d'être au début de ma vie. D'elle aussi, j'escompte encore des joies et des réussites. Ne serait-ce que de vivre avec Cindy, de voyager avec elle jusqu'au bout du monde, de faire l'amour avec elle encore et encore – parce que ce désir-là aussi est inépuisable. Et si un jour nous fondons une famille, je crois que je serai un bon père. En tout cas, concernant l'éducation des enfants, j'ai plein d'idées et de principes qui ne demandent qu'à s'appliquer.

Je sais aussi que je mènerai à bien mes études de médecine, et que la médecine, je l'exercerai à ma manière – qui n'est pas celle de tous les toubibs que j'ai pu consulter ou côtoyer, par exemple Fabien et Gilles, les meilleurs amis de mon père, que je considère comme de vrais cons même si je les aime bien.

Alors voilà, d'une certaine façon, je suis jeune, bien sûr. Mais la vraie jeunesse, qui comporte forcément une part d'innocence ou d'inconscience heureuse, cette jeunesse-là m'a quitté pour toujours. Il se peut même qu'elle ait pris fin le jour où un requin a arraché la jambe de mon frère dans les eaux agitées de l'océan Indien, en ce jour qui avait si bien commencé et qui devait si mal finir. Mais c'est sans doute le cas de tous les jours de malheur : ils commencent comme tous les autres, on se lève comme d'habitude, on ne pressent rien, on s'avance vers le drame le cœur léger.

Thadée, sur sa planche, ne se doutait de rien. Il a juste voulu faire ce qu'il avait déjà fait cent fois, prendre une dernière vague, profiter encore un peu de ces gauches parfaites. Il n'y avait pas eu d'alerte au requin, pas de raison particulière de se méfier. D'ailleurs, ils étaient encore plein au pic, à attendre. C'est tombé sur Thad. Ça aurait pu être Sandro ou Paul. Ou Cindy et moi. Sauf que Cindy et moi on venait de rentrer et qu'on était en train de faire des étirements sur le sable, en paix avec nous-mêmes et le monde entier, dans ce sentiment de détente qui suit une bonne session. Je la regardais. Elle me souriait tout en me guidant dans mes mouvements et mes inspirations :

— Matsyasana !

— Ah non, t'es folle !

Matsyasana, la posture du poisson. Cin y arrive sans effort. Pas moi. Je suis raide comme un bout de bois alors qu'elle pratique le yoga depuis le collège. Je m'y suis mis depuis peu et j'aime ça. Cindy est un bon prof. Si elle rate le concours d'infirmière, elle pourra toujours ouvrir un dojo.

Ma jeunesse a pris fin à ce moment-là, tandis que je me contorsionnais sur le sable et que Thadée se faisait attaquer par un requin-bouledogue. Mais je ne l'ai pas su tout de suite, même si nous avons plongé brusquement dans le drame, sur fond de cris, de sang, d'écume, de garrot pratiqué par Cindy tandis que je fichais mon regard dans celui, terrifié, de mon frère, tandis que je lui intimais de tenir bon, tandis que je lui répétais en boucle que les secours arrivaient, que tout allait s'arranger, qu'il était vivant, Dieu merci, vivant et entier.

— J'ai ma jambe, t'es sûr ? Je la sens plus ! T'es sûr ?

— Mais oui, regarde, elle est là ta jambe !

— Je veux pas regarder ! Je veux pas regarder !

C'est ça qu'il hurlait sans discontinuer, Thadée, tandis que les autres surfeurs, précipitamment rapatriés sur le rivage, faisaient précisément ce qu'il n'osait pas faire : regarder l'incroyable carnage, la bouillie de chair, de sang et d'os qu'était devenue la jambe de mon frère.

Je n'ai pas grand souvenir du reste, l'ambulance, le brancard, l'affolement, l'arrivée à l'hôpital dans le camping-car de Jérémie, la main de Cindy dans la mienne, son calme quand il a fallu procéder aux formalités d'admission, alors que j'étais sidéré et confus.

Oui, ma jeunesse a pris fin ce jour-là, mais comment aurais-je pu en avoir conscience ? C'est à mon frère que tout ça arrivait, c'est lui qui était touché, pas moi. J'étais meurtri, effondré, terrifié par ce qui était en train de se produire, et déchiré par la pitié, mais j'étais intact. Je ressortirais de l'hôpital Félix-Guyon sur mes deux jambes. Pas lui. On l'a su deux jours plus tard, quand ce drôle de petit bonhomme, Chandrialimana, nous a pris à part :

— Thadée va être amputé. On a essayé des traitements conservateurs, je vous l'ai dit, mais…

Tandis qu'il nous parlait de revascularisation, de shunt artériel temporaire, d'ischémie tissulaire, de veine saphène et de lésions délabrantes ostéo-articulaires, je m'efforçais désespérément de rassembler mes souvenirs de cours d'anatomie, mais tout allait trop vite, je ne comprenais rien, et j'ai laissé Cindy lui poser des questions et écouter ses réponses.

Nous sommes rentrés en métropole une semaine après cette amputation. Dans l'intervalle, ma mère était arrivée à La Réunion, et même si Thadée n'a semblé ni heureux ni soulagé de sa présence et de sa sollicitude affectueuse, il s'est tout de même imperceptiblement détendu, et a recommencé à nous parler un peu. Très peu, mais suffisamment pour que je garde espoir et confiance en son rétablissement et en un retour au statu quo ante.

Mon frère n'avait plus qu'une jambe, c'était affreux, mais après tout, il y avait des tas d'amputés qui menaient une vie normale. Dès la nouvelle de l'amputation de Thad connue, les proches et les moins proches nous ont tous rebattu les oreilles avec des histoires d'alpinistes manchots, d'hommes-troncs capables de se propulser dans l'eau, sans compter un nombre faramineux de surfeurs mutilés mais performants : à croire que dans ce sport, les valides étaient l'exception.

Sauf que Thad et moi étions bien placés pour savoir que dans l'eau, tout le monde a ses deux jambes et ses deux bras. En dix ans de pratique nous ne les avions jamais rencontrés, tous ces Oscar Pistorius de la glisse. Cela dit, je ne demandais qu'à croire que mon frère remonterait sur sa planche et connaîtrait de nouveau ces sensations que seul le surf peut procurer, ce qui fait que pendant des semaines, des mois, même, j'ai été aveugle et sourd à tous les signes qui me disaient que c'était bien fini. Le surf, mais aussi la joie innocente de vivre et d'aimer.

Je l'ai aimé. Comme je l'ai aimé, *lui*... Ça non plus, je ne le retrouverai jamais, cet amour inconditionnel et pur qui me liait à mon aîné. Personne jamais ne m'inspirera autant d'admiration, autant de volonté éperdue d'imitation et de dévouement. Il a été mon dieu – et pourquoi ne l'aurait-il pas été ? Je connais peu de gens qui n'aient pas été fascinés par Thadée avant son accident.

D'abord, bien sûr, il en imposait par sa beauté sensationnelle. C'est très injuste, je le reconnais, car il n'avait aucun mérite à être aussi beau, mais en tout cas, les gens se sont toujours retournés sur son passage. Au collège, c'en était même risible, toutes ces nanas qui rougissaient et gloussaient à son arrivée.

Il en a profité, bien sûr. J'ai toujours connu mon frère entouré de très jolies filles. Il avait même tendance à les choisir sur ce seul critère, ce qui fait qu'il est souvent tombé sur de vraies connes. Par comparaison avec Solène ou Lisa, qui l'ont précédée dans le cœur de mon frère, Jasmine fait figure de miracle d'intelligence et de gentillesse, alors qu'elle est juste normalement dotée sous ce rapport.

Solène était particulièrement abominable. Elle avait harponné mon frère avec sa pseudo-carrière de mannequin, ses mensurations de rêve, ses grands yeux et sa bouche pulpeuse, mais elle était désespérément vide, bête et mesquine. Et Lisa, qui a suivi, cachait juste un peu mieux son jeu, mais au final, elle était tout aussi incapable de voir plus loin que le bout de son ravissant petit nez. Au moins, Jasmine aime Thadée. Ou en tout cas elle l'a aimé jusqu'à ce qu'il l'éjecte de sa nouvelle vie d'unijambiste. Une vie dans laquelle il semble n'y avoir de place ni pour l'amour, ni pour l'amitié, ni pour le plaisir, quel qu'il soit.

Depuis qu'il est rentré en métropole, je ne reconnais plus mon frère. En fait, le changement s'est sûrement amorcé dès l'hôpital, dès qu'il a pris conscience de son amputation, mais j'étais alors moi-même trop choqué, trop agité de sentiments contradictoires, l'inquiétude, la compassion, l'espoir, pour en réaliser l'ampleur.

Depuis l'accident, six mois ont passé sans apporter aucune des améliorations que j'ai tant escomptées. Certes, Thadée a été appareillé et se déplace sans difficulté apparente, mais il refuse avec obstination de reprendre le cours de son existence. Il sort peu, ne voit quasi personne, et passe son temps sur internet. Il surfe, ça oui, mais sur des sites bizarroïdes, auxquels il n'aurait pas accordé deux secondes d'attention avant son amputation. J'ai plusieurs fois consulté son historique de navigation, et à chaque fois j'ai été perturbé voire accablé par la teneur de ses recherches :

nouvel ordre mondial, mensonges d'État, sociétés secrètes, fausses bannières, sans compter toute une série d'acronymes obscurs comme le HAARP ou le PRISM, bref il semblerait que mon frère soit tombé dans la marmite complotiste et qu'il n'en sorte que pour consulter des sites alternatifs moins inquiétants mais tout aussi surprenants quand on connaît mon frère dont la conscience politique a toujours avoisiné zéro. Cela dit, il doit savoir que je fouille dans son ordi, parce qu'il lui arrive souvent d'effacer complètement l'historique du jour. Il faut croire qu'il mène encore d'autres recherches, plus secrètes ou plus glauques.

Il ne semble pas envisager de reprendre ses études, alors qu'il s'était engagé à cuber sa prépa après son année sabbatique. L'année dernière, nos parents ont été très surpris qu'il ne soit admis ni à Centrale ni à l'X, alors qu'il leur a toujours rapporté des notes époustouflantes. Cela dit, il avait fait le même coup au bac, obtenu de justesse après une brillante année de terminale. Autre surprise et source de déception pour nos parents, il a préféré partir faire maths sup à Pau plutôt que de filer au lycée Montaigne, à Bordeaux, là où se retrouvent tous les premiers de la classe du Pays basque. Il a allégué son horreur de la pression et de la compétition, et menacé de se déscolariser si on lui mettait des bâtons dans les roues. Ça a donné lieu à des scènes et à des hurlements homériques entre les parents et lui, mais il a tenu bon et mené deux ans durant sa petite vie à Pau, rentrant le week-end, pour voir Jasmine et surfer. Et quand je me foutais de sa gueule, Pau n'étant pas précisément le centre du monde, il haussait les épaules avec dédain, quand il ne me renvoyait pas au conformisme de mes ambitions et de mon cursus :

— À Pau, au moins, j'ai pas les parents sur le dos en permanence. T'en as pas marre que Mimi passe aux chiottes après toi vérifier si t'as bien fait caca ? Ah mais non, j'oubliais, t'adores ça, ça te plaît, à toi, d'être un fils à sa maman. Sans compter que tu fais exactement les études qu'ils voulaient te faire faire. Médecine… Tu réalises le rêve de papa : tu te rends compte ?

Oui, je me rends compte. Papa a échoué en première année de médecine, ce n'est un secret pour personne. Il s'est rabattu sur pharma et ça ne l'empêche pas d'aimer son boulot. Je suis peut-être le produit de mon éducation, mais on l'est toujours, et médecine c'est mon rêve autant que celui de mes parents. Et tant qu'on y est, je ne vois pas bien en quoi présenter Centrale ou l'X serait une preuve d'anticonformisme et un signe d'émancipation. Mais ça ne sert à rien de discuter avec Thadée, qui est la mauvaise foi incarnée et peut avoir recours à des arguments très crades si ça lui permet d'avoir le dernier mot.

Je l'ai vu aussi se couper peu à peu de ses potes – qui sont aussi les miens, ceux avec lesquels nous sommes allés en classe de la maternelle à la terminale : Arthur, Mathilde, Swan, Théo, Kenza, Samuel, Hugo, Xabi, Aymeric, et j'en passe. Du jour où il est parti pour Pau, il a fait le vide autour de lui, même si j'ai mis du temps à m'en rendre compte. D'ailleurs, après son accident, rares sont ceux qui ont pris de ses nouvelles et encore plus rares ceux qui sont venus le voir à la maison. Bizarre pour un mec qui était archi-populaire au lycée, toujours au centre de l'attention, toujours sur les bons coups, toujours au bon endroit au bon moment, la bonne teuf, le bon spot...

Mais si ces deux dernières années l'ont éloigné de nous, il restait Thadée, et je m'arrangeais pour passer du temps avec lui lors de ces weekends biarrots où il revenait laver son linge sale et manger la cuisine de Mi, après une semaine de kebabs et de McDo. Nous avons continué à sortir ensemble, à aller courir ou nager. Surfer, en revanche, il a quasi cessé de le faire avec moi. Thadée était toujours Thadée, mais je réalise aujourd'hui que quelque chose, déjà, avait changé en lui, quelque chose s'était inexplicablement durci, ou inexplicablement tordu, je ne sais pas. Quelque chose que pas plus hier qu'aujourd'hui je ne suis en mesure de décrire ou d'expliquer.

Le Thadée d'aujourd'hui, l'infirme, le geek misanthrope qui se terre dans sa chambre et ricane à tout discours optimiste tenu en sa présence, ce Thadée-là, il me semble que j'en ai pressenti l'existence il y a bien longtemps mais que j'ai refusé qu'il se substitue à mon frère, voire qu'il en écorne simplement l'image : je l'avais idolâtré toute mon enfance et je n'étais pas prêt à renoncer à mon héros.

Aujourd'hui, c'est l'été ou presque. Les gens se pressent aux terrasses des cafés et des hôtels, et les plages sont bondées malgré une eau à seize degrés. J'ai fini mes exams et contrairement à l'année dernière, je n'ai pas de stage à faire. Même si théoriquement j'ai des tas de cours à revoir, je souffle enfin. Avec Cindy, on a prévu de passer quinze jours au Portugal. À ne rien faire que surfer. Peut-être un peu de plongée : il paraît qu'il y a moyen d'apercevoir des dauphins et des baleines du côté de Sagres. On a même l'intention de pousser jusqu'à Nazaré, voir si les vagues y sont aussi grosses qu'on le dit. Mais j'avoue que je ne partirai pas tranquille si je ne parviens pas d'abord à arracher Thadée à sa dépression. Parce qu'on ne m'enlèvera pas de la tête que c'est ce qu'il est en train de nous faire : une dépression carabinée et parfaitement compréhensible compte tenu de ce qui lui est arrivé. Une jambe, ça ne repousse pas, mais la dépression, ça se soigne, et je vais tout faire pour inciter mon frère à consulter quelqu'un. Après tout, il ne s'est jamais fait prier pour gober du taz, il n'a qu'à faire pareil avec des cachetons de Zoloft. Je suis sûr qu'un peu de chimie l'aidera à passer ce cap. Pour le bonheur, on verra plus tard.

*

J'enfouis le portable dans ma poche arrière et je me tourne vers Cindy :

— Devine qui c'était ! Tu devineras jamais !

— Qui c'était ?

— Jéré ! Jérémie, de La Réunion !

— Ah.

On peut compter sur Cindy pour ne s'étonner de rien et prendre les choses comme elles viennent.

— Il est à Biarritz ! Avec Anouk ! Tiens-toi bien : ils viennent vivre ici. Enfin, au moins pour quelque temps.

— Ah.

— C'est bizarre, hein ? On les imagine pas ailleurs que sur leur île, hein ? Mais comme on peut plus surfer là-bas... Je crois que la préfecture a même interdit la baignade. Enfin, sauf dans le lagon. Il y a eu deux autres attaques après celle de Thad.

— Je sais.

— Je crois que Jéré a espéré que les interdictions seraient pas trop restrictives et qu'il pourrait bosser quand même. Mais apparemment c'est le contraire, et de toute façon les surfeurs viennent plus. Il a fermé les Margouillats, et voilà, il débarque avec Anouk.

— Il va faire quoi ici ? Ouvrir une école de surf ?

— T'es folle ? Y'en a déjà plein. Jamais les locaux le laisseront s'installer. Non, apparemment il a trouvé du taf dans un hôtel. Tout ce qu'il veut, c'est pouvoir surfer, et il sait qu'ici c'est possible toute l'année. Et Anouk se fait payer une formation de je sais pas quoi. Secrétariat médical ou un truc du genre. Et en même temps, elle veut ouvrir un salon de tatouage, tu sais – c'est son truc.

— Ouais, il a intérêt à investir dans une bonne combi quand même. Au moins une 5/4. Ou alors, on le verra pas souvent à l'eau, le Jéré. Il t'a appelé pourquoi ? On peut pas dire que vous soyez super potes.

— J'ai l'impression qu'ils connaissent personne à Biarritz. Il veut que je lui parle un peu des spots du coin.

— Envoie-le à la Grande Plage. À la Grande Plage, la seule difficulté c'est de se garer. Il chopera que des vagues faciles.

— T'es dure : il est bon, Jéré.

— Pas tant qu'il le croit. Non attends, envoie-le à Anglet, sur la plage du VVF. Et ne lui parle pas de la dalle : laisse-le se faire piéger.

171

— Cindy, quand on était aux Margouillats, Jérémie s'est mis en quatre pour qu'on se fasse des bonnes sessions ! Il nous a toujours donné de bons conseils : il nous a pas envoyés nous fracasser sur des dalles à la con !

— Non, il a juste laissé ton frère se faire bouffer par un requin !

— Ce qui est arrivé à Thadée, c'est la faute de personne et tu le sais. Pourquoi tu lui en veux comme ça, à ce pauvre Jéré ?

Elle a brusquement haussé les épaules et éclaté de rire :

— Je m'en fous, en fait, de ce gars. Et sa nana pareil. Ils me dérangent pas. Montre-lui tous les meilleurs spots, si tu veux. Il a juste intérêt à pas trop la ramener devant les locaux. T'imagines Jérémie aux Cavaliers ? Comment il va se faire tèj !

— O.K. Donc si on boit un coup ensemble, tu feras pas la gueule ? Tu seras sympa avec eux ?

— Ouais, promis.

Cindy est dure. Peu de gens trouvent grâce à ses yeux. Parfois je me demande qui elle aime vraiment. À part moi, son petit frère, et sa grand-mère maternelle, chez qui elle vit depuis quatre ans. Elle s'est barrée de chez ses parents quand on était en première. Elle a pris son sac, est sortie de la maison familiale et n'y a plus jamais remis les pieds. Je ne l'ai su que le lendemain, et le lendemain elle était exactement comme d'habitude, ni en colère ni angoissée par ce qui l'attendait : la perspective, entre autres, de subvenir à ses besoins pour ne pas être complètement à la charge de sa grand-mère. Et de fait, elle a toujours réussi à se trouver des petits jobs, des gosses à garder après

172

les cours, ou des heures de ménage au black. Et maintenant qu'elle est majeure, elle est serveuse au Biarritz-Diner. J'y vais de temps en temps et c'est assez marrant de la voir en jupe et tablier blanc, elle qui ne porte que des pantalons et des tee-shirts. Mais apparemment elle fait ça très bien, et son boss est content d'elle.

Cindy est dure parce qu'on a toujours été dur avec elle. Ses parents sont de vrais cons. Je ne les ai rencontrés que deux fois en presque six ans mais ça m'a suffi pour être édifié. À se demander comment Cindy a fait pour ne pas être contaminée par leurs idées de merde. Quand on en parle, elle me dit généralement que ses parents *sont la France*, une certaine France, en tout cas, très éloignée de la bonne bourgeoisie biarrote, dans laquelle je suis né et ai toujours vécu. Sans compter que mes parents à moi sont des gentils, des gens qu'on imagine mal faire des crasses ou dire des saloperies.

— On sait jamais de quoi les gens sont capables, Zachée. Mais c'est vrai, tes parents sont sympas.

— Ils sont plus que sympas, non ? Ma mère est une sainte !

— Mouais.

— Je sais qu'elle t'agace. Moi aussi parfois. N'empêche.

— Je préfère ton père. Il est moins relou.

— Lui aussi, c'est un saint. Un peu psychorigide, mais c'est son seul défaut.

— Si tu le dis !

— Ben quoi ? C'est pas parce que c'est mes parents, mais je vois vraiment pas ce qu'on peut leur reprocher !

Elle hausse les épaules, comme elle le fait toujours quand elle veut mettre un terme à la conversation. Et c'est très souvent le cas avec Cindy. La conversation l'emmerde. Comme si elle se défiait des mots. Et ça me va parfaitement, parce que je suis extrêmement bavard et qu'elle m'écoute toujours. Elle me donne son attention, pleine et entière. Ce que peu de gens font. En général, ils font juste semblant d'écouter, mais en réalité, ce qu'ils attendent, c'est le moment de prendre la parole. Cindy n'est pas comme ça. D'ailleurs, elle ne ressemble à personne, n'a jamais les réactions attendues et me surprend toujours. En bien, je précise. Et ça aussi c'est rare. La plupart des gens finissent par décevoir. Enfin, je dis ça, et en même temps, je suis incapable de rester sur une déception, incapable d'en vouloir aux gens. Je finis toujours par leur trouver des circonstances atténuantes. Et puis je préfère voir leurs bons côtés que leurs défauts. Cindy ironise souvent à ce sujet :

— Tu es trop gentil. Et tu sais que dans ma bouche c'est pas vraiment un compliment.

— C'est parce que toi, tu es une vraie garce.

Elle me regarde. Son regard clair qui ne cille jamais. Elle finit par sourire, et on passe à autre chose. La conversation l'emmerde et l'emmerde encore plus quand il s'agit de disséquer nos caractères respectifs. Cindy n'a pas de temps pour la psychologie. Elle est dans l'action. Ce qu'elle aime, c'est faire : surfer, courir, bricoler, conduire, jardiner, réparer…

— T'es un mec, en fait.

— Ouais, et toi, t'es ma meuf.

Sauf qu'en fait elle est profondément féminine. J'ai eu le malheur de dire ça à Thadée, un jour, bien avant l'accident, alors qu'il me parlait de Jasmine – Jasmine, ses exigences, ses caprices, sa fragilité... Il me disait qu'il la trouvait chiante et qu'en même temps ça le plaçait dans une position flatteuse : celle du protecteur, du sauveur, du chevalier. Avec Jasmine, il y a toujours des exploits à accomplir, même si l'exploit en question consiste juste à écrabouiller une araignée ou à dégotter une pizza végétarienne.

— C'est sûr qu'avec Cindy, tu dois pas avoir ce genre de problème.

— Ben non : avec Cindy, y a jamais de problème.

Ma réponse l'a rendu rêveur, quelques instants.

— Tu vois, je sais pas si je dois t'envier ou te plaindre. Parce que même si Jasmine est clairement une emmerdeuse, au moins avec elle je m'ennuie jamais.

— T'as l'impression que je m'ennuie avec Cin ?

— Moi, je m'ennuierais, en tout cas.

— Parce que t'es pas moi. Moi, j'aime pas les filles à histoires. J'aime pas non plus les nanas trop nanas, tu vois. Les meufs toujours tirées à quatre épingles, avec leurs petits ongles vernis, leurs petites fringues impeccables, leurs cheveux bien lisses. Les *fraîcheurs*.

— T'aimes pas les vraies meufs, en fait ! Remarque ça vaut mieux pour Cindy, vu que Cindy, c'est un bonhomme.

— Détrompe-toi. Cindy est plus femme que la plupart des nanas qu'on connaît. C'est même la seule femme que je connaisse parmi toutes les meufs qu'on fréquente, toi et moi. Les autres... Les autres ce sont des *filles*. Au mieux. Voire des morveuses, la plupart du temps. Oriane, Mathilde,

Kenza, Adèle... Elles ont même pas la maturité d'Ysé. Tout ce qu'elles savent faire, c'est se regarder le nombril et pleurnicher. Et je te dis ça, c'est pas méchant, hein. Je les aime bien, toutes, franchement. Mais viens pas me parler de féminité.

J'ai vu que mon discours l'avait mis en colère. Comme si je me targuais d'une supériorité sur lui. Alors qu'on ne faisait que parler de nos nanas. Qu'est-ce que j'y pouvais, moi, si sa princesse était fragile, immature et égocentrée ? Ça ne l'empêchait pas d'être objectivement magnifique, le genre à faire baver tous les mecs sur son passage. Ça, j'étais obligé de le lui reconnaître. Et d'ailleurs, Jasmine aussi je l'aimais bien. Déjà, je lui savais gré de supporter mon frère. Qui peut être une sacrée tête de con.

Il a ricané et grommelé je ne sais quoi sur la féminité de Cindy. Mais bon, je n'étais pas là pour me disputer avec lui. Ce matin-là, on allait surfer à Bidart. On s'était décidés pour la plage du Centre, qu'on aime bien tous les deux. Louis et Ferdinand étaient déjà sur place. C'est eux qui nous avaient prévenus que les conditions étaient parfaites. La plage du Centre, c'est un spot très aléatoire. La vague peut disparaître d'un jour à l'autre. Faut vraiment tout surveiller : les marées, le vent, les bancs de sable. Là, c'était bon et on s'est retrouvés tous les quatre à waxer nos planches sur le parking. L'eau est *glissante*, ici. Ferdinand dit que c'est à cause de l'argile de la falaise, qui s'éboule en permanence. En plus, il y a une digue juste au milieu de la plage. Un truc bizarre, construit par les Allemands, Ça crée des courants. Faut savoir faire avec. Mais bon, une fois que c'est bon, c'est vraiment bon. Les vagues ouvrent, on a de belles droites. Des gauches, aussi. Et une super vue sur la falaise une fois qu'on est à l'eau. J'ai très vite oublié les sarcasmes de Thadée, et on s'est fait une bonne session, qu'on a arrêtée dès qu'il y a eu trop de monde à l'eau. C'est le problème avec la vague de Bidart Centre : en milieu de journée, les clubs débarquent, le spot sature, c'est le moment d'aller boire un coup.

*

Nous retrouvons Jérémie et Anouk à la terrasse de l'Unik. Ça me fait drôle de les voir là, dans ce lieu qui m'est si familier et dans lequel ils mettent les pieds pour la première fois. Alors que tout le monde est en tenue d'été, ils ont l'air frigorifiés. Anouk s'est même drapée dans une sorte de plaid laineux.

— Ça va, les touristes ?

— Euh oui. Sauf qu'on a froid. C'est l'hiver chez vous.

— Tu rigoles ? Il fait un temps génial ! On est au moins trois degrés au-dessus des moyennes de saison !

On épilogue un peu là-dessus. La météo, c'est un bon sujet de conversation pour des gens qui n'ont rien à se dire. Ils n'ont pas changé. Nous non plus j'imagine. Et en même temps, il s'est passé tellement de choses en six mois que j'aimerais presque que nos visages en portent les stigmates.

Anouk finit par demander des nouvelles de Thadée, mais il me semble que c'est pour la forme et du bout des lèvres. Du coup c'est comme ça que je lui réponds moi aussi : pour la forme et du bout des lèvres. Je garde pour moi le secret de

177

l'horrible métamorphose de mon frère. À m'entendre, Thadée va aussi bien que possible. Il se remet, il marche, il surfera bientôt. Et hop, ça y est, nous en sommes déjà à parler surf. De toute façon, c'est la seule chose qui intéresse Jérémie. Comme elle s'y était engagée, Cindy fait bonne figure et consent à livrer quelques infos de base. Elle leur parle de Parlementia, de l'Uhabia, des trois vagues de Cenitz...

— Nous on est plutôt Pays basque, tu vois, mais si tu veux les meilleurs beach-breaks du monde, y a pas photo, faut que t'ailles dans les Landes. Faut que tu te fasses le Santosha. Ou la Piste. Y a la Gravière aussi. C'est le spot préféré de Thadée. À la Gravière tu peux te faire des bombes. Mais on te prévient, y a du monde tout le temps, partout.

— Allez, vous connaissez sûrement des coins où c'est pas *la chine*...

— Ouais, on a nos spots secrets, mais les spots secrets, ça se dit pas.

Jérémie aura beau insister, Cindy ne lâchera pas le morceau. Entre eux, la conversation devient technique. Ça discute houle, marées, direction des vents, hauteur de vagues, thrusters, single... Je décroche, je profite du fait que Cindy a l'air décidée à parler pour mater subrepticement Anouk. Je ne l'ai pas revue depuis la calamiteuse soirée d'adieux que Jéré avait organisée le dernier soir de notre séjour. Compte tenu de tout ce que j'avais bu et fumé ce soir-là, je ne suis pas sûr de l'exactitude de mes souvenirs, mais je me rappelle très bien l'avoir un peu chauffée. Pour rien. Pour le plaisir. Pour voir si j'avais mes chances avec une nana aussi belle. Pour faire chier Jéré, aussi, un peu. Et sans la moindre intention de passer à l'acte. Cindy me suffit. Mieux : elle me comble. C'est très con à dire, mais j'assume. En six ans, la seule fois où l'idée d'aller voir ailleurs m'a effleuré, c'est bien cette nuit-là à La Réunion. Et encore, il ne s'agissait même pas d'une vraie tentation. C'est juste que tout d'un coup, je me suis vu dans les bras d'Anouk, je me suis imaginé la baisant comme je venais de baiser Cindy. Et cette idée m'a excité, évidemment. Mais je l'ai illico bannie de mon esprit. Mon esprit est à Cindy, mon corps aussi. Ça n'a pas été très difficile de refuser l'excitation. D'une certaine façon, ça s'est fait sans moi, sans que ma volonté ait à intervenir. Aucun mérite.

Mais bon, j'avais bu, tout le monde dansait, l'atmosphère était électrique, je me sentais à la fois désespéré pour mon frère et heureux de me barrer le lendemain. J'étais en colère, aussi. Contre Jérémie et son refus d'avoir pour Thad d'élémentaires paroles de sympathie et de pitié. Il se comportait comme si Thadée avait bien mérité ce qui lui arrivait. Je savais qu'il s'était passé un truc entre eux avant ma venue sur l'île, mais il me semblait que l'accident aurait dû suspendre les hostilités. Du coup, excitation ou pas, je suis allé danser avec Anouk. Elle était trop belle. Trop inconsciemment provocante. J'avais envie de la punir, elle aussi. Ou de punir ma mère, qui était là à me surveiller et à surveiller ma consommation d'alcool, comme si j'avais encore treize ans.

Bref, j'étais dans cet état où on fait des conneries, sauf que je n'en ai pas fait. J'ai juste un peu allumé Anouk, histoire qu'elle aussi se sente en danger, histoire qu'elle aussi se demande comment ce serait d'être dans mes bras. Je n'ai pas la beauté sensationnelle de mon frère, mais j'ai parfaitement conscience de l'effet que je peux produire sur les nanas.

C'est Cindy qui m'a éclairé là-dessus, et elle l'a fait très simplement et très franchement, comme elle fait tout le reste, d'ailleurs. C'était au début de notre histoire, l'été qui a précédé notre entrée au lycée. C'était la première fois que je « sortais » vraiment avec une fille, la première fois aussi que j'étais vraiment amoureux, et tout était neuf, étourdissant, magique. C'est moi qui avais fait les premiers pas en direction de cette fille, que je trouvais à la fois magnifique et impressionnante. J'en avais fait des tonnes, et contre toute attente je lui avais plu. Mais pendant quelque temps, notre relation avait un peu tâtonné, hésitant à prendre une forme plutôt qu'une autre, et je m'étais volontairement placé dans la position du ver de terre amoureux d'une étoile. Cindy me semblait tellement plus mûre, plus sûre d'elle et plus charismatique que moi, que je m'expliquais mal qu'elle puisse m'aimer. Jusqu'au jour où elle m'a ri au nez. J'imagine que je venais une fois de plus de me fustiger ou de me confondre en murmures d'admiration pour elle, bref, elle a éclaté de rire :

— Non mais arrête, avec ça, Zachée ! Tu te regardes jamais dans un miroir, ou quoi ? Tu sais pas que les filles de la classe t'ont élu plus beau mec du collège ?

Non, je ne savais pas et je tombais des nues. Elle a continué sur le même ton, entre amusement et exaspération :

— Et en plus moi ça me soûle que tu me dises tout le temps à quel point je suis ceci ou cela. J'ai pas envie que tu me parles de moi, en fait. Sauf si y a un problème, alors là n'hésite pas. Mais te crois pas obligé de me dire que t'aimes mes yeux ou mes seins, et que je suis trop belle ou je sais pas quoi. J'ai pas besoin de ça !

— Mais j'y peux rien si j'aime tes yeux ! Et tes seins !

— Bon ben voilà, tu l'as dit. T'as pas besoin d'y revenir sans cesse.

— Je croyais que ça te plaisait, moi, que je te fasse des compliments. Tout le monde aime ça.

— Ben pas moi. Et j'aime pas en faire non plus. Alors écoute bien, parce que je te le redirai jamais : t'es hyper beau, tout le monde le sait, et en plus en classe t'es trop fort, t'as toujours des bêtes de notes, même en EPS, donc t'as rien à envier à personne et surtout pas à moi.

Elle secouait comiquement la tête, ses mèches blondes balayant son visage, nettement courroucé à présent. Elle n'allait pas tarder à se laisser pousser des dreads, mais là elle était encore coiffée comme tout le monde. Je l'aimais, elle m'aimait, je l'ai fait taire en l'embrassant, et effectivement nous n'avons plus jamais parlé de nos attraits respectifs. Simplement, je suis devenu un peu plus attentif à la façon dont les autres filles me regardaient et j'ai compris que Cin avait raison : je leur plaisais. J'aurais pu faire comme mon frère, tomber les nanas les unes après les autres, sauf que ça ne m'intéressait pas. Et que ça ne m'intéresse pas plus aujourd'hui.

Même Anouk, je n'ai pas envie de la séduire. Mais je suis sûr que Thad a dû essayer et que c'est ça que Jérémie ne lui pardonne pas. Il est là, en face de moi, ce brave Jéré. Une vraie caricature de surfeur avec ses mèches blondies, ses

Wayfarer, ses pommettes et son nez rougis en permanence à force d'être bombardés d'UV toute l'année, sans compter le sel, le vent, les embruns : le surf, si on ne fait pas gaffe, ça esquinte. Jérémie fait plus vieux que son âge, et par comparaison, Anouk a l'air d'une enfant sous la masse de ses lourdes boucles noires. Elle a l'air fragile aussi, désemparée. Je lui demande ce qu'elle pense de Biarritz et du Pays basque, mais il s'avère qu'ils n'ont pas encore de voiture et n'ont encore rien visité. Elle trouve Biarritz cool, mais elle a peur de ne pas se faire au climat, peur de ne pas se faire d'amis, peur que sa formation ne réponde pas à ses attentes, peur de ne pas trouver de job dans un salon de tatouage, vu que c'est ça qui lui plairait vraiment.

— Ouais, t'es une fille qui a peur, quoi !

Elle resserre le plaid autour d'elle et a un sourire incertain. Elle doit se demander si je me fous de sa gueule ou pas. Mais non, en fait. Je la comprends. Quitter La Réunion, pour eux qui y ont toujours vécu, c'est faire un grand saut. D'ailleurs, leurs motivations sont plus complexes qu'il n'y paraît. Bien sûr, il y a le surf, mais à les écouter parler tous les deux, je comprends qu'ils avaient envie de changement et qu'ils se sont dit que c'était maintenant ou jamais. Jérémie a trente ans, Anouk vingt-trois, ils sont encore jeunes, mobiles, adaptables. La métropole leur offre peut-être des opportunités qu'ils n'auraient pas à La Réunion, avec son taux de chômage de près de 30 %. En tout cas, c'est ce qui finit par émerger d'une conversation d'abord un peu contrainte, puis finalement détendue et cordiale. Jérémie fait moins le malin ici que là-bas, et ça le rend beaucoup plus sympathique.

Quant à Anouk, elle est égale à elle-même, c'est-à-dire essentiellement *gentille*, désireuse de bien faire, de dire les mots qu'il faut, de ne froisser personne. Au-delà de sa beauté singulière, c'est ce qui m'avait frappé en elle, voici six mois.

Nous nous quittons sur la promesse de nous revoir. Aujourd'hui, c'est moi le local et eux les touristes : j'ai envie de faciliter leur acclimatation à ce coin de France dans lequel j'ai grandi et que j'adore. Biarritz vaut mieux que la réputation qu'on lui fait parfois, celle d'une petite ville repliée sur elle-même, intolérante vis-à-vis de tout ce qui n'est pas basque, et finalement assez bourgeoise avec son golf, son casino, et ses résidences pour seniors.

Je constate qu'à aucun moment Anouk et Jérémie n'ont proposé de passer voir Thadée, qu'ils ont pourtant côtoyé sept mois durant, alors que Cindy et moi ne sommes restés que quinze jours aux Margouillats.

Cela dit, Thadée refuserait probablement de les recevoir. Avec le retour des beaux jours, sa volonté d'isolement et son refus de communiquer se sont encore accentués. À moins que je n'y sois davantage sensible compte tenu du contexte : autour de Thadée, les gens bougent, sortent, planifient leurs week-ends ou leurs vacances d'été. Mes parents eux-mêmes commencent à se demander s'ils doivent modifier leur projet initial, qui était de passer le mois d'août près d'Annecy avec Ysé. Ma mère a clairement peur de laisser Thadée seul pendant trois semaines, et depuis un moment, elle essaie de le convaincre de les accompagner :

— C'est bon, lâche l'affaire. Je me vois pas partir en vacances avec papa-maman : je suis trop vieux pour ça !

— Thadée, tu as vingt-deux ans, même pas ! Tu pourrais parfaitement venir à Annecy avec nous ! Regarde Léo : il part en Thaïlande avec ses parents !

— Léo est un loser pathétique.

— Ça me fait faire du souci, que tu sois là, tout seul : et s'il t'arrive quelque chose ?

— Qu'est-ce qui peut m'arriver de pire que de perdre ma jambe ?

— Mais si tu tombes, si tu ne peux pas te relever ?

— T'en fais pas, au bout d'un moment les voisins sentiront l'odeur : en été ça va vite, la putréfaction !

— Tu es affreux !

— Et toi, tu es soûlante ! Et en plus Zachée sera là la plupart du temps !

Comme j'assistais à cet échange pénible, ma mère m'a jeté un regard alarmé :

— Mais il part, Zachée. Il ne te l'a pas dit ?

— Ah bon, tu pars ? Tu vas où ?

— On va au Portugal, quinze jours, avec Cindy. J'ai eu le temps de voir son visage se décomposer avant qu'il ne se reprenne et me demande sur un ton qu'il voulait neutre mais qui trahissait quand même sa frustration :

— Ah, vous allez surfer, alors ?

— Euh oui, sûrement, un peu.

— Un peu, tu parles ! Tu vas te faire les vagues de ta vie, des vagues géantes, des vagues de vingt mètres !

— T'es fou ! Ça m'intéresse pas du tout les vagues de vingt mètres ! Et pourquoi pas trente, tant que t'y es ! Non, on veut juste passer quinze jours tranquilles, avec Cindy.

— Si tu voulais passer quinze jours tranquilles avec Cindy, t'irais pas au Portugal ! Vous allez à Nazaré, c'est ça ?

— Non, on va à Sagres. Nazaré, c'est pour les kamikazes.

— Tu te rappelles, quand on était petits on se disait qu'on se la ferait ensemble, la vague de Nazaré...

Je me rappelle, évidemment que je me rappelle. J'ai dit que l'enfance était une autre histoire, mais je m'aperçois que mon enfance, c'est mon frère, et que parler de lui implique d'y revenir. La nuit, souvent, j'allais dans son lit et nous parlions à voix basse sous la couette. Des heures à comparer les exploits de nos surfeurs préférés, des heures à imaginer nos voyages futurs et les vagues géantes que nous dompterions à deux. Nous nous grisions de noms mythiques, Teahupoo, Cow Bombie, Jaws, Mavericks, Mullaghmore, et bien sûr, Nazaré...

Il a fallu que je voie de près ce que signifie se prendre une très grosse vague pour que je comprenne à quel point c'était terrifiant. C'était l'année de mes seize ans. Le bruit s'était répandu que la vague de Belharra s'était réveillée après trois ans de sommeil, et avec les copains du club de surf, on avait filé à Socoa, histoire d'être aux premières loges. Thadée et Cindy étaient là, bien sûr, mais aussi Maxime, Robinson et Arthur.

On disait que de grosses pointures du surf avaient accouru, ce qui ajoutait à notre excitation et donnait lieu à des assauts de fanfaronnades entre certains des gars, dont Thadée, bien sûr. Toutefois, le seul à avoir pris planche et combi, c'était Maxime, notre prof. Blottis à l'arrière de son van, nous avions parfaitement conscience qu'aucun de nous n'avait le niveau pour se confronter à Belharra.

Max nous a laissés sur la route de la corniche pour rejoindre la plage, et j'ai regardé le van s'éloigner avec un petit pincement au cœur. Il nous avait prévenus qu'il se mettrait à l'eau et aviserait : il n'était pas encore sûr de se faire tracter jusqu'au pic. Parce qu'il faut savoir que les vagues XXL se prennent en tow-in, pas à la rame. Sauf si on est soi-même un monstre, genre Shane Dorian ou Nathan Fletcher. L'avantage du jet-ski, c'est qu'il t'amène au bon endroit du pic et te donne la vitesse qu'il te faut pour affronter ce genre de mastodonte, sans compter que tu n'as pas ton take-off à faire vu que tu es déjà debout sur la planche. Et c'est aussi le jet-ski qui te récupère quand tu sors de l'essoreuse – si tu en sors.

Belharra, c'est une vague qui casse assez loin du bord, deux kilomètres peut-être. Du coup, j'avais pris les jumelles de mon père, celles dont il se servait en montagne pour nous montrer des marmottes ou des chamois. Une montagne… C'est exactement l'effet que m'ont fait les vagues telles que j'ai pu les observer ce jour-là. Le line-up m'a paru à la fois mal défini et très étendu : les gars à l'eau ne risquaient pas de se gêner, vu qu'ils étaient distants d'au moins cent mètres les uns des autres. C'est sûr que ça nous changeait de la Côte des Basques… Pendant deux bonnes heures j'ai regardé une bande de dingues affronter ces gigantesques masses d'eau noire et instable sur lesquelles ils semblaient minuscules. Je n'ai reconnu personne, ni Maxime ni Alatz, son pote en jet-ski, mais à chaque wipe-out, j'avais l'impression de tomber avec les gars et de me prendre des cataractes écumeuses sur la tronche. Sans compter qu'on ne les voyait pas resurgir tout de suite, certains restant sous l'eau deux vagues d'affilée avant d'être repérés et ramenés au shore-break par le jet-ski.

Au bout d'un moment, Cindy a glissé sa main dans la poche de ma doudoune et je l'ai serrée très fort :

— T'as froid ?

— Un peu, mais ça va.

— T'as vu ? C'est des oufs les mecs, non ?

— Mmm… Je sais pas. Je crois que je les comprends.

Je l'ai dévisagée avec stupéfaction. Son nez, son nez que j'adore parce qu'il est comme une flèche nette et droite, était rosi par le froid et ses yeux brillaient d'une excitation qu'elle n'a pas cherché à me dissimuler.

— Me dis pas que tu pourrais faire ça ?

— Je suis pas prête. Mais j'espère bien l'être un jour.

— Mais Cindy, des vagues comme ça, c'est pas surfable.

En riant, elle a désigné le large et les vagues énormes qui continuaient de s'y former :

— La preuve que si !

— Je veux dire que c'est pas surfable par des surfeurs du dimanche comme nous.

— Parle pour toi !

— Sans compter que je connais aucune meuf qui surfe du gros.

— Y'en a. Et si y'en a pas, ben je serai la première.

— T'es sérieuse, là ?

187

La réponse, je la connaissais déjà : Cindy est toujours sérieuse et ne parle jamais pour ne rien dire. Elle a vu mon émotion et s'est empressée de me mettre les points sur les *i* :

— Je me préparerai, Zachée. T'arrives pas sur Belharra comme ça. Et faut d'abord que je progresse vachement, j'en ai conscience. Mais c'est pas hors de portée. Et j'en ai envie, vraiment. Depuis longtemps. Ça a l'air trop bon, je sais pas, moi, trop fort, trop, quoi !

— Mais on n'en a jamais parlé !

— Je t'en parle, maintenant. Et en fait, je t'en parle parce que je veux qu'on fasse ça ensemble.

J'ai ri pour cacher mon étonnement et ma perplexité. Le surf de gros, je n'y avais jamais pensé sérieusement. Ça me faisait rêver, bien sûr, mais je n'avais jamais envisagé que ça puisse être pour moi ou pour Cindy.

On a commencé à redescendre tous les cinq sur Socoa, à petites foulées, histoire de se réchauffer après les deux heures passées au bord de la falaise. On a retrouvé Maxime et Alatz dans un bar du port. Ils étaient allés en jet-ski à proximité du pic mais s'étaient contentés de regarder :

— Le pire des swells que j'ai jamais vu. Putain. Les vagues faisaient pas loin de quinze mètres.

— Quinze mètres ? Ça m'étonnerait...

— Je t'assure : on s'en rend compte quand on arrive dessus : elles sont énormes.

— Ouais, d'accord, mais quinze mètres, t'exagères...

Maxime secouait la tête, fataliste...

— Écoute, quinze mètres ou pas, on a bien senti que c'était vraiment du gros et qu'on n'avait pas le niveau. En plus l'eau était super froide.

— Putain, t'as vu le mec avec la combi rouge comment il est tombé ! Il a dû se prendre un méchant clapot… On aurait dit qu'il dégringolait d'un immeuble.

— Ouais, il a pris cher !

— Faut savoir que sur une vague comme ça, t'es à cinquante kilomètres/heure, au moins !

— Imagine que t'es sur une piste de ski, une noire, avec plein de bosses à négocier…

— Ça filmait, non ?

— Ouais, ça filmait : y avait une équipe australienne qui faisait une vidéo.

— C'était qui, le type, tu connaissais ?

— Non, mais il assurait grave. Alatz m'a dit que c'était un vieux, genre au moins quarante ans.

— Un Australien ?

— Ben ouais. N'empêche qu'après ça il y est pas retourné.

— Tu m'étonnes. Un wipe-out comme ça, t'es sonné.

— Celui qui déchirait de ouf, c'était Iban.

— Le pote d'Arthur ? Il y était ?

— Il y est toujours. Chaque fois que Belharra casse.

— En même temps, c'est pas difficile : il est d'Hendaye. Il a juste à sortir de chez lui.

— T'as vu comment il a géré ? Trop fort, le mec. Il te descendait ça, tranquille, genre salut les gars, je fais ça tous les jours.

— Ouais, il a bien dû avoir les boules quand même, parce qu'à un moment, je sais pas si t'as vu, il est parti trop à l'intérieur et il s'est fait avaler.

— Évidemment qu'on a vu ! Putain on a cru qu'il allait pas ressortir.

— Comment il a géré !

Il faut savoir qu'après une session les surfeurs sont capables de bavasser pendant des heures, de revenir sans fin sur telle ou telle vague, telle ou telle manœuvre, et bien sûr tel ou tel wipe-out. Ça fait partie du plaisir du surf, mais bizarrement, je m'ennuie assez vite à ce genre de conversation. Quant à Cindy, c'est bien simple : elle refuse d'y participer, se met en retrait et écoute. Ce jour-là, Thadée s'est mis à l'asticoter. Visiblement, il avait entendu notre échange sur la falaise :

— Alors Cindy, tu veux rider de la grosse vague ?

— J'y pense.

— Mais ma pauvre fille, tu t'es prise pour Ramon Navarro ?

— J'aurais du mal à me prendre pour lui vu que je sais même pas qui c'est.

— Un surfeur de gros. Un vrai. Un qui shoote des bombes pendant que tu t'amuses dans la mousse.

— Peut-être que Ramon Navarro, il a commencé en s'amusant dans la mousse, comme tout le monde.

— Sûrement, mais pas sur la Grande Plage !

— Peut-être que j'ai commencé sur la Grande Plage et que je finirai à Teahupoo.

Face à tant d'assurance tranquille, Thadée s'étrangle presque avec sa bière.

— Faudrait peut-être déjà que tu lâches ton SUP.

— Tu sais quoi ? J'ai l'intention de faire Belharra en SUP.

— Pauvre fille : t'auras pas l'air d'une conne avec ta pagaie !

Cindy a le don de mettre mon frère en rage. Je

ne sais pas comment elle fait, mais elle y arrive en moins de deux. Peut-être parce qu'au fond, elle s'en fout. Elle le plante généralement au beau milieu d'une joute oratoire, le laissant avoir le dernier mot d'une façon tellement insultante qu'il s'en mord la langue. Avoir le dernier mot avec Cindy, ça n'a aucun intérêt : elle reste là à vous sourire tranquillement, pas vexée le moins du monde par votre dernière réplique, soudain indifférente aux enjeux de la discussion. Et bien qu'elle n'ait pas l'air de chercher la merde, je la soupçonne de savoir parfaitement quel effet elle a sur ce pauvre Thadée.

*

Quatre ans ont passé depuis que j'ai vu Belharra pour la première fois, et je dois dire que ce qui me paraissait impossible alors est devenu beaucoup plus envisageable. Surfer Belharra et d'autres vagues XXL, j'y pense de plus en plus. Simplement, c'est la dernière chose que j'aie envie d'avouer à mon frère. D'une part parce qu'il ne manquerait pas de tourner mon projet en dérision, et d'autre part parce que lui n'est pas près de remonter sur une planche. Le surf est même devenu un sujet tabou entre nous. Il sait parfaitement que je surfe tous les week-ends, mais il ne me demande jamais comment s'est passée ma session, et j'évite d'aborder le sujet avec lui. Pourtant, il pourrait s'y remettre. Il existe des prothèses adaptées aux sports de glisse et au surf en particulier. Mes parents ne se privent pas de le lui rappeler de temps à autre. Ma mère est d'abord passée par une phase de rejet violent du surf et de tout ce qui s'y rapporte. Je sais qu'elle s'en est même voulu de nous avoir inscrits à l'école de surf quand nous avions neuf et dix ans. Dans les semaines qui ont suivi l'accident, elle n'avait pas de mots assez durs pour vilipender tous ces dingues qui défient les vagues, les courants, les rochers, les requins... Elle a changé : aujourd'hui, elle sent bien que la vie reprendra son cours le jour où son fils aîné waxera sa planche sur un parking.

Mon père et elle passent leur temps sur internet, à assembler de la documentation sur la Procarve II, le genou Mauch ou le pied Variflex. Peine perdue : Thadée n'y jette pas un regard et affirme se satisfaire de sa prothèse actuelle. Or elle est bourrée de microprocesseurs qui font mauvais ménage avec l'eau en général et l'eau de mer en particulier.

Tout ça pour dire que je me suis bien gardé d'informer mon frère que Cindy et moi avions commencé à nous prendre de vraies grosses vagues. Entendons-nous bien, les « grosses vagues », ça ne veut pas dire grand-chose en soi. Un des conseils les plus sages que nous ait donné Maxime quand on commençait le surf, c'était d'être à l'écoute de ce que nous ressentions :

— Si t'as mal au bide face à une vague d'un mètre cinquante, laisse tomber : c'est qu'elle est trop grosse pour toi. Et de toute façon c'est pas une question de hauteur : t'as des slabs d'un mètre cinquante qui foutent les boules, et des vagues plus grosses mais plus molles, sans épaule, que tu vas prendre sans problème.

L'été de nos dix-sept ans, Cindy et moi avons passé pas mal de temps à Guéthary. On partait sans même checker le swell : entre la droite de

Parlementia et la gauche d'Avalanche, on trouvait toujours notre bonheur, même si à chaque fois on passait des heures à ramer. Surtout pour Avalanche, dont le take-off se situe au moins à un kilomètre du bord.

Il a fait beau tout l'été et on a bénéficié de conditions idéales : un spot toujours glassy, des houles qui s'enchaînaient, du monde à l'eau sans que ce soit la guerre au pic, et surtout des vagues qui pouvaient atteindre cinq ou six mètres mais qui se laissaient rider sans trop de casse. Le rêve.

Cet été-là, Cindy s'était acoquinée avec Roy, un chargeur néo-zélandais aguerri, qui lui trouvait du style et lui donnait des tuyaux pour progresser. Sans compter qu'il avait bourlingué dans le monde entier et qu'il nous faisait rêver en nous parlant de ses meilleurs surf trips. À l'entendre, Raglan et Gisborne étaient évidemment le top du top :

— Ah bon, les kiwis font du surf ?

— You don't even imagine !

— Et Hawaii ? Tu y es allé ?

— Bien sûr ! Et you know what, Parlementia me rappelle beaucoup Sunset Beach.

— Ah bon ? Pas la peine d'aller à Hawaii, alors !

Cindy me lançait des coups d'œil entendus, comme pour me dire : tu vois, on est au bon endroit, on a les plus belles vagues du monde : même les Néo-Zélandais viennent chez nous. Fin août, Roy nous a quittés sur un hug vigoureux et des mots d'encouragement :

— You're good, guys. You're really good. Especially you, baby-girl.

Il serrait Cindy dans ses bras, rapprochant dangereusement son entrejambe du ventre doré de ma nana. Pas dupe, elle s'est dégagée en riant de son étreinte visqueuse. N'empêche qu'il avait raison : en un été nous avions magistralement progressé tous les deux, mais elle, elle était vraiment bonne. Et aujourd'hui, c'est bien simple, elle est impressionnante. Elle a largement dépassé Thad. Il le sait, mais se ferait hacher menu plutôt que de le reconnaître, et de toute façon, depuis l'accident, la compétition n'est plus de mise entre eux. Selon Jéré, à qui j'en ai parlé, Thadée pourrait effectivement surfer avec une prothèse adaptée mais ne retrouverait jamais son niveau d'avant :

— Attention, il ne repartirait pas de zéro, hein, il serait largement meilleur que plein de gars, mais bon, fini les aerials.

— Tu plaisantes ? Je crois pas que ça intéresse Thad, de faire du surf s'il peut pas faire de figures.

Jéré a eu l'air embarrassé.

— Écoute, gros, je veux pas m'avancer vu que je connais aucun surfeur à qui il manque une jambe, mais ça me paraît difficile de tenter un flip avec une prothèse.

J'ai préféré changer de sujet de conversation. De toute façon, avant de tenter quoi que ce soit il faudrait d'abord que mon frère accepte de sortir de nouveau, d'aller à la plage, de nager, sans même parler de remonter sur une planche. Mais c'est vrai que Thad a un surf très aérien et très spectaculaire. Ce qu'il aime par-dessus tout, c'est décoller de la vague, multiplier les manœuvres et les rotations. Jéré est comme ça aussi. Le surf de Cindy, c'est l'inverse. Et pourtant, elle vient du skate et on pourrait s'attendre à ce qu'elle reproduise sur l'eau des figures apprises sur le bitume. Sauf qu'elle privilégie toujours la trajectoire sur la manœuvre : elle ne perd jamais le fil de la vague, elle l'épouse, elle se fond dans sa masse mouvante, elle en anticipe les remous, elle en pressent le déferlement. Thad est bon, Jéré encore meilleur, mais il leur arrive de renvoyer quelque chose d'agressif, comme s'ils voulaient déchirer les vagues à coups de rollers, de floaters et de replaquages nerveux. Cindy dégage tout autre chose, et finalement, ce qu'elle aime, c'est le surf à l'ancienne : marcher sur son longboard, se mettre en hangten, hop, orteils dépassant du nose le temps d'une seconde suspendue, avant d'arriver au shore-break dans un crépitement d'écume.

Quant à moi, j'oscille entre deux styles : je frime moins que mon frère, sans avoir pour autant la grâce, la fluidité, la créativité de ma chérie.

Mais grâce ou pas, je me sens prêt pour surfer du gros. Cindy m'en a convaincu, et surtout, elle m'y a préparé sur le plan physique comme sur le plan mental. La préparation mentale, c'est son truc : en plus du yoga, elle s'est mise à la sophrologie, et je dois dire que mon scepticisme initial a été pulvérisé par nos progrès. Nous avons commencé par regarder des dizaines de vidéos : Nazaré, Jaws, Pipeline, le surf de gros, ça fascine et ce ne sont pas les images qui manquent sur YouTube.

Nous avons traversé tous les deux une phase un peu obsessionnelle, où nous passions plus de temps à regarder les évolutions de Mark Mathews ou de Tikanui Smith qu'à nous confronter nous-mêmes à la vague. Mais petit à petit, nous avons pris l'habitude de surfer mentalement n'importe où, d'imaginer des take-offs, de visualiser des trajectoires alors que nous étions en train de marcher, de faire du skate ou du vélo. Même en cours, ça m'arrivait parfois, et il fallait que je me reprenne pour que tout mon espace mental ne soit pas envahi par des vagues de plus en plus monstrueuses que je ridais back-side.

Comme parallèlement nous allions nous entraîner en apnée à la piscine et travailler nos bras à la salle de muscu, nous avons gagné en confiance et au bout de quelques mois l'impensable est devenu pensable : je me voyais constamment en train de dévaler des vagues impressionnantes, échappant à leur déferlement, triomphant de l'océan déchaîné.

C'est à ce moment-là que nous avons commencé à nous confronter à des vagues qui, sans être énormes, avaient déjà de quoi nous intimider et que nous n'aurions même pas imaginé surfer un jour. Cindy m'a appris à ne pas me laisser terrasser par la peur, à convoquer les bonnes émotions au bon moment, ce mélange de confiance en soi et d'exaltation qui m'a permis de dénouer les tensions, de jouer avec la vague, la houle, l'écume, là où en d'autres temps je me serais crispé d'appréhension.

Il nous est même arrivé plusieurs fois de retourner à Belharra. À en croire les locaux, la vague ne s'est pas réveillée depuis trois ans, mais croyez-moi, même endormie elle reste un challenge, et la première fois que nous l'avons chargée, nous n'en menions pas large.

Du coup, il n'est pas impossible du tout que nous testions Nazaré cet été. Bien sûr, nous n'irons pas au pic si les vagues sont vraiment géantes, mais prendre quelques vagues XL sur un spot mythique, c'est dans nos projets et dans nos cordes.

Thadée n'en sait rien. Finalement, nous avons peu surfé ensemble ces deux trois dernières années. Cela dit, nos progrès ne lui ont pas échappé et je me demande même si son projet de surf trip à La Réunion n'est pas né de son désir de nous rattraper voire de nous dépasser en la matière. Entre un gars qui surfe tous les jours pendant six mois et un qui se contente de quelques sessions le week-end, l'écart se creuse vite. À notre arrivée sur l'île, il s'est d'ailleurs empressé de nous faire admirer ce dont il était désormais capable, multipliant les snaps, les aerials, les rollers, les floaters, les switch-foot, et j'en passe. Avec Jérémie, ils se sont retrouvés là-dessus, ce goût de l'épate et ce sens aigu de la compétition.

Contrairement à mon frère, je ne suis pas un compétiteur : vaincre mes peurs et dépasser mes blocages m'intéresse beaucoup plus que surpasser les copains. Les gars dans le genre de Thadée m'amusent plus qu'ils ne me dérangent. J'ai appris à ne pas entrer dans leur jeu – seule façon d'avoir la paix avec eux.

J'ai toujours fait allégeance à mon frère, je lui ai toujours laissé la préséance. J'ai toujours su qu'il avait besoin de prendre toute la place et toute la lumière, qu'il lui était vital d'être reconnu comme le meilleur partout. Avec des parents différents, cette place d'éternel second m'aurait peut-être été pénible, mais les nôtres ont toujours veillé à ce que je ne sois pas éclipsé par mon brillant aîné, de sorte que j'ai même apprécié d'être le cadet, celui qui n'a pas à servir d'exemple et dont on attend peut-être un peu moins.

L'accident est arrivé pile au moment où j'avais pris la décision d'être moins cool, moins conciliant, d'une façon générale et avec mon frère en particulier. J'en avais un peu marre de toujours le ménager, de lui passer des propos et des comportements inadmissibles. Je crois que c'est Cindy qui m'a servi de pierre de touche. Sans qu'elle ne m'ait jamais rien dit, j'ai toujours perçu son exaspération voire sa sourde rancune à l'égard de Thadée. Il faut dire qu'avec elle, il est limite, toujours à la provoquer, à la chercher, à essayer de la rabaisser. Et autant je peux accepter d'en prendre plein la gueule quand ça vient de lui, autant je ne supporte pas qu'il s'attaque à Cindy. Ces dernières années, les seules fois où nous nous sommes disputés, c'était à cause d'elle, parce que je volais à sa défense – alors même qu'elle se défend très bien toute seule, d'ailleurs.

Sauf que depuis l'amputation, j'ai fait machine arrière. Avec Thadée, je m'écrase de nouveau : je ne réagis pas à ses conneries, ses ricanements, ses sous-entendus – toutes les petites perfidies auxquelles il m'a habitué et qui m'étaient devenues insupportables. Et j'évite les sujets qui fâchent : Jasmine, les études, le surf... J'ai tardé, par exemple, à informer Thad de la présence d'Anouk et Jérémie à Biarritz. Mais contre toute attente, il a bien pris la chose :

— Ah il est là, cet enfoiré ? Il en a eu marre de faire slalomer ses clients entre les requins-tigres et les requins-bouledogues ?

— Ils ont interdit le surf à La Réunion, tu sais bien. Et Jérémie, il peut pas vivre sans surfer.

— Mouais, on dit ça. Moi aussi, j'aurais pu dire ça. Et puis regarde, je vis. Enfin, je survis plutôt.

— Thadée, il tient qu'à toi de recommencer à vivre normalement.

— Tu vas pas t'y mettre, toi aussi.

— Si, justement, je vais m'y mettre. Putain, regarde-toi, tu ressembles plus à rien à force de pas bouger ton cul de ta chaise !

Et c'est vrai qu'il est méconnaissable : en sept mois, il a pris dix kilos, perdu le hâle et la blondeur qu'il devait aux effets conjugués de la mer et du soleil. Comme en plus il ne se coupe plus les cheveux et les lave quand il y pense, ils pendent en mèches grasses et inégales.

Il me jette un regard sombre, mais pour la première fois depuis l'accident, quelque chose s'y allume, une flamme inidentifiable.

— Tu voudrais que je fasse quoi ?

— Que tu sortes, que tu marches, que tu te bouges, que tu te mettes un peu à l'eau. Elle a déjà pas mal chauffé, tu vas voir. Et qu'on aille boire des bières à l'Unik, avec les potes.

— Quels potes ? Ils sont pas très nombreux à venir me voir, je sais pas si t'as remarqué.

— T'as un peu fait le vide, non ?

— Si tu le dis…

— Bon alors, tu viens ?

— Comment ça, je viens ?

— On va aux Cavaliers avec Cindy et Jordy.

— Vous allez surfer ?

— Aujourd'hui on comptait plutôt aller au skate-park. Jordy s'y est mis. Et ça nous empêchera pas de nous baigner si ça te dit.

— O.K.

Je n'en ai pas cru mes oreilles, mais j'ai fait comme si de rien n'était et l'ai laissé se préparer. Deux heures plus tard, on était tous les quatre aux Cavaliers. Comme moi, Cindy n'a marqué aucun étonnement à voir Thadée s'avancer vers elle et grimper à l'arrière de sa vieille Yaris. J'ai avancé mon siège au maximum et il s'est installé de travers sur la banquette arrière, de façon à pouvoir étendre sa jambe droite. Le pauvre Jordy a jeté un regard en coin à la prothèse ainsi exhibée, puis s'est rencogné contre la portière et n'a pas décroché un mot de tout le trajet.

Une fois au skate-park, il est resté assis à côté de nous, serrant sa planche toute neuve sur sa poitrine. Le skate, c'est une idée de Cindy. Elle a décidé que son frère devait s'y mettre et elle l'entraîne déjà depuis quelque temps, de sorte qu'il ne fait pas trop mauvaise figure. Cela dit, il ne s'est encore jamais confronté à d'autres skateurs et l'idée n'a pas l'air de l'enchanter.

Jordy a dix ans. Les parents de Cindy l'ont eu sur le tard – et contre toute attente, vu qu'ils se haïssent et passent leur temps à se foutre sur la gueule. L'hypothèse de Cindy, c'est qu'ils devaient être ivres morts au moment de la conception du pauvre Jordy. Quand elle s'est barrée de chez elle, elle a failli le prendre sous son bras et le rapatrier lui aussi chez leur grand-mère, plutôt que de le laisser à des parents complètement défaillants voire gravement toxiques. Mais elle avait seize ans, lui sept, et c'était impossible.

Cela dit, elle m'a prévenu depuis longtemps : le jour où elle aura un boulot, Jordy vivra avec elle et ce n'est pas négociable. Ça tombe bien : j'aime ce gamin presque autant que j'aime ma propre sœur. Ysé. Ils ont le même âge, mais le contraste entre eux est frappant et cruel pour Jordy. Autant ma sœur est fine, vive, au physique comme au moral, autant ce pauvre Jordy est lourd, pataud, encombré de lui-même. Cindy ne décolère pas contre ses parents, qui lui font bouffer de la merde et l'ont laissé grossir dans des proportions effrayantes.

— Ils ont fait pareil avec moi. La cuisine pour ma mère, c'est les pâtes à la carbo, les frites, les nuggets, tu parles d'un régime ! Et les desserts, c'est des glaces et des cookies. Sans compter qu'ils s'enfilent tous des litres de Coca. Et y a jamais personne pour dire à Jordy de pas se resservir : s'il veut manger trois yaourts, il mange trois yaourts ; s'il veut finir le paquet de gâteaux, il le finit. Tu m'étonnes qu'il soit gras comme un cochon !

Et c'est vrai que Jordy ressemble à un porcelet, avec son museau rose, ses bons yeux, son petit corps dodu et duveteux. Il a beau enfouir sa panse ballottante dans des tee-shirts XL, son obésité est désormais impossible à dissimuler, au grand désespoir de Cindy :

— Putain, Jordy, t'as encore pris ! Tu peux pas y aller mollo sur la gamelle ? Qu'est-ce que je t'ai dit ?

— Oui, mais moi j'aime pas ça, les légumes.

— Force-toi.

— Maman, elle dit que les frites c'est des légumes.

— Je sais ce que dit maman. Tu continues le volley au moins ?

— Nooon.

— Mais pourquoi ?

— J'ai mal aux genoux. Je peux plus sauter.

Des conversations de ce genre, Cin et son frère en ont à chaque fois qu'elle le voit, c'est-à-dire quasi tous les week-ends, vu qu'elle essaie de l'extraire du bourbier familial aussi souvent que possible.

Entre lui et Ysé, on ne peut pas dire que la

201

mayonnaise ait pris. Elle est trop forte pour lui, il s'en aperçoit et hésite entre fascination et humeur bougonne. Elle a bien essayé, au début, de lui prêter ses feutres japonais ou de l'entraîner dans ses délires entomologistes, à l'époque où elle était fascinée par les papillons et les scarabées, mais il dessine mal et ne s'intéresse aux insectes que pour inonder une fourmilière ou écraser un cancrelat.

C'est un gentil garçon, pourtant, et sous ses traits encore mal dégrossis, derrière ses remarques conformistes et naïves, je distingue le mec bien qu'il sera à l'âge adulte – si ses parents n'ont pas sa peau avant.

Pour l'heure, il fait peine à voir, rose et suant sous l'impitoyable soleil de juin, incapable de se joindre aux autres skateurs dans le bowl. Pourtant, selon Cindy, il assure. Elle le trouve même plutôt doué.

— Bon, Jordy, tu te décides ?

Il prend un ton geignard pour dire qu'il a chaud, soif, faim, et finalement, pas envie de faire du skate. Je perçois l'exaspération de Cindy, mais aussi son effort pour rester calme. Jordy s'en prend déjà plein la gueule à la maison, pas la peine de lui hurler dessus.

— Tu veux te baigner ?

— Ouais.

Thadée a assisté à cet échange sans y participer, mais il se lève docilement du muret où il s'était assis pour clopiner avec nous jusqu'à la plage toute proche. Je le laisse volontairement prendre de l'avance, feignant de fouiller dans le sac à dos où j'ai mis nos affaires. Il boite, évidemment. On l'a prévenu que ce serait le cas toute sa vie, mais qu'avec le temps la boiterie se ferait moins prononcée. Il a mis une sorte de bermuda de surf assez informe, de sorte qu'on voit très bien qu'il a une prothèse. La sienne, d'ailleurs, ne vise ni l'esthétique ni le réalisme. J'ai su qu'on lui avait proposé un revêtement en silicone imitant à merveille la couleur et la texture de sa chair, mais qu'il l'avait refusé avec la dernière énergie :

— Une prothèse de vie sociale, qu'ils appellent ça ! Mais qu'est-ce qui leur fait croire que j'ai encore envie d'avoir une vie sociale ?

Il pourrait se demander quel effet ça nous fait, à nous, de le voir pilonner sur cette espèce de tube, comme un capitaine Crochet maléfique. Mais visiblement, nous sommes le cadet de ses soucis, nous sa famille. Il s'est complètement replié autour de sa souffrance, enfermé dans une petite bulle de rancœur et de cynisme à l'intérieur de laquelle nous n'existons pas.

Une fois sur la plage, je me démène avec énergie pour déplier les serviettes, sortir des canettes encore fraîches, crémer consciencieusement les formes replètes de Jordy, tout en lui donnant les conseils de rigueur :

— Ne nage pas trop loin, tu sais qu'il y a des courants, ici.

Il hoche la tête avec un enthousiasme étrange :

— Ouiii ! Je sais ! Même qu'y a un monsieur qui s'est noyé, ils l'ont dit aux infos !

— Il s'est pas noyé ici.

— Mais siii !

Non content d'être en surpoids, Jordy a une voix stridente, dont les aigus vrillent désagréablement aux oreilles. Je perçois tout de suite que Thadée est agacé et je m'efforce d'entraîner Jordy à l'eau le plus vite possible. Moyennant quoi, il trottine derrière moi, les bourrelets de ses hanches et de son ventre tressautant de façon disgracieuse au-dessus de son maillot trop petit.

Quand Cindy nous rejoint dans les rouleaux, elle a l'air furieuse :

— Putain, ils pourraient lui acheter un maillot à sa taille, quand même !

— J'en ai plein à la maison, je vais lui en filer, t'en fais pas.

— Non mais regarde-le, c'est trop la honte !

De fait, entre le maillot qui cisaille sa chair surabondante et l'énergie qu'il déploie innocemment à courir, sauter et plonger dans les vagues, Jordy offre un spectacle assez risible – ce qui n'échappe pas à une bande de gamins du même âge, qui ne tardent pas à ricaner et à se moquer de lui. Baleine, éléphant de mer, otarie, ils n'ont que l'embarras du choix en matière de métaphores marines, et ils ne s'en privent pas. Heureusement, des séries de vagues assez hautes se succèdent et provoquent des hurlements de joie de la part des baigneurs, couvrant les quolibets des gamins – même s'ils n'ont pas échappé à Cindy.

Un peu plus loin, au pic, je note la présence d'une flottille de surfeurs, sans compter les body boarders et les stand-up-paddlers. C'est comme ça tous les dimanches. Ce n'est pas une plage pour débutants, les Cavaliers, pourtant. On y prend des vagues plutôt agressives et je m'y suis fait quelques wipe-out mémorables.

Jordy s'approche soudain de nous, la lippe un peu tremblante :

— On rentre ?

— Comment ça on rentre ? T'en as déjà marre ?

Il baisse les yeux, mais trop tard : j'ai vu les

grosses larmes dont ils débordaient. Comme moi, Cindy comprend instantanément et attrape affectueusement son frère par l'épaule :

— Allez viens, on va voir Thadée. Et puis si t'as faim, on ira se prendre une glace. Menthe-chocolat, comme t'aimes. Ou un magnum vanille.

Mais même cette perspective alléchante ne suffit pas à le rasséréner. Je ne sais pas ce qu'il a entendu ou compris exactement, mais il accuse le coup et traîne des pieds derrière nous tandis que nous regagnons l'emplacement de nos serviettes où Thadée n'a pas bougé. Tandis que Cindy bouchonne vigoureusement son petit frère et ajuste sa casquette, je prends conscience de notre insolente condition physique à elle et à moi. Entre le surf, le yoga et la musculation douce que nous avons pratiquée toute l'année, nous sommes affûtés comme jamais. Contrairement à celui de son frère, son ventre est un bouclier martelé et rutilant d'un duvet doré ; ses épaules sont rondes, fermes, lisses ; ses tendons se dessinent nettement à l'arrière de ses genoux et ses fesses se creusent délicieusement sous son short de bain. Quant à moi, je vois bien que je ressemble à l'idée que tout le monde se fait du surfeur : un mec carré, bronzé, les cheveux éclaircis par le soleil et l'iode. Je ne pense à peu près jamais à mon apparence physique, mais là, entre ce pauvre Jordy qui pleure silencieusement sous sa casquette et Thadée avachi à mes côtés, je suis bien obligé d'y réfléchir un peu. D'autant que je sens les yeux de mon frère se poser sur mes cuisses, mon torse, mes jambes. Il ne m'a pas vu en maillot depuis longtemps et il doit bien se rendre compte que j'ai pris du muscle. Lui en a perdu, évidemment. Non seulement sa cuisse droite s'est atrophiée, mais tout son corps donne l'impression d'être moins dense et moins ferme. Sans compter que ses yeux sont étrangement bouffis et cernés de pourpre. Feignant l'indifférence, je lui jette un regard en coin et ce que je lis dans le sien avant qu'il n'ait eu le temps de composer son expression me coupe le souffle : de la haine. De la haine pure, à peine mâtinée de désespoir.

Me retournant vers Cindy, j'enfouis mon visage dans son cou et lui souffle : « Sauve-moi ! » Elle ne réagit que par un imperceptible raidissement de tout son corps, et pour donner le change, je prends une de ses locks dans ma bouche et en aspire bruyamment l'eau de mer dont elle est gorgée :

— Mmm ! C'est bon ! Tu devrais essayer, Jordy ! C'est encore meilleur qu'un magnum ! Mmm !

Jordy essuie son petit nez avec énergie et me dévisage, avec étonnement d'abord, puis en riant franchement parce que j'en fais des tonnes, feignant de me lécher les babines avec délectation. Marrant, cette facilité qu'ont les enfants à passer des larmes aux rires et inversement. Jordy a déjà oublié qu'il s'est fait traiter de baleine, et je parviens à l'entraîner de nouveau à l'eau. Je sais que Cindy veut qu'il se dépense pour éliminer un peu toute la mauvaise graisse qu'il doit à l'incurie de ses parents. Tandis que nous sautons dans l'écume et le soleil, grisés par les cris autour de nous et le bruit du vent à nos oreilles, toute cette rumeur de la plage qui a bercé mon enfance et que j'aime par-dessus tout, je ne peux pas m'empêcher d'avoir le cœur douloureusement étreint. Je n'ai plus dix ans, moi, et avant que j'oublie ce que j'ai lu dans les yeux de mon frère, il me faudra du temps.

Bizarrement cette première sortie après des mois de claustration semble avoir agi comme un électrochoc sur Thadée. À moins que ce ne soit précisément la comparaison cruelle de nos deux corps étendus au soleil qui ait eu cet effet. Il est rentré en grommelant et en pestant que du sable s'était inséré dans l'emboîture de sa prothèse et avait irrité son moignon, mais le soir même il nous a informés qu'il voulait se faire fabriquer une deuxième prothèse, adaptée aux sports, voire aux sports de glisse.

— Je vais me remettre en condition physique. Marcher, nager. Et pour le surf, on verra, mais pourquoi pas ?

Les parents n'attendaient que ça et j'ai bien vu que Mi avait les larmes aux yeux quand il nous a annoncé sa décision.

Dès le lendemain, il est allé chez le coiffeur et en est revenu avec les cheveux coupés à ras, presque tondus. Toute la journée, il s'est affairé dans sa chambre, rangeant, nettoyant, aérant cette pièce devenue un cloaque depuis six mois qu'il s'y enferme et y fume clope sur clope et joint sur joint, transgressant allègrement tous les interdits parentaux en la matière, sans que personne n'ose lui en faire la remarque.

C'est peu de dire que mes parents ont changé depuis ce que nous appelons « l'accident » – faute d'une expression plus appropriée. Ma mère surtout. Elle si stricte, si prompte à fustiger nos écarts, si intrusive, même, dans certains cas, voilà qu'elle autorise désormais sous son toit des déviances inadmissibles : fumer, boire, ne pas se laver, traîner au lit... Que ce soit désormais permis à Thadée en dit long sur les sentiments qu'elle éprouve, que nous éprouvons tous, ce mélange de pitié et de culpabilité qui nous pousse à tolérer l'intolérable.

J'ai bien essayé de lui en parler, d'en parler à mon père, de leur dire que ce n'était peut-être pas un bon service à rendre à Thadée que de le laisser se terrer dans sa tanière enfumée. Sans compter que ce n'était pas non plus un bon exemple à donner à Ysé, que ce frère déscolarisé, désocialisé, dispensé de suivre les règles auxquelles nos parents nous ont fermement assujettis toute notre vie durant : se doucher tous les jours, manger à heures fixes, employer utilement son temps.

Mais mon père aussi a changé. Pour commencer, il est beaucoup plus souvent à la maison : il part plus tard au boulot, en revient plus tôt, et rentre déjeuner avec ma mère. Il court moins longtemps, aussi. Avant l'accident, il consacrait les trois quarts du week-end à son sacro-saint running. Certes, il passait peu de temps en famille, et ma mère le lui reprochait assez, mais au moins il rentrait détendu au lieu d'être perpétuellement à cran comme c'est le cas aujourd'hui. D'ailleurs, il est là sans l'être. La plupart du temps, il a le regard dans le vide, et ne nous accorde qu'une attention distraite.

On sent qu'après l'accident de Thadée, il a dû se dire qu'il allait nous concéder plus de temps, être un meilleur père et un meilleur époux. On le sent parce qu'il y a quelque chose de forcé et d'artificiel dans son nouveau comportement. Il nous demande scrupuleusement, à Ysé et à moi, comment s'est passée notre journée, mais il écoute à peine et ne s'exprime que par des formules creuses et conventionnelles, sur la nécessité de bien travailler et d'écouter en classe. Passe encore pour Ysé, mais pour moi qui suis en deuxième année de médecine...

Il s'astreint aussi à discuter tous les jours un petit moment avec Thadée, mais je n'ai pas l'impression que Thad s'ouvre à lui davantage qu'à moi. Il ressort souvent de là la mine découragée, le regard encore plus sombre. Il me semble aussi qu'il se laisse aller. Lui que j'ai toujours connu tiré à quatre épingles, impeccable dans ses pantalons à pinces et ses petites chemises, s'est mis à porter en semaine les fringues qu'il réservait aux dimanches, à savoir des jeans et des sweats. Il boit davantage, aussi. Oh, pas grand-chose : un verre de vin à table, un whisky quand il rentre, mais quand même. Cindy m'a ri au nez quand je lui en ai parlé :

— S'il s'en tient à ça, t'as pas à t'inquiéter ! Tu veux que je te dise ce que ma mère est capable de s'enfiler en une journée ? Et mon père c'est pire ! C'est bien simple, je ne me rappelle pas la dernière fois que je les ai vus à jeun !

— Cin, mon père ne boit jamais aux repas ! Et encore moins le soir en rentrant ! C'est nouveau, tu comprends ! Tu t'inquiéterais pas à ma place ?

Ma mère a morflé elle aussi, bien sûr. Non qu'elle se laisse aller sur le plan vestimentaire, non, au contraire : là où mon père aurait tendance à se négliger, ma mère réagit par un excès de zèle, forçant sur son maquillage et son brushing, assortissant vestes, pantalons et chaussures, comme si aucune faute de goût n'était tolérable. Le résultat est… agressif. Sans compter que fond de teint et blush la vieillissent, mais comment le lui dire sans la blesser ? J'imagine que ça la rassure de repasser ses twin-sets, d'enfiler ses escarpins énergiquement cirés et d'enduire consciencieusement ses lèvres d'un rouge vineux qui lui va mal – ma mère est beaucoup mieux au naturel.

Bref, j'en veux à Thadée de ne pas ménager davantage les gens qui l'aiment, et de ne pas voir que depuis son amputation, c'est toute la famille qui se déglingue. À part Ysé, bien sûr. Ysé a traversé les six derniers mois sans paraître autrement affectée. À croire qu'elle n'aime pas Thadée. D'ailleurs, à bien y réfléchir, elle m'a toujours manifesté ouvertement sa préférence, me couvrant de cadeaux étranges, des cadeaux dont seule Ysé peut penser qu'ils me feront plaisir ou feront plaisir à qui que ce soit : un lézard desséché, un marron peint et verni, une pince de crabe au bout d'une ficelle…

— Ouais, bon, t'es bien gentille, mais qu'est-ce que tu veux que j'en fasse ?

À chaque fois elle me considère avec une intense curiosité, comme si mes goûts lui étaient incompréhensibles :

— Quoi ? Tu n'aimes pas ?

— Ben non, pour te le dire franchement, j'aime pas. Je trouve même ça un peu dégueulasse. En plus, ça pue !

— C'est parce que c'est pas encore complètement putréfié : je vais le remettre au soleil deux ou trois jours et après je te le redonne, d'accord ?

— Tu peux la garder, ta pince de crabe dégueulasse.

Elle rit, pas vexée pour deux sous :

210

— Tu préférerais une mue de cigale ? J'en ai une que je gardais pour ton anniversaire, mais je peux te la donner tout de suite, si tu veux.

— Ysé, j'ai déjà eu droit à ton collage de plumes de chardonneret, alors ça ira, merci.

— Tu n'aimes pas mes cadeaux, en fait.

— Personne n'aime tes cadeaux, ils sont chelous tes cadeaux.

— Bon, je vais faire ton portrait, alors. Avec mes Posca.

Les Posca sont ses super feutres et elle en tire des résultats étonnants, mais ses portraits sont généralement flippants.

— Nooon ! Pas de portrait ! La dernière fois tu m'as fait une espèce de tête de mort. T'as qu'à faire ton portrait à toi.

— O.K., je fais mon portrait et je te le donne. Ça sera ça, ton cadeau.

— Mais pourquoi tu veux absolument me faire un cadeau ?

— Parce que tu es malheureux et que je veux te consoler.

Et hop, elle tourne les talons. C'est drôle qu'elle ait senti que je suis triste – malheureux serait un mot trop définitif. Ni mon père ni ma mère ne se sont aperçus de la crise que je traverse depuis le retour de Thadée. Leur propre chagrin les occupe à plein temps. Mais bon, je veux croire que Thadée est enfin dans de nouvelles dispositions et que les dommages collatéraux ne vont pas s'étendre davantage. Je veux le croire, mais l'angoisse mettra du temps à desserrer son emprise.

THADÉE

Ma nouvelle prothèse est là. Une Procarve nouvelle génération. Genou Mauch. Pied Variflex. Youpi. À lui seul le genou a coûté un bras, ah, ah ! La Sécu rembourse deux prothèses, de toute façon. Et les parents m'ont fait la surprise de m'offrir une voiture aménagée. Une Clio achetée d'occase avec embrayage automatique et accélérateur monté à gauche. Je vois bien dans leurs yeux à tous, leurs yeux brillants d'espoir, qu'ils estiment que désormais, je suis prêt pour ma nouvelle vie. Qu'est-ce qui manque à mon bonheur, hein ? Qu'est-ce que j'attends pour être heureux ? Sauf que ce qui me manque, ce qu'on m'a pris, ça n'est pas remboursé par la Sécu. Et d'ailleurs ça ne s'achète pas. Ma perte est irrémédiable. S'ils pouvaient, tous, comprendre ça, et arrêter de me casser les couilles, je me sentirais beaucoup mieux.

Enfin c'est vrai que la perspective de pouvoir conduire de nouveau, de pouvoir me barrer de la maison sans avoir besoin d'être convoyé par Mylène ou Jérôme, c'est un vrai soulagement. Je dois dire à leur décharge qu'ils n'ont jamais rechigné à le faire, sans compter qu'ils m'ont proposé une voiture aménagée dès mon retour de Saint-Cyriaque. C'est moi qui n'étais pas prêt. Pas prêt à aller et venir au volant d'une voiture de handicapé. Je ne suis toujours pas sûr de l'être. Mais six mois de plus à me cloîtrer dans ma chambre et je vais crever. Littéralement.

Crever est une option que j'ai sérieusement envisagée, d'ailleurs. Et qu'on ne vienne pas me dire que dans mon malheur, j'ai eu de la chance. Que j'aurais pu perdre mes deux jambes ou mes deux bras. Voire mes quatre membres, pourquoi pas ? Ça s'est vu. J'aurais été un homme-tronc. Mes parents m'auraient tendrement porté d'une pièce à l'autre, veillant soigneusement à ce que je ne puisse pas attenter à ma vie. Et d'ailleurs comment fait-on pour se suicider quand on n'a ni bras ni jambes ? On hurle toute la journée qu'on veut mourir ? On compte sur l'exaspération des autres ? Sur le moment où ils seront à bout, où ils voudront eux aussi que ça cesse, cette vie qui n'en est pas une ? Heureusement, il me reste une jambe et deux bras. Je peux me pendre, me jeter du haut d'un pont, avaler une dose létale de Stilnox ou d'Imovane. Mylène a ça dans le tiroir de sa table de chevet. Elle en prend depuis notre retour de La Réunion. À ma connaissance, elle n'en avait jamais eu besoin avant. Pauvre Mylène. Qui guette dans mon regard et dans le moindre de mes propos le signal que la vie peut reprendre. La mienne comme la sienne. Mais elle ne reprendra jamais.

Quelque chose se poursuit, oui. Mais je n'appellerais pas ça une vie. J'ai bien essayé d'en parler à Jérôme. De lui faire comprendre que je ne voulais pas de ça, de cette laideur, de ce moignon

213

répugnant, de cette douleur constante et réfractaire aux médocs, de cette impossibilité de courir, de me baisser, et j'en passe. Il a compris pour la douleur. Mais la douleur, ce n'était pas le pire. Et d'ailleurs, les antalgiques ont fini par agir, à moins que mes terminaisons nerveuses n'aient fini par comprendre qu'il n'y avait plus de jambe à laquelle avoir mal. Je n'ai plus mal, mais c'est pire. Et j'ai arrêté d'en parler. Sauf de temps en temps, pour les faire chier. Parce qu'il n'y a pas de raison que je sois le seul à souffrir. Et il n'y avait pas de raison pour que ça m'arrive à moi et pas à eux. D'autant qu'en ce qui concerne mes parents, je sais qu'ils n'auraient vu aucun inconvénient à être amputés à ma place. Mylène me l'a assez répété quand j'étais encore à Félix-Guyon – ses yeux pleins de larmes, ses mains qui agrippaient les miennes, sa voix insupportablement geignarde qui répétait :

— Mon chéri, si tu savais, comme je voudrais pouvoir endurer ça à ta place ! Je donnerais ma jambe pour que tu gardes la tienne !

Je veux bien croire qu'elle l'aurait fait, qu'elle le ferait illico si c'était possible, me donner sa jambe pour qu'on me la greffe, mais qu'elle n'aille pas s'imaginer qu'il s'agit là d'un sacrifice héroïque et sublime. Ma mère a cinquante ans : elle a moins besoin de sa jambe que moi qui en ai vingt et un. Je suis même quasi sûr qu'une petite amputation ne lui aurait pas déplu. Ça lui aurait donné une bonne raison de se plaindre. Sans compter qu'elle aurait passé du temps à l'hôpital, objet des soins attentionnés des médecins et des infirmiers. Or elle adore qu'on la plaigne et qu'on la soigne. Je ne compte plus les interventions bénignes qu'elle a multipliées au fil des années, pour le simple plaisir de l'hospitalisation : ablations de nodules et de kystes divers, redressement de la cloison nasale, rabotage d'une excroissance osseuse... Mylène est très inventive en la matière. Attention, je ne dis pas qu'elle affabule ni qu'elle consulte pour des maux imaginaires. Simplement, là ou d'autres feraient tout pour éviter la chirurgie, s'accommodant de leurs kystes indolores ou d'un nez légèrement de travers, ma mère fonce à la clinique ou à l'hôpital. C'est son plaisir. Ou son vice. Ou sa névrose. Je ne sais pas et je m'en fous. Je dis juste que la vie est mal faite parce qu'une amputation fémorale aurait rendu ma mère très heureuse alors qu'elle a foutu ma vie en l'air.

Ma vie en l'air. Si les premiers temps après l'accident et l'opération n'avaient pas été si lourds, si douloureusement pesants, c'est pourtant l'expression qui l'aurait le mieux qualifiée. Ma vie suspendue, sans attaches. Ma vie nouvelle, si déconnectée de ma vie d'avant, si loin de ma vie rêvée. Ma vie sans rien qui m'y retienne, ni désir, ni projet. Ma vie, sans envie de la vivre.

On m'avait promis la résignation, mais elle n'est jamais venue. À la place, une forme d'acceptation, très relative, de ce qui m'arrive. Une volonté d'aménager ma peine. Alors oui à une deuxième prothèse, oui à une voiture pour handicapé, oui à la reprise d'une activité sportive voire d'une vie sociale. Mais ma colère est intacte.

*

Quand Zach m'a annoncé qu'Anouk et Jéré étaient à Biarritz, un vide s'est fait dans ma tête, ma poitrine, mon ventre. Puis la connexion est revenue et j'ai senti mon moignon picoter désagréablement, comme s'il s'était brutalement gorgé de sang. J'étais assis, pas encore appareillé, et je me suis mis machinalement à le palper, passant mes doigts entre les crénelures de la cicatrice et les chairs encore rouges et boursouflées, par endroits et par moments. Je ne souffre plus, mais je vis dans un inconfort permanent avec ce bout de jambe inutile et encombrant, avec cette prothèse que je hais, avec les soins qu'il faut que je prodigue à cette excroissance monstrueuse qu'est devenue ma jambe. Crèmes, massages, si j'oublie, mon moignon me rappelle douloureusement son existence par des irritations, des suintements, des démangeaisons.

Bref, je suis là, un peu sonné, tandis que Zachée babille d'un air dégagé, m'informant des projets d'Anouk et de ceux de Jéré. Mais je le connais, mon frère, et je sais qu'il est en train d'évaluer discrètement la façon dont je prends la nouvelle. Il ne sait pas exactement quels ont été mes rapports avec Jérémie, il est resté trop peu de temps à La Réunion pour s'en faire une idée exacte, mais dès son arrivée sur l'île, il a bien senti que tous les deux nous étions à couteaux tirés. Il doit bien se douter aussi qu'Anouk n'est pas étrangère à notre rivalité. Il a bien vu la façon dont je la regardais, la façon dont je ne pouvais pas m'empêcher de la regarder. Même quand Jasmine est venue, j'ai eu du mal à faire bonne figure et à dissimuler le désir taraudant et brûlant que cette grosse conne d'Anouk m'inspire.

Que dire d'Anouk qui rende justice à ce qu'elle dégage ? J'en ai connu des plus belles, à commencer par Jasmine, mais avec Anouk on est au-delà de la beauté et je soupçonne Zach d'y avoir été sensible, lui aussi. Le lendemain de son arrivée au camp, il m'a entrepris, les yeux lui sortant de la tête ou presque :

— Putain, c'est qui cette fille, là, Anouk ?

— La meuf de Jéré ? Ouais, t'as vu, c'est du lourd !

— Du lourd ? Putain, c'est trop de la bombe ! Elle a un cul...

— Et ses *eins* ? t'as vu ses *eins* ?

— J'ai vu que ça. Et pourtant, tu me connais, j'suis pas à fond sur les grosses poitrines.

— Ouais, moi non plus. Mais les seins d'Anouk...

— Y a moyen de la pécho, tu crois ?

— Hé mec, t'es venu avec Cindy, déconne pas.

En fait, si l'idée que mon frère se tape Anouk ne m'avait pas été insupportable, j'aurais adoré qu'il trompe sa meuf. Cindy est une conne et elle mérite le pire. Elle aurait pris ça dans sa sale gueule de Blanche à dreadlocks, ça lui aurait appris la vie. Sauf que Zachée s'est tout de suite repris, il a ri et ajouté illico :

— Je disais ça comme ça. J'ai aucune envie d'aller voir ailleurs. Ma nana me suffit. Et j'ai pas envie non plus de prendre la meuf d'un autre. C'est juste qu'Anouk est magnifique. Note que Julia est pas mal aussi.

— Ouais, si t'aimes le genre Berlinoise pas épilée en Birkenstock.

J'avais beau ironiser sur les charmes d'Anouk et jouer les mecs pas plus concernés que ça, du premier au dernier jour de mon séjour sur l'île, je n'ai pensé qu'à elle.

Et pourtant, Dieu sait que j'ai aimé le reste :

La Réunion, ça m'a tout de suite emballé. Pouvoir passer du surf à la rando en montagne, par exemple, c'est un truc qui me fait délirer. Et pour ça, Jérémie a assuré. Même s'il ne pouvait pas m'encadrer, il a joué le jeu avec moi comme avec les autres. Il aime son île et il a envie de la faire connaître, ce qui fait qu'il m'a trimbalé dans des endroits pas possibles, alors que rien ne l'y obligeait. Après tout, j'étais juste un de ses locataires. Je payais pour avoir une case et du matos pour surfer, point final.

Je crois que l'endroit que j'ai préféré, c'est la plaine des Sables, même si je soupçonne Jérémie d'avoir voulu m'en faire baver : il ne m'avait pas prévenu qu'on marcherait des heures sur un tapis de scories rouges et noires sans rencontrer la moindre végétation, tout au plus des bâtons blanchis et fichés en terre. J'en ai bavé, mais j'ai adoré ça, ces laves miroitantes, cette odeur de pierre chauffée à blanc, cette immensité exclusivement minérale...

Tout ça pour dire que l'île me donnait amplement de quoi m'occuper l'esprit et le corps, sans même parler des sessions de surf extraordinaires que je me suis tapées. Mais rien à faire, j'avais Anouk en tête à longueur de temps. Une maladie. Genre la dengue ou le chikungunya, un arbovirus quelconque comme il en traîne pas mal à La Réunion. Seul un virus peut expliquer que j'aie été obsédé à ce point par cette fille, alors même que j'étais archimaqué avec cette conne de Jasmine. Je la traite de conne aujourd'hui, mais il y a six mois j'étais encore fou amoureux d'elle et heureux du couple que nous formions. Ça ne m'empêchait pas de la tromper, mais à chaque fois c'était des one shot, des coups de queue auxquels ni la fille ni moi n'attachions d'importance. Et quand une fille s'avisait de vouloir donner une suite à ces histoires d'un soir, je le lui faisais si amèrement regretter qu'elle s'arrangeait ensuite pour ne pas me croiser ni me créer d'ennuis. J'ai toujours su me montrer intimidant avec les nanas en rut.

Avec Anouk, c'était malheureusement autre chose. Mon désir pour elle a d'emblée été beaucoup plus fort et beaucoup plus trouble que celui qui me pousse à pécho des minettes en soirée. J'avais beau savoir que Jéré était sur le coup, j'avais beau voir que je n'intéressais pas Anouk plus que ça, je ne pouvais pas m'empêcher de la chauffer. Discrètement d'abord, puis de moins en moins discrètement. À tel point que Jérémie m'a brutalement recadré, à peine un mois après mon arrivée. J'ai joué les vertus outragées, mais il avait cent fois raison : sa meuf, je la voulais. Avec cette tête de nœud de Jéré, les rapports se sont évidemment tendus. Je dois reconnaître qu'il est resté pro et finalement assez correct, mais on a quand même eu pas mal de prises de bec. Et même si le prétexte était différent à chaque fois, tous les deux nous savions bien ce qui se tramait derrière ses reproches : soi-disant, j'avais taxé des vagues à tout le monde, je n'en foutais pas une au camp, je me reposais toujours sur les autres pour les corvées, je laissais traîner mes tasses de café, mon linge mouillé, et j'en passe. La vérité, c'est qu'il m'en voulait d'avoir des vues sur sa nana et d'assez peu m'en cacher. Mais bon, ça aurait pu aller cahin-caha, avec des moments où il me faisait la gueule et d'autres où, rhum aidant, il me tombait dans les bras en assurant que j'étais son super pote.

Et puis il y a eu cette fois où j'ai perdu les pédales. C'était un samedi soir, trois semaines avant mon accident. Une fête s'était vaguement improvisée. Comme tous les samedis soir, en fait. Il y avait toujours une bonne raison, une bonne occasion de boire, de fumer, de danser : quelqu'un arrivait au camp, en partait, ou y revenait. Ce soir-là, c'était Paulo et Thiago, deux Brésiliens en plein surf trip, qui avaient tenu à fêter leur départ autour d'une feijoada. Anouk avait fait le dessert, des tartes au jamblon, une sorte de prune locale. Elle m'excite, mais je dois reconnaître qu'elle a un côté mémère, du genre qui aime cuisiner, briquer, tenir sa baraque – sa case en l'occurrence. Au camp, elle était tout le temps en train de faire tourner la machine à laver, étendre du linge, faire des galettes de manioc ou du romazava. Je l'ai rarement vue à la plage et encore moins sur une planche de surf.

Ce soir-là, elle était assise à même le sol en face de moi, ses jambes un peu lourdes mais interminables juste dans ma ligne de mire. Son short bâillait, de sorte que j'apercevais le liseré nacré de sa culotte. Je n'allais pas tarder à la revoir, sa culotte, d'ailleurs. Elle mastiquait innocemment sa part de tarte et le jamblon lui avait légèrement noirci les lèvres. Je me suis approché d'elle, profitant du fait que beaucoup s'étaient levés pour mettre de la musique sur l'ordi de Jéré, chacun voulant y aller de sa playlist et brandissant sa clef USB. Des braillements avinés me parvenaient, tantôt en anglais, tantôt en français :

— C'est notre fête, putain, on va mettre de la musique de chez nous, O.K. ?

— Ça fait une heure qu'on écoute ta putain de musique brésilienne !

— Mets du bon son : Jack Johnson !

— Aer !

— Ouais : « Floats My Boat » !

— « The Rain » !

Anouk m'a regardé avec suspicion :

— Tu veux quoi ?

— Te parler.

— Tu me soûles, Thadée : on a déjà parlé.

— Pas assez.

— Assez à mon goût.

— T'as les lèvres noires.

Joignant le geste à la parole, j'ai caressé sa bouche d'un revers de la main. Elle s'est levée avec sa nonchalance habituelle et a rejoint le groupe des braillards. Jérémie n'avait rien remarqué.

Plus tard dans la soirée, alors que la fête atteignait son apogée, ce moment où les choses n'allaient pas tarder à se gâter ou à décliner doucement – les deux options étant encore possibles –, je l'ai vue s'esquiver furtivement vers un bosquet d'arbres assez dense, presque un sous-bois en fait. Jéré aurait su me dire le nom de tous ces arbres, mais là, tout de suite, je n'avais aucune envie qu'il vienne pointer sa science arboricole. En titubant un peu, Anouk s'est enfoncée sous leur couvert. Quand elle s'est jugée assez loin du camp, elle a fait glisser short et culotte le long de ses jambes sublimes et s'est accroupie pour pisser. Elle aurait pu faire ça dans les chiottes communes, mais j'ai deviné qu'elle avait envie de la solitude paisible que lui offrait le bois. La musique nous parvenant à peine, les bruits de la nuit tropicale avaient repris leurs droits, toutes ces stridulations magiques et mystérieuses pour moi : insectes ou batraciens, là aussi Jéré aurait su m'éclairer, mais je bénissais le ciel qu'il ne soit pas là, jubilant du spectacle que m'offrait sa nana, l'urine qui jaillissait dru entre ses cuisses ouvertes, l'expression de rêverie extasiée qui flottait sur son visage renversé vers la frondaison énigmatique, toutes ces palmes noires et parfumées qui s'inclinaient vers elle comme pour lui rendre hommage. J'étais suffisamment près pour voir la façon dont le jet torsadait les poils de sa chatte et pour sentir l'odeur âcre de sa pisse. Elle s'est relevée lentement, a cherché des yeux autour d'elle, avisé une feuille de veloutier dont elle s'est servie pour s'essuyer. Le short et la culotte étaient encore entortillés autour de ses chevilles, et j'ai noté, pas pour la première fois, qu'elle avait le chic pour porter des trucs de gamine : des tops à tête de Mickey, des shorts en tissu éponge, et là, cette culotte à fleurs roses un peu délavées. Je ne lui ai pas laissé le temps de se rhabiller et lui ai foncé dessus, la plaquant brutalement contre l'arbre le plus proche. Ses lèvres se sont arrondies sur une exclamation de surprise et de douleur, et j'ai vu que sa langue était elle aussi bleuie par les fruits. J'ai illico essayé de caresser sa chatte encore mouillée mais elle m'a repoussé de toutes ses forces :

— Dégage !

J'ai encore accentué la pression que j'exerçais sur elle, éprouvant avec une acuité aussi délicieuse qu'insupportable la double résistance de ses seins amples et chauds sous le débardeur léger. Elle gigotait sous moi, mais avec une conviction faiblissante, et j'en ai profité pour la dévisager de très près et me perdre dans ses yeux mordorés. Chez la plupart des gens, l'iris se trouve exactement au milieu de la sclérotique, mais chez Anouk l'iris semble décentré et laisse apparaître une large lunule de blanc dans la partie inférieure de l'œil, ce qui lui donne un regard étrange et comme endormi. Ma main s'est de nouveau insinuée entre ses jambes, lui inspirant un regain d'énergie :

— Thadée, ça suffit ! Arrête ça tout de suite !

Sa voix dolente, son souffle précipité à mon oreille, la moiteur de sa peau, son odeur, les stridulations de plus en plus ferventes de ces putains de criquets ou de grenouilles, je ne sais pas exactement ce qui m'a rendu dingue, mais soudain je n'ai plus rien vu au-delà de cet objectif : la baiser, la baiser, la baiser ! Je me suis dégagé tant bien que mal de mon jean tout en la maintenant plaquée contre l'arbre et j'ai essayé de forcer la résistance de ses cuisses à présent trempées de sueur. Au bout d'un moment de lutte acharnée et silencieuse, j'ai bien vu que je n'arriverais à rien. Autour de nous, tous les parfums entêtants s'étaient intensifiés et j'identifiais désormais sans nul doute celui du benjoin, que Jéré m'avait appris à reconnaître. Je me suis aperçu que c'était précisément contre le tronc d'un gros benjoin que j'avais adossé cette pauvre Anouk, qui continuait à se débattre et à m'interdire le paradis tout proche de sa chatte et de ses seins. Elle aurait pu crier, et on l'aurait entendue depuis le camp, mais elle ne le faisait pas, se contentant de me fixer avec une expression horrifiée et presque dégoûtée. Je crois que c'est ce dégoût manifeste qui a achevé de me faire basculer. Je n'ai pas l'habitude d'en susciter chez les meufs, ni même d'être repoussé par elles. En général, c'est plutôt elles qui me tournent autour et moi qui les repousse – ou pas.

Irrésistiblement, mes mains sont venues enserrer le cou, si fragile et si blanc, de cette connasse hystérique. Je ne sais pas ce que j'avais en tête exactement, peut-être l'idée de l'affaiblir, de la priver d'oxygène, histoire qu'elle ne soit plus en état de me résister. Excité comme je l'étais, j'avais juste besoin de cinq minutes pour bien la défoncer et décharger en elle. Je voyais déjà ses lèvres gonfler sous la pression, ses yeux s'injecter, et j'en ai profité pour ouvrir ses cuisses d'un coup de genou. Mais au même moment, elle m'a mordu sauvagement au menton. C'était le dernier truc à faire, car du coup mon obsession de la baise est passée au second plan. Soudain, ce qui comptait, ce n'était plus de me la faire, mais de la massacrer. Je crois que j'ai dû avoir une sorte d'absence, comme si une vague tumultueuse s'abattait, abattait sur moi des tonnes de mousse. Ma vue s'est brouillée. Anouk en a profité pour se dégager et commencer à courir en direction du camp.

Je n'ai pas essayé de la rattraper. Non seulement j'étais sonné, mais je me débattais encore avec des images d'une violence insoutenable : le visage d'Anouk fracassé sous mes poings, ses seins tuméfiés, sa chatte sanglante. Comme un con, encore debout sur mes jambes tremblantes, j'ai éjaculé sur le tronc squameux du benjoin.

Sans réfléchir, je suis rentré au camp où la fête continuait de battre son plein. Mon regard a immédiatement croisé celui d'Anouk, adossée au mur de la case commune. Elle m'a toisé d'un air plein de défi et j'ai su qu'elle ne parlerait pas.

Le lendemain, lorsque j'ai émergé d'une nuit torpide, pleine de rêves aussi barbares et rougeoyants que mon moment de folie de la veille, elle était en train d'étendre du linge avec sa nonchalance coutumière. Son cou portait encore les traces de ma tentative de strangulation, mais elle m'a regardé avec la même indifférence que d'habitude. Plus tard dans la journée, alors qu'elle se douchait à l'extérieur, j'ai pu voir que les petites branches du benjoin avaient lacéré la peau laiteuse de son dos. Moi-même, j'avais le menton salement amoché, et je me demande comment personne n'a rien remarqué ni fait de rapprochement.

Les courbes voluptueuses d'Anouk miroitaient sous l'eau et le savon. De petites bulles glissaient lentement le long de ses jambes dorées, sa lourde chevelure noire épousait étroitement le modelé de cette boîte crânienne que j'avais toujours envie d'exploser, de fendre en deux comme une mangue trop mûre. Elle fermait les yeux sous le jet, parfaitement consciente que je l'observais.

J'ai dû m'asseoir. Finalement, ce qui s'était passé la veille n'était pas un moment de folie. Ou alors la folie continuait et elle me poursuivrait tant que je serais exposé à la tentation en la personne de cette meuf trop belle et trop bandante.

Pour des raisons que je peinais à comprendre, Anouk n'avait pas l'intention de me dénoncer. Peut-être n'avait-elle pas compris ce qui s'était joué dans l'ombre odorante du benjoin. Peut-être ne savait-elle pas qu'elle avait échappé à la mort, mais de justesse. Peut-être pensait-elle avoir simplement repoussé un mec un peu plus lourd et insistant que les autres. Anouk a l'habitude de gérer les mecs lourds et de repousser les tentatives. À moins qu'elle n'ait aussi l'habitude de la violence et de la mort qu'on frôle de près. C'est une idée qui m'est venue plus tard, quand Mi a incidemment fait allusion devant moi à l'histoire familiale d'Anouk. Du lourd apparemment. Je ne sais pas exactement ce que ma mère avait appris à ce sujet car elle s'est vraiment contentée d'en parler en passant et comme si j'étais moi-même au courant, mais cela pourrait expliquer la tolérance voire la passivité inexplicables de cette fille étrange. Pour moins que ça, n'importe quelle autre nana aurait parlé, aurait hurlé au viol. Pas elle.

C'est à ce moment-là que j'ai pris la décision d'écourter mon séjour réunionnais. Mon frère et sa nana devaient arriver le surlendemain pour passer quinze jours sur l'île : j'allais faire en sorte de rentrer avec eux à Biarritz, et j'ai appelé Mi le jour même pour l'informer de mes changements de plans. Anouk avait peut-être l'intention de faire comme si de rien n'était, mais ça ne m'empêchait pas de savoir que nous avions frôlé la catastrophe.

C'est une autre catastrophe qui a eu lieu finalement. Et je me suis dit plusieurs fois que j'aurais dû régler son compte à cette conne d'Anouk pendant que j'avais encore mes deux jambes. Cela dit, elle est à Biarritz, alors qui sait ? J'aurai peut-être l'occasion de lui montrer ce que je vaux sur une seule.

ZACHÉE

Me regonfler à bloc. Voilà l'effet qu'ont eu sur moi ces quinze jours passés au Portugal : me redonner foi en l'existence, en la nature humaine, en l'amour, en l'amitié, en moi. Rétrospectivement, je pense avoir traversé moi aussi une sorte de dépression. Comme si Thadée nous avait tous aspirés dans son trou noir : moi, les parents, Jasmine aussi, sans doute. Après leur rupture, dont je n'ai pas vraiment su les tenants et aboutissants, j'ai parfois eu envie de l'appeler, pour savoir, pour comprendre. Pour la consoler du mal que Thadée n'aura pas manqué de lui faire. Ce mal qu'il sait si bien répandre autour de lui depuis six mois. Mais ça n'aurait fait que compliquer les choses. Exit Jasmine.

Aujourd'hui Thadée va mieux. Tout le temps que nous avons passé au Portugal, je l'ai appelé régulièrement pour prendre des nouvelles et lui en donner. J'ai évidemment veillé à modérer mon enthousiasme, insistant surtout sur le fait que les spots étaient surpeuplés et les conditions météo pas terribles. Mais quand il s'agit de moi, Thad a une sorte de septième sens :

— Ouais, tu t'éclates, me dis pas le contraire.
Je l'entends à ta voix.

— Non, oui, enfin ça dépend des jours.

— T'en as pris des vraiment grosses ?

— Non, pas des géantes. Je suis pas au niveau.

— C'est pas ce qu'on m'a dit.

— Qui t'a dit quoi ?

— Léo. Il vous a vus à Parlementia, Cindy et
toi. Il dit que vous êtes des bêtes.

— Léo, il y connaît rien.

— Me raconte pas de salades. En plus, je suis
vachement content pour toi. Je comprends pas
pourquoi tu m'en as pas parlé plus tôt.

— Mais parlé de quoi ?

— Tu me montreras quand tu rentreras, O.K. ?

— Si tu veux, mais tu vas être déçu : on a juste
fait des progrès, voilà. Surtout Cindy, d'ailleurs.

— Écoute, tu sais quoi ? Dès que j'ai ma nouvelle prothèse, on s'y remet ensemble, O.K. ?

— Super, ouais, bien sûr.

Et c'est vrai : rien ne me ferait plus plaisir que
de voir mon frère retrouver des sensations sur sa
planche. Je suis sûr que le goût de la vie lui reviendra par là, par ces plaisirs élémentaires : glisser,
flotter, se prendre des bons tubes, sentir le vent,
les embruns, le soleil sur sa peau. S'il recommence
à surfer, il cessera d'être cette araignée pâle, tapie
au-dessus de nos têtes dans sa chambre sous les
toits. Il cessera de diffuser ce venin dont toute la
famille est insidieusement intoxiquée.

J'appréhendais nos retrouvailles, après quinze
jours passés hors de son orbe maléfique, mais la
reprise en main se confirme et il a meilleure mine
qu'à mon départ. Les parents s'étant décidés à par-

tir de leur côté, il a eu la maison pour lui tout
seul, et cette solitude semble lui avoir fait du bien.
Sans ma mère pour l'assister, il a gagné en autonomie et je constate qu'il est tout à fait capable
de faire un minimum de ménage, de rangement
et de cuisine, même s'il se baisse difficilement et
ne peut plus s'accroupir. Cindy est d'accord avec
moi pour convenir qu'il a l'air d'avoir passé un
cap, mais elle reste prudente et préfère attendre
pour se réjouir :

— Mouais, il est sorti de sa chambre, c'est déjà
ça : mais il a une tête de ouf.

— Ah bon, tu trouves ? Il a sa tête d'avant, il me
semble. À part les cheveux...

— T'as discuté un peu avec lui ? Qu'est-ce qu'il
va faire à la rentrée ?

— Trop tôt pour aborder ça avec lui, non ?

— Vous allez répéter ça combien de temps,
que c'est encore trop tôt ? Tes parents aussi, ils
arrêtent pas de dire que c'est trop tôt, qu'il faut
pas le brusquer, mais moi, il me semble que c'est
le bon moment pour qu'il se bouge. S'il loupe le
cap de la rentrée, il va rester en carafe : on sera
tous barrés dans nos trucs, toi, moi, ses potes, et
lui, il va faire quoi à part se branler toute la journée ? Pourquoi il retourne pas à Pau ? Il était pas
censé cuber sa prépa ?

— Je sais pas. Il en parle plus.

— De toute façon, c'était bizarre, son truc. Arrêter les études, partir à La Réunion pour revenir
l'année d'après. Les places sont chères en maths
sup : je vois mal comment le lycée aurait accepté
de le réinscrire.

— Tu connais Thadée. Il a dû leur dealer le
truc.

— Je connais Thadée, mais je pense qu'il vous a pondu un gros mytho.

— Écoute, Cindy, c'est peut-être un gros mytho, ou peut-être pas, mais j'ai pas envie de l'emmerder avec ça pour le moment. J'ai juste envie de faire des trucs avec lui, qu'on recommence à sortir, à voir des gens ensemble. Quand il ira vraiment mieux, j'essaierai de voir où il en est question études. Mais c'est pas trop la priorité.

— Pourquoi ? Quand t'as qu'une jambe t'as pas besoin de réussir dans la vie ?

— Je crois que jusqu'au mois dernier il se disait qu'il en avait plus, de vie.

Elle me dévisage avec une expression indéchiffrable. Elle et Thadée n'ont jamais eu de très bons rapports, mais je sens que comme nous tous elle fait des efforts depuis l'accident. Et bien sûr, pas plus que moi elle ne fait allusion devant lui à notre projet de surfer du gros. C'est lui, en fait, qui nous tanne avec ça, qui remet sans cesse le sujet sur le tapis :

— Alors, comment c'était, Nazaré ? Vous avez *pris cher* ?

— On est des trop petits joueurs pour Nazaré. On y est allés, mais on s'est pas fait tant de sessions que ça. On a plus regardé qu'autre chose.

— Elles étaient hautes comment, les vagues ?

— J'en sais rien, Thad, c'est dur de faire une estimation, en fait.

— Vous y êtes allés à la rame ?

Comment lui dire... Non, on n'y est pas allés à la rame. On a bien vu qu'il fallait qu'on passe au tow-in si on voulait changer de catégorie. Au bout de deux jours, on se renseignait déjà pour louer un jet-ski. Réticente au début, Cindy a fini par y trouver son compte. Il faut dire qu'un truc très fort s'installe entre le surfeur de gros et celui qui le tracte en jet-ski jusqu'à la vague. Et même si ça prend du temps, pour se synchroniser et se comprendre dans l'eau, une fois qu'on y arrive, c'est extraordinaire. Avec Cin, on a alterné, de façon à surfer autant l'un que l'autre, et à la fin du séjour, on formait l'équipage idéal. Cela dit, je sais qu'elle ne désespère pas de charger des monstres à la seule force de ses bras et sans avoir besoin qu'un équipier la largue au bon endroit. Le jet-ski, c'est tout sauf écologique, et Cindy est plus vigilante que moi sur ces questions.

— Tu te rends compte, tout ce qu'on crame comme diesel, rien qu'en une session ?

— Ouais, je sais. Mais tu crois qu'on aurait pu faire ce qu'on a fait sans jet-ski ?

— Y'en a bien qui le font.

— Ouais, ben quand on aura leur niveau, fais-moi signe. Ces gars-là, ils font que ça. Ils ont pas de vie en dehors du surf. Ils passent leur temps à courir après la plus grosse houle possible, pour se caler un max de sessions. Tu te vois faire ça ? Aller à Cow Bombie un jour, à Red Bull Fear le lendemain, et la semaine d'après tu t'envoles pour Hawaii ?

— Non, c'est vraiment pas mon délire.

N'empêche qu'à Nazaré, elle était la meilleure. Et pas seulement la meilleure des filles. Plein de gars sont venus la féliciter et lui demander depuis quand elle surfait du gros et si elle faisait de la compète, et qu'elle avait un joli style, et ceci et cela. Ma meuf est une surdouée du surf. Quant à moi, partager ça avec elle, aller plus loin à chaque fois, avec et grâce à elle, ça suffit largement à mon bonheur.

J'ai bu un verre avec Léo, aujourd'hui. Même si nous nous voyons moins depuis le bac, qu'il n'a toujours pas réussi à obtenir, je l'aime bien. On se ressemble, en fait. Comme dit Cindy, Léo, c'est moi en moins bien. Comme moi, il est distrait, presque lunaire, mais chez lui ça prend des proportions catastrophiques : il oublie et égare tout, commet gaffe sur gaffe, est toujours en retard, se trompe d'heure, de jour, de lieu… Physiquement, on se ressemble aussi, mais il est encore plus grand que moi, presque dégingandé et surtout complètement dépourvu de muscles. Il faut dire que l'activité physique lui fait horreur. Quand nous étions plus jeunes et très proches, lui et moi, il venait souvent à la plage avec nous, mais c'est tout juste s'il entrait dans l'eau à mi-corps, de loin en loin, juste pour se rafraîchir. Alors ne parlons pas de surfer. Il a toujours été très enthousiaste et très encourageant avec nous, suivant nos progrès et saluant nos exploits, mais il ne lui est jamais venu à l'esprit d'essayer ne serait-ce que le bodyboard.

Dès l'enfance, Léo s'est mis avec nous dans une position étrange, celle du fan, de l'admirateur éperdu et fasciné qui aspire juste à être toléré dans le sillage de ses idoles. Avec moi, ça allait encore, mais c'était vraiment le dernier truc à faire avec Thadée, qui l'a toujours insidieusement persécuté, sans que Léo en prenne ombrage.

Léo est un copain d'enfance, mais pas un copain choisi : comme il est le fils d'amis de nos parents, Grégory et Maud, il nous a été en quelque sorte imposé. Cela dit, il est difficile de ne pas s'entendre avec Léo. Sa passivité est agaçante, mais il peut être extrêmement drôle, et surtout il est invariablement disponible, dévoué, conciliant. Il est l'un des rares à être venu voir Thadée après l'accident. Bizarrement, presque tous ses autres potes ont fait défection : Louis, Vivien, Ferdinand, Aymeric, Swan... Certes, il en avait déjà perdu de vue la plupart, mais je m'étais imaginé que la gravité de la situation les ferait rappliquer. Que dalle. À part Léo, il n'a pas eu grand monde. Ni les copains du lycée ni ceux du surf. Et encore moins ceux de la prépa. Ceux qui sont venus, Maxime, Jules, Kenza, sont plus proches de moi que de Thad, et je les soupçonne de l'avoir fait par égard pour moi plus que par amitié pour lui.

Mais Léo, lui, s'est pointé. Thad l'a reçu comme un chien dans un jeu de quilles, mais ça ne l'a pas découragé et il est revenu voir mon frère après sa rééducation. Se doute-t-il que Thadée l'appelle sa *bitch* et n'a pas de mots assez durs le concernant ?

— Ce déchet ! Je sais pas comment tu fais pour le supporter !

— Il est marrant, reconnais au moins ça !

— Moi, il me fait pas marrer du tout. Et j'ai pas besoin de voir sa sale gueule. Dis-lui de plus venir.

Bon, ça, c'était avant que Thadée n'amorce sa lente remontée des enfers. Aujourd'hui, plus d'un an après l'accident, il se montre nettement moins hargneux. En fait, tout est rentré dans l'ordre à ceci près que Thad a de nouveau différé sa reprise des études malgré les protestations émises par mes parents :

— Tu as vingt-deux ans ! Tu ne peux pas rester comme ça, à regarder passer le train sans le prendre !

— Quel train ? Et puis, c'est pas comme si j'avais jamais rien fait ! J'ai un bac S et j'ai fait deux ans de prépa. Ça me donne des équivalences à la fac et dans plein d'écoles !

— Depuis quand tu veux aller à la fac ? Tu ne voulais pas repasser des concours ?

— Non.

— Mais tu veux quoi, exactement ?

— Qu'on me foute la paix.

À ce stade de la conversation, mes parents jettent généralement l'éponge. Je n'en reviens pas. Eux qui nous ont toujours mis la pression pour que nous soyons les meilleurs, les premiers, les plus brillants, les plus performants ; eux qui n'ont jamais juré que par l'effort, le travail, la discipline, l'ambition, voilà qu'ils laissent mon frère aîné se la couler douce depuis quinze mois. En fait, ils le manipulent comme s'il s'agissait d'un produit instable et dangereux, avec d'infinies précautions et d'infinis égards. Comme je l'ai toujours fait, en somme, je m'en rends compte : je n'ai pas attendu l'accident pour ça.

Aujourd'hui, nos rapports ont changé de nature. Je continue à le ménager, mais c'est parce que j'ai pitié de lui et non plus parce que je le crains. Il est suffisamment intelligent pour le sentir et faire des efforts. Il est moins arrogant, moins cassant, moins délibérément humiliant. Avec Cindy et moi, en tout cas. Et ça tombe bien, parce que je n'étais plus du tout disposé à ce qu'il s'en prenne à Cindy. Accident ou pas, j'étais prêt à lui en foutre une au cas où il aurait recommencé ses petits jeux habituels, ses piques continuelles, ses commentaires subtilement désobligeants. Mais ça, c'est fini. Peut-être que le requin a réussi là où l'éducation de mes parents a échoué. Parce que même s'ils ne s'en sont pas rendu compte, ils ont échoué dans l'éducation de Thad : il n'a jamais vraiment adhéré à leur idéal d'altruisme et de bienveillance. Attention, mes parents eux-mêmes sont loin d'être aussi tolérants et généreux qu'ils le professent, mais au moins, je les ai toujours vus s'efforcer d'être des gens bien et je les ai admirés pour ça – ce qui ne m'empêchait pas d'être lucide sur leurs faiblesses, leur indéfectible sentiment de supériorité, leur élitisme et leur sectarisme inconscients, leurs petites mesquineries…

Thadée, c'est encore différent. D'une certaine façon, ça ne l'a jamais intéressé d'être un mec bien. Il n'a même pas essayé. C'est seulement maintenant que je m'en rends compte, et je dois ma clairvoyance rétrospective au fait qu'il semble s'être récemment amendé. Comme si l'amputation l'avait enfin humanisé. Peut-être parce que la perte de sa jambe le range désormais au nombre des infirmes, des invalides, des faibles, bref de ceux qu'il a toujours méprisés – quand il ne leur signifiait pas ostensiblement son dégoût. Pour comprendre l'ampleur de la perte et de la défaite subies par mon frère, il faut d'abord se figurer à quel point il a joui de sa force, de sa santé, de ses qualités athlétiques et de sa beauté sensationnelle ; à quel point il en a tiré le sentiment que tout lui était dû, comme s'il avait fait partie d'une race de surhommes auxquels les autres devaient faire allégeance sous peine d'encourir sa vindicte et ses traits les plus blessants.

Je le sais d'autant mieux que j'ai vécu sous ses lois iniques, d'abord sans le savoir ni le comprendre, puis en le sachant et en l'acceptant – parce que je

l'aimais. Sans compter que je voulais avoir la paix.
Je n'ai jamais pu m'épanouir dans les rapports de
force. Aujourd'hui, je suis de loin le plus fort de
nous deux, mais il peut compter sur ma clémence,
voire sur mon soutien et ma protection. Contrairement à lui, je n'ai aucun penchant despotique
ou sadique. Mais qui sait, peut-être a-t-il perdu les
siens, peut-être le requin aura-t-il réussi là où une
vie normale aurait échoué : rendre Thadée plus
humble, plus indulgent, plus ouvert aux autres ;
faire de lui le frère que je rêvais qu'il soit tout en
butant sans cesse contre son incompréhensible
absence d'empathie ?

THADÉE

Le requin. C'est peu de dire qu'il hante encore mes jours et mes nuits. On n'a jamais retrouvé celui qui m'a mordu. On n'a même jamais su de quelle espèce il s'agissait. Mais j'ai tendance à penser que c'était un requin-bouledogue plutôt qu'un requin-tigre. Les deux sont impliqués dans les attaques recensées à La Réunion, mais juste avant l'accident, il m'a semblé voir plusieurs formes sombres rôder autour de ma planche. Je n'ai même pas eu le temps d'avoir peur que ma jambe était mystérieusement happée par les profondeurs. Or le jour même, une heure après l'attaque, trois requins-bouledogues, deux femelles et un mâle, ont été vus aux Roches Noires, à quelques kilomètres du spot où je surfais.

Dès que j'ai été en état de le faire, j'ai passé des heures sur le net, à regarder des vidéos d'attaques de requin et des images de morsures. « Morsure » étant un euphémisme en l'occurrence. Ce qu'on peut voir sur internet, ce ne sont pas des morsures mais des cadavres. Sur la photo qui m'a le plus frappé, il ne reste du mec que ses tibias, ses chaussures et une colonne vertébrale à laquelle

237

adhèrent quelques lambeaux de chair. Les premières fois, j'ai dû quitter l'ordi et aller m'allonger tellement je me sentais mal. Pourtant, mon seuil de tolérance à l'horreur est exceptionnellement élevé : j'ai toujours regardé des trucs gore. Même à neuf ans, je matais des vidéos d'accidents ou d'exécutions sommaires, en cachette évidemment. Zach est vaguement au courant, mais il ne sait pas jusqu'où j'ai pu aller en la matière. Quant à mes parents, ils ignorent jusqu'à l'existence du monde dans lequel j'ai plongé jusqu'au cou. Ils préfèrent ignorer la réalité, en fait. Parce que dans la réalité, on assassine, on torture, on décapite. Quand on n'extrait pas un fœtus du ventre de sa mère encore vivante. Pourquoi la plupart des gens préfèrent-ils se voiler la face ? C'est un mystère qui m'indiffère complètement.

Tout ça pour dire qu'un cadavre déchiqueté sur une plage, ça n'aurait dû me faire ni chaud ni froid. Oui, mais voilà, pour la première fois, j'étais intimement concerné. La chair de ma cuisse palpitait encore des suites de l'opération, mon sang bouillonnait encore sur le sable et dans ma mémoire, mon cerveau résonnait encore de mes propres cris tandis que Sandro me ramenait sur le shore-break. Depuis je me suis blindé, et ce genre d'images est devenu ma came, supplantant les vidéos de désincarcération ou d'égorgement qui avaient ma préférence avant l'accident.

Je mate aussi des vidéos de requins. Celles où on les voit attaquer des humains, bien sûr, mais pas seulement. Je suis devenu un vrai spécialiste de leur mode de vie. Et bizarrement, plus je me renseigne sur les requins, plus je me range de leur côté au lieu d'en vouloir à celui qui m'a bouffé

la jambe. Loin de moi l'idée de prôner leur éra-
dication, comme la réclament certaines associations de surfeurs. En fait, d'une certaine façon, j'ai
l'impression de mieux comprendre le fonctionne-
ment des requins que celui de mes congénères.
Leur façon de baiser, par exemple, est totalement
fascinante. Le mâle s'agrippe à la femelle en la
mordant, et il est rare qu'elle s'en tire sans lacé-
rations de ses flancs ou de ses nageoires pecto-
rales. Sans compter les dégâts internes que doit
lui infliger le ptérygopode, un truc entre zguègue
et nageoire, pourvu de crochets. Mais comme la
nature est bien faite, la peau de la femelle est deux
fois plus épaisse que celle du mâle. Notez que
ça marche aussi pour l'espèce humaine : on croit
à tort que les meufs sont fragiles alors qu'il n'y a
pas de limite à ce qu'elles peuvent encaisser. Y a
qu'à voir Anouk. J'ai failli la violer, voire pire, et
dès le lendemain, elle paradait dans son maillot
deux-pièces et nettoyait les zourites pêchés par
son gars. Pas plus traumatisée que ça. Mais je n'ai
pas dit mon dernier mot, et Anouk ferait mieux
de rester sur ses gardes.

En me renseignant sur les requins, j'ai appris
plein d'autres trucs. Par exemple, le requin-
bouledogue peut passer de l'eau de mer à l'eau
douce. D'après ce que j'ai compris, il dispose d'une
glande qui lui permet de stocker le sel et de le
libérer dans l'eau douce qu'il absorbe. Encore plus
dingue, les embryons de requin se mangent entre
eux dans le ventre de leur mère – comme quoi la
sélection naturelle commence avant la naissance.
Et bien sûr, ce sont les embryons les plus faibles
qui se font bouffer. Il semblerait même que les
bébés survivants soient généralement du même

père, celui qui a les gènes les plus coriaces. Faut dire que la femelle n'est pas très regardante et se laisse généralement féconder par plusieurs mâles, histoire d'avoir la paix. On appelle ça la polyandrie de confort. Je connais plein de meufs qui font pareil. Je ne suis même pas sûr qu'elles aiment le cul, mais finalement, si on les chauffe suffisamment, elles cèdent, parce que c'est plus simple que de résister.

Mais bon, en ce moment, je n'ai pas envie de chauffer qui que ce soit. Même Anouk, je ne suis pas sûr qu'elle me ferait encore de l'effet. Depuis l'accident, mes pulsions sont tombées à zéro. Avec Jasmine, ça aurait sûrement fini par poser un problème, mais heureusement, notre relation a explosé en vol. Finalement, ce qui m'excite le plus en ce moment, ce sont encore les vidéos d'attaques de requin. Je pourrais m'inquiéter de ma santé mentale, mais je ne me suis jamais senti aussi lucide. Mater ces trucs, voir que d'autres que moi se sont fait tuer sur leur planche, c'est ma façon de me soigner, et qu'on ne vienne pas me dire que c'est un truc de pervers. Je sais où sont les vrais pervers.

CINDY

La dernière fois que j'ai vu Zachée, je l'ai serré dans mes bras, très fort. Non que j'aie eu le moindre pressentiment de ce qui l'attendait, mais il partait avec son frère pour une semaine et je lui disais adieu. Je ne savais pas que c'était pour toujours, mais on le sait rarement, et quand il s'agit d'un garçon de vingt et un ans, on n'a aucune raison de penser au pire. Je les ai regardés monter dans la voiture de Thad. Zachée s'était habitué à la conduire lui aussi, et ils projetaient de se relayer jusqu'à Nazaré.

Eh oui, Thadée avait fini par convaincre Zachée de l'y emmener. Ils étaient censés se faire un surf trip entre frères, un truc dont ils avaient rêvé enfants sans jamais passer du rêve à la réalité. J'ai bien senti que Zachée était quand même un peu gêné de me faire part de ce projet qui m'excluait :

— Cindy, le prends pas mal, hein. Je crois qu'il veut qu'on soit juste lui et moi. Il dit qu'il a besoin de me retrouver, de resserrer nos liens. Et puis peut-être qu'il a un peu les boules de surfer devant toi : il a vachement régressé, tu sais.

— Il avait pas les boules, le week-end dernier.

— Ouais, mais là, il veut essayer de surfer du gros, enfin pas du très très gros, mais bon, tu vois, genre des trois mètres...

— Non, je vois pas.

— Ben le surf de gros, c'est un peu ton domaine, alors, je sais pas, moi, je crois qu'il est pas à l'aise avec ça, et puis peut-être qu'au dernier moment il se mettra pas à l'eau, il se dégonflera, et ça, c'est plus facile si t'es pas là...

Je regardais mon mec essayer de se dépatouiller avec les très mauvaises raisons que son frère avait dû lui souffler. La vérité, c'est que Thadée ne voulait de moi ni au Portugal, ni à Biarritz, ni nulle part. Même à La Réunion, il tirait la tronche de me voir arriver dans le sillage de Zachée. J'ai toujours senti son hostilité et je m'en suis toujours foutue. Là, bien sûr, ça m'emmerdait : cette semaine de vacances, j'aurais aimé la passer avec Zach. On serait restés là, tranquilles, à surfer, bien sûr, mais pas loin. Les Cavaliers, l'Uhabia, Parlementia, la Gravière, ça aurait suffi à mon bonheur. D'autant que depuis qu'Anouk et Jérémie sont là, on est devenus très potes et on surfe beaucoup à trois. S'il fait beau, Anouk nous accompagne, mais elle reste sur la plage ou au café, à dessiner dans ses sempiternels carnets. Jérémie dit qu'elle surfe plutôt bien, mais je ne l'ai jamais vue à l'eau.

Là, en tout cas, c'était niqué : Zach partait seul avec son enfoiré de frère. Ça ne m'empêcherait pas de sortir mon thruster, et surtout, ça me permettrait de m'occuper de Jordy pendant sa première semaine de vacances. Bref, j'ai admis que Zach et Thad avaient besoin de passer du temps ensemble et j'ai fait contre mauvaise fortune bon cœur.

La veille de leur départ, on a bouffé tous ensemble chez les Chastaing. Mylène et Jérôme semblaient ridiculement heureux de voir leurs garçons s'affairer à leurs préparatifs, sangler les planches sur le toit, boucler leurs sacs, regarder la carte... Il faut dire que Thadée leur en a fait baver depuis bientôt deux ans qu'il a perdu sa jambe. D'après Zachée, ils ont même eu peur qu'il se suicide. Il aurait dû. Les gars comme Thadée sont nuisibles et méritent l'extermination. Autant qu'ils procèdent eux-mêmes à leur élimination.

Il ne s'est pas tué, mais il n'est jamais redevenu le Thadée d'avant l'accident, et je pense que Mylène et Jérôme ne se remettront jamais de cette déception. Mylène, surtout, qui a toujours outrageusement privilégié et gâté son fils aîné, et qui en attendait monts et merveilles. En réalité, la déception a sans doute commencé avant. Quand il a préféré faire maths sup à Pau plutôt qu'à Bordeaux, puis quand il a loupé Centrale et l'X, et décidé de prendre une année sabbatique. Et pendant ce temps, Zachée réussissait haut la main sa première année de médecine. Il commençait sa deuxième année quand Thad est parti pour La Réunion au lieu de cuber en prépa. Sauf que je me suis toujours demandé s'il s'était vraiment inscrit en maths sup, si ce n'était pas plutôt une affabulation de plus. Finalement, personne n'a jamais su ce qu'il trafiquait à Pau. Il a rapporté de bons bulletins à ses parents, mais les bulletins, ça se fabrique et ça n'aurait pas été la première fois. Déjà, au lycée, il falsifiait les siens, s'arrangeant pour que ni Mylène ni Jérôme ne rencontrent ses profs. Ça m'a toujours étonnée que Mylène se vante des résultats sensationnels de Thad alors que je savais pertinemment qu'il plafonnait à dix, onze. Pas mauvais, donc. Bien meilleur que moi, même – mais très loin d'être le premier de la classe dont Mylène faisait des gorges chaudes. Je n'ai jamais abordé le sujet avec Zachée ni su ce que lui savait exactement. Dommage. J'aurais dû. Ça aurait peut-être aidé Zachée à comprendre le gros mytho qu'était son frère.

Les regrets, j'en ai tellement. Trop. Ils me montent à la gorge, menacent de m'étouffer. Parce qu'au fond de moi, j'ai toujours eu conscience que Thadée représentait une menace pour Zachée. J'ai toujours pensé qu'il était capable de mener une double voire une triple vie, de nous cacher un tas d'activités troubles, de nous mentir sur tout : ses études, ses fréquentations, l'emploi de son temps – sans parler de la face sombre de ses désirs. Mais tout le savoir que j'accumulais sur Thadée, ses mensonges, mes doutes sur ses agissements et ses motivations, ma conviction profonde qu'il était maladivement jaloux de son frère, tout ce magma bourbeux, je ne l'ai jamais laissé remonter à la surface. J'avais trop peur de faire mal à Zachée, trop peur d'entamer l'amour et la confiance qu'il a continué à vouer à son frère, malgré tout et jusqu'à la fin. Même s'il a eu ses doutes, lui aussi.

En fait, l'accident est arrivé au mauvais moment, au moment où il commençait justement à s'émanciper et à prendre du champ. Ensuite tout a été balayé. Zachée se sentait trop mal, trop coupable. Il n'a plus été possible d'émettre la moindre réserve sur son frère. J'ai fermé ma gueule. Je le paye cher aujourd'hui. Tellement cher.

Trois jours après leur départ pour le Portugal, il y a eu ce coup de fil de Thadée. J'avais parlé à Zachée la veille au soir. Tout allait bien. Il faisait chaud pour la saison, ils venaient de se faire une super session, avec une vague de quatre mètres qui tubait de haut en bas sur un kilomètre – sans compter toute une série d'autres, moins grosses, mais exigeantes, voire traîtresses. Et le line-up était mouvant, imprévisible. Mais ça, c'est Nazaré, et Zachée n'était pas surpris. Thadée n'avait pas surfé, il s'était contenté de conduire le jet-ski.

— Il a adoré. Tu vois, ça lui permet de voir un peu comment ça se présente et d'avoir quand même de bonnes sensations. Mais pour l'instant, c'est beaucoup trop gros pour lui. Il est pas prêt.

— Qu'est-ce qu'il dit de ton surf ?

— Ben rien, qu'est-ce que tu veux qu'il dise ?

— Il t'a pas dit que t'assurais ?

— Si, si, bien sûr. Il s'attendait pas à ce que je charge aussi gros. Surtout que vu du bord, ça paraissait normal, tu vois, mais quand on a été dessus, il s'est rendu compte.

— Ouais, c'est souvent ça.

— J'ai revu Roy. Il a l'air de vivre à moitié ici, maintenant. Il te passe le bonjour.

— Ah, O.K. Dis-lui que je l'embrasse.

On est restés plus d'une heure à se parler, blottis sous la couette chacun de son côté. Mais comme Zachée partageait sa chambre avec Thadée, il n'a pas été aussi tendre que d'habitude. J'ai bien senti la contrainte et la gêne dans sa voix. Ce qui fait que Thadée m'aura gâché ça aussi : ma dernière conversation avec mon grand amour. Heureusement que plus tard, dans la nuit, il m'a envoyé un texto qui disait *Miss my miss*, ce qui fait que je me suis rendormie, heureuse et pleine de lui.

Et puis le lendemain, le numéro de Thad s'est affiché sur mon portable et j'ai tout de suite compris qu'il s'était passé quelque chose de grave, quelque chose qui empêchait Zachée de m'appeler lui-même, mais je n'ai pas eu le temps de me perdre en conjectures, parce que Thadée m'a tout juste saluée avant de me dire qu'on avait perdu Zach. Oui, comme ça, en ces termes :

— Cindy ? Ouais, salut. Euh... on a perdu Zach.

Ça pouvait vouloir dire tellement de choses que j'ai eu le temps d'espérer. Et en même temps, ce qui me revenait, c'est le coup de fil que Zachée avait passé à Mylène depuis La Réunion pour lui annoncer que Thadée avait été attaqué par un requin. J'étais blottie contre lui et je lui pressais le bras, pour le soutenir, pour l'encourager. Mais il pleurait, il avait du mal à parler. Alors que Thadée m'a lancé ça sans émotion : on a perdu Zach.

— Comment ça, perdu ?

Je me rappelais l'incrédulité de Mylène, deux ans auparavant, sa difficulté à comprendre et à accepter l'horrible nouvelle, et les efforts de Zachée pour lui amortir le choc, sa sollicitude à neuf mille kilomètres de distance. Thadée, lui, n'a fait aucun effort. Il m'a à peine laissé le temps de reprendre mon souffle avant de m'assener :

— Il s'est noyé. Il est mort.

Ensuite, il m'a passé quelqu'un, je ne sais plus qui, un autre surfeur apparemment, un Français qui me connaissait de l'été d'avant, mais impossible de l'identifier, ni sur le moment ni par la suite. C'était juste une voix jeune et masculine qui me parlait précipitamment. Et dans sa voix, la voix de cet inconnu, j'ai perçu ce que Thadée était même incapable de feindre : de la tristesse, de l'horreur, de la compassion. Le reste, les circonstances de la mort de Zachée, je l'ai entendu sans le comprendre : je l'ai mis de côté pour plus tard, pour quand j'aurai les idées claires.

Les heures suivantes ne valent pas la peine d'être racontées. Je crois que si j'ai réussi à les traverser, c'est que j'espérais une erreur, voire une mauvaise plaisanterie de la part de Thadée. J'étais chez ma grand-mère. Jordy était là aussi. J'avais obtenu, sans difficulté, que mes parents le laissent passer quelques jours avec moi. C'était les vacances. La Toussaint. J'avais cours, mais je m'arrangeais pour passer du temps avec lui. Et c'était d'autant plus facile que Zachée était au Portugal. Voilà, ça, c'était ma vie d'avant, les contraintes qui la rythmaient : aller en cours, bosser un peu, emmener Jordy au skate-park, lui faire faire ses devoirs, discuter avec lui, l'empêcher de devenir le petit con que mes parents le programmaient à être. Tout ça venait d'être balayé par un ouragan, mais des débris surnageaient encore : dans un coin de ma tête, j'en étais encore à me demander comment dégager trois heures pour surfer, et si j'aurais le temps d'aller jusqu'à Cenitz. J'avais eu Jéré au téléphone, juste avant Thadée, et il m'avait parlé d'une houle de deux mètres cinquante, très propre. Du monde au line-up, bien sûr, mais pas trop. Il avait ridé comme un fou. Si je voulais, il passait me prendre. Donc voilà, d'un côté je pensais marées, vents, swell, combi et planche, et de l'autre mon esprit tournait et retournait la terrible nouvelle, cette mort qui n'avait pas encore de réalité.

Je n'ai rien dit. Ni à ma grand-mère ni à Jordy. D'ailleurs j'aurais été incapable de parler ou de faire quoi que ce soit. Je suis restée assise sur mon lit, à l'endroit même où j'avais entendu les mots terribles de Thadée. *Il s'est noyé, il est mort, il est mort, il s'est noyé, il est mort...* Je me les répétais de toutes les façons possibles, mais sans rien éprouver. Mon corps, lui, avait compris : mon cœur cognait, mes joues flambaient, comme si mon sang était devenu une matière en fusion. Mon téléphone a sonné plusieurs fois et quand j'ai fini par prendre l'appel, c'était Jérôme.

C'est la voix de Jérôme qui a déclenché l'avalanche de mon chagrin – une voix nouvelle, faible, chevrotante, une voix de vieillard. À ce signal seulement, à ce désespoir qui avait le droit d'égaler le mien, j'ai réalisé ce que signifiait *perdre* Zachée.

Le jour même, nous sommes partis pour Nazaré, Jérôme, Mylène et moi. C'est moi qui ai conduit jusqu'à Valladolid. Ensuite, Mylène et Jérôme se sont relayés au volant. Le seul souvenir clair que je garde de ce voyage cauchemardesque, c'est celui d'une aire d'autoroute au nord de Salamanque. Nous nous étions arrêtés pour boire un café, et mon brouillard mental s'est éclairci un instant, le temps que je les voie tous les deux : ils se serraient frileusement l'un contre l'autre et ils m'ont paru plus petits et plus vieux que d'habitude. Leurs mains tremblaient, leurs lèvres étaient grises – sous leur bronzage impeccable, ils avaient pris dix ans. J'avais beau être submergée par ma détresse sans nom, il me restait assez d'humanité pour éprouver de la pitié et pour savoir qu'ils étaient aussi mortellement atteints que moi. Ensuite, j'ai de nouveau été happée par mon propre maelström de douleur et de stupeur.

L'arrivée a été terrible. Pour des raisons qui m'échappent, Zachée avait été transporté dans un centre hospitalier à vingt minutes de Nazaré. Thadée nous a guidés au téléphone puis est venu nous accueillir. Mylène s'est immédiatement réfugiée dans ses bras avec un gémissement sourd, dans lequel il entrait à la fois du chagrin et du soulagement. Mais quel soulagement ? Celui de se dire qu'il lui restait au moins un fils ? Celui de se dire qu'elle pouvait s'appuyer sur un Thadée que son infirmité aurait rendu plus fort et plus responsable ?

De mon côté, je ne lui ai prêté aucune attention. Je lui en voulais déjà, bien sûr, mais d'une façon insidieuse et sourde, comme reléguée dans un lobe obscur de mon cerveau en surchauffe. Il nous a tout de suite ensevelis sous un torrent de détails concernant l'accident, des détails qu'il nous avait déjà donnés au téléphone et qui ne m'intéressaient pas pour l'instant. Pour l'instant, je voulais voir Zachée, et pour ça je voulais être seule, ce qui fait que j'ai d'abord laissé les Chastaing pénétrer dans la chambre sans moi.

Je suis ressortie du centre hospitalier. Je n'ai même jamais su le nom de la localité où il était situé. Je me suis faufilée entre des maisons dont la blancheur luisait faiblement dans l'obscurité, cherchant l'apaisement dans leur dédale, dans la proximité de toutes ces vies qui n'avaient pas subi le terrible bouleversement que venait de connaître la mienne. Quand je suis revenue, Thadée fumait à l'entrée de l'hôpital. Il a marmonné quelques syllabes inaudibles mais qui se voulaient amicales. Je l'ai regardé. Lui aussi avait mauvaise mine sous son bronzage. Depuis quelque temps, il se rasait le crâne tout en laissant pousser une barbe blonde et annelée qui lui donnait de faux airs de Viking que Zachée raillait affectueusement. Zachée. Plus jamais. Un frisson d'horreur m'a parcourue et j'ai voulu répondre à Thadée, prononcer l'une de ces phrases machinales et convenues qui avaient constitué l'essentiel de ma conversation ces dernières heures. Et puis je l'ai vu. Je l'ai vraiment vu. J'ai vu ce que la barbe négligée, le bronzage qui virait au vert, les cernes, la mine harassée m'avaient caché jusque-là : Thadée rayonnait. Il avait beau tirer sur son joint, parler d'une voix éteinte et m'adresser de pauvres sourires tristes, il jubilait d'une joie perverse impossible à dissimuler. Sous mon regard soudain dessillé, il a brusquement détourné le visage, mais c'était trop tard.

Sous le coup de cette révélation que j'étais incapable d'analyser, je me suis engouffrée dans l'hôpital. Mylène et Jérôme sortaient de la chambre, toujours cramponnés l'un à l'autre, les joues marbrées de larmes. On leur parlait, des médecins, des flics, ou les deux. Une jeune femme était visiblement commise à la traduction, mais d'une façon générale, les gens autour de nous avaient l'air de parler un français convenable.

Je suis entrée dans la chambre, sans rien dire à personne. Je ne savais pas combien de temps j'aurais à passer seul à seule avec mon grand amour, mais j'avais dans l'idée que les Chastaing avaient compris mon besoin de temps et de solitude : ils me laisseraient tranquille.

Zachée ne portait qu'un short et un tee-shirt en

néoprène que je ne lui connaissais pas. Sa combinaison était posée sur une chaise, une combinaison intégrale 4/3 mm, sans zip, choisie entre autres pour sa couleur orange flashy. J'avais la même. Nous les avions achetées ensemble quand nous nous étions mis à surfer du gros, dans l'idée qu'on nous repérerait mieux en cas de problème.

Je me suis approchée. C'était mon premier mort. L'idée incongrue qu'il avait aussi été mon premier amant m'a traversé l'esprit. Je nous ai revus à quatorze ans, émus, tâtonnant, pouffant nerveusement et nous questionnant fébrilement : ça va ? Comme ça ? Tu aimes ? C'est bien ?

Oh mon amour, mon beau, mon cher amour... Non, c'était nul, cette première fois. Nous étions trop pétrifiés par la solennité du moment, et par la hantise stupide de mal faire. J'avais eu mal, tu t'étais excusé sans fin de voir le sang couler, et tu m'avais couverte de baisers. Non, en fait, c'était merveilleux, merveilleusement nul et raté.

Zachée, mon premier et mon seul, comment se fait-il que tu sois dans cette pièce horrible, ou plutôt que tu n'y sois pas ? Car pour mon premier mort, j'ai compris ça : il n'y a plus personne. Ce qui gisait sur ce lit, ce n'était pas toi. C'était juste un amas de cellules vouées à la putréfaction. Tu avais déserté ce corps, mais cette désertion était tout ce qui me restait, ce qui fait que j'ai quand même serré ta main froide contre mon ventre inexplicablement chaud et vivant.

Je t'ai parlé. Les mots sortaient de moi, des mots qui ne me ressemblaient pas, des phrases tendres et ferventes que je ne me serais jamais autorisées si tu avais été là pour les entendre. Je regrette, Zachée, comme je regrette de ne pas les avoir prononcées plus tôt – et comme je prie pour qu'il y ait un après, un quelque part où tu les perçois et où tu m'attends.

Mon beau chéri, mon bel amour… Oui, tu étais tellement beau, est-ce que tu sais ça ? Les premiers temps de notre histoire, j'étais presque écrasée par ta splendeur et par la conscience de mon indignité. J'avais l'impression que nous formions un couple ridiculement mal assorti. Au collège, déjà, tu étais parmi les plus grands tandis que je n'ai jamais dépassé un mètre soixante-deux. « Tu n'es pas petite, tu as la taille parfaite pour le surf. C'est moi qui suis trop grand ! » tu disais. Je me trouvais aussi trop baraquée, trop développée du haut, avec des hanches étroites par rapport à ma poitrine et à ma carrure. Mais tu adorais ça, tu adorais mon corps, tu ne cessais de me le répéter sur tous les tons, ce qui fait que j'ai fini par y croire, par croire que j'étais aussi belle et aussi désirable que tu le disais. Plus personne ne me rendra belle comme tu l'as fait. Pour la bonne et simple raison que je ne laisserai plus jamais quelqu'un me rendre belle. Zachée, mon premier, mon dernier.

Mon chevalier… Mais oui, c'est ce que tu étais et c'est ce que j'ai aimé passionnément chez toi. Ta noblesse, ton courage, ton innocence. Oui, ton innocence, et j'oserais même dire, ta pureté. Personne n'a su à quel point tu étais dépourvu de tous les vices ordinaires : l'égoïsme, la vanité, la mesquinerie, la jalousie… Tout le monde t'aimait et te trouvait sympa, mais personne n'a su à quel point tu nous surclassais tous. Personne ne l'a su, à part moi, et sans doute Thadée.

Tu étais parfait. Oui, je sais, ça sonne ridiculement dans cette petite chambre qui s'avère être mortuaire, mais je te le dis et te le redis : tu étais aussi parfaitement bon que tu étais parfaitement beau. Et je ne peux pas m'empêcher de penser que tu as payé de ta vie cette perfection.

Le moment s'éternise. Tant mieux : je veux que ça dure toujours, toi et moi dans la nuit portugaise, même si tu n'es plus toi, et même si par voie de conséquence je ne serai plus jamais moi – Cindy ne peut pas exister sans Zachée, tu te souviens ? Je pose mes lèvres sur ta belle bouche. Je n'ose pas en forcer le barrage, de peur de sentir sous ma langue le froid insupportable de la tienne, ta langue infatigable qui m'a fait jouir si souvent et tellement fort.

Je ne laisserai plus jamais quelqu'un me faire jouir. Là, tandis que je t'embrasse pour la dernière fois, je t'en fais et je m'en fais le serment solennel. Et tu me connais, je ne mens jamais et je ne parle jamais pour ne rien dire. Zachée, je suis à toi. Je sais, c'est romantique et con, cette idée, et je n'aurais jamais osé la formuler de ton vivant, mais je l'ai toujours pensé, que j'étais à toi et que c'était pour la vie.

Mes doigts caressent ton visage inchangé. Sauf que tout a changé, et que hormis la perfection insolente de tes traits, je n'y retrouve rien de ce que j'ai aimé. Ton nez, tes pommettes, tes paupières, tes boucles encore collées à ton front et à tes tempes, tout est là, mais tu n'y es plus.

Je te lèche. Tu es salé. Tu as le goût de l'océan qui t'a arraché à moi. À moins que l'océan ne soit pas le coupable. Et d'ailleurs l'océan n'est coupable de rien. Il est innocent, pur et noble, comme tu l'étais, comme tu le seras toujours.

Dans la voiture, entre deux inepties comme nous en avons prononcé tous les trois parce qu'il fallait bien parler, Mylène s'en est prise au surf, aux vagues, à la mer et à sa cruauté. La jambe de Thad d'abord, la vie de Zach ensuite, comme si l'océan avait entrepris de la démembrer, elle, petit à petit. Elle disait n'importe quoi, et même si je n'étais d'accord avec rien, et surtout pas avec sa façon de mettre sur le même plan l'attaque du requin et la mort de son fils cadet, je l'ai laissée parler parce que je savais qu'elle était morte elle aussi. Comme moi. Comme Jérôme.

Tu vois, mon amour, nous ne te survivrons pas. Tu emportes toute la vie avec toi. Cette idée t'aurait fait horreur mais elle recouvre la réalité de ce que nous allons devenir. Des morts-vivants. Plus morts que toi, en fait. Toi, tu conserveras pour toujours ta jeunesse spectaculaire et lumineuse.

Je te contemple, je te détaille, scrupuleusement et douloureusement. J'essaie de tout graver dans ma mémoire : ta peau dorée, tes boucles fauves, tes pommettes hautes sous tes longs cils de fille. Je me foutais de ta gueule, je te disais : « Regarde, de nous deux, c'est moi le bonhomme et toi la meuf ! » J'ai toujours eu un côté garçon manqué. Ça ne te dérangeait pas. Tu n'as jamais essayé de me rendre plus féminine, tu ne m'as jamais poussée à me maquiller ni à porter des robes ou des jupes. Et en même temps, tu m'appelais Sissy, un surnom pour princesse névrosée à crinoline. Il faut croire que j'étais ta princesse, malgré mes fringues de mec, ma coiffure de rasta et mon horreur de tout ce qui fait fille.

L'inverse de ta mère, en fait. Tu sais quoi ? Je n'ai jamais aimé ta mère. Ça aussi, je peux bien te le dire maintenant que tu es mort. Note que tu t'en es douté. Je n'avais pas besoin de te mettre les points sur les *i*. Mylène m'a toujours horripilée avec ses petits bermudas impeccables, ses tops assortis à ses gilets, ses mains étroites, aux ongles impeccablement lisses et vernis, ses brushings, son jogging, son stretching, tous ces mots en « ing » aussi exaspérants qu'elle. Même son parfum me fait horreur. Déjà, je ne comprends pas qu'on puisse se parfumer, superposer à nos odeurs naturelles ces émanations chimiques. Et Mylène est la grande spécialiste de l'aspersion à outrance. Elle se déplace dans une brume de Shalimar ou d'Opium, bref, ce qui se fait de plus écœurant et de plus suffocant, sans aucun égard pour les autres et leurs propres goûts olfactifs. Avec le temps, j'ai réussi à te faire passer la manie des eaux de toilette et des déos. Tu sentais bon, Zachée, le souvenir de ton odeur me chavire. Je te flaire. Mais rien. Ta peau n'exhale plus ces effluves qui n'appartenaient qu'à toi – tu es mort.

Il faut que je me dépêche, car d'une façon ou d'une autre on va m'arracher à toi. À ce qui reste de toi et qui n'est rien – mais ce rien est tout ce que j'ai. De nouveau, je prends ta main, je la porte à ma bouche, je l'embrasse. Tu faisais ça, souvent – mon Zachée, je ne vais pas pouvoir vivre sans toi, sans tes gestes, sans tes attentions, sans ton regard sur moi.

Ta main est lourde dans la mienne. J'avise l'intérieur de ton poignet, si clair, veiné de bleu. Beaucoup de surfeurs sont tatoués. Pas toi. Pas nous. Pourtant, tu aurais aimé qu'on se trouve un truc, un signe, une phrase, quelque chose qui aurait représenté notre amour et qu'on aurait fait inscrire dans notre chair pour toujours. C'est moi qui ai refusé. Autre regret. Si nous l'avions fait, j'aurais au moins ça. Alors sur ton poignet fragile et froid, j'écris nos initiales, CZ, pour toujours sur ta peau. Un toujours qui va durer trois jours, le temps qu'on procède à ta crémation, le temps qu'on envoie dans les flammes ton corps magnifique. À moins qu'on ne t'enterre. Je m'en fous. Ce n'est plus toi. Mais ce toi qui n'est plus toi, je l'embrasse, une dernière fois. Adieu pour de bon, mon bel amour, mon grand amour, mon seul amour. Sens-moi avec toi, sens ma chaleur, sens cette vie que je suis incapable de te redonner. Si seulement...

Ensuite, c'est le retour à Nazaré, où nous sommes supposés dormir. Thadée nous a trouvé un hôtel, avec un nom qui sonne ironiquement : Oceano. Mais là aussi, je m'en fous. Je passe la nuit toutes lumières allumées, presque assommée par la souffrance, mais hélas, pas tout à fait, pas suffisamment.

Et le premier matin est abominable. J'ai dû m'endormir un peu, mais dès que j'ouvre les yeux, le désespoir me tombe dessus et avec lui l'idée que ça va être comme ça pour tous les jours qui me restent à vivre. Non. Impossible. Je veux me cacher, me rendormir, être ailleurs que dans mon corps pour cette première journée sans toi. Sauf que je sais déjà que je vais la vivre, cette journée – et celles qui suivront. Alors je descends au rez-de-chaussée, où les Chastaing m'attendent devant leur café – un thé pour Mylène. Comme moi, ils sont incapables de manger quoi que ce soit parce que le chagrin occupe toute la place, remplit l'estomac, les poumons, le cerveau. Comme moi, ils ont des gestes et des mots mécaniques, hagards, les gestes et les mots par lesquels on survit seconde après seconde. Mais c'est long.

Comme ça va être long, le temps sans toi.

Thadée est là aussi, en apparence tout aussi accablé que les autres, et c'est en vain que je guette la flamme noire de sa jubilation. Il touille son café sans lever les yeux de sa tasse, le boit sans un mot puis sort fumer.

Toute la journée, je vais suivre le mouvement que d'autres impulsent, Jérôme, Mylène, les autorités portugaises. À moins que personne ne décide de rien mais que nous soyons devenus un seul et même organisme amorphe, seulement mû par de sourdes impulsions collectives, comme celle de nous retrouver tous les quatre à Praia do Norte, là où Zachée s'est noyé.

Il y a peu de monde au line-up. Quatre surfeurs. Très espacés. Pourtant, les conditions sont bonnes et la hauteur des vagues ne doit pas excéder deux mètres. Sous ce soleil et avec cette légère brise offshore, difficile de se figurer que Zach a pu mourir ici. Sauf qu'à en croire Thadée, hier, c'était la tempête, la fin du monde, l'apocalypse.

— Mais pourquoi vous y êtes allés, si c'était la tempête ?

— Mais parce que la première heure, c'était clean ! Ça s'est dégradé d'un coup, comme ça, en cinq minutes !

Comme mon regard doit refléter mon incrédulité, il s'insurge illico. La vertu outragée, c'est lui.

— Putain, Cindy, tu crois pas que je me sens déjà assez mal comme ça, assez coupable ! Tu crois que je le sais pas, que tout est de ma faute !

Mylène et Jérôme réagissent instantanément et avec une belle unanimité, noyant les protestations de Thadée sous leur propre déluge d'exclamations véhémentes et confuses, comme quoi je ne vais pas rajouter de la souffrance à la souffrance, et que Thadée n'y est pour rien, et que Zachée lui-même, s'il était là, ne voudrait pas qu'on accable son frère, et cætera.

Mais comme tu n'es pas là, mon bel amour, et que tu n'y seras jamais plus, je ne prête aucune attention aux sentiments et aux discours posthumes qu'ils te prêtent. Je m'éloigne, j'enlève mes chaussures, je marche dans ce sable que nous avons foulé tant de fois toi et moi, en cet été si proche et si lointain, l'été où nous avons affronté ensemble notre peur des vagues géantes. D'ailleurs, elles n'étaient pas géantes. Nazaré en été, ça peut être du lourd, mais le plus souvent, on a juste affaire à de très grosses vagues et pas à des montagnes. On a quand même scoré quelques bombes, tantôt toi, tantôt moi. Et on a encaissé des wipe-out mémorables, évidemment. Mais à chaque fois, on savait que l'autre était là, sur son jet-ski, et qu'il nous récupérerait, même au péril de sa vie.

De loin, j'entends la voix insupportable de Mylène, qui continue à glapir. Elle doit être en train de dire du mal de moi, de vilipender mon égoïsme, ma froideur, mon absence de sentiments – puisque c'est comme ça qu'elle me voit. Tu vois, je préfère encore ma mère à la tienne. Et pourtant, je ne souhaite ma mère à personne, et surtout pas à ce pauvre Jordy, qu'elle est en train de rendre obèse, bête, et fou. Mais au moins, avec Sandra, les choses sont claires : elle est nuisible.

À commencer pour elle-même, vu les nombreuses addictions dont elle souffre depuis l'adolescence : la clope, l'alcool, le jeu, la bouffe… Elle n'aurait jamais dû avoir d'enfants, et je me demande comment Jordy et moi sommes passés entre les mailles du filet de toutes les tares qu'elle concentre et qui se conjuguent à celles de mon père. Sans parler de toutes les maltraitances dont elle s'est rendue coupable sur moi d'abord et sur Jordy ensuite.

Mylène est nuisible elle aussi, mais ça se voit moins, voire pas du tout. Alors que cette pauvre Sandra aurait du mal à donner le change. Déjà, physiquement, c'est une catastrophe. Là où Mylène Chastaing arbore ses slims bien repassés, ses tops tout juste sortis du pressing, sa queue-de-cheval lustrée et son maquillage insoupçonnable, Sandra Martinez traîne en bas de survêt et blouson de laine polaire par tous les temps. Je ne sais pas à quel moment elle a renoncé à maintenir un semblant de séduction, mais je l'ai rarement vue sur son trente et un. Il faut dire qu'elle a un corps difficile à habiller : des hanches et des cuisses monumentales, mais un buste modeste, presque décharné. Elle n'a pas quarante ans, ma mère, mais elle en fait facilement dix de plus. Cela dit, Mylène, qui en a cinquante et est persuadée d'en paraître trente, a quelque chose de fané, d'étriqué, d'usé. Et ça ne date pas de ta mort ni de l'accident de Thadée. Alors que dans le regard de ma mère, malgré sa couperose et ses dents abîmées, luit parfois une indomptable flamme de jeunesse. Et cette indomptable flamme de jeunesse, je la connais d'autant mieux que je me la suis souvent prise dans la gueule. Ma mère cogne, plus souvent qu'à son tour, et plus souvent que mon père, qui braille plus qu'il ne castagne. Cela dit, lui aussi m'en a mis des bonnes. Si j'ai quitté la maison à seize ans, c'est par peur des coups. Et pas tant ceux que je prenais que ceux que j'aurais pu leur mettre. J'ai vu le moment où nous allions nous entre-tuer.

Ouf, voilà, je viens de passer deux minutes à me souvenir de mes parents, deux minutes sans penser que tu es mort pour toujours. C'est déjà ça, mais il m'en reste encore quelques millions à tirer avant de te rejoindre dans ton éternité. Sauf que pour autant que je sache, nous ne serons même pas réunis. Chacun sera dans sa nuit pour toujours.

Je ne peux pas m'empêcher de suivre d'un œil les évolutions des surfeurs. À Praia do Norte, le take-off se fait à deux kilomètres du shore-break, donc relativement loin, mais suffisamment près quand même pour que je voie que les gars à l'eau ne sont pas des débutants, loin de là. Ils doivent savoir que tu t'es noyé ici même, vingt-quatre heures plus tôt. Peut-être ont-ils eu une petite pensée pour toi en se mettant à l'eau ; peut-être ont-ils regardé la vague différemment, peut-être ont-ils eu plus d'appréhension que d'habitude, une appréhension qu'ils ont domptée, comme nous avons appris à le faire ensemble. *J'irai surfer sur ta tombe.* Au moment où cette phrase bizarre me traverse l'esprit, j'entends qu'on m'appelle. C'est Roy. Il me serre dans ses bras, l'air très ému, et balbutie à mon oreille des formules confuses et décousues :

— Cindy, it's terrible, je suis tellement désolé, so sad, how is it possible ? I don't understand, Zachée, il était bon, il connaissait bien le coin...

And yesterday, it was not so hard… Rainy, very mushy, but not so hard.

— Tu étais là ? Tu l'as vu surfer ?

— Yes, j'étais là. On the shore-break. J'ai pas vu vraiment. J'étais un peu loin.

Il hésite, cherche ses mots, passant de son anglais kiwi à son mauvais français. Il a les yeux rougis par les larmes et ses lèvres tremblent. Ta mort l'a apparemment bouleversé. C'est vrai qu'on était devenus assez potes tous les trois, à Guéthary. Sans compter qu'on s'était pas mal revus à Nazaré l'été dernier. Je l'interroge, je le presse :

— Mais c'était comment ? Pourquoi tu t'étais pas mis à l'eau, toi ? Thadée me dit qu'ils ont fait un bon début de session et que ça s'est gâté tout d'un coup.

— Oui, true. On est passés de la perfection absolue à un slab *on shore* mortel, comme ça, en quelques minutes. Mais d'ici, on l'a pas vu tout de suite. Was about to dive quand on a compris qu'il se passe quelque chose.

— T'étais avec qui ?

— Joachim. Tu l'as eu au téléphone yesterday.

— Ah ouais, le Jok… Il a vu que Zachée était en difficulté, lui ?

Il me regarde avec une expression de perplexité, comme s'il ne comprenait pas ma question ou se demandait comment y répondre sans me blesser.

— Mais non, didn't see anything. Just le jet-ski qui revient avec ton beau-frère qui crie quelque chose. Ensuite il repart au large. C'était sombre, just like rain, tu vois. Et l'eau, really gloomy. Mais…

— Quoi ?

Il jette un œil à la ronde, avise les trois Chastaing, agrippés les uns aux autres, plantés face à l'eau noire, l'eau qui t'a arraché à moi, et dont ils contemplent le remous fatal.

— Il faut que je te parle, baby-girl. Tu retournes quand en France ?

— Je sais pas. Aujourd'hui, demain... Je repars pas sans Zachée, en tout cas.

— Quand est-ce que je peux te voir seule ?

Je le regarde plus attentivement. Il y a trois ans, au moment où nous l'avons rencontré, tu m'as pas mal charriée avec Roy, comme quoi il était à fond sur moi, que je le rendais dingue, tout ça. Mais non, il n'a pas l'air d'être en train de me draguer. Il a juste l'air malheureux, inquiet, et extrêmement mal à l'aise, ce qui fait que j'ai presque envie de le consoler de mon propre chagrin, de lui dire : « Roy, t'en fais pas, ça va aller pour moi, je te jure, je survivrai. »

Je survivrai peut-être, mais c'est pas sûr. Par moments j'en doute, même si l'idée du suicide m'est très étrangère. Je souris à Roy et je lui dis :

— Maintenant, si tu veux, tout de suite. On peut aller boire un verre.

Il est dix heures du mat', mais tout d'un coup, la perspective de me bourrer la gueule avec Roy m'apparaît comme la seule façon possible de passer le temps et de tenir le coup. Je hèle les Chastaing :

— Je vais boire un coup avec Roy. On se retrouve à l'hôtel ?

Le regard de Thadée se fait méfiant, presque dur, avant que de nouveau il ne se compose une expression neutre :

— Je viens avec vous.

Je n'ai pas envie qu'il vienne, et visiblement,

prendre un verre avec Thadée n'entre pas non plus dans les projets de Roy, qui me glisse brièvement :

— Call you later. Tu as toujours le même numéro ?

— Oui. O.K.

Il s'éloigne en direction du parking, où je reconnais son vieil utilitaire cabossé, tandis que je rejoins les Chastaing en grommelant une vague explication concernant sa défection inopinée. Ensuite, je prétexte la fatigue pour remonter dans ma chambre.

Je ne sais pas si je reverrai un jour cet hôtel et cette chambre en particulier, mais elle restera toujours associée à ces heures terribles et interminables – et il me semble que j'en ai déjà gravé chaque détail dans ma mémoire. Bizarre. Bizarre qu'il y ait de la place en moi, à côté du chagrin sans nom, pour ces murs tapissés de fleurettes ocre, pour la table de chevet en marbre, le couvre-lit en coton piqué bleu lavande, et la petite salle de bains attenante où je passe un long moment à me regarder, ce qui ne m'arrive jamais d'habitude.

Mais tu es mort. Il n'y a plus d'habitude, et je me dévisage longuement. Dans la glace légèrement piquée de rouille, je ressemble trait pour trait à la Cindy d'avant. J'ai mes grosses joues d'avant, mes dreads, mes yeux d'avant, à peine rougis et cernés. À la limite, Roy avait l'air plus défait que moi, tout à l'heure. C'est peut-être parce que j'ai vingt ans et lui quarante.

Tu es mort. Je n'aurai plus jamais vingt ans. Je ne serai plus jamais jeune. C'est une phrase à toi, ça. L'année dernière, quand Thadée allait si mal, quand toute ta famille partait en vrille, tu m'as dit ça, un jour : « Cindy, je ne serai plus jamais jeune, c'est fini. C'est fini l'insouciance, c'est fini la légèreté. » Tu as commencé ta phrase avec le sourire mais tu l'as terminée en pleurant, et les fois où je t'ai vu pleurer en six ans, je les compte sur les doigts de la main. Ce jour-là, j'ai essayé de te questionner pour comprendre ce qui te rendait si malheureux, mais tu t'es contenté de me serrer contre toi sans répondre. On a fait l'amour, ensuite, très lentement. Tes larmes gouttaient sur mon visage, mouillaient mon cou, mes seins, et j'ai cru, bêtement, que je te réconfortais en te donnant du plaisir.

Mon portable sonne. C'est Roy, et on se donne rendez-vous à l'Estrela do Mar, un café où nous avions nos habitudes l'été dernier. Mon cœur se serre instantanément en reconnaissant la terrasse de terre battue, les bambous et les lauriers dans leurs grands pots vernissés, et le toit de canisses qui laissait passer des rais de soleil sur ton beau visage bronzé. Heureusement, la terrasse est à l'ombre et le vent a fraîchi, ce qui fait que nous nous réfugions dans l'arrière-salle presque déserte. Sitôt nos bières servies, Roy me prend la main, mais je ne vois rien de lubrique ou d'équivoque dans son regard. Non, ce que j'y lis, c'est de la compassion pure, c'est-à-dire ce que personne n'a pu me donner jusqu'ici. Il faut dire que pour l'instant, ta mort n'est connue que de tes proches et qu'ils sont trop enfermés dans leur propre peine pour prendre la mienne en considération. Je suis même à peu près certaine que Mylène et Jérôme estiment que mon chagrin n'est rien en comparaison du leur, même si je dois reconnaître qu'ils m'ont très spontanément associée à leur deuil familial.

Roy retire sa main et lampe dix bons centimètres de cette Super Bock que nous avions appris à aimer lors de notre précédent séjour ici.

— Cindy, je veux te dire quelque chose de bizarre. Et peut-être je me trompe. Mais Thadée, je suis pas sûr qu'il a fait like all he had to do, tu vois.

La bière glacée descend en moi, accentuant le sentiment que j'ai de me vitrifier tandis que Roy ânonne péniblement son explication.

— J'ai pas vu tomber Zach. Les vagues étaient méchantes, for sure. Enough to break something. Les médecins ont dit s'il a des fractures ?

— On m'a rien dit à moi. Je demanderai à ses parents. Ils ont parlé avec un médecin.

— Et il est over the falls, you know. During a fucking long while. C'est là que Thadée, il revient vers nous. Il aurait dû rester, chercher Zach. Il crie. On comprend pas. Et il repart vers le large. Mais he loses too much time. C'est là je vois Zachée. He's floating. Et Thad, il va vers lui. But seems to be kind of painful. Et c'est là, c'est là que c'est bizarre.

Il s'interrompt pour commander une deuxième Super Bock et peut-être pour se donner du courage. Je le relance :

— Mais le Jok, il était où ?

— He just arrived. He didn't see. Ça va vite, you know.

— Alors, c'est quoi qui est bizarre ?

— Thadée, il essaie de mettre Zachée on the rescue sled. Zachée bouge pas. Moi je suis loin et il commence à pleuver.

— Pleuvoir.

— Pleuvoir. Mais je crois que Thad, il essaie pas vraiment de récupérer Zach. He's like keeping his head under water : il met la tête de Zach sous l'eau, je vois ça. And then, il le ramène.

Et tandis que ce pauvre Roy se confond en excuses de me balancer un truc aussi disturbing, tandis qu'il me rappelle qu'il était loin, qu'il pleuvait, qu'il n'a pas bien vu et qu'il n'est pas sûr, je laisse l'alcool me monter au cerveau d'autant plus vite et d'autant plus fort que je n'ai rien mangé depuis que j'ai appris ta mort.

Moi, je suis sûre. Et d'ailleurs Roy aussi. S'il ne l'était pas, il aurait fermé sa gueule. Nous nous regardons avec une espèce de stupeur. C'est comme si le fait de parler lui avait fait prendre conscience de l'énormité du truc. Ensuite, il reprend ma main et se penche par-dessus la table. Je crois qu'il veut m'embrasser et j'ai un sursaut de recul, mais non : si je le comprends bien et aussi étrange que cela puisse paraître, il m'intime de pleurer :

— Tu dois pleurer, Cindy, pourquoi tu pleures pas ? Ton amour, il est mort, et toi tu es là, dry as a bone, c'est moi qui pleure et toi tu pleures pas, why don't you ?

Oui, pourquoi, bonne question. Je n'ai pas encore versé une seule larme, mais je dis à Roy que si, que justement j'ai trop pleuré, que je suis tarie, que ça reviendra, sûrement. Et je commande ma troisième Super Bock sous les yeux attendris de ce mec à qui j'ai toujours su que je filais la trique. Oui, j'avais beau protester, te dire que tu te faisais des idées, je savais très bien que je plaisais à Roy.

— Qu'est-ce que tu vas faire ?

— Comment ça ?

— Thadée. Tu vas aller à la police ?

— Si j'y vais, il va falloir que tu témoignes.

— No problem.

— Il dira que tu te trompes.

— Je me trompe pas.

Il me dévisage avec assurance, maintenant. C'est bon de boire. J'ai toujours fait super gaffe avec l'alcool, évidemment, mais je comprends mes parents. Je flotte dans une petite bulle de soulagement. Mais il faut que je reste lucide, que je réfléchisse, que je prenne une décision qui soit la bonne. Je regarde Roy en essayant d'évaluer l'impression qu'il pourrait produire devant des flics, des juges… Il a l'air d'un bon gars, c'est vrai, mais aussi d'un illuminé, avec ses yeux exorbités, sa tresse poivre et sel, et les tatouages polychromes qui épargnent son visage mais montent quand même jusqu'aux oreilles, cou et nuque compris. Pas bon, ça. Sans compter qu'il parle mal le français. Thadée n'en fera qu'une bouchée. Un Thadée qui aura pris soin de raser sa barbe de Viking et de dissimuler le seul tatouage qu'il ait : un requin. Sur le biceps. Il a fait ça après l'accident et je dois être l'une des rares personnes à l'avoir vu. Avec toi. La fois où on a surfé au VVF. C'était il n'y a même pas trois semaines, en fait. Tu as vu ça, cette reproduction hyper réaliste et franchement sinistre d'un requin-bouledogue sur le bras de ton frère, mais tu n'as rien dit. Ton regard a croisé le mien, ta bouche s'est entrouverte, mais tu l'as bouclée. Avec Thad, tu évitais les sujets qui fâchent.

Bref, Roy a peu de chances d'être cru face à ton frère, dont je connais si bien les talents de baratineur. Certes, c'est jouable. Mais à moins qu'il y

ait d'autres témoins que Roy, c'est la parole de Thadée qui l'emportera. Il feindra à merveille l'accable-
ment, sera la vivante image du désespoir et de la
détresse de celui qui subit une double peine : perdre
son frère adoré et être accusé à tort de l'avoir tué.
Rien que d'imaginer la comédie très convaincante
qu'il va nous interpréter, j'ai envie de gerber. Non.
Pas ça. Pas ça, mais quoi ? Je dis à Roy :

— Tu es à Nazaré jusqu'à quand ?

— J'habite là, now. Je suis avec Antonella, you
know.

Antonella, c'est une fille du coin. L'été dernier,
elle tenait un autre resto, la Taverna del Rey. Je me
rends compte qu'en dix jours seulement, toi et moi
nous étions fait pas mal de potes. Mais c'est toi, ça.
C'est ton charme. Quand je suis toute seule, il me
faut dix ans pour oser aborder quelqu'un. Mais toi,
toi tu n'as même pas besoin d'aller vers les gens,
ce sont eux qui viennent vers toi. Tout le monde
a envie de te parler, de te plaire, d'entrer dans
ton orbite. Roy me raconte donc qu'il s'est mis en
ménage avec cette Antonella et qu'il a même trouvé
du travail. Il shape, en fait. Il fabrique des planches
de surf. À l'ancienne, sans ordi pour l'assister.

— I'm growing old, Cindy. I can't spend so much
time in the water anymore. But see, quand je suis
dans le atelier, there, avec mon pain de mousse,
que je fais les découpes, I choose, la largeur, la
épaisseur, je place les ailerons, well, it's like I'm
surfing. Je m'imagine sur cette planche-là, what it
will allow me to do. Et le avantage, also, c'est que je
sais ce dont j'ai besoin, je sais que si je veux garder
un bon niveau, il faut que j'ai la planche I deserve.
It's good for kids d'aller à l'eau avec pas la bonne
planche. Je peux plus faire n'importe quoi, moi.

Je l'écoute, ça me fait du bien. Ça nous fait perdre de vue un moment le fait que Thadée t'a assassiné. Quand il a fini de parler ponçage, quad, thrusters, dérives, et good vibrations, je reviens à notre sujet :

— Écoute, j'ai ton tel, je vais prendre aussi ton mail, et je te recontacte quand je suis en France. Il faut que je réfléchisse. Mais je ne vais pas laisser Thadée s'en tirer comme ça.

— I trust you.

— Ne dis rien pour l'instant, O.K. ? Même pas au Jok ou à Antonella.

— J'ai un peu dit. À Antonella.

— Pas grave. Dans ce cas, dis-lui ce que je viens de te dire : que j'ai besoin de temps, mais que tout le monde saura ce qui s'est passé.

— Yeah, baby-girl. Mais why, pourquoi Thadée fait ça ? Is he jealous ?

— On peut dire ça, oui.

Je serre Roy dans mes bras, je réitère ma promesse de l'appeler bientôt et je le laisse à sa petite vie portugaise, à Antonella, à la Taverna del Rey et à l'atelier où il me shapera peut-être une planche de rêve, un jour, si je recommence à rider sans toi.

La dernière chose dont j'ai envie, c'est de rejoindre ta petite famille. Il faut d'abord que je dessoûle. Même si je ne suis pas ivre morte, je n'ai pas les idées claires : je risque de débloquer complètement en revoyant ton frère et sa sale gueule. Mieux vaut que je marche un peu sur la plage, histoire de me laver des images et des pensées insoutenables qui me vrillent le cerveau : ton corps inerte dans la combi orange, ton frère qui retourne vers la plage au lieu de te chercher, ton frère qui maintient ta tête sous l'eau tout en feignant de te hisser maladroitement sur le sled.

Est-ce que tu as repris conscience ? Est-ce que tu as su que ton frère était en train d'achever son sale boulot ? Est-ce que tu es mort en te disant que celui que tu aimais le plus au monde était en train de te tuer ?

Parce que tu l'as aimé comme tu n'as aimé personne. Même pas moi. Il a été ton dieu, je le sais. Quand je vous ai connus, tu le suivais partout, comme un petit chien. Et lui jouait avec toi exactement comme il l'aurait fait avec un chien. C'est peut-être pour ça qu'il m'a très vite détestée : je lui prenais son chien, son esclave, son jouet. Je t'ai éloigné de lui, patiemment, détachant un à un chacun de ses doigts, dissolvant l'influence qu'il avait sur toi et dont j'ai tout de suite su qu'elle était nocive, toxique, un poison. Si j'avais su, je l'aurais fait encore plus vite et beaucoup plus radicalement. Je vous aurais séparés pour de bon. Mais tout en ayant conscience que Thadée était un connard capable de tout, je n'ai jamais imaginé qu'il irait jusqu'à t'assassiner. J'ai sous-estimé sa jalousie et sa perversion. Je me suis toujours méfiée, mais pas suffisamment.

L'important, maintenant, c'est de donner le change. Que Thadée ne se doute pas de ce que je viens d'apprendre. Je l'ai toujours haï, mais maintenant j'ai une bonne raison de le tuer, et tu me connais suffisamment pour savoir que je vais le faire. Sauf que tu ne sais plus rien et que tu ne connaîtras jamais la façon dont je vais te venger.

Je vais finir le travail commencé par le requin. Lui arracher la jambe qui lui reste et le regarder se vider de son sang. Ou pire. Lui arracher la jambe qui lui reste et l'amener à l'hosto avant que l'hémorragie n'ait mis fin à sa vie de merde. Sa vie de merde, il la poursuivra dans la peau d'un grand invalide. Et je n'exclus pas de lui arracher aussi les bras, pour faire le compte.

Si je pouvais être consolée, la consolation me viendrait de la certitude d'avoir eu raison depuis le début. J'aurais dû écouter mon instinct et t'emmener loin de Thadée dès que possible. J'aurais dû te dire très clairement ce que je pensais de Thad : que c'était un monstre et que ça ne s'arrangerait pas. Qu'il ne te voulait aucun bien. Qu'il n'a jamais voulu le bien de quiconque, et surtout pas celui de son propre frère. J'aurais dû te dire que Thadée était dépourvu de tout sens moral, voire de toute conscience. Qu'il était un être abject, une bête à abattre – mais ça, l'abattre, je vais m'en charger.

Comme souvent, on a tiré des barques au sec sur le sable et je me blottis dans l'une, histoire de m'abriter du vent. Le ciel s'est entièrement dégagé et le soleil d'octobre chauffe le bois écaillé où j'appuie un moment le front. La barque s'appelle *O sopro dos deuses*. Je veux bien qu'ils soufflent sur moi, les dieux, avec le vent, cette bonne houle plein ouest qui me fait du bien. La barque sent l'iode et la peinture. En fermant les yeux, avec le vent qui vrombit à mes oreilles et le bruit incessant du ressac, je peux imaginer que je suis sur l'eau ou dans les airs. J'arrive, Zachée, attends-moi.

THADÉE

Cette conne. Je ne sais pas ce que Roy a pu lui raconter, mais quand elle nous a retrouvés à l'hôtel, j'ai tout de suite su qu'il lui avait parlé. Mes parents avaient rencontré les autorités consulaires et réglé les formalités du rapatriement de Zachée, entièrement pris en charge par leur assurance. Ils voulaient tous les deux retourner au centre médical pour revoir Zachée. Cindy a décliné leur proposition de les accompagner. Nous n'étions qu'au début de l'après-midi et l'idée était de rentrer ensuite à Biarritz. Sitôt les parents partis, j'ai essayé de la sonder :

— Ça va ?

— À ton avis.

— T'as revu Roy ?

— Pourquoi tu veux savoir ?

— Putain, sois pas si agressive : je demande, c'est tout.

— Ouais.

— Tu l'as revu ?

— Ouais.

Elle a levé les yeux, ses petits yeux gris trouble que Zach trouvait si beaux, et m'a dévisagé avec une telle hargne que mes derniers doutes se sont évaporés. J'ai quand même demandé, pour la forme :

— Qu'est-ce qu'il t'a dit ?

— Rien. Qu'il était triste. Qu'il aimait beaucoup Zachée, qu'ils avaient surfé ensemble hier. Enfin, avant-hier. Mais toi aussi t'étais là.

— Oui. On s'est fait un bon trip.

— Zachée m'a raconté.

Je sais bien, qu'il lui a raconté. Vu qu'on couchait dans la même piaule, j'ai été obligé de me taper toute leur conversation téléphonique. Il croyait que je dormais, mais j'ai entendu toutes les conneries sentimentales qu'il lui disait et deviné ce qu'elle devait répondre. Qu'est-ce que mon frère pouvait lui trouver, à cette grosse pute ? Si encore elle avait été vaguement mignonne, mais même pas. Elle est courte, massive, elle a des traits porcins. Et sur une planche, elle est juste ridicule. Qu'est-ce qu'on a pu me rebattre les oreilles avec le style de Cindy ! Zachée, bien sûr, mais aussi toute une série d'autres connards qui devaient avoir envie de la star-star vu que tous les goûts sont dans la nature. Le style de Cindy ? Mou, comme elle. Et qu'on ne vienne pas me raconter qu'elle peut descendre des murs de dix mètres, comme Zachée et Roy ont essayé de me le faire croire : Cindy, elle peut à la rigueur frimer en longboard et prendre des poses sur le nose, c'est tout !

J'ai mal. Ça fait des mois que ça ne m'est plus arrivé, mais là, j'ai vraiment très mal. Tandis que Cindy remonte dans sa chambre faire je ne sais quoi, je m'affale dans l'unique fauteuil du hall d'entrée. À la réception, la fille me regarde enlever ma prothèse et enduire mon moignon d'Akilortho. Jérôme en a entassé au moins dix tubes dans mes tiroirs, ce qui fait que j'en ai toujours un sur moi.

La fille s'appelle Carla et elle est du coin. Je l'ai un peu draguée hier, au moment où je réservais une chambre pour mes parents et une autre pour cette pute de Cindy. J'ai eu l'impression que je lui plaisais, mais maintenant qu'elle a compris que j'étais handicapé, je n'ai plus aucune chance. Je m'en fous et je malaxe mon moignon de plus belle tout en la défiant du regard. Elle a l'air complètement dégoûtée et jette des coups d'œil inquiets à la ronde. Elle a peut-être peur que je fasse fuir les clients. Sauf qu'il n'y a personne dans son hôtel pourri.

C'est tout le bled qui est pourri, en fait. Je ne sais pas pourquoi j'ai voulu qu'on vienne à Nazaré. Les gens sont complètement dégénérés, ici. Ça doit faire des siècles qu'ils couchent entre eux. Y a qu'à regarder la fille de l'hôtel pour savoir que son père doit être son grand-père en même temps. Elle n'a pas de front. Pas de menton non plus.

Cindy, c'est pareil : elle vient d'une famille d'alcoolos consanguins. Zachée m'a un peu raconté, et c'est du lourd. Un jour, sa mère l'a tellement torgnolée qu'ils ont dû l'amener à l'hôpital avec un traumatisme crânien. Ça a laissé des séquelles, à mon avis. Cindy est un peu demeurée. Elle n'a même pas été foutue d'avoir un bac général. Et ça ne m'étonnerait pas qu'elle se plante au concours d'infirmière. Si elle arrive à être aide-soignante, ce sera déjà beau.

En plus, pas moyen d'avoir une connexion ici. Ni à l'hôtel ni ailleurs. Même consulter Wind-Guru, c'est galère. Non que je veuille checker les swells, d'ailleurs. La vitesse du vent, sa direction, la hauteur des vagues, les périodes, les rafales, je m'en tape. Le surf a été ma vie pendant plus de dix ans, mais je crois que j'en ai fini avec le surf. Et peut-être même que j'en ai fini avec ma vie. Ma vie d'avant, j'entends – parce que le suicide n'est plus, mais alors plus du tout, à mon programme.

De toute façon, j'ai bien vu cette semaine que le surf, c'était mort pour moi. Chaque tentative a été une épreuve et une humiliation. Et pourtant, avec le jet-ski on squeeze l'étape de la rame et du take-off. Et je ne peux même pas me raconter que les vagues étaient trop grosses pour moi. Le premier jour avec Zachée, on a eu une houle de taille moyenne, des vagues d'un mètre cinquante propres, creuses, consistantes, le rêve. Sans compter qu'il faisait beau et que fin octobre, l'eau est souvent moins froide qu'au début de l'été. Évidemment, on est loin des eaux tièdes de La Réunion : faut surfer en combi intégrale, mais bon, c'est pareil dans les Landes à la même saison. Tout ça pour dire que je n'ai aucune excuse. C'est juste que le surf avec une jambe, ce n'est plus le surf. Je sais qu'il y a des contre-exemples, des gars qui surfent comme des oufs malgré leur prothèse, ou encore Bethany Hamilton, qui a repris la compète alors qu'elle n'a qu'un bras...

Je le sais d'autant mieux que j'ai passé des heures à me branler sur des vidéos de cette salope, et à imaginer ce que je pourrais bien lui faire subir si j'en avais l'occasion. Des trucs à lui faire regretter que son requin-tigre ne l'ait pas tuée quand elle avait treize ans. Il y a aussi des vidéos qui la montrent à treize ans, dans l'eau avec sa planche et ses petits nichons, et là aussi, ça m'a donné des idées.

Pour en revenir à ce premier jour à Nazaré, disons que ça a été une vraie claque. Je ne sais pas pourquoi je m'étais imaginé que les choses seraient différentes au Portugal, plus faciles qu'à Cenitz ou à Anglet, là où j'avais déjà fait quelques tentatives au cours de l'été. Entendons-nous bien, j'ai pris quelques bonnes vagues cet été, à Cenitz en particulier, et j'ai retrouvé des réflexes et des sensations. Sauf que le compte n'y était pas. La gauche de Cenitz, elle est longue, molle, parfaite pour les débutants au milieu desquels je me retrouvais, mais je n'ai pas fait douze ans de surf pour me retrouver à barboter dans la mousse avec des gamins. Je voyais les séries arriver, je n'avais aucun problème à lire la vague, je savais ce que j'avais à faire, mais mon corps ne suivait pas, ou suivait avec un temps de retard. Résultat, j'ai pris deux vagues là où en d'autres temps j'en aurais pris vingt. Et j'ai multiplié les wipe-out piteux. Au bout de deux heures j'étais écœuré et on est rentrés.

Je conduisais, avec Zachée à ma droite. Nous n'avons dit un mot ni l'un ni l'autre, mais quand j'ai suggéré que nous allions une semaine au Portugal aux prochaines vacances, il a accepté avec enthousiasme. Ce jour-là, à Cenitz, il avait à peine surfé lui-même, se contentant de m'encourager et de me conseiller. Mais sitôt arrivé à Nazaré, j'ai pu constater que les beach-breaks des Landes ne m'avaient pas permis de prendre la mesure de ses progrès. Non que Cenitz plage, le VVF d'Anglet ou la Gravière soient des spots pour débutants, loin de là. Mais il se trouve que ces derniers temps, la houle et les vagues y sont restées modestes alors qu'ici, dès le deuxième jour, on a eu du gros. Pas du très gros, mais de quoi avoir les boules quand même.

Cela dit, les boules, je les ai eues dès la veille, quand j'ai vu que je n'arrivais pas à décoller. Je réussissais la plupart de mes take-off, mais ensuite, pas moyen de faire la moindre vrille. Sauf que moi, ce que j'aime dans le surf, ce sont justement les front-flip, les rollers, les floaters. C'est pour ça que les grosses vagues m'excitent moyennement, en définitive. Et en même temps, je ne vois pas pourquoi je laisserais Cindy et Zach charger du gros sans leur disputer le terrain de jeu. Enfin, Zach ne chargera plus rien, évidemment, j'y ai veillé.

CINDY

C'est le jour de ton enterrement, mon amour. Parce que finalement, on t'inhume au lieu de t'incinérer. Ce sont les parents de Mylène qui y ont tenu, mamie Régine et papy Jean. Ils ont un caveau familial à Sare. Tu vas aller y rejoindre ton arrière-grand-père. Super. J'espère que tu es content. Et si l'ordre des choses est respecté, mamie Régine et papy Jean ne devraient pas trop tarder à venir te tenir compagnie. Pour l'heure, mamie Régine sanglote tandis que papy Jean se tamponne le nez, par intermittence et avec une certaine classe.

Tandis que les gens se rassemblent petit à petit devant l'église de Sare, je me livre à quelques observations sociologiques histoire de tuer le temps – car c'est de ça qu'il s'agit, Zachée : tuer chacune des secondes interminables qui me séparent de ma propre mort.

Bref, j'en étais à tes grands-parents maternels, ce couple de poseurs insupportables – mais que tu supportais quand même parce que tu aimais tout le monde et ne voyais le mal nulle part. À côté de mamie Régine, impeccable en tailleur-pantalon anthracite, ma propre grand-mère fait piètre figure dans une robe d'un noir réglementaire mais d'une coupe démodée, sans compter ses bottines éculées, ses trois centimètres de racines grises, et son air égaré. Elle pleure, elle aussi, mais sans la grâce infinie de mamie Régine ni la distinction de papy Jean. Je suis méchante, je sais. Tous ces gens souffrent, et mamie Régine évidemment bien davantage que ma grand-mère. Mamie Régine t'a vu naître, s'est occupée de toi, et tu as passé un temps fou dans sa maison de Sare, que tu adorais et où tu m'as emmenée plusieurs fois. Tu étais son petit-fils. Elle et les autres sont ta famille, ton sang : ils ont plus de droits que moi sur toi ; ils ont plus le droit que moi d'être ici et d'être tristes. Je m'en fous. Je ne leur dispute rien. Et surtout pas la tristesse.

Jordy est là aussi, cramponné à mon bras et abasourdi par son propre chagrin. Hier, quand je suis venue le chercher chez mes parents à Castagnède, ma mère est sortie de la maison. D'habitude, Jordy m'attend au portail avec son sac : je n'ai pas croisé mes parents depuis au moins deux ans. Elle s'est avancée jusqu'à la voiture avec Jordy, qui arborait déjà un petit costume noir de circonstance. Elle ne m'a rien dit, elle n'a pas essayé de feindre une tristesse qu'elle n'éprouvait pas, mais elle m'a regardée avec insistance. J'ai compris qu'elle aurait voulu trouver des formules de déploration et de compassion mais qu'elle n'y arrivait pas. Elle sentait que la situation l'exigeait, mais c'était au-dessus de ses forces, pour toutes sortes de raisons troubles, dont son indifférence à mon égard et son peu de goût pour les grands discours. Elle a haussé les épaules et fait demi-tour,

me laissant seule avec ce pauvre Jordy, qui gémis-
sait douloureusement, lui, et qu'il a fallu consoler.

Tu vas finir avec les vieux, mon bel amour, mais
plein de jeunes sont venus à Sare te dire un dernier
adieu. Ils sont tous là, tes potes : Maxime, Yvan,
Kenza, Louis, Gabriel, Thelma, Arthur, Alexandre,
Bastien, Oriane, Saul, Hugues, Vincent, Faustine,
Swan, Ferdinand, Samuel, Pauline… Tes potes
qui sont aussi les miens, mais qui me regardent
comme si je leur faisais peur et qui osent à peine
me parler. C'est d'autant plus bizarre que je suis
l'une des rares à ne pas pleurer. À moins que ce
ne soit ça qui les effraie, justement ; à moins que,
comme Roy, ils ne soient convaincus que je ferais
bien mieux d'éclater en sanglots sauvages, comme
l'a fait cette pauvre Oriane, qui ne t'a connu qu'en
fac de médecine mais se comporte comme si elle
était ta veuve. Si on était en Inde, sans doute se
jetterait-elle sur ton bûcher funéraire, mais heureusement pour elle et pour tout le monde, on est
au cœur du Pays basque, où ces coutumes barbares n'ont pas lieu.
Anouk et Jéré sont venus eux aussi et se sont
gauchement frayé un chemin jusqu'à moi. Anouk
m'a serrée affectueusement contre elle, et l'espace d'un instant, vertigineux, j'ai entrevu ce que
signifierait le fait de se laisser aller au chagrin
et de pleurer éperdument contre cette poitrine
voluptueuse, parfumée et mouchetée de grains
de beauté. Sauf que je me suis instantanément
reprise. Le chagrin et les larmes attendront que
j'aie tué ton frère.
Où que tu sois, c'est-à-dire nulle part, tu espères
peut-être que je vais renoncer à mes projets de

vengeance. Ce serait bien ton genre, de souhaiter que j'oublie ou que je pardonne – ton genre, Zachée, mais pas le mien.

Ah, voilà Léo. Ses parents sont là aussi. Sa mère le tient fermement par la main, avec un air à la fois assuré et méfiant, comme s'il courait le risque de te suivre dans la tombe. Le risque est faible, mais je la comprends. La mort c'est aussi soudain qu'imprévisible : on a un fils de vingt ans bien vivant, et la seconde d'après, couic, on se retrouve avec un cadavre flottant entre deux eaux.

Les Chastaing arrivent à leur tour, dans l'Audi Q3 de Jérôme. Ysé sort la première : elle jaillit de la voiture comme un petit animal enfin libéré, puis elle s'avance d'un pas contraint vers ses quatre grands-parents, qui forment un îlot de sénilité avancée au sein de cette mer de jeunes gens.

La mer. À chaque fois que je perçois des lambeaux de conversation, c'est d'elle qu'il est question, de sa dangerosité, de sa cruauté, du mauvais sort qui a voulu que Thadée ait sa jambe arrachée par un requin-bouledogue avant que Zachée ne se noie.

Si je voulais, je pourrais méduser toute cette assemblée en proclamant haut et fort que ce n'est pas la mer qui nous a pris Zachée, et encore moins le mauvais sort. Non, le coupable est ici, il s'extirpe à son tour de l'Audi, beaucoup plus péniblement que sa petite sœur, en raison de son infirmité.

La voiture reste close, ensuite, un long moment, avant que Jérôme n'en fasse enfin claquer la portière pour aller cérémonieusement ouvrir celle de Mylène. Ils sont méconnaissables. Encore plus ravagés qu'au retour de Nazaré. Et Mylène est clairement défoncée, presque titubante, mais Thadée prend les choses en main et cornaque ses parents jusqu'à l'église, où nous pénétrons à leur suite.

Le reste ne m'intéresse pas. J'ai décliné la proposition que m'a faite Jérôme de dire un mot au micro et j'écoute distraitement tes parents et amis s'y succéder. Paroles, paroles. Aucun discours ne te rendra justice. Aucun discours, même le plus senti et le plus émouvant, ne pourra dire à quel point tu étais une merveille.

D'où je suis, je ne vois que le dos de tes parents, tassés sur leur siège et serrés l'un contre l'autre. À côté d'eux, Ysé s'agite et se retourne fréquemment vers l'assistance, tous ces gens qui sanglotent désormais sans retenue. Jordy a appuyé la tête sur mon bras et je sens de temps en temps son regard inquiet et éploré se poser sur moi, qui ne lui offre qu'un profil impassible.

Kenza vient chanter. « The Wanderer », de Jil Is Lucky. Il ne me semble pas que tu aies particulièrement aimé cette chanson, mais bon. Sa mélancolie un peu klezmer doit lui avoir paru de circonstance. En tout cas, tous tes potes en reprennent le refrain avec Kenza, *Well I'm dragging myself all along the pavement, Up in the sky, there's someone behind, And he's guiding my steps, Up and down the life stairs, Helps me thereby leaving again…*

Swan accompagne Kenza à la guitare, et finalement un petit moment de grâce survient dans cette église. Si je n'étais pas au-delà de toute émotion, je crois que j'y serais sensible.

J'aime bien Swan. J'ai toujours pensé, et je t'ai

toujours dit, que si je n'étais pas tombée amoureuse de toi à quatorze ans, j'aurais sans doute eu une histoire avec lui. Parce que comme toi, il est gai, lumineux, ouvert, simple.

Sans toi, j'aurais eu des *histoires*. Je me serais peut-être crue amoureuse, j'aurais peut-être quitté des garçons, été quittée par eux ; j'aurais peut-être souffert et fait souffrir. Mais ce dont je suis sûre, et je vais essayer de te le dire sans sombrer dans le mélo, c'est que sans toi, je n'aurais pas su ce qu'est l'amour. Il faut que tu me croies, et que tu emportes dans ta tombe mon petit secret romantique.

La messe est finie. Jordy lâche un soupir involontaire de soulagement. Ta famille reçoit mécaniquement les condoléances des uns et des autres. Mylène a mis des lunettes noires, mais le plastron de sa chemise écrue est trempé par les larmes qu'elle verse depuis des heures sans discontinuer.

Ensuite, le cortège s'égaille jusqu'au cimetière. Devant le caveau béant, Anouk m'enlace et me glisse à l'oreille :

— Ça va ? Tu tiens le coup ?

— Oui.

Je tiens. Je tiens très bien, même. Et celui qui assure autant si ce n'est mieux que moi, c'est Thadée, évidemment. Comme je l'avais prévu, il joue de façon convaincante son numéro de frère affligé. Mais il tient mal la charge, et de temps en temps, je perçois chez lui des éclairs d'indifférence voire d'exaspération face à cette souffrance qu'il ne comprend pas. Sans compter que, pincez-moi je rêve, il mate Anouk avec cet air que je lui avais déjà vu à La Réunion, cet air à la fois avide et ironique qui avait le don de faire décapsuler ce pauvre Jérémie.

Il faut dire qu'elle est encore plus renversante que d'habitude, moulée dans une robe de coton prune qui ne laisse rien ignorer de ses seins incroyables et de ses jambes sublimes. Sa seule concession à la décence a été de mater sa crinière sauvage : un chignon haut qui dégage sa nuque frêle, avec son énigmatique tatouage en créole.

Oui, je sais : tu te serais bien fait Anouk. Et ça a même été à deux doigts de se produire, le dernier soir aux Margouillats. Et alors ? Je n'ai jamais pensé que j'étais assez belle, assez intelligente, assez intéressante, pour te suffire et pour te retenir. Je n'ai jamais pensé non plus que nous traverserions l'existence sans rien voir et sans rien éprouver d'autre que notre amour. De toute façon, la question est réglée en ce qui te concerne et j'aurai été ta première, ta dernière, et pour autant que je sache, ta seule. C'est injuste. Rien que pour ça, je voudrais que tu aies couché avec Anouk. Que tu puisses emporter dans le caveau des Faye le souvenir de sa peau, de ses cheveux annelés, de sa bouche incroyable, de ses seins crémeux, de ses fesses hallucinantes. L'éternité va être longue si tu n'as que moi pour figurer dans tes rêves érotiques. Encore que… C'était bien, hein ? C'était bien, nous deux. Et ça a été bon très vite, passé les premières hésitations, les premiers tâtonnements. Je n'aurais pas cru.

Le sexe, pour ce que j'en savais avant de te connaître, c'était forcément crade. Quelque chose dont on ne parlait pas chez moi et qu'on pratiquait peut-être encore moins. Seule ma grand-mère m'a fait quelques confidences à ce sujet, quand elle a compris que j'étais *en âge*. Et la vie sexuelle de ma grand-mère, ça a l'air d'avoir été assez glauque, et systématiquement associé à l'alcool et aux coups. Rien ne me préparait à jouir autant, Zachée. Et toi aussi, je t'ai fait jouir, tellement souvent et tellement fort...

En écho à mes pensées lubriques, Anouk resserre son étreinte affectueuse autour de mes épaules. Léo, qui s'est rapproché, en fait autant de l'autre côté et je leur suis reconnaissante de leur soutien, même s'il est parfaitement inutile. Je dirais même que ça me fait un peu mal de voir Léo. Il te ressemble vraiment trop, avec ses boucles châtaines, son sourire perpétuel et ses longs cils de fille. Il a ta gentillesse aussi, ton attention aux autres. Léo, c'est toi, mais en une version un peu loupée : il est trop grand, trop gauche, sa mâchoire est vaguement chevaline... Sans compter qu'il ne sait rien faire de ses dix doigts et n'a pas d'autre désir dans la vie que de la passer joyeusement à ne rien foutre avec ses potes. Thadée l'appelle le « déchet ». Mais Thadée a des surnoms comme ça pour tout le monde. Moi ça doit être la « pute », la « grosse », ou la « tarée », un truc sympa.

Ça dure, cet enterrement, ça n'en finit pas. Ysé s'avance vers ton cercueil et y dépose furtivement une sorte de parure primitive, un collier fait de plumes et de débris non identifiables, peut-être des lézards desséchés. Oriane geint sans vergogne. Que quelqu'un se dévoue pour lui mettre une gifle ou je vais finir par le faire.

Mon regard croise celui de Thadée pour la première fois depuis le début de la cérémonie. Je lui souris. Un sourire dans lequel je mets toute la haine, tout le mépris, tout le dégoût qu'il m'inspire. Un sourire qui ressemble plus à un retroussement de babines, quelque chose d'animal et d'intimidant. J'espère juste qu'il est le seul à l'avoir vu, parce qu'évidemment, je ne suis pas censée sourire à l'enterrement de mon grand amour. Et d'ailleurs, ne t'y trompe pas : je suis désespérée, détruite, même. Une fois que j'aurai assassiné ton frère, je m'effondrerai probablement. Ou pas. Ça aussi je m'en fous. La vie peut bien continuer, le concours d'infirmière, Jordy, le surf, que sais-je. Je me trouverai des occupations, des passe-temps, sois tranquille.

Et puis ça y est, c'est fini. Il y a eu un moment assez pénible, à la fois flottant et tendu, quand on a refermé les portes du caveau sur ton cercueil. Une sorte de gémissement unanime s'est exhalé de l'assistance, et puis clac, terminé, rentrez chez vous. Nous nous sommes dispersés sur des mots d'encouragement et des promesses de se voir bientôt. J'ai joué le jeu, mais le seul que j'aie vraiment envie de revoir, c'est ton frère, et je lui ai mentalement donné rendez-vous pour ce qui sera son dernier jour à la surface de la terre, à lui qui t'a envoyé pourrir dessous.

THADÉE

Cette nuit, j'ai rêvé de La Réunion. Je surfais une super vague, une droite cristalline et turquoise qui n'en finissait pas de tuber. Je la surfais back-side, la main arrière sur le rail extérieur, la main avant au contact de la paroi, et elle se refermait autour de moi sans une éclaboussure. Je me sentais à la fois merveilleusement à l'abri et complètement euphorique. Je me disais, putain, c'est trop bien, j'y arrive, j'y arrive, j'y arrive comme *avant* ! C'était même mieux qu'avant vu que je n'ai jamais pu me retrouver dans un barrel sans me demander avec angoisse comment j'allais en sortir. Et pour tout dire j'ai connu plus de casquettes, de boîtes ou de chutes over the falls que de jaillissements en grande pompe. Mais là, c'était magique et j'apercevais justement la sortie du tube, un ovale parfait, à peine plus clair que l'eau verte et triomphalement couronné d'embruns.

Au moment où j'allais quitter le barrel, j'ai réalisé que ma jambe droite était devenue noire, comme envahie et flétrie par une sorte de moisissure sombre. Sauf qu'en fait, il s'agissait d'un tatouage géant, une sorte d'entrelacs de ronces et de fleurs, un truc de meuf qu'il ne me serait jamais venu à l'idée de me faire faire.

Le rêve s'est arrêté là, me laissant le cœur battant et l'estomac chaviré par une impression confuse de peur et de dégoût. Quand j'y ai repensé, un peu plus tard dans la matinée, je me suis rappelé qu'Anouk avait ce genre de tatouage sur le bras. Le même que celui de mon rêve, mais en moins étendu et en plus coloré. Elle en a un autre dans la nuque, une phrase en créole, apparemment, mais elle ne m'a jamais laissé le temps de la lire. Ça fait partie de son sale jeu de petite allumeuse. Cela dit, pour une fille qui rêve de devenir tatoueuse, deux tatouages, c'est peu. Jéré en a plein, lui, dont deux qu'elle lui a faits elle-même : une clef du Nil assez basique, et un oiseau chelou. Ça s'appelle un paille-en-queue, mais c'est pas parce que c'est réunionnais que c'est joli pour autant. Il aurait mieux fait de s'adresser à un vrai pro, comme je l'ai fait pour mon requin-bouledogue. Et en même temps, ça aurait pu être le pied de me faire tatouer par Anouk, de la payer pour qu'elle se penche sur moi et s'active sur ma chair avec son petit dermographe.

J'ai revu Anouk hier, à l'enterrement de Zachée. En fait, j'ai même revu tout le monde : les grands-parents, les cousins, les oncles, les tantes, les potes du lycée, du surf… Bizarre, ce moment. Je m'attendais à être super mal, à me sentir coupable, mais non, pas tant que ça, et pas tout le temps. En fait, il y a même eu de longs moments où j'ai été sincèrement triste, et d'autres, encore plus longs, où j'ai oublié à la fois que Zach était mort et que c'était par ma faute. Sa mort ne date que d'une semaine, mais il me semble que tout s'est déroulé il y a une éternité et dans un autre monde, un monde qui n'a rien à voir avec celui où je vis, rien à voir avec moi.

La mort de Zachée ? J'y étais sans y être. Un peu comme dans mon rêve de cette nuit : j'ai quelque chose à voir avec celui qui a tué Zachée, je le revois agir et il me ressemble, mais ce n'est pas moi.

J'imagine que c'est ce que disent la plupart des meurtriers pour leur défense. Sauf que je ne suis pas un meurtrier. La mort de mon frère, c'est presque un accident. Un accident de surf, comme il en arrive des dizaines chaque année. Surtout chez les surfeurs de gros. Si Zach s'est noyé, c'est essentiellement de sa faute. Bon, je dois reconnaître que je l'ai peut-être déposé trop à l'intérieur de la vague. Du coup il est parti quasi avec la lèvre et tout s'est effondré sur lui. Il a dû se prendre des tonnes de mousse et se retrouver plaqué au fond. Avec une deuxième vague surpuissante qui s'est abattue immédiatement après, ça lui laissait peu de chances. Quand j'ai fini par le voir flotter en surface, il était déjà mort. Ou presque. Il a ouvert les yeux quand j'essayais de le hisser sur le traîneau de sauvetage, mais son regard était vitreux. Pour autant que je sache, c'était peut-être une sorte de réflexe post-mortem. Un truc que le corps fait tout seul, alors même que la vie est en train de s'en retirer. À ce moment-là, j'ai un peu pété les plombs, mais il faut se représenter la situation. Le ciel et l'eau étaient devenus noirs, il pleuvait, le vent hurlait à mes oreilles, les vagues étaient énormes et cassaient dans tous les sens, sans compter que la zone d'impact se déplaçait sans cesse. Sur mon jet-ski, je n'en menais pas large. Quand j'ai fini par récupérer Zachée, j'étais dans un tel état de panique que je n'ai peut-être pas eu les gestes adéquats. Il se peut même que je lui aie maintenu la tête sous l'eau une minute ou deux. Mais on parle là d'une possibilité, pas d'une certitude. Si Roy prétend avoir vu quelque chose de la plage, c'est un sacré menteur. Et si Cindy le croit, c'est qu'elle est aussi bête que je l'ai toujours pensé.

Après, je ne peux pas nier avoir eu des envies de meurtre. Alors évidemment, si on additionne deux et deux, ça fait de moi l'assassin de mon frère. Mais la réalité n'est jamais aussi simple qu'une addition.

Pourtant, si je veux être honnête, il y a bel et bien eu ce moment, à Nazaré, où je me suis dit que je ne pouvais pas vivre si Zachée vivait. C'était le lendemain de notre arrivée. Ce jour où il a fait si beau et si chaud pour la saison ; ce jour où le large nous envoyait de bonnes gauches rapides, tendues, et parfaitement glassy. À vue de nez, les vagues faisaient dans les deux mètres, mais tout le monde était en gun. Roy est venu saluer Zachée. J'ai cru comprendre qu'ils avaient surfé ensemble à Guéthary, deux ou trois ans plus tôt. Roy a jeté un œil à ma prothèse, mais il a fait ce que font les gens dans ce cas-là, c'est-à-dire comme si de rien n'était. Ben oui, forcément : ce n'est effectivement *rien* pour eux.

On s'est mis à l'eau en même temps tous les trois et on a ramé jusqu'au pic. Roy et Zachée m'ont laissé prendre la première vague. Je l'ai négociée sans trop de mal et ça m'a encouragé à repartir au pic pour en prendre une autre, puis une autre. J'étais plutôt content, mais dès que j'essayais de prendre de l'élan pour sauter par-dessus la lame, je perdais ma planche, ou au contraire, je restais inexplicablement collé à la vague, comme si l'eau était devenue lourde et visqueuse sous mes dérives. Du coup, très vite, je me suis emmerdé. Comme en plus j'avais froid et mal aux bras à force de me replacer sans cesse, je suis revenu sur la plage pour enlever ma combi, me sécher, me rhabiller. Zach et Roy sont restés au line-up. Zach se contentant de me dire que c'était normal que je sois fatigué pour mon premier jour et que j'aurais dû faire plus de muscu :

— Note que Praia do Norte, ça va te faire les bras bien comme il faut. Tu vas voir, d'ici trois jours, t'auras déjà vachement plus de force.

J'ai allumé mon premier joint de la journée et je l'ai fumé en regardant les évolutions de mon frère sur l'océan. Je crois qu'au bout d'un moment, il a complètement oublié que j'étais là. En fait, Roy et lui s'éclataient. Roy est bon, d'ailleurs, mais mon frère, putain, mon frère... J'ai compris à le voir tout ce qu'il avait dû me cacher ces dernières années : parce qu'un niveau pareil ne s'obtient pas en surfant un week-end par mois et trois semaines l'été. Il était juste devenu super bon, et pour ça il avait dû s'entraîner des jours et des jours avec Cindy. Il frimait déjà pas mal à La Réunion, mais à La Réunion j'étais encore largement meilleur que lui.

Là, sur le sable éblouissant de Praia do Norte, j'ai senti une rage dévastatrice m'envahir. Pas parce que mon frère m'avait dépassé, non, mais parce qu'il m'avait menti. Un sale putain de menteur, voilà ce qu'il était. Je pouvais même dater avec précision le moment où il avait décidé de changer de catégorie et de devenir un vrai char-geur : ça s'était passé à Belharra, la fois où on était allés regarder la vague avec les gars du club de surf. J'ai bien senti, ce jour-là, que Zach et Cindy étaient tout émoustillés. Cindy, surtout. En fait, c'est elle qui a dû lui mettre dans la tête l'idée qu'ils allaient se mettre à surfer du gros. Et comme Zach est un vrai mouton, il a suivi. Mais ils se sont bien gardés de m'en parler. Ils ont dû avoir peur que je m'y mette aussi et que je les ridiculise. Et sans l'accident, c'est exactement ce qui se serait produit.

Ce jour-là à Nazaré, on n'était pas dans du gros swell, et je ne pouvais pas encore juger de ce que donnait Zach dans des vagues XL, mais c'était pire. C'était pire, parce que sur cette mer glassy son surf était exactement celui que j'aime et que j'ai toujours rêvé de pratiquer : il réussissait tous ses flips, tous ses 360°, il envoyait ses petits airs front-side, il brodait sur la vague à coups de rol-lers, de floaters, il s'envolait, il replaquait, tout ça fluide, sans efforts, easy.

Quand je me suis aperçu que je pleurais, je me suis rapidement essuyé les yeux et les joues. Pas question que quiconque s'aperçoive de ma rage et de ma frustration, même si elles étaient tout à fait compréhensibles et légitimes. J'ai perdu ma jambe, merde ! Je vais rester toute ma vie le cul au sec sur la plage pendant que mon frère s'éclate sur son tapis volant !

C'était tellement insupportable que j'ai arrêté de regarder le large. J'ai allumé un nouveau joint et je me suis allongé sur le sable, face au ciel où s'effilochaient de rares nuages. Le soleil d'octobre n'a pas tardé à me réchauffer, et une idée a commencé à prendre forme dans mon esprit. Enfin, prendre forme c'est trop dire, mais quand Zachée est venu s'asseoir à côté de moi, tout joyeux dans sa combinaison trempée, j'ai su qu'il fallait qu'il meure parce qu'il n'avait pas le droit d'être aussi heureux, de se sentir aussi bien, aussi détendu, aussi satisfait de sa session miraculeuse sur la vague portugaise.

CINDY

Thadée a disparu. C'est Léo qui me l'a appris. Sans lui je n'aurais plus de nouvelles des Chastaing, d'ailleurs. Depuis l'enterrement, il y a dix jours, ils ne m'ont donné aucun signe de vie. Peut-être m'ont-ils enterrée moi aussi, hop, fini Cindy, on oublie. Heureusement, Léo n'est pas comme ça. Au contraire, il m'entoure de son affection et de sa sollicitude. Si Anouk et lui n'étaient pas là, je n'aurais plus aucune vie sociale. Je les ai fait se rencontrer, et désormais il nous arrive plusieurs fois par semaine d'aller prendre un verre à l'Unik ou à l'Arain hegalari.

Jéré se joint parfois à nous. Anouk et lui commencent à se faire à leur petite vie biarrote. Il est veilleur de nuit dans un hôtel et surfe dès qu'il le peut. Elle a entamé sa formation de secrétariat médical et bosse à temps partiel dans un salon de tatouage à Bayonne. Là aussi, il s'agit plus de formation que de taf à proprement parler : je crois qu'elle se contente de trucs simples ou de retouches. En attendant, elle dessine comme une dingue, elle couvre ses carnets de motifs compliqués et exotiques : des fleurs, des oiseaux, des dragons. Il faudrait que je la présente à Ysé, elles s'entendraient bien toutes les deux. Sauf que je n'ai plus de nouvelles d'Ysé non plus.

Selon Léo, elle va bien, mais en revanche, Mylène a complètement sombré depuis que Thadée s'est barré.

— Mais comment ça, il s'est barré ?

— Je te dis, il a vidé son livret A, il a pris des affaires, sa caisse, et voilà. Je crois qu'il a juste laissé un mot disant qu'il fallait pas s'inquiéter. C'est Jérôme qui l'a dit à ma mère. Ils sont très proches, tu sais.

Il me regarde en disant ça, et il a ce geste, ce geste que tu avais toi aussi : fourrager dans tes cheveux du plat de la main. Parfois, c'est trop dur pour moi de passer du temps avec Léo : il te ressemble vraiment trop.

En attendant, la volatilisation de ton frère n'arrange pas mes affaires. Je ne vois pas du tout comment je vais pouvoir le tuer s'il a disparu. Note que depuis quinze jours que j'y réfléchis, j'ai eu le temps de comprendre que tuer quelqu'un, ce n'est pas si simple – et il n'y a pas de tutoriels sur internet pour ça. Même si je hais ton frère, même si j'ai la conviction qu'il faut débarrasser la surface terrestre de cet être nuisible, il y a des gestes dont je ne me sens tout simplement pas capable, des trucs trop gore, comme l'étranglement ou les coups de couteau. Idéalement, j'aurais aimé l'empoisonner ou l'étouffer sous son oreiller, mais pour ça, il faut d'abord que je le retrouve, et d'ailleurs, je ne vois toujours pas quel poison ferait l'affaire et encore moins comment me le procurer.

C'est drôle, je suis constamment hantée par mes projets de vengeance, mais ça ne m'empêche pas de vivre, de fonctionner quasi normalement. Je dors, je mange, je vais en cours, je bosse, je relis mes fiches... Le concours est dans quelques mois. Plus vite je serai infirmière mieux ça vaudra : je pourrai sauver Jordy des griffes de mes parents.

Je regarde Léo qui bavarde en face de moi avec une gaieté factice. Pourtant, ce qu'il raconte n'est pas bien gai. Mylène est hospitalisée. Dépression ou overdose de médocs, ça n'est pas très clair. Les deux, probablement. Jérôme ressemble à un zombie, mais il semble assurer à peu près, que ce soit à la pharmacie ou avec Ysé.

Je me demande si Léo sait que sa mère a une liaison avec ton père. Je les ai grillés, il y a trois ou quatre ans, dans un café de Bayonne où j'étais entrée acheter du tabac – c'était du temps où je fumais encore. Ils étaient assis l'un en face de l'autre, et une bouteille de vin blanc renversée gisait dans le seau à glace. Sous la table, la longue jambe nue de Maud caressait le tibia de Jérôme, ne me laissant aucun doute sur la nature de leur relation. Je ne t'en ai jamais parlé. Finalement je t'ai laissé idolâtrer ton père comme je t'ai laissé idolâtrer ton frère. Tu es mort en croyant Jérôme irréprochable. Tant mieux.

Tant mieux aussi pour ton pauvre père s'il trouve un peu de consolation auprès de Maud. Si je n'étais pas au-delà de toute consolation, moi aussi, j'aimerais bien que quelqu'un m'en apporte, que quelqu'un prenne avec moi sa part de l'horrible fardeau : toute cette tristesse, tout ce désespoir, mais aussi toute cette haine et toute cette horreur.

Je vois bien que Léo aimerait jouer ce rôle

auprès de moi. Et même un peu plus que ça. Il ne me le dit pas, mais je sais que je lui plais. Mais personne ne te remplacera, mon amour. Même pas le gentil Léo qui te ressemble tant mais qui n'est pas toi.

En fait, la seule qui soit en mesure sinon de me consoler du moins de me comprendre, c'est Anouk. Hier, elle est passée chez ma grand-mère. J'étais en train de réviser mon cours d'infectiologie, mais à sa vue, j'ai lâché mes fiches, et nous sommes sorties marcher le long de la Côte des Basques. Il avait plu, mais le temps venait de se dégager et la température était très douce pour un mois de novembre. Comme d'habitude, Anouk était magnifique, avec un pull blanc fileté d'or qui dégageait à la fois sa nuque souple, ses épaules crémeuses et la naissance de ses seins.

— T'es trop belle.

— Ouais, c'est ça.

C'est marrant, il n'y a qu'à elle que je dis ce genre de trucs. D'habitude j'évite les remarques sur le physique. Ça me soûle. Mais en ce moment, la beauté d'Anouk est ce qui me réconcilie avec le genre humain. Nous marchons côte à côte et elle fait sensation. Je ris, mais elle me regarde avec un tel étonnement que je m'abstiens de lui dire qu'un mec a failli se prendre un pilier à cause d'elle. Au lieu de ça, je l'informe de la fugue piteuse de Thadée.

— Tant mieux. Qu'il se casse le plus loin possible, ce connard !

Nous n'avons jamais vraiment parlé de Thad, elle et moi. Elle ne sait pas que je le hais, et jusque-là j'ignorais qu'elle partageait mes sentiments. Vu comment les choses se sont passées à

La Réunion, je me doutais quand même qu'elle ne l'appréciait pas.

— Le problème, c'est que pour Mylène, ça a été le coup de grâce, le départ de Thadée. Elle a complètement lâché la ficelle.

— Elle devrait être soulagée, au contraire. C'est juste qu'elle sait pas à quel point son fils aîné est une ordure.

— Et toi, tu le sais ?

Je la force à s'arrêter, je la dévisage et je répète ma question :

— Et toi, tu le sais ?

Elle dégage son bras de mon étreinte un peu fébrile et me répond que oui, elle le sait, qu'elle est même très bien placée pour le savoir vu que Thadée a failli la tuer.

— Quoi ?

— Mais oui. Il a failli me violer et me tuer.

— Mais quand ?

— Juste avant que vous arriviez à La Réunion, Zach et toi.

— Tu l'as dit à Jéré ?

— Non. Je l'ai dit à personne. Tu es la première.

Je tremble. De colère, mais aussi de soulagement et presque de plaisir. Roy a bien vu ce qu'il a vu, et je ne suis pas folle de le croire et de vouloir te venger. Mais pour l'instant, je ne dis rien à Anouk de ce soulagement et de cette jubilation. Je la laisse parler :

— Il m'a suivie, une nuit. On faisait la fête, tu vois. J'avais pas mal bu. Je suis allée pisser dans le bois. Tu te rappelles, le bois derrière le camp... Il m'a foncé dessus et il a commencé à mettre ses sales mains partout sur moi. En plus, j'étais à moitié à poil. Je suis sûre que ça l'a excité à mort de me voir pisser. Il est tellement dégueulasse.

Je ne veux surtout pas l'interrompre alors je ne dis rien, mais je confirme : ton frère a toujours aimé les trucs crades, la pisse, la gerbe, la merde. Il prend un malin plaisir à détailler les moindres aléas de sa vie digestive, à employer des mots orduriers, à susciter le malaise voire le dégoût. La pauvre Jasmine poussait des cris d'orfraie, mais ça n'a jamais empêché Thadée de parler de son caca à tout bout de champ. Il a bien essayé de t'entraîner sur son terrain, de t'intéresser aux pratiques uro et scato, mais ça te laissait aussi froid qu'un concombre. Et si ça se trouve, ça n'excitait pas Thadée plus que ça. C'était juste histoire de nous provoquer et de nous déstabiliser. Je n'ai jamais su ce qui pouvait faire bander ton frère, et je n'ai jamais eu envie de me pencher sur le sujet, mais j'ai comme l'impression que son seuil d'excitabilité était particulièrement élevé.

Je suis tombée un jour sur le test d'un magazine féminin auquel Jasmine avait scrupuleusement répondu. Nous étions tous les quatre en week-end chez tes grands-parents. Ce devait être à l'occasion de leurs cinquante ans de mariage. Je me souviens de mon désœuvrement ce jour-là. J'errais dans la belle maison de Sare en attendant l'heure du déjeuner, l'un de ces déjeuners interminables pour lesquels ta famille a le chic. Pas de ça chez les miens. Hélas ou heureusement, ils n'ont jamais été foutus de se mettre à table en même temps. J'ai toujours mangé seule, dans ma chambre ou sur le canapé du salon. J'imagine que Jordy fait pareil, qu'on le laisse s'empiffrer à n'importe quelle heure et de n'importe quoi, comme je le faisais à son âge. Quoi qu'il en soit, j'avais fait de mon mieux pour tuer le temps pendant que tu discutais avec papy Jean et mamie Régine. Ça non plus, personne ne connaît chez moi : des échanges sereins et courtois. Mes parents ne parlent pas, en fait. Ni entre eux ni avec nous.

Alors pendant que tu souscrivais de bonne grâce à tes obligations familiales, j'ai attrapé un magazine qui promettait de m'apprendre quel amant tu étais. Oui, oui : si je répondais honnêtement à un test, le magazine se faisait fort de rattacher mon partenaire sexuel à tel ou tel profil. Quelqu'un avait d'ailleurs déjà fait le test et coché les cases ad hoc. C'était Jasmine : je me suis rappelé l'avoir vue stylo en main la veille au soir, attentivement penchée sur le numéro que je tenais entre mes mains. Le test attribuait à Thadée un maximum de triangles noirs et je me suis machinalement reportée aux résultats : que faites-vous avec ce tocard ? Telle était en substance la question que Jasmine aurait dû se poser à l'issue du test, et je me suis sentie un peu honteuse d'avoir regardé ses réponses et pénétré ainsi dans leur triste intimité, leurs rapports sexuels aussi rares que brefs, leur absence de fantaisie, et surtout l'indifférence totale de Thadée pour le plaisir de sa compagne. Tu m'as donné tellement de plaisir, Zachée…

— Il me faisait mal, en plus, ce con ! J'ai gardé des bleus pendant des semaines ! Mais tu me connais, je me suis pas laissé faire, j'ai résisté. Et puis au bout d'un moment, quand il a vu qu'il arrivait à rien, il a commencé à m'étrangler ! Je suis arrivée à me dégager et à me barrer, mais je te jure, j'ai vu dans ses yeux qu'il serait allé jusqu'au bout si j'avais pas réussi à lui échapper.

Elle est assise sur le muret qui longe la promenade et elle fiche dans le mien son beau regard doré, tout embué de larmes.

— Putain, ce mec, Cindy, c'est un psychopathe, un vrai !

— Mais pourquoi t'as rien dit ? Pourquoi t'en as pas parlé avant ? Jérémie l'aurait défoncé !

Ce que je ne lui dis pas, mais je le pense très fort, c'est que si elle avait parlé, les choses se seraient peut-être passées différemment. Peut-être que Thadée serait allé en zonzon, peut-être qu'on l'aurait obligé à se soigner. Tu serais vivant, mon amour.

Je veux bien avoir des regrets mais pas ce genre de pensées stériles, ce qui fait qu'au lieu d'accabler de reproches cette pauvre Anouk, je lui déballe tout. Derrière elle, la marée montante dévore peu à peu le sable fin de la plage. Tant de fois toi et moi nous sommes tenus au même endroit, observant le ballet des surfeurs au line-up, ou encore les vagues assaillant les escaliers d'accès à la plage. Sans compter toutes les fois où des surfeurs se sont fait piéger sous nos yeux, coincés entre l'océan et les rochers, obligés de sortir par des échelles murales, avec ou sans leur planche.

Aujourd'hui, personne n'est pris au piège. À moins que je ne sois en train d'en tendre un à Anouk, avec mon encombrante confidence. Elle m'écoute comme elle sait le faire, avec une attention pleine et entière. Elle écoute le récit de Roy et l'analyse que j'en fais :

— Tu vois, je crois que Thad a toujours été jaloux de Zachée, mais qu'avec l'amputation, c'est devenu intolérable pour lui. Voir que Zachée avait ses deux jambes, continuait à vivre et surtout à surfer, ça lui a fait péter un câble. Tu vois, Thad a toujours été celui qu'on remarquait. Quand ils étaient tous les deux, c'est Thadée qui attirait l'attention.

— Il faisait tout pour ça.

— Oui, et Zachée a toujours considéré que la première place lui revenait. À Thad. Chaque fois qu'on en a parlé, il m'a dit la même chose, que son frère avait un besoin maladif d'être au centre, d'attirer toute la lumière, et que c'était très bien comme ça. Zachée, ça lui convenait, il trouvait même ça plus peinard. Je crois que ça a très bien marché pendant des années mais que le système a commencé à prendre l'eau quand ils sont arrivés au lycée. Parce que Zachée a pris de l'assurance. Sans compter que scolairement, il était nettement plus brillant.

— Ah bon ? Mais Thad nous a raconté qu'il était en maths spé, qu'il allait faire Polytechnique et tout ça.

— Mouais. À voir. En tout cas, en première et en terminale il truandait à mort. Il était connu pour ça. Et je crois que Mylène et Jérôme n'ont pas vu un vrai bulletin à lui depuis des années.

Hop, ça y est, la plage a disparu sous l'assaut impitoyable de la marée. Anouk encaisse mes révélations et frissonne dans son petit pull blanc.

— Tu veux ma veste ?

— Non, ça va. Qu'est-ce que tu vas faire ? Le dénoncer ?

— À qui ? À ses parents ? À la police ?

— Les deux.

— Je sais toujours pas. Ça fait des jours que je retourne le truc dans ma tête. J'ai pas envie d'avoir affaire aux flics.

302

— Mais il faut que Thadée aille en prison pour ce qu'il a fait ! Il a tué son frère !

C'est en le disant qu'elle réalise vraiment l'horreur de la situation et s'en pénètre. Elle pleure de nouveau et pose sur moi sa petite main frêle. À côté des siennes, les miennes sont de vrais battoirs. Tu les aimais, mes mains, mon amour. Ce n'est pas difficile, tu aimais tout de moi, même ce que je déteste. Tu embrassais chacun de mes doigts. Est-ce que les autres garçons font ça ? Est-ce que les autres garçons sont comme toi ? Aussi attentionnés ? Aussi tendres ?

Et comme tu me connaissais bien ! Putain, tu me connaissais à fond ! Je n'avais pas moyen de te surprendre, ça m'énervait. Qu'est-ce que je ne donnerais pas aujourd'hui pour que tu devances mes désirs au resto ou pour que tu m'achètes juste le bon top, à la bonne taille et dans les bonnes couleurs – il faut que Thadée aille en prison. Mais ira-t-il ?

— Personne ne me croira. C'est trop affreux. Et trop invraisemblable. Thad n'a jamais paru en vouloir à son frère de quoi que ce soit. Pour tout le monde, ils s'entendaient bien.

— Les parents… Eux, ils ont dû voir des trucs.

— Je sais pas. Pas Mylène en tout cas. Elle a toujours préféré Thadée. Et il sait la prendre. C'est quand même un putain de gros manipulateur.

— Mais quand même, Roy ! Roy, il l'a vu en train de noyer Zachée !

— Il était loin, il faisait un temps de merde. N'importe quel avocat démolira son témoignage. Je dis pas que c'est pas jouable de le balancer aux flics, mais y a de bonnes chances pour qu'il s'en sorte blanc comme neige. Et j'ai pas envie qu'il s'en sorte : j'ai envie qu'il prenne perpète.

— De toute façon, personne ne prend jamais perpète : j'ai vu un reportage à la télé, y a toujours...

Je l'interromps :

— Ce que je veux dire, c'est que je veux qu'il soit puni pour toujours.

Elle est perplexe. Les beaux yeux dorés s'exorbitent, accentuant encore sa ressemblance avec certains batraciens. Cette fille est belle, mais il s'en est fallu de peu pour qu'elle ait l'air d'une grenouille. C'est toi qui m'avais fait remarquer ça un jour, la ressemblance entre Anouk et la rainette aux yeux rouges. Ai-je dit qu'en plus d'être beau, gentil et tendre, tu étais aussi la personne la plus drôle que j'aie jamais connue ? Tu savais voir des choses, épingler des ressemblances, imiter des comportements... Moi, je n'ai aucun humour.

Tandis que nous prenons toutes les deux le chemin du retour, je lui expose mes projets de vengeance. Mes projets qui n'en sont pas, d'ailleurs, puisqu'à ce jour je n'ai pas encore trouvé la façon dont je vais me débarrasser de ton frère. Sans compter qu'il a disparu. Anouk balaie cette dernière considération d'un haussement d'épaules :

— T'en fais pas qu'il reviendra. Quand il aura mangé les vingt mille euros de son livret A.

— Il peut très bien trouver un boulot, refaire sa vie ailleurs.

— On le retrouvera : tu peux plus disparaître, aujourd'hui, avec les smartphones, internet : tu laisses forcément des traces !

— Il a pas pris son smartphone.

— On le retrouvera, je te dis. Toi et moi, on va le traquer.

Je ris, mais ça me plaît qu'elle soit partante avec

moi pour venger ta mort. Je me sens moins seule – même si je sais bien que je le serai toujours maintenant que tu es mort. L'expression d'Anouk se fait méditative et nous marchons sans rien dire. Au moment où nous sommes sur le point de nous séparer, elle me délivre solennellement sa sentence :

— C'est Caïn et Abel, en fait. Tu sais, dans la Bible, les deux frères... Caïn est jaloux d'Abel et il le tue. Mais je crois que Dieu le punit. Ou alors il a tellement de remords qu'il se punit tout seul, je sais plus.

— Il se suicide, tu veux dire ?

— Non... Enfin je sais plus trop... Je me rappelle plus... Je crois qu'il a une marque sur le front, tu vois, un signe qui fait que tout le monde sait qu'il a tué son frère. Faut que je relise. Tu te souviens pas, toi ?

— Je risque pas de me souvenir : j'ai jamais lu la Bible.

— Ouais, moi, j'ai pas trop eu le choix : je l'ai lue, on me l'a lue... Je devrais connaître ça par cœur.

Je sens qu'elle est sur le point de se livrer un peu, mais elle se reprend, m'embrasse, et file rejoindre Jérémie à l'hôtel du centre-ville dont il assure l'accueil de nuit. La première chose que je fais une fois rentrée, c'est de taper « Caïn et Abel » sur Google. J'ai bien demandé à ma grand-mère si elle avait une Bible, mais elle m'a regardée comme si j'étais folle. Il faut croire que la Bible n'est pas plus dans nos mœurs familiales que les conversations et les repas en famille.

Anouk a raison : Thadée est Caïn et tu es Abel. En revanche, la marque dont elle me parlait n'a rien d'un stigmate infamant, c'est plutôt un signe qui empêche les autres de tuer Caïn. On ne comprend pas très bien si Dieu le marque pour le protéger ou pour qu'il finisse ses jours dans la honte.

Bizarrement, il y a des gens assez tarés pour se faire tatouer la marque de Caïn : une sorte de sept dépourvu de barre et flanqué sur sa gauche de deux virgules rouges. Mais bon, imaginez n'importe quoi, la phrase la plus inepte, le dessin le plus naze, et vous trouverez quelqu'un qui se l'est fait graver dans sa chair pour la vie : cartes bancaires, cupcakes, devises mal orthographiées, Anouk est intarissable sur le sujet. Sans compter ceux qui se font faire une fausse moustache ou de faux sourcils en forme de chats ou d'épingles à nourrice.

Quand j'éteins l'ordi, une idée est en train de germer dans mon esprit, et pour la première fois depuis ta mort, je réussis à dormir plus de deux heures d'affilée.

Dès le lendemain, je me pointe chez toi. Il est dix-sept heures, et comme je l'escomptais, seule Ysé est à la maison. Elle me reçoit avec ces petites manières désuètes et cérémonieuses dont tu te moquais sans acrimonie. J'ai dit que tu aimais Thadée, mais tu aimais Ysé, aussi. Beaucoup. Tu disais que c'était la surdouée de la famille Chastaing, et je veux bien le croire. Après quelques formules d'une politesse scrupuleuse, ta sœur me demande de but en blanc si je rêve de toi. Oui, tu es dans tous mes rêves, et c'est affreux à chaque fois, soit parce que je t'y vois souffrir et mourir, soit parce que tu y es délicieusement vivant et que je te regarde en ayant conscience de ta mort imminente et violente. Je réponds donc à Ysé par l'affirmative – mais pour les détails, elle repassera.

— Et Thadée ? Vous avez des nouvelles ?

— Non.

— Ta mère est toujours à l'hosto ?

— Oui.

Autant la ressemblance entre Thadée et toi était frappante, et crois-moi ça me tue de le reconnaître, autant Ysé ne ressemble à personne. Elle est brune et mate, avec des cheveux plats d'Asiatique. Thadée et toi étiez plutôt blonds et bouclés. Le silence dure et Ysé me dévisage sans en être gênée. Au bout d'un moment, elle me tend le paquet de biscuits dans lequel elle piochait à mon arrivée :

— Sans gluten.

— Quoi ?

— Les gâteaux : ils sont sans gluten.

— Ah.

Je m'en fous complètement, en fait. Ce que je veux, c'est aller dans la chambre de Thadée, et je prétexte des affaires à récupérer dans la tienne pour monter à l'étage.

La chambre de ton frère est sale et sent mauvais. Le lit n'est pas fait. Je fouille vaguement ses tiroirs, espérant tomber sur son téléphone portable. En vain. En revanche, à peine cachées sous une pile de cours de physique, je trouve des photos imprimées sur des feuilles A4 : on y voit des filles dans des positions diverses, mais invariablement nues et barbouillées de merde. Super.

Son ordinateur portable est là. Bizarre qu'il l'ait laissé. Il s'est peut-être dit qu'un ordi aussi, ça laissait des traces, qu'on pourrait le retrouver avec une adresse IP. Je l'allume sans difficulté

307

mais Thadée a évidemment mis un mot de passe. Merde. Le tien c'était « Babybemine82 ». Et le mien c'est et ce sera toujours « ZachéeCindy ». Sur le bureau, quelques numéros de *Surfer's Journal*, un roman d'anticipation à la couverture argentée, des feuillets épars, mais rien d'intéressant. Je m'avise quand même que Thadée a rempli l'un d'eux de petits dessins et de mots sibyllins, le genre de trucs qu'on griffonne machinalement tout en répondant au téléphone ou en naviguant sur le Net. Comme la formule « Swimming with the sharks » y figure plusieurs fois, sous des graphies diverses et avec des petits dessins de requins un peu partout, je tente le coup, tout attaché, bingo !

Voilà, ça y est, je suis dans le cerveau de ton frère ou du moins son extension technologique. À première vue, il n'y a rien ou presque dans sa boîte mail. Ton frère avait décidément une vie sociale très pauvre. Son historique de navigation est plus intéressant. Thadée a récemment visionné un nombre incalculable de vidéos pornos et a visité pas mal de sites ad hoc. À côté de ça, il semble s'être intéressé de très près à la sphère alter et avoir fait beaucoup de recherches sur les communes libertaires et les villages autogérés. L'un d'eux a suffisamment retenu son attention pour qu'il ait envisagé de s'y rendre, si j'en crois l'itinéraire routier qu'il a calculé sur Mappy. Bizarrement c'est dans les Landes, donc relativement près de Biarritz.

Je m'aperçois qu'Ysé est entrée à pas de loup et qu'elle retient son souffle derrière moi, tout en regardant les images du hameau dans lequel Thadée a peut-être trouvé refuge : quelques masures, mais aussi des caravanes, des tentes et des cabanes. C'est loin d'être le plus avenant des villages anarchistes ou autogérés auxquels Thadée s'est intéressé. C'est même le plus sinistre.

— C'est là qu'il est, Thadée ?

— Je sais pas.

Si je m'attarde, je cours le risque de croiser Jérôme, et c'est la dernière chose dont j'ai envie.

— Tu sais quoi, Ysé, je vais le prendre, l'ordi de Thad. Tu crois que ton père va s'en apercevoir ?

— Personne ne s'en sert. Il est bloqué. Enfin, il était bloqué : comment tu as fait ? Mais si tu veux, je vais mettre celui de Zachée à la place : c'est le même. Et je dirai que t'es venue chercher celui de Zachée. Parce qu'il y avait des photos de vous dedans. C'est une bonne idée, non ?

— C'est une idée diabolique. Merci, Ysé.

Je ne sais pas pourquoi cette petite fille sert mes plans avec autant de bonne volonté et d'ingéniosité, mais j'embarque sans vergogne le MacBook de ton frère. Quant au tien, il contient effectivement toutes nos photos, mais je ne me sens pas prête pour un diaporama de nos six ans d'histoire d'amour : la priorité et l'urgence, c'est de neutraliser celui qui nous a empêchés d'en écrire la suite.

Ton frère nous a privés de tant de choses, mon bel amour. Nous ne surferons jamais Pipeline ensemble. Nous n'irons jamais à Teahupoo, à Jaws, à Mavericks, tous ces spots mythiques – sans compter tous les spots secrets que nous aurions découverts ensemble et gardés rien que pour nous.

Et nous n'aurons jamais d'enfants.

À propos d'enfants, Ysé me raccompagne

jusqu'au seuil, mais au moment de refermer la porte, elle me lance avec fermeté :

— Ne ramène pas Thadée.

— Ah bon ? Pourquoi ?

— Parce que je ne l'aime pas. Je ne veux pas qu'il revienne.

Ysé est la seule enfant de ma connaissance qui n'omette jamais les négations. Et elle a beaucoup plus de vocabulaire que moi, ce que tu ne te privais pas de me faire remarquer.

— Qu'est-ce qu'il t'a fait ?

— Du mal !

Elle a prononcé ces deux mots avec une affectation théâtrale qui m'aurait agacée en d'autres circonstances, mais là, j'ai envie d'en savoir plus et je n'ai pas besoin de la prier beaucoup.

— Il me pinçait, il me tirait les cheveux, il me tordait le nez.

— Bah, tous les frères font ça.

— Oui, mais Thadée, c'était tous les jours. Et il me disait que j'étais moche.

— Tu es très jolie.

Elle hausse les épaules avec désinvolture et poursuit son petit compte rendu :

— Il disait aussi que j'étais une enfant adoptée. Que c'était pour ça que je ne leur ressemblais pas.

— Tu ressembles à ta mère. Ta mère est brune, elle aussi.

— Oui, mais Mi a les cheveux frisés, et papa aussi. Thadée dit que deux cheveux frisés ne peuvent pas avoir un enfant aux cheveux lisses.

— Tout ça c'est des conneries.

— Oui, je sais. Mais Thadée, il disait que ma vraie mère c'était une pute et que mon père c'était un drogué. Qu'il les connaissait mais qu'il n'avait pas le droit de me dire qui c'était. Et que quand je serais grande, je deviendrais pute aussi. Et droguée. Parce que c'était dans mes gènes.

— Thadée est complètement mytho.

— Ben c'est pour ça qu'il ne faut pas le ramener. Laisse-le où il est, d'accord ?

Qu'Ysé se rassure, je n'ai pas l'intention de ramener Thadée. J'ai d'autres projets pour lui. Je m'éloigne déjà quand elle me rappelle depuis le perron :

— Cindy ?

— Oui ?

— Tu crois aux fantômes ?

Je la regarde plus attentivement et je me demande ce qui peut bien lui passer par la tête depuis que sa famille, sa routine, ses repères, tout ce qui faisait sa vie d'avant, a volé en éclats. Elle a un air grave et préoccupé que je ne lui ai jamais vu, même si Ysé n'est pas précisément une boute-en-train – tu étais clairement le plus gai de la famille Chastaing.

— Qu'est-ce qui se passe, Ysé ? Tu penses à Zachée, c'est ça ? T'as l'impression qu'il est encore là ? Tu rêves de lui ? Tu sens sa présence ? Mais je t'ai dit que moi aussi…

Elle secoue la tête, les yeux un peu dans le vague, et je reviens sur mes pas :

— Non, non, ce n'est pas Zachée. C'est autre chose. Quelque chose de mort, mais pas Zachée.

— Tu m'inquiètes, là : tu as vu quoi, exactement ?

— Rien. C'est juste une impression. Et des odeurs bizarres.

— Tu as toujours tes bestioles, là ? C'est peut-être ça ?

— Mes araignées ? Oui, oui. Mais ça ne sent rien, les araignées. Et les phasmes non plus. Et tu sais quoi ?

Non, je ne sais pas, et son visage s'illumine brusquement de plaisir à l'idée de la nouvelle qu'elle va m'apprendre. Elle a oublié ses histoires de fantômes et d'odeurs bizarres. Jordy est comme ça aussi : capable de passer sans transition d'un sentiment extrême à l'autre. Mais moi, mes douze ans sont loin, ce qui fait que je végète dans le même chagrin atone depuis ta mort.

— Je vais avoir un po-go-na !

Elle détache bien chaque syllabe, convaincue de faire son petit effet. Peine perdue, vu que je ne sais absolument pas ce qu'est un pogona. Mais je peux compter sur Ysé pour me délivrer un petit cours express de zoologie :

— C'est un lézard, mais il peut mesurer un mètre ! Et il a une sorte de barbe, qui se gonfle quand il veut intimider son ennemi ! Et il peut être rouge, ou même doré ! Mais dans ce cas il coûte très cher, alors je vais me contenter d'un beige ou d'un gris. Le problème, c'est qu'il me faut un nouveau terrarium, une lampe chauffante et une lampe éclairante : le pogona a besoin de beaucoup de lumière pour fixer le calcium et la vitamine D.

Si Ysé savait à quel point je me fous des animaux, quels qu'ils soient, elle économiserait sa salive. Mais là, elle est lancée, intarissable, et je la laisse pérorer : ça lui change les idées et ça me les change aussi. Et puis c'est ta sœur, mon amour. Je l'ai toujours aimée à travers toi, à travers ce que tu m'en disais, à travers le petit personnage comique que tu en avais fait pour moi : Ysé, ses manies, ses marottes, ses insectes, ses dessins étranges, son sérieux imperturbable, sa culture encyclopédique et sa fantaisie, à mille lieues de mon pauvre frère si ordinaire et si conformiste.

— Bon, Ysé, je viendrai le voir, ce pogona. Avec Jordy. Et les fantômes, ça n'existe pas. J'aimerais bien, mais non.

— Pourquoi tu aimerais bien ?

— Parce que j'aimerais que Zachée revienne, sous une forme ou sous une autre. Qu'on puisse communiquer. Il me manque.

— Peut-être qu'il le fait mais que tu ne le vois pas.

Je l'étreins plus affectueusement que d'habitude, mais elle se dérobe comme une anguille et se plante sur le seuil pour réitérer ses adieux protocolaires :

— Au revoir, Cindy. Je dirai à Jérôme que tu es passée.

Cette fois-ci, c'est bon, je quitte « Leku Ona » – le nom basque de la villa – avec l'ordi de ton frère sous le bras. On verra bien s'il me livre d'autres secrets répugnants.

THADÉE

Il fallait que je parte. La maison, c'est devenu *Walking Dead*, avec mes parents en morts-vivants décérébrés qui errent dans la maison, vaguement attirés par le bruit qu'Ysé et moi sommes seuls à y faire. Je n'en peux plus de leur voir ces visages hagards et ces regards épouvantés. Je veux bien croire que le choc soit dur à encaisser, mais de là à se comporter comme si l'existence tout entière était soudain privée de sens, ça me paraît exagéré, voire vaguement désobligeant pour Ysé et moi, qui sommes là, bien vivants, et ne demandons qu'à remplir le vide laissé par Zach.

Parce que c'est vrai, je le reconnais, la mort de Zach a fait un trou dans nos vies. Même dans la mienne. Il faut que Jérôme et Mylène cessent de faire comme s'ils étaient les seuls à souffrir. Tout le monde souffre. Et moi le premier puisque j'aurais pu le sauver. Enfin, je ne sais plus, c'est de moins en moins clair, ce moment où je l'ai vu flotter au milieu des vagues noires de Nazaré.

Je suis parti. Et Rivebelle, pour le moment, c'est l'endroit qu'il me faut, même si j'aurais préféré Notre-Dame-des-Landes ou Tamera, au Portugal.

Tamera, surtout : l'amour libre ça fait rêver : j'ai des idées que je ne demande qu'à mettre en application avec des volontaires enthousiastes. Non que le consentement des partenaires soit un préalable indispensable, mais pour me roder, pour tester certaines pratiques ou en trouver de nouvelles, rien de tel qu'une dynamique de groupe.

Rivebelle, c'est donc faute de mieux. Un spot de repli en attendant que je me rencarde mieux sur d'autres communes autogérées, voire d'autres squats. En échange de ma piaule, je donne des cours de maths et de physique aux gamins de la communauté. C'est du provisoire, mais je sens que ma vie, désormais, ça va être du provisoire. Un jour ici, l'autre là. Ce ne sont pas les zones à défendre qui manquent. Et d'une certaine façon, moi aussi j'ai une zone à défendre. Non, je *suis* une zone à défendre. Et personne ne le fera à ma place, pas plus mes gentils parents que les autres. Au contraire, dès l'enfance, j'ai dû protéger mon intégrité contre leurs tentatives d'éducation qui n'étaient ni plus ni moins que des séances de dressage. Contrairement à ce file-doux de Zachée, je n'ai jamais accepté de sauter dans leurs cerceaux.

Zach n'a jamais vu ou jamais voulu voir où était le problème. Il a toujours adhéré à tout, il a toujours suivi la masse, à la maison, à l'école. Il n'avait pas plus d'esprit critique qu'un hanneton. Il n'a jamais réalisé avec quelle perversité le système s'attaque à nous, ni à quel point la famille est partie prenante d'une entreprise globale qui ne vise qu'à nous décapiter. Dans la joie et dans la bonne humeur si possible. Avec notre accord.

À travers le monde, il y a des gens qui l'ont compris. Ceux-là sont peut-être mes pairs, mais rien n'est moins sûr. Je ne sais même pas si mes pairs existent. Il se peut que je sois comme le requin-bouledogue : un solitaire qui ne connaît que des alliances occasionnelles et opportunistes avec ses congénères. On verra bien. La solitude ne me fait pas peur.

CINDY

Je sais que Jérémie veut bien faire, qu'il cherche à me remonter le moral en m'invitant sans cesse à aller surfer avec lui ou à les rejoindre ici ou là pour boire un coup ou manger un morceau, mais la dernière fois que j'ai surfé, c'était avec toi à Guéthary, juste avant ton départ pour Nazaré, et je ne suis pas encore prête à me mettre à l'eau sans toi.

Cette fois-là, ce n'était pas le Parlementia des grands jours, juste une petite vague à hauteur d'épaule, qui se laissait aussi vite surfer qu'oublier. Sauf qu'en définitive, je ne l'oublierai jamais, puisque tu es parti le lendemain et que je ne t'ai jamais revu vivant. Alors voilà, ma dernière session avec toi, ça aura été ça : deux heures de surf, une vingtaine de vagues très moyennes, et quelques bières avec Xabi et Jérémie. Dans les restos qui longent la plage, ça sentait la fin de saison. Il faisait tout juste assez chaud pour qu'on se mette en terrasse et tu as pris ma main sous la table. Tu n'étais pas aussi démonstratif d'habitude, tu attendais qu'on soit seuls pour l'être, mais là tu as senti que j'étais triste de ton départ prochain et pas très contente que tu me lâches pour faire plaisir à Thadée.

Ce sont là, pour toujours, tes derniers gestes, tes dernières attentions pour moi. La nuit qui a suivi, nous n'avons même pas dormi ensemble parce que j'allais chercher Jordy chez mes parents et que tu rentrais chez les tiens. Heureusement que je suis venue te dire au revoir le lendemain… Autrement, je n'aurais même pas eu ça, cette dernière étreinte, tes lèvres dans mon cou, tes mots à mon oreille, comme un viatique destiné à me faire tenir une semaine.

Aujourd'hui, je meurs d'envie de me retrouver seule avec Anouk pour l'informer de l'idée qui m'est venue, cette idée mirifique, cette idée antalgique qui m'a permis de mieux dormir cette nuit et la nuit d'avant. Malheureusement, Jérémie est morose, et au lieu de nous laisser entre filles, ce qu'il fait d'habitude assez vite, il s'attarde au-dessus de sa Grimbergen, et monologue, l'œil dans le vide, sans voir qu'Anouk partage mon impatience, vu que je l'ai prévenue par texto que j'avais de grands projets pour elle – car on verra qu'elle est concernée au premier chef.

Jérémie a le mal du pays. Les bambous, les badaniers, l'odeur du benjoin, les pailles-en-queue, les gauches parfaites de Saint-Leu, les projections d'embruns métallisés par le soleil tropical, les coulées de basalte noir, tout lui manque.

— Ici, je dis pas que c'est pas bien. Les Cavaliers, Parlementia, j'adore. Vous avez des spots de folie. Et les Landes, c'est le top, je reconnais. Mais bon, compare avec Boucan Canot, avec Saint-Pierre, y a pas photo : c'est mieux chez nous !

Je le laisse dire parce qu'il est malheureux. Il a

l'impression d'avoir été chassé du paradis, alors forcément l'Uhabia, Hossegor, Seignosse, il n'en reconnaîtra jamais les charmes et la puissance d'envoûtement. Je le laisse dire, aussi, parce que ce que j'ai vu à La Réunion, je ne l'ai vu nulle part ailleurs : des beach-breaks puissants, de jolies vagues turquoise qui tubent sans se faire prier au-dessus d'une pointe corallienne, du sable blanc, du sable noir, des frangipaniers qui viennent jusque sur la plage, une lumière incomparable, je comprends que Jérémie ait le seum d'avoir dû quitter tout ça. N'empêche qu'il est fatigant avec son île :

— Quel gâchis, putain ! À La Réunion, on a tout ! Y'en a pour tous les goûts et tous les niveaux ! On a du reef, on a du beach ! Tu peux toujours surfer quelque part ! Quand c'est pas les Aigrettes, c'est Trois Bassins, ou la Pointe du Diable ! On a des fosses qui sont des aimants à vagues ! C'est le petit Hawaii de l'océan Indien ! Pas la peine d'aller à Punta Cana ou à Teahupoo !

Au bout d'un moment et après un énième demi, il finit par s'éloigner en bougonnant. Il faut croire qu'il ne s'est pas senti assez soutenu par Anouk ou par moi. Ça fait déjà une bonne heure que nous le laissons soliloquer sans réagir de peur de relancer la machine.

— Tu trouves pas qu'il boit beaucoup depuis qu'on est ici ?

— Il buvait déjà pas mal avant, non ?

— Non. Avant c'était le week-end, en soirée. Maintenant c'est tous les jours.

— Ben écoute, s'il arrive pas à se faire à la métropole, vous rentrerez. Ils vont bien finir par trouver quelque chose pour les requins, des filets, des sonars, je sais pas... On pourra de nouveau surfer.

— Je ne rentrerai pas, Cindy. Moi, j'adore être ici. Je rencontre plein de gens, ça bouge tout le temps. À La Réunion, on voyait toujours les mêmes, on restait entre nous, j'en avais marre.

— Ben aux Margouillats, ça tournait pas mal, non ?

— Oui, mais les gens restaient pas. J'avais pas le temps de me faire des potes. Et puis le surf, c'est pas mon délire. Enfin ça va, j'aime bien, mais vite fait.

Elle s'interrompt, les yeux brillants, la mine animée :

— Bon alors, c'est quoi le bail ?

— J'ai une idée. Pour punir Thadée.

— Ouais, j'en étais sûre !

C'est tout juste si elle ne se frotte pas les mains de plaisir anticipé.

— Et je te préviens : j'ai besoin de toi !

— Trop bien !

— Tu te fous pas de moi si tu trouves ça trop ouf, d'accord ?

— Jamais !

— On va lui tatouer un truc sur la gueule, à Thadée !

Je marque un temps d'arrêt, histoire de ménager mes effets, puis j'articule solennellement :

— La marque de Caïn !

— C'est quoi ça ?

Je sors illico mon iPhone et lui montre le tatouage écarlate auquel m'ont menée mes recherches sur le fratricide biblique.

— Jamais vu ! Mais pourquoi tu veux lui tatouer ça ?

— Ben parce que ça dit clairement qu'il a tué son frère !

— Sauf que personne saura que ça veut dire ça. À part vraiment les connaisseurs. Genre ceux qui l'ont aussi. Et eux, ils trouveront ça cool.

— Un truc comme ça sur le front, tu te poses des questions ! Thadée, il sera constamment obligé de donner des explications. Et puis y a tous ceux qui savent que Zachée est mort : ça leur donnera des soupçons, tu crois pas ?

Je vois à sa mine qu'elle réfléchit très sérieusement à ma proposition. Elle finit par sortir le carnet d'esquisses dont elle se sépare rarement et recopie le signe tripartite.

— Ça se fait toujours en rouge ?

— Je sais pas. J'ai l'impression.

— En tout cas, ce serait hyper facile à tatouer.

Nos bières tiédissent tandis que nous continuons à discuter de l'opportunité de ce tatouage. Anouk dessine ensuite un rat très convaincant, poil hérissé, queue serpentine, œil fourbe :

— Et ça ? Qu'est-ce que t'en dis ? Ça sur le front, ça dit clairement que Thad n'est qu'un rat, une bête nuisible, qui vit dans les égouts, une ordure.

— Mouais, c'est bien aussi... Mais il serait capable de transformer ça en truc fun. En plus il a déjà un requin sur le biceps.

— Et alors ?

— Ben il peut faire genre qu'il aime les animaux que personne n'aime. Transformer ça en revendication à moitié écolo.

— Et si je le lui tatouais sur le nez, pas sur le front ?

Là, je sens qu'on tient quelque chose : un tatouage sur le nez, c'est moche de toute façon.

— Dans ce cas, fais-lui la marque de Caïn sur le nez ! Le signe principal sur l'arête et les deux plus petits sur la pommette. Qu'est-ce que t'en dis ?

— Génial ! Tu sais pourquoi c'est génial ? Parce que rouge comme ça, ça aura l'air d'une maladie de peau, genre une tache de vin !

— Un angiome !

— Un angiome, si tu veux ! Mais en tout cas, il sera défiguré !

— Et puis il pourra difficilement raconter qu'il s'est fait tatouer ça de son plein gré !

— Putain, marqué à vie !

— T'es sûre que c'est à vie ? Ça s'enlève, non, un tatouage ?

— Mouais, au laser. Mais en réalité, ça part jamais complètement. Au lieu d'avoir un tatouage, t'as une marque blanche ou une cicatrice. Et le rouge, ça s'enlève plus difficilement que le noir, à ce qu'il paraît.

— C'est pas bon, ça ! Moi, je veux qu'il ait ça pour toujours ! Qu'il puisse plus aller nulle part sans que les gens sachent qu'il est le meurtrier de son frère !

Elle rit de toutes ses dents éclatantes ; elle rit en secouant ses boucles noires et pour la première fois depuis longtemps l'étau se desserre autour de ma poitrine :

— Cin, le tatouage, c'est moi qui vais le faire, rien ne m'empêche de fraiser bien profond, d'aller au-delà du derme ! Je peux même le scarifier si tu veux !

— Scarification et tatouage par-dessus, c'est possible ?

— Mais oui, bien sûr. Au salon on nous en demande de plus en plus : du cutting, du branding. Même Rihanna, elle a fait ça ! En fait, au lieu de piquer, tu incises. Et tu mets l'encre dans les blessures. C'est hyper simple.

— Tu l'as déjà fait ?

— Non, tu parles ! Manu, il me laisse juste tatouer des trucs basiques. Mais je l'ai vu faire plein de fois. Et puis on s'en fout si je merde ! On s'en fout que ce soit réussi ou pas ! L'essentiel c'est qu'on reconnaisse le signe et que ça reste pour toujours, non ? Et si y a des complications, une infection, une nécrose, des chéloïdes, à mon avis, Thadée nous fera pas de procès. Il aura trop peur que la justice se penche sur la mort de Zach. Ou que ses parents commencent à se poser des questions. Et en plus les chéloïdes, c'est le but quand tu te fais scarifier : c'est ce que les gens cherchent, que ce soit bien moche, boursouflé et tout…

Je l'arrête avant qu'elle ne se lance dans une dissert sur le body art.

— O.K., c'est bon : le cutting, ça me paraît très bien pour ce connard. On va le marquer à vie, comme une vache. Et le branding, ce serait encore mieux.

— Le branding, tu brûles le keum, tu fais ça avec du métal incandescent.

— Oui, je sais : c'est pour ça que je trouve ça très bien pour Thadée.

— Le branding, je le sens moins, Cindy. On n'en a jamais fait au salon. Ou en tout cas, pas quand j'étais là.

— Bon, on s'en tient aux scarifications, alors.

— Pour scarifier Thadée, faudrait d'abord qu'on le trouve.

— Écoute, je suis pas sûre, mais je crois que je sais où il est. Un bled dans les Landes. Ça s'appelle Rivebelle. Genre commune autogérée. Dans sa corbeille j'ai trouvé des mails qu'il a envoyés à un mec de là-bas. Et puis il a calculé l'itinéraire pour y aller. Donc à mon avis, il y est. Et c'est pas super loin.

— Ben allons-y aussi !

— En fait, le mieux ce serait qu'on y aille ensemble mais que tu te pointes seule au village. S'il me voit, c'est mort.

— Mais qu'est-ce que je lui dis ?

Je la regarde. Et je ne suis pas la seule. Le serveur de l'Unik la mate depuis le début, et les mecs à la table à côté en ont la mâchoire qui se décroche. Incroyable, l'effet que peut faire cette nana...

— Anouk, à mon avis t'auras pas grand-chose à lui dire...

THADÉE

Rivebelle, je n'y suis que depuis dix jours, mais j'ai l'impression d'y avoir passé dix ans. Déjà, ma piaule est un trou à rat : apparemment, avant d'avoir quelque chose de mieux, il faut attendre, faire ses preuves, intégrer vraiment la communauté. En plus, filer des cours aux gniards d'ici, c'est vraiment pas mon délire. Ils sont tous à moitié demeurés avec leurs noms chelous, Zeruya, Aubierge, Gengis, Dagobert... Ils ne restent pas en place, n'écoutent rien, et ne rêvent que de tripoter ma prothèse ou de voir mon moignon. Autant la règle de trois les indiffère, autant m'entendre parler requins et amputations les fascine.

J'ai un peu essayé d'aider au jardinage, mais je suis quand même très handicapé. D'autant que le jardinage à Rivebelle, c'est du sérieux. Ici, on parle permaculture, lombricompost, mulch, semis spontanés : ça ne rigole vraiment pas. Dommage, parce que je préférerais cent fois arroser les tomates que de faire résoudre des équations à Framboisine, Subutex et Méthadone. Oui, j'ai fini par les rebaptiser, malgré leurs glapissements de protestation.

De toute façon, je ne vais pas faire de vieux os

ici. Je me suis mis en relation avec une nana de Tamera, une Suisse qui y vit depuis cinq ans et à qui j'ai fait miroiter mon appétence pour les pratiques extrêmes. Sans compter qu'un unijambiste, ça excite les folles, et que la nana en question a vraiment l'air très allumée – mais clairement baisable.

En attendant, je tue le temps. Je me suis racheté une tablette et un iPhone, et je passe des heures à visiter virtuellement les ZAD et les villages autogérés de France et de Navarre. Hier, j'ai appelé à la maison, histoire de tranquilliser les parents et d'éviter qu'ils ne lancent une alerte enlèvement. J'ai beau avoir vingt-deux ans, ce serait bien leur genre.

Dès que j'ai entendu la voix atone de Jérôme, j'ai eu envie de raccrocher. Putain, je n'ai vraiment plus rien à voir avec ces gens-là. Si tant est que j'aie eu à voir avec eux un jour. N'ai-je pas toujours été un alien au sein de ma propre famille ?

— Thadée ? C'est toi ? Mais tu es où ?

— Je peux pas te le dire. Je veux pas que vous me cherchiez. Mais je vais bien. Je vous rappellerai.

— Attends, ne raccroche pas !

Cette intonation suppliante... À gerber. J'ai soupiré ostensiblement et attendu qu'il crache le morceau, quel qu'il soit.

— Thadée, pourquoi tu es parti ? Tu ne crois pas qu'on est assez malheureux comme ça ? Tu ne crois pas que la seule façon possible de surmonter la mort de ton frère c'est de se serrer les coudes, de rester ensemble, unis tous les quatre ?

Pauvre Jérôme, il n'a toujours rien compris. Tant mieux pour moi. Je peux encore avoir besoin de lui et de Mylène. Du coup je balbutie n'importe quoi, des phrases incohérentes qu'il peut mettre sur le compte du chagrin et du remords. Remords de n'avoir pas pu sauver Zachée, remords d'être parti : je le laisse débrouiller ça, faire le tri, croire ce qu'il a envie de croire, se fabriquer une vérité qui l'arrange, c'est-à-dire un mensonge de plus.

De toute façon, tout n'est que mensonge, depuis toujours, partout. Je suis loin d'être le pire en la matière. Et d'ailleurs, je n'ai pas eu le choix vu que ma vérité personnelle, personne n'en voulait. C'était mentir ou mourir. J'ai fait mon choix, mais ce n'est pas allé sans mal.

Je me rappelle être passé, enfant, par une sorte de crise : je me réveillais presque toutes les nuits, avec le sentiment que quelque chose ou quelqu'un pesait sur ma poitrine, m'empêchant de bouger et de respirer. Quand j'en ai parlé à Mylène, elle est venue dormir dans ma chambre, sur un lit d'appoint, histoire d'être là à mes réveils pour me rassurer et m'aider à me rendormir. C'était pire, bien sûr. Je sortais du sommeil pour voir son visage adorant penché au-dessus de mon lit, entendre sa voix prononcer des inepties agaçantes : « Tout va bien, mon chéri, maman est là. » Et quand je réussissais à surmonter ma crise sans la réveiller, j'étais quand même exaspéré de sentir le parfum douceâtre de sa crème de nuit, d'entendre sa respiration et tous les petits bruits agaçants que font les gens quand ils dorment.

Jérôme était différent, mais finalement tout aussi insupportable dans son parti pris de régenter nos vies. On me rétorquera que l'éducation, c'est précisément ça : des adultes qui régentent, régulent, encadrent. Mais Jérôme en faisait trop.

Il ne nous laissait pas une seconde de répit : c'était sans cesse des livres à lire, des exercices à faire, des distances à parcourir à pied ou à vélo, et des records familiaux à faire tomber. Autant Mylène régnait sur nos semaines et les ritualisait, autant Jérôme s'arrogeait nos week-ends et nos vacances. À croire qu'il élevait des animaux de compétition. Je crois que c'est pour ça que j'ai très vite eu le vertige en montagne. La montagne, c'était son domaine de prédilection, et il en avait fait un terrain d'entraînement pour Zachée et pour moi, avec sans cesse de nouveaux cols à passer, de nouveaux sommets à franchir, de nouveaux refuges à rallier, sac au dos et shoes de deux tonnes aux pieds.

Du coup le surf a été un soulagement. Nous leur avons échappé, nous sommes sortis du domaine de compétence de Jérôme comme du périmètre de sécurité tendrement délimité par Mylène. J'ai retrouvé mon souffle, j'ai retrouvé le sommeil, j'ai adoré le surf. Certes, il y a eu d'autres adultes, des moniteurs, des profs, et eux aussi m'ont cassé les couilles, mais ils n'avaient pas le même pouvoir de nuisance que mes parents.

Je n'ai jamais parlé de tout ça avec Zachée. À lui aussi, j'ai dissimulé ma vérité intime et dérangeante, mon horreur du train-train émollient dans lequel il nous fallait vivre : les repas en famille, l'école, les week-ends chez les grands-parents, les vacances en Haute-Savoie. Tout m'horripilait, mais il fallait quand même feindre une adhésion minimale.

Ce qui m'angoissait le plus, c'est que pour tout le monde, l'adhésion semblait aller de soi. J'aurais tellement aimé un monde d'enfants sauvages, un monde dans lequel aurait régné la férocité naturelle au lieu de cet univers policé, étriqué, oppressant, et finalement invivable.

J'en suis là de mes pensées, entre ressassement du passé et projections dans un avenir autogéré, quand elle se matérialise dans l'encadrement de la porte et fait une entrée titubante dans la chambre minuscule et vétuste que m'allouent les habitants de Rivebelle. Elle. Anouk. J'étais allongé sur mon lit et j'en laisse tomber ma tablette. De stupeur. De ravissement. Car autant ma vie d'avant m'inspirait un sentiment d'horreur et l'envie de sauter du navire, autant j'aurais bien sauvé Anouk de tout ce naufrage.

Il y a quelque chose chez elle, quelque chose dans son regard étrange et ses manières farouches, qui m'a toujours donné à penser qu'elle était comme moi, et qu'à elle, peut-être, j'aurais pu parler. J'ai été con de la brusquer. On est partis sur de mauvaises bases, elle et moi. Enfin pas tant que ça, faut croire, puisqu'elle est là.

— Comment tu m'as trouvé ?

Elle rit. Elle a l'air défoncée. Mais c'est un air qu'elle a souvent, et ça ne veut rien dire chez elle. Si ça se trouve, elle est clean.

— Une coïncidence. Sauf que je ne crois pas beaucoup aux coïncidences.

— T'as pris un truc ?

— Non. Oui. J'ai fumé. Et un peu picolé.

— Ah ouais ?

— Ça t'intéresse ?

— Pas plus que ça. T'as quoi ?

— Du zamal : tu me connais, je fume que ça.

— Ah bon, O.K.

329

Elle s'assoit à côté de moi et entreprend de nous rouler un joint à toute vitesse avant de me le tendre.

— Non mais sans déc, Anouk, qu'est-ce que tu fous là ?

— Je connais une meuf ici : Maï.

— Une blonde ? Elle a un gamin ?

— Ouais. Ça fait déjà un moment qu'elle me dit de venir passer quelques jours. Et puis voilà, je me suis décidée, et en arrivant, j'ai reconnu ta caisse, ta porte était ouverte...

— Ils ferment pas les portes, ici. Mais t'en fais pas, y a un verrou : si tu veux qu'on soit tranquilles...

— Non, ferme pas... On va juste s'en fumer un petit, et puis tu vas me raconter ce que toi, tu fous là. Parce que, sans déc, Thadée, t'as foutu le bordel en partant. C'est Cindy qui m'a raconté...

— Tu vois Cindy ?

— Ouais, vite fait. On s'aime bien. Et puis la pauvre, en ce moment... Bon, je sais que c'est facile pour personne, et surtout pas pour toi... Mais bon, elle est vraiment très mal. Avec Jéré on essaie de la soutenir...

Visiblement, Cindy ne s'est pas ouverte à Anouk de ses soupçons ineptes. Ou alors, Anouk est une super comédienne. Elle rit, elle parle, elle ne m'en a jamais tant dit. Et elle est étourdissante de beauté dans une sorte de bleu de travail ouvert sur ses seins mouchetés de sombre. À moins que ce ne soit le joint qui me tourne la tête.

— Putain, tu l'as chargé !

— Pas particulièrement. Mais c'est vraiment un zamal de ouf ! T'as rien à boire ? Pour accompagner.

330

— Mais qu'est-ce qui t'arrive ? Je t'ai connue moins... plus sage, plus sobre.

— Je suis dans une phase.

— Ah bon. Quel genre ?

— Destroy.

— J'ai de la vodka.

— Ouais. Très bien.

Ma prothèse est appuyée contre le mur décrépit, mais je n'en ai pas besoin pour clopiner jusqu'au placard sous l'évier, où j'ai entreposé des bières, de la vodka, des trucs à grignoter.

— T'as faim ?

— Non, j'ai soif !

Elle étire le mot dans sa jolie bouche, elle a soif, très soif, et roule déjà un nouveau joint de son zamal d'enfer tandis que je lui tends un verre de vodka. J'aurais bien bouffé un peu avant de la suivre, mais elle ne m'en laisse pas le temps, elle enchaîne les verres, les joints, et très vite, nous sommes faits comme des rats, défoncés à ne plus pouvoir nous lever et à rire comme des malades sur mon mauvais lit.

Ça tombe bien, je n'ai pas envie de me lever, juste celle d'enfouir mon visage entre les seins opulents d'Anouk, envie de tirer sur le zip de sa combinaison, envie de glisser une main dans sa chatte brûlante, envie de me la faire, putain !

Je n'ai pas baisé depuis l'accident. Je sais, ça paraît difficile à croire, mais en deux ans, je n'ai pas vu une chatte. Au début, avec l'amputation, la baise était le cadet de mes soucis, et puis quand j'ai recommencé à y penser, je n'avais plus de meuf. Cette conne de Jasmine s'était barrée. J'aurais pu me remettre à pécho des nanas, avec ou sans jambe, mais pour ça il aurait fallu être motivé, et je ne l'étais pas. En fait, moins on baise moins on a envie de baiser. Comme quoi la nature est bien faite. Je me suis contenté de me branler en regardant des vidéos. Ce que j'avais toujours fait, de toute façon. Et même ça, c'est devenu moins fréquent avec le temps. Moi aussi, je traverse une phase, faut croire. Sauf que j'ai comme l'impression qu'Anouk va m'en sortir.

Hop, je fais descendre la fermeture éclair le long de sa chair lisse et drue, me prenant dans la gueule la vision de ses seins blancs et bruns, encore plus énormes que dans mes souvenirs, et surtout, complètement nus :

— Tu mets jamais de soutif ?

— Si, ça m'arrive…

Sa voix est aussi pâteuse que la mienne, son élocution aussi confuse, ce qui me rassure, parce que je me sens de plus en plus défoncé : si notre première fois ne lui laisse pas un souvenir inoubliable, j'aime autant qu'elle ne lui en laisse pas du tout, histoire que nous sombrions tous les deux dans le même trou noir. En attendant, je rassemble ce qui me reste de force et de conscience pour profiter du spectacle que m'offre Anouk, dépoitraillée, en sueur, offerte. Sous le sein droit, elle a un tatouage, que je déchiffre à grand-peine : « beyond the blue ». Tiens, je ne l'avais pas vu, celui-là. Et pourtant, à La Réunion, elle se baladait constamment en maillot deux pièces.

— Ça fait pas mal, de se faire tatouer là ?

Elle rit sans répondre. Elle est vraiment partie. J'en profite pour descendre la fermeture jusqu'au bout, jusqu'à sa petite chatte bien close sous sa toison lustrée.

— Putain, tu portes jamais de culotte non plus ?

— Si, j'en porte. Tu te rappelles pas ?

— Euh, non...

— Tu l'as déjà vue, ma culotte. À La Réunion.

Une flamme inquiétante s'allume dans ses yeux. Elle aime jouer, cette fille, en fait. J'aurais dû le comprendre avant. Le souvenir du sous-bois odorant où je l'ai surprise en train de pisser me revient brutalement. J'aurais pu la tuer cette nuit-là. Est-ce qu'elle l'a su ? Est-ce que c'est ça qu'elle vient chercher à Rivebelle, des sensations plus fortes que celles que peut lui donner ce connard de Jérémie ? Qui sait, peut-être que Cindy lui a parlé, en définitive. Peut-être que ce qui l'excite, c'est que j'aie tué Zachée.

— Pourquoi tu t'épiles pas la schneck ?

— Ça te gêne, les poils ?

— Ouais. Un peu. J'aime mieux sans.

En fait, je déteste les meufs pas épilées. Je n'avais pas eu besoin de dire quoi que ce soit à Jasmine : elle se faisait tout enlever, ne tolérait pas la moindre repousse, était toujours nickel à quelque heure du jour qu'on la prenne, intégralement épilée et désodorisée. Mais bon, chez Anouk, ce n'est pas non plus n'importe quoi : on sent que la touffe est maîtrisée, tondue régulièrement, alors ça ira. Et puis de toute façon, elle est tellement bandante que je sens que je vais très vite surmonter mon dégoût du poil et des odeurs. À moins que le zamal n'ait raison de mes forces. Avec un gémissement de frustration, je m'abats contre son ventre moite :

— Putain, Anouk, qu'est-ce que tu m'as fait fumer !

Elle a un sursaut de surprise et se dégage de mon étreinte, tandis que je bredouille :

— Qu'est-ce qu'il y a ? Je te plais pas ?

Elle est là, allongée sur mon lit, à moitié déshabillée, les pommettes enflammées par l'excitation, les cheveux collés sur le front par la sueur, les yeux brillants, alors qu'elle ne vienne pas me raconter qu'elle n'a pas envie de moi. Elle glousse nerveusement :

— Tu ressembles à Ragnar, dans *Vikings*.

— Et alors, c'est pas bien ?

— C'est pas terrible.

J'empoigne brutalement le sein le plus proche. Si elle veut jouer à la conne, elle m'a trouvé. Elle se raidit de nouveau, mais ne dit rien et me défie du regard. Quel dommage, vraiment, qu'on se soit enquillé tous ces joints et toute cette vodka : je suis de moins en moins sûr d'être en mesure de lui régler son compte. Surtout s'il faut pour ça employer la manière forte. En fait, je suis à peine capable de lui malaxer le sein et de garder vaguement les yeux ouverts.

Bang ! La porte claque contre le mur lépreux avec une violence inouïe. J'ai à peine le temps de m'appuyer péniblement sur un coude qu'une nouvelle apparition s'encadre entre les montants de la porte. Mais cette fois-ci, au lieu d'une créature de rêve, brune, titubante, égarée, c'est Cindy, raide comme la justice dans un treillis de circonstance, Cindy auréolée de ses dreadlocks de harpie, Cindy qui rayonne d'une joie maléfique, Cindy qui est venue pour me tuer.

CINDY

La première chose que je me dis, c'est que je viens de débusquer dans sa tanière un animal nuisible et nauséabond. Une lampe posée à même le sol éclaire faiblement des murs écailleux et suintants. Toute la pièce baigne dans les volutes de fumée et les remugles mêlés de l'alcool, de la sueur et des ordures ménagères. Mon regard croise celui d'Anouk, illuminé par mon entrée fracassante, puis celui de Thadée, somnolent, presque vitreux. L'herbe coupée à l'opium a clairement fait son effet.

Anouk saute instantanément sur ses pieds, ce dont Thadée semble bien incapable. Il se contente de marmonner des mots sans suite tout en ratissant spasmodiquement de la main les draps crasseux de son lit de fortune. Il ne nous faut que quelques minutes pour le ligoter et le bâillonner avec le matos que j'ai apporté. Ensuite, je verrouille la porte et tire les rideaux, qui donnent sur une esplanade envahie d'herbes folles.

De son côté, Anouk extrait posément d'une mallette les instruments dont elle a besoin et les aligne sur la couverture râpée. Thadée a beau grogner sous le foulard qui lui étire les commissures et s'enfonce dans sa gorge, nous vaquons à nos petites affaires, légères et rapides comme deux colibris. Tandis qu'Anouk brandit son scalpel et se penche sur Thadée, elle me raconte avec quelle facilité elle a mis notre plan à exécution et ne se prive pas de me donner quelques détails humiliants :

— Il s'est même pas posé de questions ! Vraiment trop con ! Comment il a pu croire que j'allais lui tomber dans la gueule, comme ça, toute crue ! Comment il a pu s'imaginer qu'il me plaisait ? Putain, à un moment il m'a touchée, il a posé ses sales pattes sur moi, ça m'a tellement dégoûtée que j'ai failli le cogner et tout faire foirer. Ça aurait été dommage, non ? Et il s'est même pas aperçu que je tirais pas sur les joints !

Les yeux de Thadée s'exorbitent, de la bave coule sur son menton et ses gémissements s'intensifient tout en restant quasi inaudibles. Anouk est magnifique dans sa combinaison indigo. J'ai la même en kaki. On s'est dit qu'il nous fallait des tenues de choc, sans compter qu'on risquait de se salir, avec l'encre et le sang. De fait, comme Thadée ne cesse de remuer dans tous les sens, Anouk a déjà reçu pas mal d'éclaboussures sanglantes. À sa demande, je surmonte mon dégoût et lui immobilise la tête entre mes deux mains, histoire qu'elle puisse œuvrer tranquillement à son body art.

Thadée saigne comme un porc et roule des yeux terrifiés. Il doit se demander ce que nous sommes en train de faire. D'autant qu'après réflexion, nous avons choisi de faire déborder la tache principale sur l'extrémité charnue de son nez au lieu de la cantonner aux cartilages de l'arête nasale.

L'effet obtenu est nettement plus gore : Thadée aura pour la vie une face clownesque, une trogne de vieux pochetron au pif éclaté. Sans compter que malgré le sang qui coule et l'encre qui bave dans les incisions toutes fraîches, on voit très nettement se dessiner sur son visage la marque de Caïn, le signe des fratricides. Anouk est décidément très forte.

Tu vois, mon amour, c'était une chose de décider dans un café que nous allions infliger un châtiment biblique à ton meurtrier, et une autre de manier le scalpel sur une victime ligotée et terrorisée. Je l'aurais fait, bien sûr. Je serais même allée plus loin s'il l'avait fallu, tu le sais. Mon idée, c'était de tuer ce fils de pute. Mais là, je regarde Anouk encrer de rouge les coupures sanguinolentes et j'admire la précision de ses gestes et le calme absolu de son regard.

Nous avions décidé qu'elle irait vite et ne fignolerait pas, mais il faut ce qu'il faut et de longues heures ont passé depuis que j'ai fait irruption dans la chambre de ton frère. Ton frère qui a perdu tout droit à ce titre, ton frère qui n'est même plus un être humain, mais une bête qu'on peut marquer au fer rouge.

Il faut que tu saches, mon grand, mon seul amour, que je n'éprouve pas le moindre scrupule, pas le moindre remords. Au contraire, j'ai le sentiment de rétablir enfin un semblant de justice, voire d'incarner la justice elle-même. Ou plutôt, de voir la justice s'incarner en cette fille sublime, qui me regarde en souriant et s'essuie le front comme un bon ouvrier ayant fini sa tâche.

— Ouf, voilà, qu'est-ce que t'en penses ?
— J'en pense que c'est génial : t'es trop forte !

— C'est ce que je me dis aussi : Anouk, t'es trop bonne !

Nous sortons elle et moi, sans même prendre la peine de détacher Thadée ni d'enlever son bâillon. Pour ce que nous en avons à foutre, il peut rester là des heures, à baigner dans son sang. Ses coupures sont superficielles, il n'en mourra pas. C'est toi qui es mort, mon bel amour. Et j'espère que tu n'as pas vu venir ton dernier instant, que tu n'as pas compris, que tu n'as rien su du sort abject que Caïn réservait à Abel.

Anouk défait son chignon, secoue son opulente chevelure, s'étire voluptueusement, et me glisse avec une nonchalance malicieuse :

— Si ça se trouve, il va se chier dessus.

— Bah, ça tombe bien : la merde, il a toujours aimé ça.

Ça peut paraître difficile à croire, mon amour, mais là, dans les rues désertes de ce village qui n'en est pas un, tandis que pointe un nouveau jour gris, un jour de novembre que je n'ai pas envie de vivre, nous éclatons toutes les deux de rire. Et ce rire, où que tu sois, j'espère que tu l'entends.

YSÉ

Maintenant que je suis fille unique, la maison est trop grande. Je suis seule à l'étage, ce qui ne serait pas pour me déplaire si je l'étais vraiment. Mais rien n'est moins sûr : il ne se passe pas de jour sans que j'aie l'impression d'être suivie et épiée d'une pièce à l'autre.

J'ai pris possession du premier niveau, où je dispose à la fois des chambres de mes frères, d'une grande salle de bains et d'une sorte de dressing où s'entassent des chaussures, des affaires de plage, des livres et des objets hors d'usage. Depuis le départ de Thadée, mes parents se cantonnent peureusement au rez-de-chaussée. La femme de ménage est venue une fois nettoyer et ranger l'antre de Thad et celui de Zach, et depuis personne n'y a mis les pieds à part moi. Progressivement, j'imprime aux lieux ma petite touche personnelle : des bougies et des origamis partout, des dessins et des collages encadrés aux murs, sans compter mes élevages de phasmes et de tégénaires. J'ai mis deux terrariums dans la chambre de Thad, dans laquelle je passe désormais beaucoup de temps, alors que je n'y allais strictement jamais quand il vivait à la maison. Non seulement c'est la pièce la plus grande et la mieux orientée, mais c'est aussi la seule à disposer de son balcon, parfait pour mes plantations d'euphorbes et de cactus. Si Thadée revient, il devra s'y faire. Cela dit, cohabiter avec des araignées ne devrait lui poser aucun problème. C'est plutôt l'inverse qui me préoccupe : pas sûr que mes tégénaires, si propres et si industrieuses, se fassent au mode de vie de Thadée. Sans compter que le tabagisme passif, ce n'est bon pour personne.

Mais il n'est pas près de revenir, à mon avis. Il doit bien se douter de tout ce que Jérôme a découvert à son sujet depuis son départ : les bulletins trafiqués depuis la troisième, le lycée de Pau où il n'a jamais mis les pieds, les concours aux écoles d'ingénieurs qu'il n'a jamais eus, et pour cause ; les achats qu'il faisait sur internet avec le numéro des cartes bleues de mes parents, les sites pornos sur lesquels il allait constamment – et encore, je ne suis pas sûre que mon père en sache le dixième à ce sujet, vu que Cindy a opportunément embarqué l'ordi de Thadée.

Je passe aussi du temps dans la chambre de Zachée, mais je n'y ai installé aucun élevage pour l'instant. Si j'arrive à me faire offrir un pogona, pourquoi pas ? Il serait bien dans cette pièce paisible, la plus petite des trois chambres, mais celle que je préfère parce que j'y sens encore un peu la présence de mon frère. Mon seul frère. Thadée n'était le frère de personne, et je prie tous les jours pour qu'il ne rentre jamais à la maison.

Je me suis bricolé un autel et j'y fais brûler des bougies que je fabrique. J'ai mes cires, mes moules, mes mèches, et des ingrédients secrets qui font que l'odeur en est parfois étonnante voire franchement nauséabonde. Pas grave. Le dieu que je prie n'est pas le dieu de tout le monde, celui qui est censé aimer l'encens et les lys des champs. Quelque chose me dit que le mien apprécie que je lui immole quelques insectes et que je fasse monter vers lui des parfums inquiétants. Ou alors, je n'ai rien compris à la religion. Or je m'y intéresse depuis toujours et j'ai la prétention de m'y connaître. Posez-moi n'importe quelle question sur les divinités chtoniennes ou le culte d'Anubis, vous verrez, je suis incollable.

Je prie pour toutes sortes de choses. Pour que Thadée meure ou pour que nous n'ayons plus jamais de nouvelles de lui, pour que mon père soit moins triste et pour qu'il m'offre un pogona ou un python royal. Je brûle aussi pas mal de bougies pour que ma mère redevienne ma mère. Je ne suis ni assez bête ni assez optimiste pour souhaiter un impossible retour à la normale, mais quand même, si Dieu existe – le mien ou celui des autres gens –, il doit bien se rendre compte que ma vie d'enfant est épouvantable.

La plupart du temps, je suis seule à la maison avec ma mère qui n'est plus ma mère. Elle passe l'essentiel de ses journées dans sa chambre, mais il arrive quand même que nous nous croisions dans la cuisine ou le salon, et à chaque fois elle a comme un sursaut. De surprise ou de déception, je n'arrive pas à trancher. Eh oui, Mimi, ce n'est que moi. Zachée est mort et ton fils préféré a foutu le camp. Comme ta santé mentale, du reste. J'ai parfois l'impression que je suis la seule créature raisonnable dans cette maison. Facile :

nous ne sommes plus que trois. Mais Mimi fuit du carafon, et ce pauvre Jérôme ne vaut guère mieux.

Entendons-nous bien, la mort de Zachée a fait un trou dans ma vie, et je ne pense pas m'en remettre un jour. Mais si je veux être honnête, je dois reconnaître que le tour dramatique pris par nos existences a eu au moins un effet bénéfique en ce qui me concerne : la liberté enviable et quasi totale dont je jouis aujourd'hui. Je me retrouve à décider seule de la façon dont j'emploie mon temps, sans Mi pour m'inscrire d'office à un cours de danse ou un atelier de poterie. J'ai tout de même prétendu vouloir le faire et réclamé à cet effet de l'argent liquide à mon père, prétextant que c'était l'usage. Comme il n'y connaît rien et qu'il est désormais complètement largué, c'est passé comme une lettre à la poste. Du coup, mes seules obligations tiennent au collège, mais je me contente d'aller en cours, et j'ai réduit au strict minimum les échanges que je peux avoir avec mes camarades. D'ailleurs, ils ne sont pas loin de me considérer comme une pestiférée depuis la mort de Zachée. En pareil cas, d'autres auraient été entourés, plaints, choyés : pas moi. En deux ou trois répliques macabres, j'ai fait le vide autour de moi, et c'est très bien comme ça. Mes allusions à la décomposition cadavérique de mon frère m'ont quand même valu une convocation chez le CPE, mais je sais y faire avec les adultes en général et l'administration de mon collège en particulier.

— Monsieur Garnier, franchement je sais pas pourquoi j'ai dit ça. Je crois que je voulais qu'on arrête de m'embêter avec la mort de mon frère. Le collège, ça devrait être un endroit où je peux penser à autre chose, me concentrer sur mes études, tout ça, non ?

M. Garnier en a convenu, mais il avait quand même bonne envie d'appeler mes parents. Ce n'est pas tous les jours qu'il a du drame à se mettre sous la dent. J'ai levé sur lui des yeux pleins de larmes :

— Attendez un peu si vous voulez les appeler. Ils vont suffisamment mal comme ça : ce n'est pas la peine de les inquiéter avec un truc débile que j'ai pu dire, comme ça, sans réfléchir.

Il s'est penché par-dessus la table qui nous séparait dans un élan de compassion que j'ai trouvé très mal venu et m'a balancé son petit baratin psy à deux balles :

— Ysé, tu as ton propre chagrin. Il n'y a pas que tes parents qui sont tristes. Tu dois penser à toi, aussi. Ne pas essayer à toute force de ménager les adultes qui t'entourent.

— Je comprends. Vous avez raison. Si vous voulez, on se revoit pour faire le point dans quelque temps, et si vous continuez à vous inquiéter pour moi, vous pourrez appeler mes parents.

M. Garnier a paru pleinement satisfait de m'entendre parler son langage, c'est-à-dire le langage de la sagesse. *Se revoir pour faire le point*, dans ses rêves, oui ! Tout ce que je demande aux *adultes qui m'entourent*, c'est qu'ils me laissent faire tranquillement ce qui me semble bon. Et c'est très exactement ce qu'il se passe. Je peux aller et venir dans Biarritz et les environs sans rendre de comptes à qui que ce soit. Je peux aussi bien prendre un bus jusqu'à Hendaye que m'offrir une glace chez Dodin, ou un gâteau basque à la cerise chez Miremont.

343

Chez Miremont, je m'installe de façon à avoir la meilleure vue possible sur la plage. J'aime cet endroit, cette impression qu'il me donne d'être dans une nacelle suspendue au-dessus de l'océan. Je m'y sens hors du temps, d'autant plus à l'abri de la folie et de la mort que le cadre en est suranné, tout en dorures, moulures, et dentelles amidonnées. Les gens n'y ont que des conversations bénignes, que j'écoute en tâchant de me faire oublier derrière ma tasse de thé. L'autre jour, deux femmes se sont assises à côté de moi, deux habituées qui se sont illico mises à discuter travail et enfants. Elles étaient on ne peut plus quelconques. Cheveux poivre et sel et joues couperosées pour l'une ; blondeur artificielle, joliesse un peu fanée pour l'autre. Ce qu'elles se racontaient était sans intérêt, mais je buvais leurs paroles avec avidité et j'avais presque envie de les supplier de me prendre avec elles. Oui, que l'une ou l'autre m'adopte et m'arrache à ma liberté cauchemardesque, à mes frères morts et mutilés, aux apparitions spectrales de ma mère ou à ses délires hallucinés. Parfaitement indifférentes à tous mes signaux de détresse, les deux femmes ont fini par quitter le salon de thé et moi par regagner ma maison aux esprits.

Cela dit, j'ai toujours adoré cette maison, une villa néobasque du début du XXe siècle avec un jardin devant et un jardin derrière – et évidemment celui de derrière a ma préférence. Je l'aime d'autant plus que j'en suis devenue la seule propriétaire. Mon père travaille du matin jusqu'au soir pour s'abrutir, et ma mère ne sort de sa chambre que pour faire des séjours en clinique dont elle revient toujours plus hébétée, plus désorientée, plus absente.

Survenant un mois après la mort de Zachée, le départ de Thadée lui a porté le coup fatal. Dans les premiers temps, je crois qu'elle l'a attendu, lui, ce fils aîné qui ne pouvait ni la décevoir ni la tromper, ce demi-dieu qui allait la sauver du chagrin et de la folie. Et comme il ne rentrait pas, le chagrin et la folie l'ont submergée, hop, comme la vague l'a fait avec Zachée. Elle a cessé de s'alimenter, de s'habiller, et même de se laver, elle si pointilleuse sur le sujet de l'hygiène. Bien qu'on ne m'ait rien dit à ce sujet, je la soupçonne d'avoir fait une overdose de médocs, voire une tentative de suicide, un week-end où j'étais chez mamie Régine et papy Jean – d'où une première hospitalisation, qui a été suivie de deux autres.

En attendant une hypothétique amélioration de la situation, je règne seule sur mon royaume d'herbes folles et de pièces obscures, un royaume qui n'est jamais mieux à moi que lorsque j'y déambule de nuit, profitant du sommeil lourdement artificiel de mes pauvres parents. J'ai toujours été un peu insomniaque. Du temps où il me donnait encore des surnoms affectueux, mon père m'appelait la chouette ou la chauve-souris. Il faut savoir que j'ai une passion pour les chouettes et que j'aimerais très sérieusement en être une parce qu'il n'y a pas plus beau ni plus sage. Croyant me vexer, Thadée disait que j'étais une mouffette, autre animal nocturne, mais j'aime presque autant les mouffettes que les chouettes, les pogonas ou les serpents, ce qui fait que je n'étais pas vexée pour deux sous et qu'il en était pour ses frais.

Voilà, c'est le moment que j'aime. Il est trois heures du matin, on entend juste les ramures du cèdre frotter contre la façade à chaque coup de vent. D'habitude, mon père le taille de façon à ce que ça ne se produise pas, mais toutes nos habitudes ont volé en éclats depuis la mort de Zachée et le départ de mon frère qui n'est pas mon frère.

Eh oui, c'est comme ça, je n'ai plus ni frères ni mère. Tout au plus un père, intermittent et évanescent. Il est comme les chrysalides de cigales que je collectionnais au temps où faire des collections, dessiner, danser avaient un sens : la structure est en place et imite fidèlement la vie, mais on pourrait l'effriter entre deux doigts vu qu'à l'intérieur il n'y a rien.

Je descends au rez-de-chaussée, histoire de grignoter quelque chose. Jérôme est une chrysalide éthérée, mais il fait encore les courses. Il n'est pas très au point sur les quantités, vu que nous avons longtemps été une famille nombreuse et que nous nous retrouvons à trois – dont ma mère, qui ne mange plus. Heureusement que je veille au grain et que je suis là pour surgeler les steaks surnuméraires ou faire cuire les lardons avant qu'ils ne se périment. Cette nuit, ça tombe bien, il reste des œufs et du jambon, c'est parfait pour une omelette. Je bats les œufs, découpe mes dés de jambon, hop, hop, ça roule, ça grésille, ça sent bon. Un nouveau coup de vent m'ayant fait lever les yeux, je vois s'encadrer brièvement à la fenêtre une face blafarde, une trogne poudrée de blanc et enluminée d'un nez clownesque. Ça ne dure que quelques secondes, le temps pour mon omelette de glisser de la poêle à l'assiette, avec un bruit de décollement visqueux qui ajoute à ma terreur.

Sans réfléchir davantage ni vérifier que l'inquiétante apparition s'est bien volatilisée, je me rue dans la buanderie qui jouxte la cuisine. C'est la pièce de la maison que je préfère, avec sa pénombre complice, la chaleur et les cliquetis dispensés par la chaudière, et l'odeur de lessive du linge fraîchement lavé. Je me blottis contre une panière de chemises en attente de repassage, et presse mes poings contre mes yeux, histoire de me protéger de l'horrible vision.

Comme si la maison n'était pas déjà suffisamment hantée, avec mes parents et leurs errances machinales d'une pièce à l'autre ! Passe encore pour mon père, qui retrouve suffisamment de lucidité pour me tenir un semblant de conversation à son retour du travail, mais ma mère est beaucoup plus effrayante que la plupart des fantômes répertoriés, et j'estime qu'en la matièrc, la coupe est pleine, pitié, stop !

L'autre nuit, alors que je me croyais seule et peinarde au salon, elle a surgi sans un bruit. Étrangement, c'est son odeur qui m'a alertée et m'a incitée à regarder derrière moi. Depuis le départ de mon frère qui n'est plus mon frère, Mylène sent la vase, la fange, les étendues bourbeuses. Je sais que mon père parvient à lui faire conserver un minimum d'hygiène, mais il n'empêche qu'elle exhale en permanence cette odeur fade et douceâtre. Cela dit, je détestais son parfum d'avant, le Shalimar ou l'Opium dont elle croyait bon de s'asperger été comme hiver. Bref, je me suis retournée lentement, mais au lieu de la créature marécageuse que je m'attendais à voir, c'était Mimi, et finalement, j'aurais encore préféré le monstre du Loch Ness.

— Mi ?

Mon interrogation angoissée a eu pour seul effet

de la figer au milieu du salon, plus spectrale que jamais dans sa chemise de nuit – et depuis quand ma mère porte-t-elle des chemises de nuit, elle que je n'ai jamais vue que dans des nuisettes raffinées ou à la rigueur des pyjamas d'été aux imprimés pimpants ? Autre signe inquiétant : ses cheveux. Non seulement elle ne les colore plus, mais elle les a laissés pousser bien au-delà de leur longueur réglementaire, ce qui fait qu'ils lui tombent au milieu du dos en une masse bicolore, rêche, hirsute.

— Mi ?

Je ne sais pas pourquoi je persiste à lui adresser la parole alors qu'elle est au-delà de toute conversation. Non qu'elle soit absolument silencieuse, d'ailleurs. Elle parle même beaucoup, mais j'ai pris l'habitude de me boucher les oreilles quand je passe près d'elle, pour éviter d'entendre les discours tour à tour revendicatifs, tendres ou geignards qu'elle tient dans le secret de sa chambre et à l'intention exclusive de son fils préféré. Il semblerait que tout ait disparu dans le cerveau ravagé de ma mère, que son univers se soit brusquement vidé et rétréci. Seul Thadée y subsiste, je ne sais pas sous quelle forme. Revoit-elle le beau garçon solaire qui est parti pour La Réunion voici plus de deux ans, ou la créature molle et blafarde qui a vécu tapie dans sa chambre des mois durant, clopinant sur sa jambe unique, ricanant à notre vue et ourdissant ses fils gluants et bien plus vénéneux que ceux de mes inoffensives araignées ? Je n'en sais rien et je ne veux surtout pas savoir.

Toujours est-il qu'elle était là, au milieu du salon, les cheveux dans les yeux, la mâchoire décrochée, les mains jointes au niveau de la poitrine.

— Mimi ? Maman ? Tu ne dors pas ? Tu veux que je te ramène dans ta chambre ?

Sans attendre son consentement, je l'ai attrapée par le coude et ai entrepris de lui faire regagner sa chambre. Il était plus d'une heure du matin et j'ai constaté que mon père n'était pas encore rentré. Ma mère s'est remise docilement au lit et j'ai refermé la porte sur son éclat de rire dément et sur une exclamation aussi énigmatique que passionnée : « Oui ! »

Ça, c'était l'autre nuit, et je ne crois pas avoir revu ma mère depuis. De toute façon, ce n'est certainement pas elle qui a cogné au carreau. Au bout d'un moment, comme aucun bruit suspect ne me parvient de la cuisine, je me décide à y retourner. L'omelette a refroidi. Elle gît pâle et lunaire sur son assiette, mais aucun poltergeist n'y a touché. N'empêche que je remonte dare-dare dans ma chambre, et que j'en tire le verrou et les rideaux avec la même célérité. Recroquevillée sous ma couette, j'adresse une petite prière à mon dieu personnel, histoire qu'à l'avenir il m'évite toute manifestation d'ectoplasme ou d'esprit frappeur, pitié, pitié, pitié ! J'ai bien assez à faire avec les hululements lugubres que ma mère pousse de temps à autre. Pour une fois, moi qui aime tant la nuit, j'en suis à souhaiter le lever du soleil. Oui, vivement demain, qui est un autre jour, comme chacun sait.

*

Depuis la mort de Zachée, Cindy passe à la maison de temps à autre. Je ne sais pas si elle le fait par fidélité envers Zachée ou par affection envers nous. À moins que comme moi elle n'aime cette maison et ce jardin, dans lesquels elle a passé tant de temps. Elle vient, prend de nos nouvelles, nous donne des siennes, boit un verre avec mon père et puis s'en va. Elle a réussi son concours d'infirmière et trouvé du boulot dans un institut qui accueille de jeunes déficients moteurs. Dans la foulée, elle a pris un petit appartement et y vit avec son frère.

Aujourd'hui, près d'une semaine après l'apparition clownesque qui m'a tant effrayée, c'est justement Cindy et Jordy qui sonnent à la porte. Il est dix-huit heures passées et mon père est là. Je crois qu'il s'apprête à faire manger ma mère avant de ressortir pour vaquer à ses mystérieuses activités nocturnes à lui. Enfin, mystérieuses, pas tant que ça vu que je sais très bien qu'il couche avec la mère de Léo et que ça ne date pas d'hier.

Je garde un souvenir très net et presque nostalgique de cette lointaine nuit d'hiver où j'ai vu Maud sortir de la buanderie, essoufflée, débraillée, heureuse. Je m'étais accroupie derrière la porte de la cuisine et j'avais vu mon père la rejoindre, la reconduire tendrement jusqu'à l'entrée et l'embrasser, l'embrasser encore, avec une fougue surprenante compte tenu de la circonspection que je lui connaissais.

À ce moment-là de notre vie, le reste de la famille était à La Réunion, le malheur sans nom était déjà en route, mais il s'était contenté d'arracher la jambe de Thadée, et cette perte-là me laissait assez froide. Je crois que c'est de ce jour-là que date mon engouement pour la buanderie, ce lieu où l'on pouvait se livrer à des pratiques secrètes et jouissives ; ce lieu dont on pouvait émerger très différent de ce que l'on était d'habitude, comme métamorphosé par un bref passage dans cette petite pièce magique.

Depuis, j'en ai fait mon nid, mon endroit secret, une petite maison dans la grande maison, un poste d'observation devenu d'autant plus crucial qu'il jouxte la cuisine où j'ai vu le clown pour la première fois – une première fois qui risque d'inaugurer toute une série de manifestations paranormales, si j'en crois les recherches que j'ai menées tambour battant après ce qui s'est passé l'autre nuit. Il est apparemment très rare qu'un esprit malveillant se contente de toquer à la fenêtre d'une cuisine pour ne plus jamais y revenir par la suite. En général, il investit les lieux ct les place durablement sous son influence démoniaque.

D'ailleurs, maintenant que mon attention est éveillée, j'ai noté plein d'autres trucs bizarres : d'inexplicables chuchotis, des frémissements de rideaux, des bougies qui avaient brûlé en mon absence, des objets qui s'étaient déplacés dans ma chambre ou celles de mes frères, et surtout cette sensation d'être épiée dont j'ai déjà parlé. Même mes phasmes et mes tégénaires sont perturbés : j'en ai perdu quatre, deux de chaque, en une semaine, retrouvés inexplicablement morts dans leur terrarium alors que je veille scrupuleusement à leur qualité de vie. Ils ont dû sentir qu'il se passait quelque chose, ou être exposés à des ondes néfastes.

Ce soir, toutefois, une atmosphère de normalité règne sur ma maison hantée. Cindy, Jérôme et Jordy ont profité des températures exceptionnellement douces de ce printemps pour s'attabler dehors. La conversation languit un peu, forcément avec Cindy qui déteste parler, et mon père que le chagrin a rendu taciturne. Jordy a l'air de s'ennuyer ferme. Il a beaucoup changé ces derniers mois. Il a grandi et s'est considérablement aminci même s'il reste lourd et pataud. Cindy lampe une gorgée de son Coca et s'éclaircit la voix pour demander des nouvelles de Thadée, mais elle s'étrangle quand même un peu sur ce prénom honni.

— Non, répond mon père tristement, non, aucune nouvelle. Mylène en est malade.

Malade, ah, ah, ah ! Mon père est vraiment le roi de l'euphémisme bienséant : ma mère est folle à lier, bonne pour l'asile – perdue pour ce monde en tout cas, et c'est définitif. Même si Thadée revenait – et je touche du bois pour que non, non, non –, Mimi ne retrouverait jamais la boule. Elle est descendue trop loin dans l'abîme, et notre ectoplasme domestique lui a sucé le cerveau : slurp ! Il n'y a qu'à la voir déambuler en chemise de nuit du XIXe siècle au rez-de-chaussée de la villa pour comprendre que le retour à la santé mentale n'est pas envisageable. Et vous savez quoi ? Je m'en fous complètement. Je n'ai jamais aimé ma mère. Ça me fait au moins un point commun avec Thadée, qui m'a toujours dit qu'elle était complètement conne, et que mon adoption était une conséquence de sa bêtise et de son incohérence. J'aurais bien aimé le croire et m'imaginer que je n'étais pas l'enfant biologique de M. et Mme Chastaing, mais j'ai toujours su que mon frère aîné était mythomane et qu'il ne fallait pas accorder de crédit à ses affabulations fatigantes.

Par pure courtoisie, je propose à Jordy un tour de jardin. Et nous voici tous les deux à vaquer entre les buissons de lavande bourdonnants d'abeilles, les herbes folles que plus personne ne tond, les haies de thuya que plus personne ne taille, les grappes de lilas et celles de la glycine, les cistes exubérants, tout un domaine rendu à sa vraie nature et devenu le mien. J'ai le malheur de lui indiquer que des mésanges ont fait leur nid dans la fourche de l'amandier, et hop, le voilà qui y envoie ses gros doigts, cassant un œuf au passage.

— Jordy ! Tu ne pouvais pas faire attention ?

Il me retourne un regard torve et risque un semblant de sourire, histoire de voir si je suis vraiment furieuse. Sauf que je le suis vraiment. Un flot de propos vipérins monte irrésistiblement à mes lèvres. Mais c'est sa faute, aussi : les gens comme Jordy peuvent me rendre très mauvaise.

— Je n'aurais jamais dû te montrer ce nid ! Tu es vraiment trop bête ! Thadée m'avait prévenue, mais je ne voulais pas y croire !

— Il t'a prévenue de quoi, Thadée ?

— Il me disait qu'il ne fallait pas que je joue avec toi parce que tu n'es pas normal ! Tes parents t'ont eu trop vieux et du coup ton cerveau a trinqué. Et en plus tes parents sont alcooliques, alors ça n'aide pas ! L'alcool, ça traverse le filtre placentaire, figure-toi. Et il suffit de trois verres de vin par jour !

Thadée ne m'a jamais parlé de Jordy, mais j'invente, je suis lancée, je brode à partir de ce que je sais, ce que Zachée m'avait raconté sur Cindy et sa famille – sans compter que je me suis documentée sur l'embryogenèse. Le pauvre Jordy en

353

reste bouche bée et émet de faibles syllabes incrédules qui n'ont pour effet que d'exciter ma rage. Il faut vraiment que je me calme parce que c'est dans ces moments-là que je réalise à quel point je ressemble à Thadée, et je ne peux pas dire que ce constat me fasse plaisir. Bizarrement, Jordy n'a pas l'air de m'en vouloir des horreurs que je profère. Il faut croire qu'il a l'habitude de s'en prendre plein la gueule. Et puis il est du genre à aimer ses bourreaux et ses tourmenteurs. Tant pis pour lui. Prenant un air excédé et condescendant, je débarrasse le nid de mésanges des débris de l'œuf, dont le jaune englue désagréablement mes doigts.

Comme Jordy me suit comme un petit chien, je décide de frapper un grand coup :

— Tu veux que je te dise un secret ?

Il veut, évidemment qu'il veut, ce qui fait que je lui annonce avec solennité que ma maison est hantée. Et je lui raconte, le bruit au carreau, la face blême, l'affreux nez de clown. Il ouvre encore plus grands sa bouche de carpe et ses yeux de mérou. Autant j'aime les insectes, les reptiles et les arachnides, autant je déteste les poissons. On me paierait que je ne voudrais pas d'un aquarium à la maison – ou alors qu'on me laisse y élever un barracuda.

— Tu ne me crois pas ?

— Euh, je sais pas. T'es sûre ?

— Évidemment que je suis sûre.

— T'as pas peur ?

— Si, un peu. Tu n'aurais pas peur, toi ?

— Je sais pas.

Allez donc essayer de parler avec les gens comme Jordy, qui ne savent rien, n'ont d'opinion sur rien, ne disent jamais rien d'intelligent ou simplement d'inattendu. Je pousse un soupir et finis par lui proposer :

— Tu aimerais le voir, le clown ?

— Je sais pas.

Bon, l'affaire est entendue, Jordy ne sait pas. Il n'empêche que dans cette ténébreuse affaire de fantômes, j'aime assez l'idée d'avoir un comparse. Qu'on soit deux pour affronter la chose, comme dans *Ça*, qui est quand même l'un des meilleurs romans de tous les temps. Bon d'accord, dans *Ça*, ils sont sept, mais bon, on commence à deux, mais qui sait à combien on peut finir ? Je n'ai aucun ami, mais les fantômes, c'est quand même une cause fédératrice, et je ne désespère pas de trouver des acolytes pour purger ma villa néobasque de tous les esprits malveillants qui en font un lieu difficile à habiter. Il n'y a qu'à voir le rythme accéléré auxquels dépérissent mes phasmes et mes tégénaires.

Nous revenons en courant vers Cindy et Jérôme, histoire d'obtenir d'eux que Jordy passe la nuit ici. Ils veulent bien, et Cindy propose même de nous faire à manger avant de partir, comme si je n'étais pas capable de nous cuisiner un repas digne de ce nom, moi qui m'assume entièrement depuis des mois. Mais je crois qu'elle surveille de très près ce que mange Jordy.

— Omelette-salade, ça vous va ?

Non, pitié, pas d'omelette ! L'omelette est désormais associée pour toujours à Kiri le clown rampant dans le jardin et se faufilant subrepticement jusqu'à nos fenêtres. Pas d'omelette, des croque-monsieur s'il le faut, ou des chipolatas s'il en reste ! Eh bien non, justement : il ne reste ni jambon ni saucisses. Jérôme a dû les manger ou en proposer à Mylène. Cindy se rabat sur des rillettes de sardines, qu'elle tartine sur du pain grillé et nous sert avec des tomates en vinaigrette. Jordy bougonne un peu mais ça ne l'empêche pas d'engloutir tout ce qui lui est servi et de réclamer un dessert. Cindy lui pèle inflexiblement une pomme, et elle peut compter sur moi pour empêcher son frère de se goinfrer en dehors des repas. Pour plus de sûreté, je mets mes céréales hors de sa vue et remise mes paquets de sablés bretons dans le placard des produits d'entretien.

En moins de temps qu'il n'en faut pour le dire, Jordy et moi nous retrouvons seuls : Mi est neutralisée par tout un arsenal allopathique, et Jérôme est parti retrouver sa maîtresse après quelques bredouillis d'explication auxquels je n'ai prêté aucune attention. J'ai bien essayé, il y a quelques semaines, d'en savoir plus sur leurs petits arrangements conjugaux à Maud et à lui. C'était un dimanche matin et il touillait mélancoliquement dans son mug de café.

— Et Grégory ? ai-je demandé inopinément, histoire de le surprendre et d'obtenir la vérité.

— Quoi, Grégory ?

— Grégory, le mari de Maud. Qu'est-ce qu'il en dit ?

— Qu'est-ce qu'il dit de quoi ?

— Du fait que sa femme passe tout son temps libre avec toi.

— Mais qu'est-ce que tu racontes ?

Un semblant d'animation a secoué brièvement son visage morne, déserté de toute expression depuis des mois. J'ai repris, sur un ton patient, lassé, raisonnable :

— Papa, si je sais que tu couches avec Maud, Grégory doit le savoir aussi !

— Je ne couche pas avec Maud, ne dis pas de bêtises.

Sur ce, il s'est levé et a foncé dans la chambre conjugale, retrouver une épouse baveuse et divagante à qui il donnera à manger et à boire, comme il le faisait avec nous quand nous étions petits. Mon père a vraiment une vie de merde et il ne viendrait à l'idée de personne de lui reprocher le plaisir et la consolation qu'il peut trouver auprès de Maud, alors pourquoi s'obstine-t-il à nier l'évidence ? Pourquoi s'obstine-t-il à maintenir les apparences de la monogamie ? Par égard pour Mylène et moi ? Par égard pour Grégory ? Ou alors c'est Thadée qui avait raison : tout le monde préfère le mensonge à la vérité. Surtout les adultes. Ça ne donne ni envie de grandir ni envie de vivre tout court. Parce que si grandir et vivre, c'est rejoindre la cohorte des menteurs professionnels : non merci.

Enfin, c'est comme ça, et de toute façon les enfants ne sont guère plus intéressants que les parents. Il n'y a qu'à jeter un œil sur ce pauvre Jordy, avachi devant la télé que j'ai consenti à allumer pour lui parce qu'il ne sait pas occuper son temps autrement que devant un écran. J'ai vainement essayé de l'alarmer et de l'inciter à la vigilance, mais il ne semble pas prendre au sérieux mes histoires d'esprit frappeur.

Au moment du coucher, il opte avec enthousiasme pour la chambre de Thadée, qui le change agréablement des cinq mètres carrés dont il dispose chez sa sœur. D'autant, cerise sur le gâteau, que mon frère aîné avait sa propre télé, destinée à le distraire pendant sa convalescence, et installée juste en face de son lit. En revanche, il ne semble que modérément intéressé par mes animaux survivants et jette à peine un œil sur mes terrariums.

C'est une nuit tempétueuse, sans étoiles mais avec de gros nuages sombres que la lune peine à dissiper, une nuit propice aux apparitions, à mon avis, mais Jordy ne veut rien entendre, tout à son plaisir de jouer avec la télécommande depuis son amoncellement d'oreillers.

Je vais me coucher en me promettant de veiller un peu et d'être attentive aux bruits venus du rez-de-chaussée, mais je finis par m'endormir quand même.

— Ysé !

Il est plus de trois heures quand je suis réveillée par un cri strident suivi presque aussitôt par des coups sourds à la porte de ma chambre. J'ai à peine le temps d'avoir peur que Jordy fait irruption dans ma chambre. Le cri, les coups, c'est lui. Il hurle, il tremble, il claque des dents :

— Je l'ai vu ! Je l'ai vu ! Le clown ! Il était sur le balcon ! Il tapait contre la vitre ! Je veux partir, on va appeler ma sœur !

— Mais Jordy, on ne peut pas appeler ta sœur au milieu de la nuit !

— Si ! On peut ! Je m'en vais ! Je reste pas ici !

— Tu es sûr que c'était lui ? Il est comment ?

— Horrible, tout blanc avec ce nez, là, ce nez horrible ! Viens, on s'en va !

Il semblerait que Jordy ait très peu de vocabulaire, car il se borne à répéter sur tous les tons que le clown et son nez étaient horribles, et qu'il veut absolument partir.

— Mets-toi dans mon lit : je vais aller voir.

— Nooon, me laisse pas tout seul !

— Juste une minute.

Il se blottit sous ma couette d'où me parviennent sanglots et murmures de protestation étouffés. Je m'avance à pas de loup vers la chambre de mon frère qui n'est pas mon frère. La porte qui donne sur le balcon est entrouverte mais le balcon lui-même est désert. Je m'y tiens un instant, me penche vers le jardin secoué de bourrasques mais parfaitement désert lui aussi. Je me livre à une brève inspection de la chambre, un regard sous le lit, dans les placards. Personne. Personne non plus dans mes terrariums : phasmes et tégénaires ont mystérieusement disparu. J'allume le plafonnier pour m'en assurer, mais c'est bien ça.

Je reviens vers Jordy qui guette anxieusement mon retour.

— Il est parti.

— T'es sûre ? Comment tu le sais ?

— Je le sais, c'est tout.

— Je veux pas rester. En plus y a même pas tes parents et moi j'ai peur. J'appelle Cindy.

— Il ne va absolument rien se passer : rendors-toi.

Et de fait, tout en bougonnant et m'assurant qu'il ne va pas rester une minute de plus dans ma maison hantée, il finit par se rendormir tandis que je veille jusqu'au matin. Au matin, d'ailleurs, Jordy reprend du poil de la bête et retrouve suffisamment d'assurance pour se perdre en conjectures et établir avec moi des plans de bataille.

— Tu crois que c'est un mort ? Tu crois que c'est Zachée ? Ou ton autre frère ? Il est mort aussi ?

— Non, il n'y a que Zachée. Et Zachée ne ferait

jamais ça : revenir nous hanter, nous faire peur. Ce n'était pas du tout son genre.

— Ouais, mais les gens ils changent après leur mort. Regarde *Walking Dead* : ils reconnaissent même plus leur famille, ils sont méchants.

— Il était comment ?

— Je t'ai déjà dit : tout blanc, très blanc, comme de la peinture, avec un nez de clown.

— Et ses cheveux ?

— Ils partaient sur les côtés, comme ça, comme les clowns.

— Il était grand ?

— Oui, géant !

— Tu as vu ses habits ?

— J'ai pas trop fait gaffe. Une espèce de manteau horrible. Et il a tapé à la vitre et il a dit : « Jordy, Jordy… »

— Quoi ? Il t'a appelé par ton nom ?

— Ben oui, je t'ai pas dit ? C'était horrible.

Bon d'accord, j'ai compris, le clown était horrible, sa voix était horrible, sa peau, ses vêtements, tout. Mais encore ? Jordy se lance dans une imitation de l'horrible voix et ça me permet déjà de me faire une idée plus précise de notre ennemi, dont il semblerait qu'il se soit adressé à Jordy avec des inflexions doucereuses, insinuantes, entre sifflements de serpent et gloussements de poule : « Jordy, Jordy, Jordy… » Jordy raconte mal mais imite bien, et j'en ai froid dans le dos. Que faire ? Jordy, décidément très remonté et plus du tout effrayé, propose de le tuer. Oui, mais comment ? Et pourquoi le tuer s'il s'avère déjà mort ? En ce qui me concerne, je préférerais un exorcisme, mais mon acolyte ne voit même pas de quoi il retourne. Je ne suis décidément pas aidée, mais ça, je le savais déjà.

Quand Cindy se pointe pour le récupérer, Jordy m'a juré la main sur le cœur qu'il ne parlerait à personne de son horrible mésaventure nocturne. D'ailleurs, j'ai l'impression qu'il croit désormais avoir rêvé. Le soleil d'avril lui a rendu toute sa bonne humeur coutumière, et il sautille sans états d'âme jusqu'à la Yaris de sa sœur. Je suis seule. Mais ça aussi, je le savais déjà.

*

J'ai croisé Jasmine, aujourd'hui. Elle ne m'a pas vue et je l'ai suivie tandis qu'elle slalomait d'une boutique à l'autre tout en parlant dans son portable avec animation. Elle a fini par être rejointe par un grand garçon blond, sorte de copie conforme de mon frère qui n'est pas mon frère. Il faut croire que Jasmine a un type d'homme. Je me demande si moi aussi je ferai un jour ce genre de fixation – si tant est que ce jour, le jour du bonheur et de l'amour, finisse par arriver pour moi, ce qui n'est pas gagné.

Jasmine n'a pas vraiment changé. Elle est toujours aussi belle, aussi lisse, aussi polie. Ses cheveux lustrés lui tombent jusqu'au milieu du dos, et c'est sans doute la coiffure qu'elle aura jusqu'à sa mort. Encore que pour les cheveux, on ne puisse jurer de rien. Je croyais ma mère vouée à son strict carré auburn, mais de longues mèches bicolores encadrent désormais son visage amaigri.

Jasmine et le nouveau Thadée se sont installés en terrasse et ont commandé deux Coca Zéro. Le garçon la couvait des yeux avec une admiration compréhensible. Moi aussi, en mon temps, j'ai été fascinée par cette princesse des Mille et Une Nuits.

J'ai même encore un portrait que j'avais fait d'elle à l'époque, drapée dans des voiles à sequins dorés. Un dessin très réussi à mon avis, même si Thadée l'avait jugé banal et vulgaire – pour reprendre ses propres mots.

Bizarrement, il était celui des membres de ma famille qui s'intéressait le plus à mes productions artistiques, mais c'était toujours pour les dénigrer. Mais bon, si j'aborde le chapitre des vexations infligées par Thadée, on n'est pas sortis de l'auberge. Sans compter qu'il ne s'en tenait pas aux petites humiliations et pouvait aller très loin en matière de violence psychologique. Tant mieux. Grâce à lui je me suis aguerrie très vite et je suis devenue une spécialiste de la torture mentale. Désormais, la persécutrice, c'est moi. Enfin, ce serait moi si j'avais des cobayes sur lesquels exercer ma persécution. Mais à part Jordy, je ne vois pas.

Jasmine riait et refermait ses belles lèvres autour de sa paille, sous les yeux d'un soupirant de plus en plus subjugué – et comme l'autre fois, chez Miremont, j'ai eu envie de les supplier de m'adopter, de m'emmener dans leur petite vie gaie, polie, lustrée, histoire d'en finir avec les drames et la folie rampante.

J'ai dit de Jasmine qu'elle n'avait pas changé, mais si, en fait, elle a changé : elle a perdu cet air d'angoisse qu'elle avait par moments, et cette façon de triturer ses doigts effilés, voire d'écorcher ses dernières phalanges. Ses mains sont désormais aussi parfaites que le reste de sa personne et volettent dans tous les sens comme des oiseaux gracieux, histoire de souligner un propos ou de ramener une mèche derrière son oreille.

Jasmine a échappé à l'influence ténébreuse de mon frère qui n'est pas mon frère, elle est redevenue ce qu'elle n'aurait jamais dû cesser d'être : une petite créature légère et faite pour être éperdument aimée. Tant mieux. À moi les ténèbres et le contraire de la légèreté.

Je n'ai peur de rien, mais je me réveille quand même toutes les nuits avec l'impression que quelqu'un appuie lourdement sur ma poitrine. Autrefois, je serais venue gratter à la porte de mes parents et ils m'auraient prise dans leur lit. Aujourd'hui, la dernière chose dont j'aie envie c'est de partager le lit de Mylène et son sommeil chimique. Et je ne parle même pas, ou plutôt parlons-en, des transes convulsives dans lesquelles elle entre désormais sans signes avant-coureurs. L'instant d'avant, elle était catatonique, et hop, la voilà soudain qui écume, se cabre et parle dans une langue secrète.

La première fois que ça s'est produit, Jérôme était là et a veillé au grain, mais ça m'a quand même fichu un coup. J'ai beau ne pas aimer ma mère et être habituée au pire, j'ai trouvé qu'un nouveau cap était franchi dans notre manoir de l'horreur. Du coup, je suis allée me réfugier dans la pénombre confidentielle de la buanderie. Mais il semblerait que le ronron de la chaudière et l'odeur d'assouplissant aient perdu leurs vertus calmantes. Ou alors, c'est moi qui grandis.

Cela dit, j'ai trouvé mieux que la chaudière pour me réconforter : les scarifications. Quand Mylène se livre à ses petites performances chamaniques, ou quand l'esprit frappeur fait de nouveau des siennes, je descends les trois marches qui mènent à ma pièce magique et j'incise mon poignet ou l'intérieur tendre de ma cuisse. De toute façon, je suis bien tranquille, personne ne se soucie assez de moi pour remarquer que je suis balafrée de partout. Hop, le sang coule, j'éponge prestement, et c'est fini. Je peux remonter affronter sereinement les éructations de ma mère qui n'est plus ma mère. Qu'ai-je à voir avec cette pauvre folle qui tourne sur elle-même comme une toupie et adresse des sourires complices à son effrayant reflet dans le miroir du salon ? Rien.

En réalité, je n'ai plus rien à voir avec personne et j'aimerais bien que notre fantôme domestique se pénètre de cette vérité, car il semble m'en vouloir spécifiquement et m'avoir prise pour cible de ses persécutions. L'autre jour, j'ai trouvé les pages de mon scrapbook complètement englrées par une substance blanchâtre et vaguement nauséabonde. La plupart de mes notes et de mes dessins étaient fichus, délavés et maculés par ce truc infâme. Comment y voir autre chose qu'une facétie de Ronald McDonald ? Surtout qu'il n'y a pas que ça : mes cactus et mes euphorbes ont crevé, le tapis de la chambre de Thadée est imbibé par endroits d'un liquide rouge et sirupeux, et sur le miroir de la salle de bains du premier, des inscriptions sibyllines ont fait leur apparition, tracées avec mes Posca Life Custom, ceux-là mêmes avec lesquels j'avais dessiné des plantes grimpantes et des fleurs tropicales sur le gun de Zachée. Je ne sais pas ce qu'il est advenu de cette planche, d'ailleurs. On aurait dû l'enterrer avec lui. Pour bien faire. Mais bien faire n'est pas la préoccupation première des gens.

Impossible de déchiffrer les messages du poltergeist, vu qu'il paraît avoir mélangé alphabets runique, araméen, tibétain et j'en passe. Comme je suis à peu près sûre qu'il se moque de moi, je n'ai même pas pris la peine de procéder à des vérifications. Je me suis contentée de nettoyer le miroir au vinaigre blanc. Pour mon scrapbook et pour le tapis, c'est plus difficile. La femme de ménage a eu beau s'escrimer sur les taches écarlates dans la chambre de Thadée, elle a tout juste réussi à obtenir des auréoles plus claires. Consulté, Jérôme a haussé les épaules et décrété qu'on jetterait le tapis. C'est facile pour lui, plus rien ne le concerne. Le tapis est irrémédiablement souillé ? Jetons-le. Tes phasmes sont morts ? Rachètes-en. Ta mère débloque à fond ? Je vais la foutre en clinique et faire venir Maud à la place.

Non, je suis injuste. Il s'occupe très bien de sa femme. Beaucoup mieux que de sa fille unique, alors que l'inverse vaudrait cent fois mieux vu que Mylène est perdue alors que j'ai la vie devant moi. Enfin, la vie, ce qu'il en reste, et qui ne vaut pas grand-chose. Juste un effroyable tunnel de jours à traverser avant que ne survienne… quoi au juste ? Je n'en sais rien. Je suppose que j'attends une forme quelconque de soulagement, mais ce n'est même pas très clair.

*

Finalement, la personne que je fréquente le plus en dehors de mon père, c'est encore Jordy. Il a pris l'habitude de me rendre de petites visites, tout seul, sans Cindy. Il arrive sur son skate, après le collège, et nous passons ensemble des moments d'abord un peu guindés, puis de moins en moins au fur et à mesure que j'en viens à mieux le connaître.

Non que j'aie changé d'avis à son sujet : il est stupide, et sa stupidité est de celles qui peuvent me rendre abominablement méchante. Toutefois, je suis sensible à sa bonne volonté de chien courant, aux efforts qu'il fait pour m'être agréable et me soutenir dans le combat que je mène contre l'adversité. D'autant qu'il s'y connaît en parents indignes et que ça nous fait au moins un point commun. Et puis même s'il reste d'une bêtise insondable, j'assiste à sa transformation sur d'autres plans que celui de l'intellect. Physiquement, déjà : il a continué à s'affiner, ses cheveux ont poussé, il a perdu du gras, sa voix a mué, et sans être beau il est nettement plus regardable que quand je l'ai connu – petit porcelet aux couinements perpétuels et horripilants. Et puis à force de se faire rembarrer, il est devenu plus taciturne. Il commence presque à me rappeler sa sœur, qui entre autres qualités possède au plus haut point celle de tenir sa langue.

De toute façon, à part l'horrible clown, nous n'avons pas tellement de sujets de conversation, Jordy et moi. Du coup, nous passons beaucoup de temps à échafauder des plans pour débarrasser la maison de son hôte encombrant. Jordy est devenu un vrai spécialiste en sciences occultes et multiplie les propositions : encens de benjoin, coupelles de gros sel, sauge séchée, pentacles, grimoires, chapelets d'ail, pieux en argent, tout y passe, et je suis sensible à son enthousiasme sinon à la pertinence de son arsenal.

— Avant tout, il faudrait savoir qui c'est.

— Comment ça ?

— Oui, j'ai lu que les esprits, c'était juste des gens qui avaient été vivants, comme nous, et qui cherchaient à entrer en communication. Ils sont pas forcément méchants.

Là où Jordy n'a pas tort, c'est que Ronald McDonald n'a jamais cherché à nous faire de mal. Il se contente de toquer aux fenêtres, de déplacer des objets et de tuer des araignées. Nous restons un instant silencieux au-dessus de nos verres d'Ice Tea.

— Attends, je vais te montrer quelque chose.

Et hop, plantant là Jordy, je file dans ma chambre chercher mon scrapbook et le lui mets sous le nez :

— Regarde ! Mes dessins sont foutus ! Il veut peut-être communiquer avec moi, mais avoue qu'il s'y prend d'une façon bizarre.

— C'est lui qu'a fait ça, t'es sûre ?

— Absolument sûre.

Il examine le carnet avec attention, cherchant vainement à en décoller les pages.

— Tu sais quoi ? J'ai l'impression que c'est du sperme.

Il me rend le carnet avec un gloussement de gêne, mais maintient son assertion :

— C'est du sperme, je te dis. Il est chelou, ton fantôme.

Convaincue par cette expertise masculine, je m'empresse d'enfouir le scrapbook sous un coussin. Plus question que j'y touche. Ce qui est sûr, c'est que Jordy semble avoir surmonté sa terreur initiale et s'affirme partant pour une nouvelle nuit de veille et de chasse aux fantômes.

— Oui, mais cette fois, on ne dort pas du tout ! On se met tous les deux dans le lit de Thadée et on attend.

— Mais qu'est-ce qu'on fait si on le voit ?

— On lui parle. On lui dit très fermement qu'il n'est pas le bienvenu.

— Et s'il ne veut pas partir ?

— On lui jette de l'eau bénite dessus !

— De l'eau bénite ? Mais où on va trouver ça ?

— Dans n'importe quelle église.

— Et si ça marche pas ?

— On le tue.

Sur ces mots définitifs, proférés par moi, Jordy et moi nous regardons gravement. Il repart sur son skate, en me promettant de revenir bientôt. À charge pour lui de se procurer de l'eau bénite, même si c'est mon idée.

*

Finalement, je n'ai pas plus de père que je n'ai de mère ou de frères. Quel père laisse sa fille complètement seule dans une maison hantée avec une pauvre démente comme seule compagnie ? Le mien. Le mien fait ça. Preuve qu'il est absolument dépourvu de fibre paternelle. Alors, qu'on n'attende plus de moi d'affection filiale. C'est fini l'affection, filiale ou autre. Et même, c'est fini la famille. Je suis complètement orpheline.

Hier, Mylène est sortie de son mutisme. Ça se produit de temps en temps. Elle a des lucarnes de lucidité, de moins en moins fréquentes et de plus en plus brèves, des moments où elle me regarde, s'excuse de m'infliger « ça » et s'enquiert de mes progrès scolaires. Il lui arrive aussi d'échanger quelques mots avec ses propres parents, mais là aussi, ça dure peu. C'est encore avec Jérôme qu'elle a ses conversations les plus suivies. Je les entends parfois quand je passe à proximité de leur chambre, et à chaque fois ça me fait un coup au cœur parce que je reprends espoir. Espoir systématiquement tué dans l'œuf quelques heures plus tard, quand Mylène traverse le salon d'un pas de somnambule, avec sa chevelure de spectre japonais, sa mâchoire décrochée, son regard tourné vers l'intérieur, vers le feu vacillant de sa pensée – si pensée il y a encore.

Bref, nous étions dans la cuisine et elle essayait de tartiner sa biscotte, chose que Jérôme fait généralement pour elle. Sauf que ce matin, il avait dû s'endormir chez Maud, parce que de Jérôme, point. J'ai fini par apprendre que les Desmoulins se sont séparés et que Grégory mène à Bayonne sa nouvelle et joyeuse vie de quinqua célibataire. Du coup, mon père qui n'est plus mon père prend de plus en plus ses aises. Les doigts de Mylène tremblaient tellement fort que la biscotte s'effritait et que le couteau patinait dans le beurrier. J'ai fini par lui faire ses tartines et elle m'a adressé son premier vrai regard depuis des semaines :

— Ysé ?

— Oui ?

Sa voix était rauque, peut-être à force de ne pas s'en servir. Elle a resserré son gilet autour de ses épaules osseuses. Il faisait au moins vingt-cinq degrés dans la cuisine surchauffée, mais ma mère a toujours froid depuis que Thadée est parti. Une mèche grise pendait dangereusement au-dessus de la tasse de thé que je lui avais préparée. Son regard était triste mais presque serein. Nous allions peut-être avoir une conversation mère-fille. Après tout je vais sur mes treize ans, il y a plein de choses dont une mère menacée par la folie doit se dépêcher de parler à sa fille préadolescente : les règles, la transformation du corps, les premiers rapports sexuels, la pilule, tout ça.

Cela dit, en ce qui me concerne, il n'y a pas d'urgence. La puberté se fait attendre et c'est tant mieux : je me vois mal gérer à la fois Ronald McDonald, la démence de Mylène, l'acné et les bourgeonnements mammaires, sans parler du sang menstruel, beurk, très peu pour moi.

— Ysé ?

— Oui !

Si elle voulait me parler contraception, c'était le moment, mais qu'elle se dépêche. Nous étions samedi matin et j'avais prévu d'aller dans une animalerie avec Jordy, histoire de choisir entre un pogona juvénile et un lampropeltis de Californie, ce joli serpent bicolore qui aura peut-être, entre autres vertus, celle d'éloigner les visiteurs importuns – d'autant que Jordy n'a pas réussi à se procurer d'eau bénite.

Mylène a porté une bouchée de biscotte à sa bouche et l'a consciencieusement mastiquée. Son menton luisait de beurre et j'en ai frissonné de dégoût. Elle s'est levée pour vider sa tasse dans l'évier et j'ai vu que des taches brunâtres maculaient l'arrière de sa chemise de nuit. Quand je pense qu'il y a trois ans, elle traquait la moindre salissure sur ses vêtements et sur les nôtres ; quand je pense qu'elle vérifiait dix fois par jour si elle n'avait pas de nourriture coincée entre les dents, de chassie au coin des yeux, ou de rouge à lèvres infiltré dans ses rares ridules !

— Ysé ?

Bon, ça commence à bien faire. Si elle a quelque chose à me dire, qu'elle le fasse maintenant ou se taise à jamais. Je marque mon impatience par un discret pianotement sur le bois ciré de la table. Hop, un infime roulement de tambour histoire de signifier que je n'ai pas que ça à faire, moi, attendre que ma mère indigne articule plus de deux syllabes. Elle me regarde avec perplexité maintenant, ses idées ont dû se perdre en route. Ah non, ça lui revient :

— Ysé, où est Thadée ?

Super, vraiment. Zachée s'est noyé, mon père est parti avec une autre femme, la maison est hantée, mais ma mère n'en a que pour son fils aîné, ce petit pervers cruel et manipulateur dont le départ a été un soulagement pour tous. Je tape du poing, un bon coup sur la table, et je hurle :

— Et où est Zachée ? Où est Jérôme ? Où je suis, moi ? Où tu es, toi ? Où est tout le monde, hein, tu peux me le dire ? Il n'y a plus personne !

Je crie de plus belle, j'envoie valdinguer la théière, le jus d'orange, les céréales et le paquet de biscottes, tout d'un coup, ça me revient, des émotions normales, une vraie colère, le sentiment de l'injustice qui m'est faite, à moi, dans le naufrage qu'est notre vie à tous. Si elle était encore un peu ma mère, Mylène devrait réagir, me prendre dans ses bras, me dire qu'elle est là et que tout va s'arranger, que Zachée est mort et que Thadée est parti, mais que nous restons une famille. Mais comme il n'y a plus rien de maternel en elle, ou plutôt comme Thadée est la seule préoccupation qui surnage encore dans son esprit détruit, elle tourne les talons et regagne sa chambre, pas plus perturbée que ça par mon petit esclandre.

De mon côté, je ne vois guère qu'un exutoire possible à ma rage et à mon chagrin, et je me précipite dans ma pièce secrète pour m'y faire une enfilade de petites coupures, là, bien nettes sur ma cuisse gauche. Sauf que merde, ça ne marche pas, ça me dégoûte plus qu'autre chose, ma cuisse poissée de sang, la lame de rasoir qui commence à être émoussée, et la chemise de Jérôme dont je me sers pour éponger mes blessures.

J'enfouis mon visage dans la panière de linge et j'éclate en sanglots. Je pleure parce que ma vie est effroyable et qu'il n'y a pas d'issue, à part le suicide, non merci. Je pleure parce que le seul qui aurait su me consoler et me protéger des fantômes, c'était Zachée. Mais comme il est mort, j'en suis réduite à acheter des serpents et des iguanes – et encore, ce n'est pas fait. Pendant ce temps, je n'en doute pas, d'autres petites filles de douze ans et demi vont à la danse, organisent des fêtes d'anniversaire, ou échangent des SMS avec leurs copines – à moins qu'elles ne regardent *Les Ch'tis à Ibiza*, mais ça c'est leur problème, et j'ai déjà bien assez à faire avec les miens.

C'est vrai ça, qui s'occupe de mes problèmes ? Est-il normal que je me retrouve à pleurer éperdument dans une panière de linge pendant que ma mère gâtifie sur son fils aîné et que mon père s'envoie en l'air avec sa vieille maîtresse ?

Alors que je m'apitoie sur mon sort pour la première fois depuis des semaines voire des mois, une voix susurre à mes oreilles : « Yséééé… » J'aimerais bien croire que c'est la voix de ma mère, qu'elle s'est reprise et ravisée, qu'elle s'apprête à me parler d'autre chose que de sa douleur d'avoir perdu Thadée, mais ce n'est la voix de personne, c'est une voix inhumaine, désincarnée mais vibrante de malice et de malveillance ; c'est

la voix d'une créature qui se réjouit de mon chagrin. « Ysééé... » De nouveau, ces deux syllabes,
soufflées, presque sifflées. Ma panique est telle
que ma bouche s'assèche brutalement et que mes
oreilles se mettent à bourdonner.

J'ai le choix entre m'enfouir plus profond dans
le linge à repasser, m'y terrer comme un lapin,
ou quitter l'obscurité de la buanderie, devenue
source de terreur après avoir été longtemps facteur d'apaisement. Le démon aura réussi à infester
toute la maison, y compris mon refuge ultime, et
rien que pour ça, il mérite que je lâche sur lui tous
mes lampropeltis de Californie, quitte à me procurer aussi des pythons royaux, des élaphes ou des
tropidophis, qui de toute façon me tentent aussi.
Oui, c'est une idée : puisqu'il aime siffler comme
un serpent, je vais déchaîner contre lui toute une
armée de reptiles et de scorpions.

Je choisis évidemment de sortir. Il ne sera
pas dit que je vais me laisser terroriser. Dans sa
chambre, Mylène chante d'une petite voix de tête.
Ça aussi, ça lui arrive de plus en plus souvent, et
c'est flippant. D'autant qu'elle opte généralement
pour des chansons qu'elle me chantait quand
j'étais petite : « Perrine était servante », « Compagnons de la Marjolaine », « Sur l'pont du Nord »,
« Mon père m'a donné un mari », et cætera.

Il faut se figurer l'effet que peut produire ma
mère quand elle entonne de sa voix grêle : « *Au
bout de six semaines, les rats l'avaient bouffé ! Ils
avaient rongé son crâne, et puis tous les doigts de
pied...* » D'autant qu'elle bisse consciencieusement
les couplets les plus macabres, ce qui fait que j'ai
toujours un moment d'hésitation entre angoisse et
nostalgie. Qu'est-ce que ma mère a pu me chan-

ter comme chansons ! Et elle a fait pareil avec mes frères : à nous trois nous avions un répertoire en chansons et comptines françaises absolument exceptionnel pour des gens de notre génération.

Mais là, après les sifflements perfides du démon, je dois dire que cette petite voix désolée s'élevant dans la maison vide, c'est la goutte d'eau qui fait déborder le vase. Je bondis dans le jardin de derrière, et m'accroupis derrière un ciste à fleurs roses dont le buissonnement est devenu incontrôlable. J'aime bien les plantes, et j'ai toujours adoré ce jardin pour sa sauvagerie apparente, mais je réalise aujourd'hui que c'était une sauvagerie tenue en laisse. Jérôme et Mylène y allaient régulièrement de leurs coups de cisaille, de leur aspersion de désherbant ou de leur passage de tondeuse. Aujourd'hui, l'humanité recule dans ce tout petit coin du monde, et les feuilles du ciste, désagréablement collantes et pelucheuses, semblent avoir partie liée avec la chose insinuante qui a élu domicile chez nous.

Comme il me faut absolument des alliés dans cette guerre de civilisation, je retourne à pas de loup chercher mon téléphone, malencontreusement resté sur mon bureau. Une fois parvenue dans l'escalier, je m'immobilise, cœur battant, oreilles aux aguets. Jusqu'ici tout va bien, jusqu'ici tout va bien, tout va bien, tout va…

— Yséééé !

Non, rien ne va bien, tout va très mal au contraire, la Chose est là, elle a pris possession des lieux et se cache quelque part, dans l'un des sombres recoins de ma villa néobasque. Pour couronner le tout, ma mère se lance dans une version déchirante de « Ne pleure pas, Jeannette ». Je me ruc dans ma chambre, m'empare de mon portable et redescends, d'un bond, oui, vououff, dix marches d'un coup, je cours, je vole, vite retrouver le grand jour, le soleil d'avril, l'allée gravillonnée du jardin de devant, moins suspect d'abriter des créatures malfaisantes que la jungle qui rampe à l'arrière, vrille après vrille, racine après racine, excroissance bulbeuse après excroissance bulbeuse.

— Jordy ? C'est moi ! Il est revenu ! Le clown ! Il m'a appelée : il connaît mon prénom !

— Tu vois, je t'avais dit ! Moi aussi il m'a appelé : Jordy, Jordy !

Et hop, il se lance de nouveau dans sa répugnante imitation, que j'interromps sans scrupule :

— Jordy, il faut qu'on se débarrasse de lui ! Maintenant !

— Bon, O.K., j'apporte de la sauge. Et aussi du gros sel.

— Jordy, ça suffira pas !

— Comment tu le sais ?

— Parce que je le sais.

Comment rationaliser l'intuition que j'ai, à savoir que mon poltergeist est du genre coriace ? En tout cas pas du genre à se laisser effaroucher par des feuilles séchées et des condiments ?

— T'es toujours partant pour qu'on aille à l'animalerie ?

Il réagit avec son enthousiasme habituel :

— Oui, bien sûr ! Alors, tu veux prendre quoi ?

— Un python, trois lampropeltis et trois tropidophis.

— Pas de pogona ?

— Non, pas de pogona. Un pogona, ça ne lui fera pas peur.

— T'as l'argent ?

— J'ai tout l'argent que je veux.

Jordy n'a pas besoin de savoir que j'opère de fréquents versements depuis les comptes de mes parents jusque sur ma carte prépayée de la Banque postale.

— Oui, mais, Ysé, y a un problème : on te laissera jamais acheter tous ces serpents, t'es même pas majeure !

— Tu crois que Cindy voudrait bien les acheter pour moi ?

— Je sais pas.

Ah oui, c'est vrai, Jordy ne sait jamais et n'a jamais de réponse à rien. Nous restons tous les deux dans ce douloureux suspens jusqu'à ce que je pousse un soupir :

— Faut qu'on trouve une arme !

La voix de Jordy se fait triomphante :

— Ben moi, j'en ai une ! C'est ça que je voulais te dire !

— Tu as quoi ?

— J'ai un pistolet ! Je l'ai trouvé dans la penderie de ma grand-mère, mais à mon avis elle sait même pas qu'il est là : ça devait être à son mari. Pas mon grand-père, l'autre : le dernier.

Je n'ai pas la moindre envie d'en savoir plus sur la généalogie de Jordy ni sur la vie conjugale de cette pauvre Mme Sauvaire, mais concernant le pistolet, je suis preneuse et nous décidons de nous retrouver à l'animalerie, comme convenu. Pas question que je reste là à me morfondre entre une mère qui s'époumone et un clown à trogne blafarde et langue bifide, susceptible de me sauter dessus à tout moment – et je préfère ne pas trop penser aux crampons du lierre grimpant qui a envahi notre jolie façade à colombages rouges. Quand je pense que nous avons conservé à la maison son nom d'origine, « Leku Ona », autrement dit « Le bon Lieu » !

Malheureusement, je dois encore tenter une incursion dans mon manoir de l'horreur, vu qu'il me faut de l'argent, voire une pièce d'identité, sait-on jamais. Et bien sûr, mon portefeuille est lui aussi sur mon bureau. Je crois que je vais désormais me prévoir une sorte de kit de secours, un petit sac à dos avec tout ce qu'il faut pour survivre au cas où je n'aurais plus accès à « Leku Ona ».

Et l'on pendouilla Pierre, tra, lallallallalla lla llallalla lla lla ! Non, pitié, qu'elle se taise ! Ou qu'elle trouve autre chose à chanter, je ne sais pas moi, « À la claire fontaine » ! Il y a plus gai, comme chanson, mais au moins, personne ne s'y balance au bout d'une corde.

Une fois arrivée dans ma chambre, il me semble voir frémir mes rideaux de percale brodée, que j'ai voulus blancs, comme mes murs, mes draps, mon couvre-lit. Je ne prends pas le temps de vérifier ce qui s'y cache, d'autant que j'en ai comme une idée : non, je me contente d'attraper sac et portefeuille avant de quitter ces lieux infestés et si mal nommés.

L'animalerie est elle aussi très mal nommée puisqu'elle s'appelle *L'Animal Rit* – et je tiens à spécifier qu'aucun animal ne le fait, pas plus le singe que la hyène. C'est juste histoire de mettre les clients dans de bonnes dispositions. C'est dans cette boutique que j'ai acheté mes phasmes, mes tégénaires et mes terrariums, mais à l'époque j'étais avec Jérôme et j'aurais pu acheter un boa constrictor sans que personne n'y voie d'objection. Là, je me heurte tout de suite à un « niet » catégorique de la part du vendeur, sans compter un laïus aussi pénible qu'inutile :

— Un achat de reptile, ça t'engage pour longtemps ! Tu as une idée de l'espérance de vie des serpents ? Certains peuvent vivre trente ans, tu sais ça ? Y'en a marre de ces irresponsables qui s'achètent un boa comme ils prendraient un hamster et qui se retrouvent avec une bête de deux mètres qui les encombre et dont ils se débarrassent dans la forêt la plus proche.

Comme je pense m'y connaître en ophidiens, j'aimerais être dispensée de son sermon. Si j'achète un pogona ce sera ailleurs qu'à *L'Animal Rit* – et de préférence dans un magasin où l'on ne prend pas les gens pour des imbéciles.

Nous nous retrouvons avec Jordy, à errer dans les rues de Biarritz, un peu désœuvrés maintenant que mes projets d'achats sont tombés à l'eau. La déclivité naturelle de la ville fait que nous finissons par échouer sur la Grande Plage. Comme ce mois d'avril bat tous les records de chaleur, la plage est bondée. Il y a même des surfeurs en maillot, et j'ai une pensée pour mes deux frères, Thadée et Zachée, du temps de leur splendeur, quand toute leur vie tournait autour des vents et des marées.

J'achèterais bien une glace, mais il y a une file d'attente d'un kilomètre devant chaque glacier, et nous nous contentons de nous asseoir un moment sur la promenade. Tandis que nous discutons, Jordy fait aller et venir son skate sur la rambarde de pierre grise, en un mouvement lent et suggestif, mais peut-être que je me fais des idées. Toujours est-il que nous devons avoir l'air d'un petit couple, là, tous les deux. Et pourquoi pas ? Après tout, à un an et demi près, nous atteignons l'âge qu'avaient nos frère et sœur respectifs quand ils sont tombés amoureux l'un de l'autre : quatorze ans, pour autant que je sache.

Même s'il est loin d'égaler la beauté resplendissante de Zachée, Jordy est devenu presque mignon. Casquette vissée sur le crâne, mèche châtaine barrant son front, yeux bleu-gris, nez droit, il n'est vraiment pas mal maintenant qu'il a perdu ses bourrelets de graisse toxique. Non qu'il soit mince, loin s'en faut. Et il faudrait aussi qu'il consulte un orthodontiste. Pour ça, Mylène était parfaite : tous les trois nous avons eu droit à nos bagues et à nos élastiques en temps et en heure. Sauf qu'il me faudrait sûrement une visite de contrôle mais que plus personne n'est là pour s'en préoccuper. Et concernant Jordy, une visite chez la dermato ne serait pas superflue. Sa peau a perdu son velouté enfantin : grenue et pelucheuse par endroits, elle se pare également d'un semis de petits boutons rouges entre les sourcils et sur les ailes du nez. Et là, pareil, Mylène était drastique : elle n'aurait pas toléré la moindre poussée d'acné chez ses beaux garçons, et elle a dégainé Keracnyl et Exfoliac en moins de temps qu'il n'en faut pour le dire, pas femme de pharmacien pour rien.

Bon, d'accord, si je fais abstraction de son intellect, Jordy ferait un petit copain acceptable. L'ennui, c'est qu'il me laisse aussi froide qu'un concombre et aussi peu agitée qu'une jarre d'huile. Mais peut-être que c'est normal de ne pas avoir de désir quand on n'a pas encore ses règles ? Je suppose que ça fait partie des choses qu'une fille peut demander à sa mère quand elle en a une, mais moi, je n'en ai plus. À la place, j'ai la version biarrote de *The Ring*, ou *The Grudge*.

Je me penche par-dessus les genoux de Jordy, histoire d'immobiliser sa main et d'arrêter les va-et-vient perturbants de son skate. Il sent le garçon. Pas le petit garçon, non, et d'ailleurs les petits garçons ne sentent rien. Jordy sent ce que sentait Zachée, l'odeur d'une peau fraîchement lavée mais qui a chauffé au soleil et exsude joyeusement ses signaux chimiques à tous les vents. Thadée sentait le déodorant à la criste-marine, un parfum très désagréable à mon avis, mais il ne me le demandait pas. J'ai tellement détesté cette odeur qu'il m'arrive encore d'en sentir les effluves, comme si les murs de « Leku Ona » en étaient définitivement imprégnés.

À la nuit tombante, nous décidons de rentrer. À plusieurs reprises, j'ai dû empêcher l'impétueux Jordy de sortir son flingue en pleine rue. Il voulait absolument me le montrer sans attendre que nous soyons dans le secret de ma chambre. Si on nous juge trop jeunes pour acheter des serpents, j'ose à peine imaginer ce qui se passera si on nous arrête en possession d'un Beretta Tomcat.

Mon père est là et il nous adresse trois phrases gentillettes avant de se calfeutrer avec son fantôme nippon en chemise de nuit et cheveux de folle. Je profite quand même de sa présence rassurante dans la maison pour jeter un coup d'œil rapide à la buanderie : elle est déserte. Seul signe inquiétant, une chemise tachée de sang, que je m'empresse d'enfouir dans le tambour du lave-linge. De toute façon, c'est moi qui lance les lessives.

Sur la table, une pizza au thon, chèvre et asperges que mon père a faite lui-même, comme quoi il n'a pas complètement perdu la mémoire : au temps où ma mère cuisinait, nous avions chacun notre pizza maison préférée. Zachée, c'était cèpes et magrets, et Thadée, gorgonzola et poires, une association parfaitement écœurante, mais tous les goûts sont dans la nature. Mylène était capable de passer des journées aux fourneaux pour servir à chacun son menu personnalisé. En même temps, elle n'avait à peu près que ça à faire, vu qu'elle a terminé ses études de pharmacie mais s'est bien gardée d'exercer.

Mon père passe la tête par la porte de la cuisine, visiblement pressé de s'en aller maintenant qu'il a rempli ce qu'il considère sans doute comme ses seuls devoirs domestiques :

— Alors, elle est bonne ?

Non, elle ne l'est pas. La pâte est trop cuite, les asperges pas assez, et surtout les différents ingrédients sont restés sur leur quant-à-soi au lieu de se communiquer leurs saveurs, histoire que le résultat vous fonde dans la bouche. Mylène savait y faire, Jérôme beaucoup moins, mais comme je veux saluer ses bonnes intentions, je mens éhontément :

— Mmm, délicieuse ! Regarde, on n'a presque rien laissé !

En fait, c'est Jordy, ce goinfre, qui en a mangé les quatre cinquièmes, tout en me refilant les têtes d'asperge :

— Je mange pas ça, moi !

— Tu as peur de faire une overdose de chlorophylle ?

— Je sais pas.

381

Et voilà, c'est reparti. Dès qu'il ne comprend pas une question, il a recours à sa réplique fétiche et imparable. Même si j'ai mes règles un jour et que ça débloque mon désir sexuel, je ne coucherai jamais avec Jordy. Il est vraiment trop bête. Dommage que dans ma vie actuelle, il soit ce qui se rapproche le plus d'un ami.

Je l'entraîne à contrecœur dans ma chambre, où il s'empresse de déballer son pistolet pour le déposer sur mon couvre-lit. Nous restons un petit moment à contempler ce qui ressemble à un joli petit jouet compact.

— C'est un vrai ?

— Prends-le.

Le poids du Beretta et le froid du métal dissipent mes doutes. N'empêche qu'il me paraît minuscule et peu intimidant.

— Il est tout petit !

— Oui, mais nous aussi on est petits, alors c'est mieux. Tu crois que tu pourrais le tenir, s'il était plus gros ?

— C'est vrai. Il est chargé ?

Cet imbécile de Jordy opine du bonnet en se rengorgeant. Et là, de nouveau j'explose, comme tout à l'heure avec ma mère mais pour des raisons très différentes. Non mais c'est vrai, aussi, j'en ai marre d'être entourée de tarés !

— Quoi ? Tu veux dire qu'on a crapahuté dans tout Biarritz avec un revolver chargé dans ton sac ?

— Ben quoi ?

— Mais le coup aurait pu partir ! En plus tu as fait du skate, tu aurais pu tomber ! Tout ça avec un revolver chargé dans ton sac ? Mais tu es complètement malade ! Tu aurais pu te tuer, prendre une balle dans la colonne vertébrale et rester para-plégique ! Tu aurais pu me blesser moi, ou blesser quelqu'un d'autre ! Tu n'es vraiment pas normal !

À ce stade, ma juste colère passe une vitesse, clac, mon dérailleur interne déplace une chaîne, et je me retrouve à vociférer des horreurs qui ne sont pas forcément le fond de ma pensée, mais qui se bousculent pour sortir et surtout pour toucher leur cible :

— Il faut te faire soigner, Jordy, d'urgence ! Tu as forcément un truc qui déconne dans le cer-veau ! Thadée avait raison ! Passe un scanner : on te dira ! Peut-être que tu as une sorte de tumeur, quelque chose ! Mais à mon avis, c'est ce que je te disais l'autre jour : tu es ar-rié-ré ! Tu as un retard mental, quoi ! Tu es sûr qu'on va te laisser passer en quatrième ? Moi, ça m'étonnerait vraiment ! De toute façon, même si tu passes en quatrième, ne te fais pas d'idées, tu n'arriveras jamais jusqu'au lycée. Enfin, quoi ? Tu as un vocabulaire de com-bien de mots ? Cinq cents ?

Je vois dans ses yeux que cinq cents, ça lui semble beaucoup, et je ne prends pas la peine de le détromper. Comme il se contente de baisser piteusement la tête sur son Beretta, je l'attaque par une autre face :

— Et puis tant que j'y suis, je voulais te dire que ce serait bien que tu arrêtes de manger n'im-porte quoi ! Bon, d'accord, tu as perdu un peu de poids, mais tu continues quand même à être un gros lard. Tu te rends compte que tu as des seins ?

Je prononce cette dernière phrase sur un ton à la fois horrifié et gêné, alors que je me fous complètement des nichons de Jordy, et je conti-nue dans la même veine : les seins, les bourrelets du ventre, le double menton, tout y passe – et je dois reconnaître que je force un peu le trait, car le pauvre Jordy est beaucoup moins adipeux que du vivant de Zachée. Mais bon, tout le monde sait qu'un ancien gros reste gros dans sa tête et qu'il ne faut pas appuyer beaucoup pour faire resurgir de vieux complexes.

La seule parade trouvée par Jordy consiste à me regarder d'un air troublé et indécis. Il finit tout de même par grommeler qu'il est désolé. Mais trente secondes plus tard, le voilà qui brandit victorieusement une boîte de cartouches, oublieux de mon coup de semonce. Je remise le tout dans le tiroir de ma table de chevet. L'idée, c'est quand même que nous n'ayons pas à nous en servir.

— Ah bon ? Tu veux pas t'en servir ? Mais pourquoi tu m'as dit de l'apporter, alors ?

— Je ne sais pas.

Eh oui, c'est contagieux, l'incertitude, l'indécision, la connerie. À mon tour de ne pas savoir. J'aurais bien aimé déchaîner des cohortes de serpents venimeux contre mon ennemi intime, mais le vendeur de *L'Animal Rit* m'a refusé cette possibilité tactique.

La nuit s'avance. Comme nous avons décidé d'occuper la chambre de Thadée, j'ai dégotté un matelas pour Jordy et il s'installe au pied du lit, allume la télé, s'apprêtant à prendre le premier tour de garde tandis que je programme mon réveil pour deux heures du matin. À l'heure dite, un gazouillis me tire du sommeil. J'ai plus de cent enregistrements de chants et de cris d'oiseaux. Pour cette nuit, j'ai opté pour quelque chose de mélodieux, la fauvette des jardins, mais ça aurait pu être la huppe fasciée ou le milan noir. J'aime presque autant les oiseaux que les serpents, et je commence à m'y connaître pas mal.

La télé dispense ses ombres et lumières mouvantes dans toute la pièce, son baissé au maximum, mais Jordy dort comme un bienheureux. On ne peut vraiment pas compter sur lui. Je reste un moment à l'affût dans la pénombre, mais en dehors du grésillement de la télé rien ne me parvient, tout au plus le cri intermittent d'un rapace, sans doute un grand-duc.

Peut-être que Ronald McDonald prend plaisir à déjouer nos plans. Il a vu que nous étions sur le pied de guerre, et il préfère attendre un moment où je serai seule et vulnérable. Peut-être pendant que je prendrai ma douche, comme dans *Psychose*, film que j'ai vu à sept ans avec Thadée ? Je ne compte plus le nombre de films d'horreur qu'il m'a montrés. Il croyait me faire peur et ne s'est jamais aperçu que j'aimais ça autant que lui et que je m'endurcissais au fur et à mesure.

Cinq heures du matin : la chose ne viendra plus et je me rendors, bercée par la respiration paisible de Jordy et les houhou du grand-duc.

*

Que dire ? L'année scolaire se traîne mais elle est loin d'être finie, même si des chaleurs estivales peuvent nous faire croire le contraire. C'est au collège que le sadisme de l'Éducation nationale se déchaîne avec le plus d'efficacité : alors que les élèves de primaire voient leurs heures de récréation s'allonger démesurément sous les platanes de la cour et qu'ils ne rentrent plus en classe que pour d'inconsistantes révisions du passé simple ; alors que les lycéens ont déjà eu leurs conseils de classe et se sentent dispensés d'assiduité scolaire, les collégiens sont encore tenus de faire des maths et du français. Passe encore pour ces deux matières, qui ne me dérangent pas, mais j'ai encore mes heures hebdomadaires d'arts plastiques et de technologie, disciplines notoirement superflues. Les sciences de la vie et de la terre ne sont pas mal dans le genre, aussi. Attention, j'adore les SVT, c'est juste que je pourrais en apprendre beaucoup à cette pauvre Mme Llorens, si elle consentait à lever un instant le nez de ses fiches bristol jaunies par le temps. Du coup, je profite de son cours indigent pour dessiner et écrire dans mon nouveau scrapbook, celui que je soustrais soigneusement aux éjaculations malveillantes de mon clown personnel.

Jordy s'est engagé à revenir tous les week-ends, arrangement qui convient à tout le monde : mon père, qui se sent déchargé de toute obligation parentale, et Cindy, qui a besoin de temps pour aller surfer. Elle s'y est remise après avoir juré main sur le cœur qu'on ne l'y reprendrait plus, que le surf c'était avec Zachée ou pas. Je le sais : j'étais là.

C'était très peu de temps après la mort de Zach, un jour lugubre de décembre. Elle était venue avec un peu d'avance nous souhaiter de joyeuses fêtes de fin d'année. Thadée avait déjà décampé, Mylène commençait à fuir du cervelet, et Jérôme était au trente-sixième dessous. Nous étions tous affreusement tristes, et la conversation progressait laborieusement. J'avais fait des muffins à la farine intégrale et au sucre brut, que Cindy avait refusés avec énergie. Jordy était là aussi, et comme de juste il s'est jeté sur mes muffins. Avec Jordy tout fait ventre, comme dit Mamizette, la mère de mon père, qui est gentille et drôle, contrairement à mamie Régine, qui a le cœur sec et zéro humour. Le cœur sec, ce doit être dans nos gènes, finalement : un organe atrophié qu'on se transmet de génération en génération. Thadée et moi en avons hérité, et si je veux être bonne un jour, il va falloir que je lutte sérieusement contre mes inclinations héréditaires. Quant à Zachée, il tenait plutôt des Chastaing que des Faye et n'avait par conséquent aucun mérite à être gentil.

Bref, la discussion poussive a fini par en arriver au surf, sujet que nous avions pourtant tout fait pour éviter. Et tandis que Jordy engloutissait son troisième muffin, Cindy a déclaré de façon assez abrupte qu'elle ne surferait plus jamais. J'ai pris son engagement d'autant plus au sérieux que Cindy ne parle jamais pour ne rien dire. De son côté mon père a entonné son petit couplet au conditionnel passé sur ce que Zachée aurait aimé ou aurait voulu : en l'occurrence, que Cindy continue à surfer. C'est fou le nombre de désirs que l'on s'entête à prêter à ce pauvre Zachée qui n'en a plus. À en croire tous les vivants qui m'entourent, il aurait voulu pour nous toutes sortes de choses : que nous fassions bonne figure à son enterrement, que nous ne pleurions pas sur son triste sort, que nous restions une famille unie, que Cindy retombe amoureuse, refasse du surf, fonde une famille – et je n'invente rien, je ne fais que citer en vrac toutes les billevesées entendues depuis six mois. En somme, le désir posthume de Zachée, ce serait que la vie continue comme si de rien n'était pour les uns et les autres.

Il me semble, moi, que si je devais pourrir au fond de mon cercueil et conserver un atome de conscience, je l'emploierais à souhaiter ardemment que mes proches se morfondent et que leur vie soit aussi pourrie que ma mort.

Mais de toute façon, on voit bien que rien de tout ça n'a de sens. Pas plus les extrapolations oiseuses sur les bons vœux de Zachée depuis l'au-delà que les promesses farouches de Cindy et son engagement à ne plus trouver de plaisir ni de sens à l'existence. La preuve, elle a recommencé à surfer et elle est bien contente que je lui libère son week-end en passant le mien avec son petit frère.

La présence de Jordy à mes côtés n'est pourtant pas d'une grande utilité dans la guerre des nerfs que la Chose m'a déclarée. La seule fonction de Jordy, c'est en définitive d'écouter attentivement mon rapport hebdomadaire d'activité paranormale. Mais rien que pour ça, je lui pardonne d'être un chiot maladroit et encombrant. Je deviendrais folle, et je le suis peut-être, si je ne pouvais pas raconter à quelqu'un ce que je vis à l'insu de tous. D'autant que les offensives de la Chose ont pris récemment un tour plus insidieux. Finies les faces de clown surgissant inopinément à nos fenêtres, finis les sifflements perfides à mes oreilles, la Chose se manifeste désormais par des offrandes. Ainsi ai-je découvert sur mon lit un bouquet de ciste rose et de lierre, ce qui m'a confirmée dans mon intuition : oui, le jardin de derrière est passé à l'ennemi. Rien que de voir les feuilles gluantes du ciste et les petites pattes poilues du lierre, j'en ai eu des frissons de dégoût, moi que rien ne dégoûte, d'habitude, dans le monde animal et végétal. La preuve, j'ai proposé à ma prof de SVT de lui faire un exposé sur le mucus des limaces et ses propriétés antiseptiques. Mais comme elle n'y connaît rien, elle a jugé que c'était un sujet sans intérêt et on a passé l'année à parler des fonctions respiratoires et digestives, puisque c'était, paraît-il, le programme.

J'ai jeté le bouquet par la fenêtre, mais dès le lendemain j'ai trouvé un lézard mort sur mon oreiller. En d'autres temps, j'aurais été ravie et je l'aurais soumis à tout un processus de momification, autre sujet qui me passionne et que j'ai étudié : éviscération, embaumement dans l'huile, pose de bandelettes, je maîtrise à fond mais je manque de pratique. Pour pratiquer, il me faudrait des animaux morts, et je ne suis pas suffisamment psychopathe pour en tuer, contrairement à Thadée qui s'est vanté auprès de moi d'avoir étranglé un chat du voisinage, ce qu'à l'époque j'avais pris pour une vantardise et un mensonge de plus, mais je sais aujourd'hui que Thadée est capable du pire. Il n'y a qu'à voir la façon dont il a dupé mes parents des années durant, et entraîné ce pauvre Zachée vers une mort certaine. Car c'est la conclusion à laquelle je suis arrivée : Zachée ne serait pas mort si Thadée avait vraiment voulu son bien. Il a péché par imprudence et négligence. Dans les mêmes circonstances, Cindy aurait évidemment sauvé Zachée, elle l'aurait arraché à l'océan au péril de sa vie et l'aurait ramené sain et sauf au rivage.

Le lézard mort a suivi le même chemin que le bouquet de ciste, mais évidemment, la Chose a trouvé le moyen de se manifester dès le surlendemain. Sur le miroir de ce qui est devenu ma salle de bains personnelle depuis que mes frères ont disparu, une inscription au feutre : « Avec toi. » La Chose a utilisé un de mes Posca, un marqueur à pointe conique vert métallisé. Je n'ai pas su comment interpréter cette dédicace énigmatique, mais pour une fois, Jordy s'est montré inspiré :

— Tu crois pas qu'il t'aime, en fait ?

— Comment ça ?

— Ben oui : il te fait des cadeaux. Les fleurs, c'est pour les amoureux. Et il dit qu'il est « avec toi ».

— Et le lézard mort ?

Il est assis sur mon lit, plus acnéique que jamais sous sa casquette. Il faut absolument que je lui parle d'Exfoliac. Il me regarde avec son air candide habituel, et je note que ses yeux sont ce qu'il a de mieux, avec leur couleur indéfinissable et leur frange de cils sombres et fournis :

— Ben Ysé, toi, t'aimes bien les lézards. T'en avais même offert un à Zachée, tu te rappelles ? C'est Cindy qui m'avait raconté. Même que Zachée, il avait pas trop aimé, mais il disait que t'étais comme ça, que tu faisais des cadeaux chelous.

Ce moment a eu lieu. Vraiment. Et il appartient au passé. Rien ne peut nous ramener, Zachée et moi, à ce jour de juin où je lui ai effectivement offert un lézard desséché au bout d'une ficelle. Nous étions à quelques jours de son anniversaire. Thadée avait déjà perdu sa jambe droite et se terrait dans sa chambre comme une larve blême et bouffie. Mais au lieu de s'en foutre, au lieu de partir pour l'Uhabia avec Cindy, le cœur léger, Zachée souffrait.

La vie est mal faite et la Bible se trompe, parce que les doux, les miséricordieux, ceux qui ont le cœur pur et les mains propres, ne possèdent pas la terre et ne sont consolés de rien. Au contraire : leur cœur est peut-être pur mais il est lourd. Zachée souffrait de son impuissance à ramener son frère à la vie. Il se reprochait chacun des plaisirs qu'il pouvait prendre alors que Thad purgeait sa peine à l'étage de « Leku Ona ». Que Thadée se complaise dans son marasme et ne fasse aucun effort pour aller mieux ne changeait rien au chagrin de mon seul vrai frère. On nous bassine avec l'empathie, on prend ça pour une qualité, mais c'est parce qu'il en faisait preuve que Zach s'est littéralement gâché les quelques mois qui lui restaient à vivre.

Je me rappelle tout dans les moindres détails, l'air accablé de Zachée, son tee-shirt couleur de sorbet, un rose et un jaune givrés et fondus l'un dans l'autre. Je lui avais demandé de me le prêter et il avait haussé des épaules indifférentes avant de l'enlever aussitôt pour me le tendre :

— Il est trop grand pour toi : ça va te faire une robe.

À l'époque, j'étais beaucoup plus facile à satisfaire et à réjouir qu'aujourd'hui, ce qui fait que j'avais sauté de joie en serrant contre moi ce tee-shirt qui conservait sa chaleur et son odeur, cette odeur de garçon, si grisante. Il s'était moqué de moi :

— Mais arrête de le renifler comme ça, t'es vraiment trop crade : il pue ! Comme ton vieux lézard, là ! Je comprends pas pourquoi tu me refiles toujours tes merdes !

La breloque se balançait au bout de ses doigts et il mimait le dégoût, mais son œil s'était imperceptiblement allumé, et j'en ai déduit que j'avais réussi mon coup : l'amuser, l'arracher à la tristesse dont Thadée l'avait contaminé. J'ai continué, j'en ai fait des tonnes, tournant sur moi-même de plus en plus vite, enfouissant mon visage dans son tee-shirt, jusqu'à ce que tout se mêle en un même vertige délicieux, son odeur, les couleurs, le soleil, la joie...

Ce moment a eu lieu. Mais ma mémoire a beau l'exhumer sans cesse, revenir à lui, essayer d'en extraire toute sa force, se réchauffer à la beauté radieuse de mon frère, à sa bonté, à la gaieté que je lui avais fait fugacement retrouver, le charme n'opère plus et je ne peux puiser aucun réconfort dans ces images en dépit de leur éclat persistant. Il n'y a rien à faire avec les souvenirs. Ou alors, je ne sais pas m'y prendre. Il faudra que je demande à Cindy quel usage elle a des siens et si elle ne préférerait pas finalement que son histoire d'amour n'ait jamais eu lieu. Pour ce que ça lui sert d'avoir aimé Zachée et d'avoir été aimée par lui.

Ils se sont aimés, pourtant. Comme ils se sont rencontrés quand j'étais au CP, je les ai toujours connus ensemble, et j'ai toujours pensé que leur couple n'avait rien à voir avec les malheureux duos que les autres essayaient de former ou de pérenniser autour de moi, à commencer par Thadée et ses copines successives. Certes Jasmine était magnifique, mais qu'on n'essaie pas de me faire croire qu'elle et mon frère aîné ont été amoureux l'un de l'autre. Zachée et Cindy, c'était différent, et il n'y avait qu'à les regarder pour être pénétré de cette vérité : l'amour existe.

L'amour existe, et l'idée que je m'en fais est inconciliable avec les pratiques répugnantes de la Chose. Mais pour une fois, Jordy ne lâche pas l'affaire et se montre convaincant :

— Mais si, il t'aime ! Regarde, ton truc, là, ton espèce de carnet !

— Quel carnet ?

Je sais très bien de quoi il parle, mais je fais la bête exprès. Pour une fois qu'il a quelque chose à dire, je veux qu'il aille au bout de ses phrases au lieu de s'en tenir à ses bredouillis embryonnaires.

— Ben, ton book, là où tu fais tes dessins. Et tu écris aussi...

— Oui ?

— Tu m'as montré, tu sais bien...

Il rougit. Son acné flambe et ça ne l'embellit pas. Mais bizarrement son trouble me trouble et nous restons tous les deux à tripoter bêtement mon couvre-lit en attendant qu'il trouve le courage de prononcer le mot « sperme ».

— Ysé, il s'est peut-être... en pensant à toi.

Raté. Il n'emploiera ni « sperme » ni « branler ». « Éjaculer », peut-être ? Je tente le coup :

— Tu crois qu'il a fait quoi, sur mon scrapbook ?

— Mais tu sais bien, je t'ai dit l'autre fois !

Il est fâché que je le pousse dans ses retranchements mais il finit par proférer d'une voix brusquement rogommeuse – mue aidant, il n'en maîtrise plus du tout les inflexions, le pauvre :

— Il a éjaculé !

Bingo, je suis trop forte, j'arrive à lui faire prononcer le mot que je veux. C'est lui ma chose, en fait. Ayant passé ce cap difficile, il poursuit bravement :

— Moi, je crois qu'il a envie de toi. C'est pour ça, le scrapbook.

Il n'est pas encore très au point question syntaxe, mais je ne désespère pas, et la suite me donne raison, car le voici brusquement très en verve, presque lyrique :

— Tu vois, peut-être que les morts ils peuvent tomber amoureux. Peut-être qu'il t'a vue, que tu lui as plu et que c'est pour ça qu'il hante ta maison. Alors c'est pas qu'il est méchant, nous on a cru que oui, mais en fait, c'est juste qu'il s'y prend mal. Peut-être qu'il a pas l'habitude de parler aux filles. Peut-être qu'il peut pas parler du tout, alors il écrit, il met des bouquets, tu vois, c'est une sorte de langage.

— Je te rappelle qu'il nous a parlé, il n'est pas muet : il a dit « Jordy » et « Ysé ».

— Ah oui, c'est vrai.

Nous sommes dimanche après-midi, et Jordy s'apprête à rentrer chez lui sans que la Chose se soit manifestée. J'ai l'impression que désormais, il attend pour ça que je sois seule. Je suis bonne pour un nouvel arrangement floral à base de feuilles poisseuses, de tiges épineuses ou de fleurs trop belles pour être vraies, comme la passiflore, dont je me méfie comme de la peste malgré ses airs engageants : trop de filaments, trop d'étamines, un pistil indécent...

Contrairement à mes craintes, le début de la semaine se passe sans que j'aie à déplorer de graffiti obscène ou d'offrande malvenue, mais je n'ai rien perdu à attendre, car mercredi, en rentrant d'une expédition à Bayonne, je trouve mon bureau infesté de limaces, de grosses limaces orange, qui ont déjà laissé leurs sillages argentés et divergents sur mon sous-main en cuir ouvragé, cadeau de papy Jean pour mes dix ans. Tandis que je les collecte une à une pour les ramener au jardin, j'oscille entre inquiétude, plaisir et répulsion. Mais c'est tout de même l'inquiétude qui domine, car je sais désormais que la Chose lit dans mes pensées, connaît mes marottes, joue de mes préférences et de mes aversions comme sur du velours. Et qui sait si elle n'a pas déjà commencé à pénétrer en moi avec sa viscosité de limace ?

J'en suis là de mes pensées quand la voix de Mylène me parvient à travers la porte de sa chambre. Comme Jérôme est chez Maud, je m'immobilise un instant pour savoir si elle est une fois de plus barrée dans un de ses soliloques délirants ou si, par extraordinaire, elle s'est rappelé mon existence. Elle parle sur le débit rapide qui était le sien avant que les médicaments ne le ralentissent, et sur un ton normal dans lequel je détecte même une pointe de gaieté. Au moment où je m'apprête à entrer, j'entends qu'on lui répond par un bourdonnement plus grave. Mylène réagit par une autre salve de mots heureux et précipités suscitant une nouvelle réponse indistincte. J'ai beau tendre l'oreille, la conversation est inaudible, mais étrangement mélodieuse, presque chantante. J'espère qu'elle ne va pas entonner « Maudit sois-tu carillonneur » d'une voix de fausset, car j'y ai déjà eu droit hier et je ne crois pas pouvoir supporter une deuxième audition. Mais non, l'étrange dialogue se poursuit sans se commuer en comptine ou en ronde enfantine.

Je toque à la porte sans obtenir de réponse, mais les voix se taisent brusquement. J'entre. Ma mère est assise sur son lit, habillée et coiffée normalement. Elle me dévisage avec étonnement :

— Ysé ?

— Euh oui, je t'ai entendue parler : ça va ?

— Mais oui, très bien, ne t'inquiète pas.

— Tu parlais avec qui ?

Toutes sortes de sentiments passent sur son visage, la confusion, la perplexité, l'inquiétude. Elle hausse une épaule évasive :

— Mais… je ne parlais pas.

Quelle menteuse ! Bien sûr qu'elle parlait : elle était en grande conversation avec elle-même. À moins qu'une fois de plus elle ne se soit adressée à son fils préféré, qui est peut-être tout aussi mort que l'autre, pour ce qu'on en sait.

— Tu vas sortir ?

— Oui, peut-être un peu. Je vais aller dans le jardin.

— Tu vas mieux, alors ?

— Écoute, il me semble. Depuis quelques jours, je me sens…

Nouveau geste évasif. Elle est comme Jordy, comme la plupart des gens : elle ne termine pas ses phrases. Mais bon, elle a l'excuse de la maladie mentale et de la camisole chimique, contrairement aux autres, tous ceux qui sont incapables de tenir un propos abouti et cohérent.

Je note qu'elle a ouvert ses rideaux et que l'odeur lourde qui règne habituellement dans sa chambre a été remplacée par des effluves d'une fraîcheur presque marine.

— Tu t'es parfumée ?

— Non.

Elle ne me regarde plus, semble de nouveau absente et presque pressée de me voir déguerpir. Et finalement, elle ne quittera pas sa chambre de la soirée, me laissant seule, comme d'habitude, pour manger mes pâtes à la puttanesca. Une recette que j'ai trouvée dans le livre de recettes italiennes dont je suis désormais la seule à me servir.

Quand Jérôme finit par faire son apparition, je lui dis que Mylène m'a semblé un peu moins à la ramasse que d'habitude, et que même si ça n'a pas duré, nous avons échangé quelques mots.

— Oui, elle va mieux. Depuis quelques jours. Elle a mangé ?

— Je n'ai pas l'impression.

— Bon, je vais voir si elle veut quelque chose.

De fait, il revient en sifflotant quelques secondes plus tard et prépare un plateau pour sa petite épouse : du thé et des biscottes beurrées, l'ordinaire de Mimi depuis des mois. Il a l'air guilleret. Il doit pourtant bien savoir que si sa femme légitime revient à la raison, il devra répudier sa vieille maîtresse. À moins qu'ils n'aient tous les trois leurs petits arrangements occultes, et dans ce cas je ne veux rien savoir.

Étrangement, ce revenez-y de normalité me perturbe beaucoup plus que mon halloween permanent et personnel. Une fois Jérôme et Mylène claquemurés dans leur suite parentale, je me rends dans la buanderie pour la première fois depuis longtemps et je procède à mon incision rituelle sur le poignet gauche. Cette fois-ci, elle a l'effet escompté et je ressors dignement de ma pièce magique. Un sparadrap hypoallergénique, et le tour est joué.

Mais c'était compter sans Ronald McDonald. Alors que je dors profondément, je suis tirée du sommeil par une série de caquètements : scaark, scaark, scaark... Il est trois heures du matin et mon portable s'est mis en route sans que je l'aie programmé pour ça. D'ailleurs, il ne me viendrait pas à l'idée de me faire réveiller par des sons aussi malsonnants. Pour mes réveils, j'ai la fauvette ou l'étourneau : je réserve la pie d'Amérique à d'autres usages, une alarme journalière, éventuellement. D'ailleurs, ce n'est pas la pie d'Amérique qui barjaque comme ça, non, ça, c'est autre chose : on dirait effectivement un oiseau, mais je pourrais jurer qu'il ne s'agit pas de l'un de mes enregistrements. Je les ai tous écoutés un à un avant de les télécharger sur mon portable. Au bout de quelques secondes, le cri change de nature, les « scaark » se muent en « rek » grinçants suivis de roucoulements désespérés. Tandis que je me fige sur mon lit, sidérée par la surprise et la terreur, mon cortex auditif s'active quand même à identifier la mélopée qui me tire ainsi du sommeil. Je pencherais pour un psittacidé, peut-être un ara ou une perruche morigénant tendrement un congénère. Oui, il y a de la plainte, de l'amertume, de la rancœur, et en même temps quelque chose de doucereux dans les sons que j'entends.

Le chant s'arrête net, coupé au beau milieu d'un dernier gargouillis adorant, et tandis que j'attends, cœur battant, dans l'obscurité complète de ma chambre, je sens très distinctement quelque chose bosseler mon matelas par en dessous. Comme si la Chose donnait de légers coups de poing sous mon lit.

— Dégage !

— Nooon...

Je rêve ou il m'a répondu ? Et cette voix, cette voix fluette, sans sexe ni âge, mon Dieu, j'en frissonne d'horreur. Et où est-il, mon Dieu, d'ailleurs ? C'est bien la peine que je lui élève des autels et que je lui brûle des cierges si c'est pour qu'il me laisse aussi ignominieusement en plan, aux prises avec les forces du mal ! Car je ne doute pas un seul instant que le démon en personne ait élu domicile dans ma villa néobasque.

— Je te préviens, j'ai un flingue ! Casse-toi !

C'est vrai, ça, j'ai un Beretta Tomcat. Il est dans le tiroir de ma table de chevet. Bon d'accord, je ne suis pas sûre qu'il soit vraiment chargé, mais j'ai aussi une boîte de cartouches, et ça ne doit pas être sorcier de mettre des munitions dans un pistolet.

— Ysééé !

Au moment où je m'apprête à ouvrir mon tiroir, la Chose jaillit de dessous mon lit. J'ai à peine le temps de voir son crâne, désormais complètement dépourvu de cheveux. Finies les deux touffes roussâtres qui partaient sur le côté, façon Kiri le clown. Il me semble aussi, mais tout va si vite que je ne pourrais pas le jurer, que le crâne entrevu est vibrant, rose et mou comme une fontanelle. La Chose, quelle qu'elle soit, n'est pas humaine. D'ailleurs, elle se déplace en prenant appui sur les mains, avec un dandinement de primate, pour se ruer hors de ma chambre. Je l'entends dévaler l'escalier, poum, poum, poum. Ensuite plus rien, à croire qu'elle est encore quelque part dans la maison. En tout cas, j'ai beau guetter, je n'entends pas le claquement caractéristique de la porte d'en bas et je reste jusqu'au matin à frissonner de répulsion sans oser me lever.

Il le faut bien, pourtant. Et comme d'habitude, avec le jour me reviennent mon assurance et ma détermination. Je vais au collège, je fais ma petite promenade quotidienne et je m'achète une glace pour la manger tout en déambulant le long de la Côte des Basques : il n'est pas encore né, le chimpanzé qui va me terroriser. D'autant que je suis de plus en plus sûre que Jordy a raison : singe ou cacatoès géant, la Chose m'aime. J'ai réécouté à plusieurs reprises les sons qui m'ont réveillée cette nuit, et le doute n'est pas permis : sans être à proprement parler un chant de parade nuptiale, c'en est un qui se veut racoleur, le chant d'un animal perturbé, caquetant et roucoulant sa passion contrariée.

Mais attention, de tous les sentiments l'amour n'est pas le moins dangereux, et je dois rester sur mes gardes si je veux l'éradiquer de « Leku Ona ». Car il a clairement pris possession des lieux, et désormais je le sens et l'entends partout, comme s'il avait décidé de se déchaîner. Il siffle à mes oreilles quand je suis dans la cuisine, il bruisse dans les rideaux quand je vais au salon, et il répand partout son odeur écœurante, à la fois sucrée et iodée, à vomir. C'est toute la maison qui respire et exsude avec lui, et j'ai beau avoir étudié le système respiratoire pendant un semestre avec cette pauvre Mme Llorens, qu'on me dise à quoi ça peut bien me servir, hein, quand il s'agit non pas d'un être vivant mais d'une villa basque, blottie sous son lierre et ses colombages. À rien. Comme tout ce qu'on apprend au collège. Heureusement que j'ai mes propres sources d'information et de documentation.

Je trouve aussi, un peu partout, de petits flocons de fourrure, comme s'il perdait ses poils. Rien que ce matin, il y en avait un lové sous mon bureau comme une chenille. Je l'ai envoyé par la fenêtre, rejoindre le bouquet de ciste et le lézard mort. Peine perdue. Dès le lendemain la touffe de fourrure faisait la taille d'un couleuvreau, dont elle avait aussi la forme, autre signe que la Chose est de plus en plus au fait de mes goûts et qu'elle cherche par tous les moyens à me faire plaisir. Si ça se trouve, elle s'arrache son pelage par plaques pour m'en faire cadeau.

Les inscriptions se multiplient elles aussi, tantôt inintelligibles, dans le même alphabet que la première fois, tantôt sans équivoque mais toujours très brèves : « Ysé », « toi », « moi »… Et bien sûr, une flopée de petits cœurs, gribouillés ou gravés sur tous les supports, le bois de mon bureau, le cuir de mon sous-main, le miroir de la salle de bains, le mur des toilettes.

L'odeur s'intensifie, elle devient par moments insoutenable et comme mêlée à d'autres : les ordures, la pisse, la merde. Même la femme de ménage fronce le nez en arrivant. Et pourtant, il s'agit d'une débile mentale que mes parents emploient par charité. Son degré d'inattention est tel qu'elle n'a jamais été foutue de retenir mon prénom, alors qu'elle vient chez nous depuis au moins cinq ans.

— Petite, tu as vu l'Ajax ? Il y en avait un flacon plein, la semaine dernière.

Je me suis servie de l'Ajax Eucalyptus pour effacer de petits cœurs dessinés au feutre sur une étagère de ma chambre, et je le lui rapporte sans mot dire, à cette idiote.

— Merci, euh…

— Ysé.

— Merci, Lisé.

Lisé c'est mieux que rien, mais je suis bien tranquille, la semaine prochaine elle m'appellera de nouveau « euh » ou « petite ».

— Euh, ça sent pas très bon, là. Vous jetez bien les poubelles, au moins ?

Qu'est-ce qu'elle croit ? Que nous nous laissons ensevelir sous les immondices sous prétexte que Zachée est mort, que Thadée a fugué, et que ma mère est bonne pour l'asile ? Eh bien non, pas du tout : Jérôme et moi pratiquons le tri sélectif et respectons scrupuleusement les jours et horaires de ramassage. Les mauvaises odeurs ne s'expliquent pas par des négligences de notre part.

Elle s'en va au bout de trois heures de ménage, en laissant derrière elle les parfums mentholés et citronnés de toute sa batterie de détergents, mais il suffit de quelques heures pour que les puissantes phéromones de la Chose reprennent le dessus et pour que la maison empeste. De mon côté, j'allume des cierges fabriqués pour l'occasion, mais l'huile essentielle d'ilang-ilang ne peut pas lutter contre des exhalaisons aussi fanatiques. Il faut en finir, mais comment ?

*

C'est le dernier week-end de mai. Jordy se pointe avec son skate et son sac à dos. Je lui rapporte brièvement ce qui s'est passé en son absence, sans omettre de saluer sa clairvoyance :

— Et tu avais raison : il m'aime.

— Ah, tu vois !

— Mais tu penses que c'est le même ? Le clown qu'on a vu tous les deux, et l'espèce de singe de l'autre nuit ?

— Tu crois qu'il y aurait deux fantômes ?

— Ben je me demande, en fait.

— Moi, je crois que c'est le même. Qui peut prendre plusieurs formes.

— C'est ce que je me dis aussi.

— En tout cas ça pue. Grave.

— Oui, je te l'avais bien dit. Et pourtant, la femme de ménage est venue, et moi, je nettoie tout le temps.

De nouveau, nous nous installons pour la nuit dans la chambre de Thadée, qui dispose d'un lit d'une place et demie. Nous ne prenons même pas la peine de décider de tours de garde, dont on a bien vu que Jordy était incapable de les tenir. L'idée, cette fois, n'est pas de dissuader l'apparition du poltergeist, mais bien au contraire de la susciter. L'idéal serait même que nous puissions l'observer à son insu, alors qu'il nous croit endormis. Nous sommes donc convenus que si un bruit suspect nous réveillait, nous continuerions à feindre le sommeil pour mieux lui sauter dessus ensuite et le capturer.

Émoustillés par notre projet, nous nous glissons sous les draps avec délectation. Nos bavardages finissent par prendre un tour confidentiel, sans doute inévitable compte tenu de notre promiscuité. Je dois dire que l'esprit de Jordy me semble à chaque fois moins embrumé. Il s'agit peut-être d'un effet inattendu de la puberté. À moins qu'il ne tire profit de ma fréquentation. Quoi qu'il en soit, je goûte sa compagnie, l'attention qu'il prête à mes propos, ses efforts pour être drôle sans être lourd, et même la présence de son corps tiède et rassurant, la façon dont le matelas s'enfonce de son côté, et cette odeur de garçon dont je vois bien que je n'ai que trop parlé, mais qui constitue, en cette nuit de mai, le contrepoint idéal aux émanations toxiques épandues par la Chose.

Il dort. J'avais presque envie qu'il se montre entreprenant, je ne sais pas, moi, qu'il glisse son bras sous ma nuque, ou qu'il vienne se blottir dans mon dos. Mais il n'a rien tenté et c'est très bien aussi parce que je ne sais pas comment j'aurais réagi.

Je suis tirée du sommeil par un souffle chaud à mon oreille, et à la seconde où j'en prends conscience, par un baiser désagréablement appuyé et mouillé, doublé par un bruit de succion, smeurck, comme une ventouse se décollant à grand-peine de son support. Contre toute attente, ce n'est pas Jordy qui vient de me donner ce baiser visqueux, mais un nouvel avatar de la Chose. Je ne le vois pas, mais je distingue une masse opaque entre le mur et le lit, je perçois son souffle chaud, et surtout son odeur fétide.

Malgré la terreur qui m'a envahie, j'ai la présence d'esprit de donner à Jordy une bourrade discrète, ne suscitant qu'un profond soupir et une modification de son rythme respiratoire. Je le pince carrément, et cette fois-ci il se réveille en sursaut :

— Quoi ? C'est qui ?

Branle-bas de combat du côté de la Chose, mais pas question de le laisser se carapater. Je hurle :

— Jordy, retiens-le, il va se barrer !

Avec une rapidité étonnante pour quelqu'un qu'on vient d'arracher au sommeil, Jordy comprend tout de suite ce qu'il en est, se jette sur notre visiteur du soir avant qu'il n'atteigne la porte et le plaque au sol. S'ensuit une mêlée confuse. Jordy a beau être grand et lourd, l'autre rue, se débat et se défend à coups de griffes que je vois luire dans la pénombre. Les griffes de la nuit ! Le souvenir de Freddy me revient et me donne le sur-saut de courage dont j'avais besoin pour enjamber les deux corps et sortir de la chambre en hurlant, histoire d'alerter Jérôme. Mais mon objectif, c'est d'atteindre le tiroir de ma table de chevet. Ouf, il est là, le Beretta Tomcat de pépé Sauvaire !

Je reviens dans la chambre de Thadée au moment où s'y engouffre aussi une forme blanche et fantomatique. C'est Mylène. Il faut croire que son mari a encore découché et que mes cris l'ont tirée de son sommeil artificiel. Freddy a mis à profit mon absence d'une minute pour prendre le dessus et s'asseoir de tout son poids sur la poitrine de ce pauvre Jordy dont il comprime la trachée de sa patte griffue.

Brandissant le Beretta à deux mains, je crie n'importe quoi, des choses incohérentes et enten-dues dans tant de films, haut les mains, ne bougez pas ou je tire, restez où vous êtes, rendez-vous, vous êtes cernés, et cætera. Notez bien qu'à aucun moment je n'ai oublié que le pistolet était sans doute chargé. Je compte sur sa force dissuasive, mais je n'hésiterai pas à appuyer sur la gâchette si la Chose met la vie de Jordy en danger.

De son côté, Mimi tourne autour de la mêlée en poussant des cris stridents, ajoutant encore à la confusion et au chaos ambiants. Sa petite main agrippe fiévreusement mon bras et elle cherche à rabattre mon arme vers le sol :

— Ne tire pas, Ysé, ne tire pas !

Malheureusement pour les velléités pacifistes de ma mère, Jordy a l'air en fâcheuse posture : il gigote silencieusement, ses yeux affolés tournés vers moi, sa bouche s'ouvrant et se refermant sans qu'aucun son n'en sorte. Entre mon seul ami et la créature qui me torture depuis des mois, mon choix est vite fait, même si Mylène, dans sa folie, cherche désormais à me ceinturer tout en continuant à me corner ses insanités aux oreilles.

Comme Jordy se cabre comme un beau diable, la capuche sombre qui dissimulait jusqu'ici la tête de son adversaire glisse et découvre tout à la fois le crâne rose, les joues d'un blanc poudreux et l'horrible nez rouge de Face de Clown. Les cris et les pleurs de Mylène prennent un tour hystérique, et elle se jette à genoux sur le tapis, enlaçant du même mouvement l'affreuse créature qui me retourne alors un rictus simiesque, gencives largement découvertes par ses babines retroussées.

Sauf que bien sûr, il n'a rien d'un singe, rien d'un clown, rien d'un fantôme. Et c'est Mylène qui a raison de l'étreindre en sanglotant, vu que c'est son fils aîné qui est en train d'étrangler le pauvre Jordy :

— Thadée ?

Je le tiens toujours en joue et il s'immobilise tout en me défiant de ce regard narquois qu'il a posé sur moi toute mon enfance. Je le hais. Qu'il soit revenu d'entre les morts n'y change rien. Et d'ailleurs, ce n'est pas lui qui est mort, c'est Zachée. Lui, il a toujours été vivant, et si ça se trouve, il n'est jamais parti, ou alors juste quelques jours, histoire de nous duper et de nous persécuter une fois de plus. Il a dû se cacher à proximité, voire dans la maison elle-même. Ou encore dans le jardin de derrière. Il y a des mois que je ne suis pas allée dans la remise que mon père et mes frères avaient été si fiers de construire eux-mêmes, il y a une éternité : c'est peut-être là qu'il s'est terré, ce rat.

Mais qu'est-ce qui est arrivé à son visage ? Là où autrefois se trouvait son nez, ce beau nez droit qu'il tenait de Jérôme, je ne vois plus qu'une sorte de tumeur écarlate et crevassée, comme un fruit pourri. Sans compter qu'il a deux cicatrices enflammées et boursouflées sur la joue droite. Son crâne est rasé, mais ça, c'était déjà le cas avant qu'il ne s'en aille. Et il s'est vraisemblablement maquillé de façon à accentuer sa ressemblance avec un clown, avec de grands placards de poudre livide sur les joues, le front, le menton.

Il est hideux. Il l'a toujours été. C'est juste que maintenant il porte son âme abjecte sur son visage au lieu d'arborer les traits parfaits et les coloris éclatants qui ont si longtemps donné le change à tout le monde.

Jordy profite de ce que l'attention et l'étreinte de Thadée se sont relâchées pour se dégager d'un coup de reins et venir se poster avec moi entre la porte et le groupe de suppliants désormais formé par ma piètre mère et mon pseudo-frère.

Rien ne me retient d'appuyer sur la gâchette.

Entendons-nous bien : j'ai l'intention d'épargner ma mère, dont le seul crime est d'avoir trop aimé son fils. Mais concernant Thadée et compte tenu de tout ce qu'il nous a infligé, un scénario s'élabore dans mon esprit. Si je ne tarde pas trop, je peux le tuer et prétexter l'avoir pris pour un cambrioleur ou un délinquant sexuel. Personne ne s'étonnera de ce qu'une fille de douze ans et demi, harcelée depuis des mois, terrorisée par un squatter qui se faisait passer pour un fantôme, n'ait complètement perdu les pédales. On me trouvera toutes les circonstances atténuantes du monde. D'autant que Thadée est méconnaissable. Certes, Mylène a identifié son fils préféré, mais je la soupçonne d'avoir eu vent depuis longtemps de sa présence sous notre toit. C'était sans doute lui, son mystérieux interlocuteur, celui avec lequel elle conversait des heures dans le secret de sa chambre.

Je vais lui tirer une balle dans le cœur, profiter de ce qu'il est là, dans ma ligne de mire, à cligner de ses yeux fardés de noir et à essayer de se donner une contenance.

Il ne porte pas sa prothèse. Sa jambe gauche est repliée sous lui et son moignon couturé et à vif gît sur le tapis. C'est l'histoire d'Oscar Pistorius, ce qui nous arrive, là. Sauf que c'est l'inverse. Pistorius, l'homme qui n'avait pas de tibias, a assassiné sa petite amie en prétextant l'avoir prise pour un cambrioleur ; et moi, je vais tuer mon frère unijambiste en servant aux flics la même salade : mon Dieu, si j'avais su, mais il a surgi comme ça, il faisait noir, il a agressé mon copain, j'ai pris peur, j'ai tiré, j'ai cru que c'était un voleur, ou un serial killer, ou Freddy-les-griffes-de-la-nuit, ou que sais-je, je ne pouvais pas deviner que c'était mon frère, vous avez vu la tête qu'il a ? Il est complètement dé-fi-gu-ré !

Plus personne ne parle, ne crie ni ne geint. Un silence de mort plane sur la chambre de mon ennemi. Parce que c'est ce qu'il a toujours été, mon ennemi, et finalement celui de toute la famille voire de toute l'humanité. En le tuant, je vais accomplir une œuvre de salut public.

À moins que je ne sois en train de me voiler la face et de me dissimuler le plaisir effroyable que j'éprouve à braquer le Beretta sur son crâne rose, à en anticiper l'éclatement, la dispersion de sa cervelle déglinguée sur les murs de la chambre.

Oui, soyons franche, je jouis de la terreur que je lis dans ses yeux, je jouis de tenir sa vie en mon pouvoir – parce que ce pouvoir est grisant.

J'ai le choix entre être comme lui, une déjection sadique dont la vie se passera à torturer et à détruire, ou abaisser mon arme vers le sol et le laisser partir en dépit de ce qu'il nous a infligé et de ce qu'il est capable d'infliger encore. Seul un esprit malade et irrémédiablement pervers pouvait concevoir et exécuter toute la série d'activités paranormales par laquelle il a infesté la maison et m'a pourri la vie des mois durant.

— Va-t'en.

Voilà, j'ai pris ma décision et je pose soigneusement le Beretta sur le lit derrière moi. Il a toujours son air de jouet inoffensif, mais pendant une interminable minute, j'aurais pu abattre mon frère avec.

Thadée ne se le fait pas dire, il se remet péniblement debout et sautille hors de la chambre. Nous l'entendons descendre l'escalier, et cette fois-ci, bam, la porte d'entrée claque sur son départ.

Il reviendra peut-être. Mais je n'aurai plus jamais peur de lui. Et d'ailleurs, il n'aura pas besoin de revenir : il est en moi, je suis lui. Même si ça me tue de l'admettre, les ressorts de mon plaisir sont les mêmes que les siens : l'humiliation, la domination, le mépris des faibles, la conscience de ma supériorité. Que dire ? À choisir, j'aurais préféré avoir la bonté lumineuse de Zachée plutôt que les penchants sadiques de Thadée. Et en même temps, Zachée n'avait aucun mérite à être gentil et généreux. Les bons n'ont aucun mérite à l'être vu que la bonté coule d'eux comme d'une source.

Il est trop tard pour que je sois gentille et bonne, mais je peux encore agir comme si je l'étais, refuser les mots et les gestes cruels que Thadée ne manquera pas de me souffler, refuser de dominer, de blesser et d'abîmer. Les gens ne sauront jamais ce que ça me coûte, ils n'auront jamais connaissance de ce à quoi ils ont échappé, et la nature même de mon héroïsme échappera à tous – car il faut de l'héroïsme pour s'interdire à jamais le triomphe et la jouissance. Mais tels sont précisément mon ambition et mon projet de développement personnel : être une héroïne.

*

Mylène ne s'est jamais remise du second départ de son fils préféré. Quant à Jérôme, il n'en a jamais eu connaissance. Quand il est rentré au matin, sa femme avait définitivement sombré. Prostrée sur le tapis de la chambre de Thadée, elle entonnait pour la millième fois « Perrine était servante ». Malgré tous nos efforts, Jordy et moi n'avions pas réussi à la faire bouger et encore moins à la faire taire. Deux jours plus tard, Jérôme a pris la décision de la faire admettre en soins psychiatriques, dans le même centre hospitalier que la dernière fois. Elle y est toujours. Hors d'atteinte, à mon avis. Au-delà de toute possibilité de guérison, de rémission, ou d'aménagement de sa terrible peine.

Maud n'a pas tardé à venir occuper la place. Tant mieux. Même si je ne l'aime pas, même si je supporte difficilement sa sollicitude envahissante et ses hennissements continuels, je lui suis reconnaissante d'amoindrir un peu le chagrin de mon père et les remords inutiles qui le tourmentent en permanence. Et encore il ne sait pas tout. Mais si ça ne tient qu'à moi, il restera jusqu'à sa mort dans cette bienheureuse ignorance.

Jordy a juré, une main sur le cœur et l'autre sur le Beretta Tomcat, qu'il ne parlerait jamais des événements de cette terrible nuit. Il continue fidèlement à venir passer ses week-ends avec moi, et je le regarde devenir un beau garçon, un peu moins bête et un peu plus dégourdi à chaque fois. Il reste quand même un parfait abruti, mais j'ai décidé de l'aimer quand même et je m'y applique, comme je m'applique à bannir de ma pensée tout fantasme de tyrannie, d'esclavage, de supplice et de mort violente.

Qu'on ne s'y trompe pas, notre vie, à Jérôme et à moi, reste d'une tristesse sans nom. Les absents nous manquent et les souvenirs nous lacèrent. Les pertes subies ont été trop lourdes pour que nous nous en remettions vraiment, et toutes les Maud et tous les Jordy du monde n'y changeront rien. Ils auront beau essayer de nous réchauffer à leur gaieté et à leur affection démonstrative, nous sommes peut-être trop endommagés pour que la restauration soit envisageable.

L'autre jour, pourtant, j'ai perçu comme un frémissement. C'était le premier jour de l'été, et la bande des copains de Zachée s'était donné rendez-vous chez nous pour un barbecue, passant outre aux faibles protestations de mon père. Louis, Maxime, Kenza, Arthur, Swan, Ferdinand, Oriane, et j'en passe : ils font ça parfois, débarquer chez nous pour y faire planer le souvenir de leur pote et le souffle de leur jeunesse.

La fête battait déjà son plein. Swan avait sa guitare, et Arthur extirpait de son sac toutes sortes de percussions. Mon père allait de l'un à l'autre, essayant tant bien que mal de jouer son rôle de maître de maison. Maud était évidemment là pour le seconder, insupportablement directive et sans-gêne – et plus hennissante que jamais.

Léo était là lui aussi, en train de s'escrimer au-dessus du barbecue, un rôle habituellement dévolu à Zachée. Il a hélé joyeusement mon père pour lui demander d'apporter les côtelettes, et j'ai soudain perçu ce qui crevait les yeux : sa ressemblance hallucinante avec mes frères, avec Zachée surtout. Jusque dans sa façon de fourrager comiquement dans ses boucles châtaines. Je me suis demandé si mon père savait qu'il lui restait un fils. Un fils moins beau, moins brillant, moins spectaculaire que ceux qu'il avait perdus, mais un fils quand même : le gentil Léo, Léo le gaffeur, le pitre, l'éternel perdant, celui que Thadée appelait « le déchet ». En tout cas, l'espace d'un instant, je me suis sentie moins triste et moins seule.

Le chœur des braillards a entonné une chanson, et sans l'identifier, je me suis souvenue que Zachée l'aimait. Je me suis rapprochée des chanteurs et me suis assise avec eux. J'ai laissé mes jambes nues éprouver la douceur de l'herbe que le soleil de juin avait réchauffée. Kenza m'a mis sous le nez un gobelet plein à ras bord de bière mousseuse, et j'ai entendu la voix de Cindy :

— Eh, doucement : elle a treize ans !

Rires et huées ont explosé autour de moi, et mon regard a croisé celui de Cindy. Elle aussi s'était assise à même le sol. À côté d'elle, Anouk parlait de La Réunion, des filets antirequins qui venaient d'être installés, de l'interdiction de surfer qui allait être levée. Quelqu'un lui a demandé :

— Vous allez rentrer, alors ?

Elle a levé un sourcil dédaigneux au-dessus de ses étranges yeux jaunes :

— Jérémie rentre, mais pas moi ! J'aime trop Biarritz !

Elle a ri, gorge renversée, frémissante, et les doigts de Cindy sont venus caresser le duvet moiré de son avant-bras. Mon père a lui aussi surpris la tendre complicité de ce geste et il a ouvert comiquement la bouche. Sans vouloir en voir davantage, je me suis allongée, enfouissant mon visage dans le gazon inégalement tondu. Un roulement de conga a salué la double révélation que je venais d'avoir, mais c'est aux tiges vertes et fraîches des pâquerettes, des myosotis et des boutons-d'or que j'ai chuchoté : « Tout est bien. » Bien sûr, rien ne l'était, mais il faut un début à tout, surtout quand ce début est une fin.

Merci à :
Leslie Auguste, Tési Bayamack-Tam, Christophe Coussillan, Luc Dehêtre, Valérie Heller, Daniel Michon, Pascal Mairot, Gaétan Moulinier, Michel Pillu, Lucien Rancinangue.

DU MÊME AUTEUR

Chez P.O.L éditeur

HUSBANDS, 2013
LES GARÇONS DE L'ÉTÉ, 2017 (Folio n° 6470). Prix littéraire
de la ville d'Arcachon.

Composition Nord compo
Impression Maury Imprimeur
45330 Malesherbes
le 28 février 2018.
Dépôt légal : février 2018.
Numéro d'imprimeur : 225660.

ISBN 978-2-07-275520-0. / Imprimé en France.

325060